# 황금삼족오

안시성의 승리

# 5

나남
nanam

나남창작선 173

**황금삼족오 ❺** 안시성의 승리

2022년 2월 25일  발행
2022년 2월 25일   1쇄

지은이      김풍길
발행자      趙相浩
발행처      (주) 나남
주소         10881 경기도 파주시 회동길 193
전화         (031) 955-4601 (代)
FAX          (031) 955-4555
등록         제 1-71호 (1979.5.12)
홈페이지    http://www.nanam.net
전자우편    post@nanam.net

ISBN   978-89-300-0673-6
ISBN   978-89-300-0668-2 (전5권)

책값은 뒤표지에 있습니다.

나남창작선 173

대하역사소설 양만춘

# 황금삼족오
## 안시성의 승리

**5**

김풍길 지음

나남
nanam

# 공성전 시작 때 양군 배치도

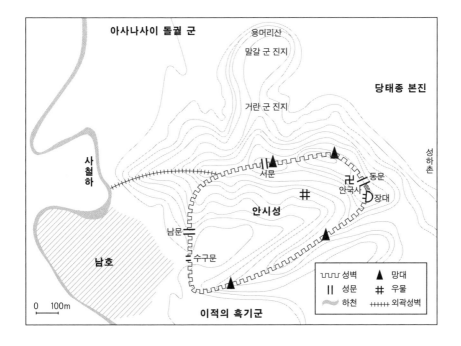

# 토산 쟁탈전

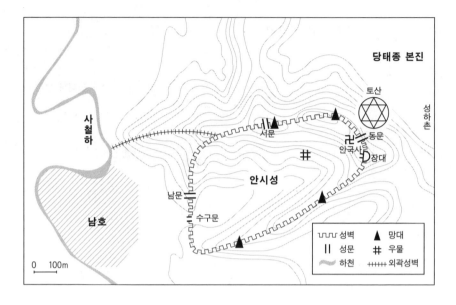

당태종 본진

토산

사철하

남호

서문

안시성

안국사

동문

장대

남문

수구문

성하촌

0    100m

성벽          망대
성문          우물
하천          외곽성벽

# 당태종의 소규모군 침략도

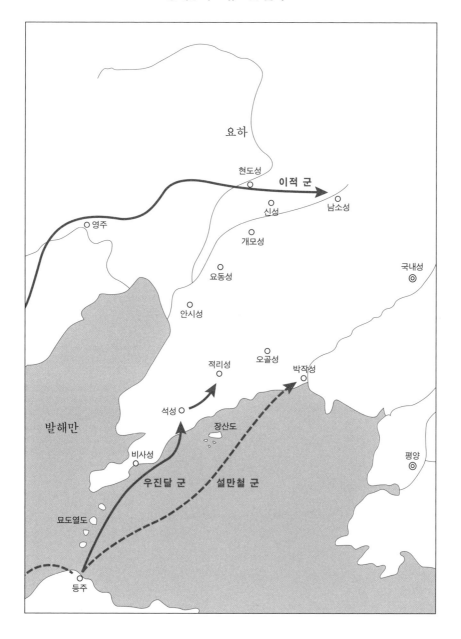

# 황금삼족오 5
## 안시성의 승리

### 차례

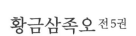

**황금삼족오** 전5권

# 등장인물 소개

**양만춘**    주인공. 수당의 고구려 침략 때 나라를 지킨 영웅. 당태종 원정
군이 안시성을 포위하고 토산까지 쌓아 공격했으나 88일간 혈전
끝에 물리침.

**연개소문**    막리지로 고구려를 통치한 독재자.

**돌고**    양만춘이 개혁정치를 이루는 데 초석을 마련한 뛰어난 정치가.

**다로**    양만춘을 그림자처럼 호위하는 충성스러운 싸울아비.

**우소**    안시성이 함락될 뻔한 위기에서 성을 구한 용맹한 싸울아비.

**흑모란**    당나라 간첩 괴유의 외동딸. 안시고을에 침투해 정보를 빼돌림.

**로보**    흑수말갈의 빛나는 별. 흑수말갈 평정 후 양만춘이 호랑이촌에
세운 경당의 첫 졸업생. 말갈 기병을 이끌고 용맹을 떨침.

**아라하치**    흑수말갈의 용맹한 장수. 로보와 같은 호랑이촌 경당 졸업생.

**가루다**    아골태 부족의 추장. 흑수말갈 기병대를 이끌고 참전하여 안시
성 외곽에서 지원한 명장.

**치우**    수나라와의 싸움 때 전쟁영웅. 섭정 건무를 없애려던 반란이 실
패하자 주작노인이라 이름을 바꾸고 해성포구 왈패 두목이 됨.

**당태종**    중국 역사상 가장 뛰어난 싸움꾼 황제. 토산까지 쌓으며 안시성을 빼앗으려 했으나 고구려군의 굳센 방어로 실패함.

**위징**    당태종의 통치를 뒷받침한 위대한 정치가. 고구려 원정을 끝까지 반대했고 그가 죽고 나서야 당태종이 원정에 나섬.

**장손무기**    장군으로서의 능력보다 정보전과 권모술수에 뛰어난 음모가.

**이적**    동돌궐 정복의 일등공신. 당태종의 고구려 원정 때 선봉군을 지휘함.

**이도종**    당태종의 조카. 큰 공도 세우지만 실수도 많이 함.

**아사나사이**    뛰어난 돌궐의 맹장. 시빌 카간의 조카이지만, 당 왕조에 귀순해 고구려 원정에 참여함.

**빌게 카간**    설연타의 카간. 당태종의 모욕적 파혼으로 앙심을 품고 고구려 원정의 틈을 노려 당나라 침공을 꾀하다가 독살 당함.

**설인귀**    산서 용문의 가난한 농민 출신 병사. 천산싸움에서 세운 공훈으로 일약 유격장군에 임명되고 훗날 제후에까지 오른 인물.

**설만철**    당태종의 '치고 빠지기' 전쟁 때 고구려 후방 깊숙이 압록강 어귀의 박작성을 침공함.

**무덕**    소림사 무승. 당태종의 고구려 원정에 그가 기른 중원 최강의 무력이었던 백기를 총동원함.

# 천길 낭떠러지

千山大會戰

안시성 동문 장대(將臺)에 고정의와 양만춘이 마주앉았다.

"30만 적 대군이 곧 이곳에 몰려올 거야."

"대대로 어른, 안심하십시오. 소장이 버티고 있는 한, 쉽사리 이 성을 넘보지 못할 겁니다."

"막리지도 사태가 위급함을 깨달은 것 같더군. 중앙군 2개 군이 평양성을 출발했네. 나도 로보의 말갈 기병대를 보낼 생각일세. 당나라 군이 아무리 강하다 해도 자네가 굳게 지키고 구원군이 뒤를 받쳐주면, 막을 수 있을 테지."

"중앙군 2개 군이 돕는다면 안시성은 결코 무너지지 않습니다."

양만춘은 어린애같이 기뻐하며 승리를 장담했다.

"그런데 구원군을 이끄는 장수가 누굽니까?"

"그게 … 내 조카 고연수라네."

웃고 있던 양만춘 얼굴이 싸늘하게 굳어졌다. 고정의 낯빛도 그리 밝지 못했다.

"너무 걱정 말게. 그 애도 철들 나이가 됐고 내가 잘 지도함세."

## 돌궐 왕자 아사나사이

초원 유목민 돌궐의 무사는 거칠고 자유분방한 사나이들이다. 이들은 카간(可汗)이라 해도 마음에 들지 않으면 주저 없이 떠나지만, 한 번 마음을 주면 온몸으로 충성할 뿐 아니라 목숨을 바치고도 후회하지 않는다.

아사나사이(阿史那社爾)는 동돌궐 카간 집안(王家) 출신. 싸움에 능하고 용감한 사나이로 그의 활은 목표를 놓치지 않았고, 싸움터에 말을 달리면 앞지를 자가 없었다. 돌궐제국 멸망 후 젊은 왕자는 당태종의 인간적 매력에 반해 그 휘하 장군이 되었고, 태종은 용맹과 충성스러움을 보고 공주를 주었다.

당태종은 아사나사이가 시빌 카간의 신검(神劍)을 보고, 포로로 잡은 요동성 성주 가족을 풀어 주었다는 보고를 받았다. 그까짓 성주 가족이야 어찌 했건 상관없었지만, 혹시라도 그의 충성심이 흔들렸다면 큰일이었다. 이번 원정이 수양제 때와 달리 성공을 거둔 원인의 하나가 10만 돌궐 기병의 참전 때문이 아니었던가. 고구려 기병이 요동벌판에서 당나라 군사를 요격할 엄두조차 내지 못했으니.

태종은 아사나사이 마음을 다독거리려고 수산 대본영에 불러 그동안 전공을 치하하고, 안시성 공격 선봉을 맡겼다. 그는 즉시 날랜 돌궐 기병 1만 명을 가려 뽑아 남으로 달렸다. 얼마 전 장검 군이 전멸당했던 갈대고개에 이르자 진격을 멈추었다.

14

부장 돌육에게 별동대 3천을 주어 갈대고개 동쪽 능선을 측면에서 공격케 하고, 자신은 본부 기병대를 이끌고 정면으로 육박해 들어갔다. 가까이 다가갔을 때 고갯마루 봉화대에서 연기기둥이 하늘로 치솟았다. 깜짝 놀라 매와 같이 날카로운 눈으로 사방을 둘러보았지만, 어디서도 안시성 군의 움직임을 찾을 수 없었다.

　백인대장(百人隊長) 바얀이 용기를 뽐내며 돌격했더니 뜻밖에도 화살 한 대 날아오지 않았고, 봉화대를 점령한 병사들이 지르는 승리의 함성만 울려 퍼졌다.

　아사나사이는 천천히 말을 몰아 고개로 올라갔다. 고갯마루는 황급히 도망친 흔적만 어지럽게 널려있을 뿐, 단 한 명의 고구려 병사도 찾아볼 수 없었다.

　"이상하군. 이렇게 멋진 방어진지를 싸움 한 번 하지 않고 포기하다니. 우리 기병대를 보고 겁에 질려 도망친 걸까?"

　고개를 갸웃거리다 문득 대총관 이적이 "갈대고개를 점령하기 쉽지 않을 테니 주력부대가 닿을 때까지 무리하게 공격하지 말라"고 잔소리를 늘어놓던 게 생각나 쓴웃음을 지었다.

　'내가 공을 세울까 봐 시기하는 마음을 가졌던 게지.'


　온사문은 갈대고개 철수 명령을 받자 의아한 생각이 들었다.

　"성주님, 여러 해 동안 공들여 가꾸어온 방어진지고 크게 승리했던 싸움터인데 어찌 한번 싸워보지도 않고 물러나려 하십니까?"

　"어리석은 새도 같은 그물에 두 번 잡히지 않거늘 뛰어난 싸움꾼인 당태종임에야. 더구나 야전에서 돌궐 기병대의 용맹은 만만치 않은 데다 아사나사이는 얕잡아 볼 장수가 아닐세."

양만춘은 자상하게 부하장수의 궁금증을 풀어 주었다.

"젊은 날 카를룩이란 대상(隊商) 두목을 따라 모래바다 타클라마칸(流砂)을 건너고 눈 덮인 천산(天山)을 넘어 땅끝 사마르칸트까지 간 적이 있었네. 그 사나이는 한때 서돌궐 장군이었는데 좋은 충고를 해 주었지.

'목숨을 걸고 대상으로 나선 장사꾼은 장군과 아주 흡사하나 다른 점이 하나 있다. 장사꾼은 뜻지 않은 일로 상품 9할을 잃어도 운이 좋으면 남은 것만으로 억만장자가 될 수 있지만, 장군은 아무리 큰 승리를 얻더라도 많은 부하를 잃으면 다시 일어서기가 무척 어렵다'고.

지금 이곳을 지킨다면 적에게 큰 피해를 입히겠지만 방어선이 뚫려 후퇴할 때 적 기병대의 추격으로 많은 손실이 생길 거야. 안시성을 지키려면 한 사람 병사조차 아쉬울 텐데, 어찌 조그만 이익을 탐내 위험한 짓을 하겠나. 지혜로운 장수는 강물이 흐르듯 순리(順理)를 따라야 하네. 물에 일정한 형상이 없듯 병사의 움직임도 어떤 정해진 틀에 얽매여선 안 되네(水無常形 兵無常勢)."


낮은 산모롱이를 넘자 아사나사이 눈앞에 넓은 벌판이 펼쳐지고, 뒤에 해성하 물줄기를 두른 해성고을이 보였다.

돌궐 군이 위력을 가장 잘 발휘할 수 있는 평탄한 지형이어서 기병대를 좌우로 넓게 벌려 공격대열로 전진했다. 그때 포장마차 백여 대가 황급히 고을을 빠져 나와 해성하에 걸린 다리를 건너 달아났다. 처음 발견한 고구려 군이었다.

　그는 돌육의 별동대에게 마차대를 사로잡으라고 명령하고, 자신은 본부 기병대로 해성고을을 포위했다. 마차대가 도망치면서 다리를 불태워 버려 별동대는 강을 건널 여울을 찾느라 주춤거리다가, 본격적인 추격을 시작했을 무렵 포장마차 행렬은 이미 벌판을 반이나 가로질렀다. 그러나 길게 줄을 지어 달리는 마차는 무거운 짐을 실었는지 느린 속도여서 벌판을 지나기 전에 돌궐기병이 따라잡을 수 있을 것 같았다.

　별동대는 사냥꾼이 짐승몰이 하듯 부채꼴로 퍼져 함성을 지르며 재빠르게 돌진했다. 거의 화살이 닿을 거리까지 마차대에 접근했을 때, 길가 숲에서 한 떼의 안시성 기병대가 벌떼같이 쏟아져 나와 별동대 옆구리에 화살 세례를 퍼부었다. 과하마(果下馬, 고구려 토종 작은 말)를 탄 경기병이었다.

　별동대는 경기병과 어울려 싸웠으나 오래지 않아 그들은 숲속으로 달아나버렸고, 그 틈에 포장마차대는 전속력으로 도망쳐 거의 계곡 입구에 닿았다. 조금만 더 추격하면 사로잡을 수 있는 거리였다. 돌육은 부하에게 빨리 마차를 멈추어 세우라고 호령했다.


　아사나사이는 해성고을을 점령하면서 이상한 생각이 들었다. 마을을 지키는 병사가 한 사람도 보이지 않고, 불탄 창고에는 곡식 한 톨 찾아볼 수 없었다. 그렇다면 혹시 함정을 파고 우리를 유인한 걸까? 그때 산모롱이를 돌아 계곡 속으로 사라지는 별동대가 눈에 들어왔다. 머리끝이 삐쭉 솟구치며 정신이 번쩍 들었다.

"속았다. 돌육에게 후퇴하라고 전하라!"

한 무리 마차대는 미끼였다. 별동대는 늑대가 울부짖듯 함성을 지르며 마차 양 옆으로 따라붙어 선두 기병이 마차 앞을 가로막는 순간, 별안간 마차 포장이 활짝 걷히면서 완전 무장한 병사들이 일제히 돌궐기병에게 화살을 퍼부었다.

포장마차에서 날아온 화살에 맞아 별동대 병사가 하나둘 말에서 떨어졌다. 뒤늦게 무장 마차대임을 알아차리고 당황했으나, 돌육은 맹렬한 투지가 솟아올랐다. 돌궐 군은 이제까지와 달리 불화살을 마구 퍼부으며 마차대를 앞지르려고 필사적으로 돌진했다.

말에 가죽갑옷을 입히고 포장도 물에 적신 두꺼운 쇠가죽이어서 돌궐 군 화살은 마차 안에 웅크린 안시성 병사에겐 그리 두려울 게 없었다. 반면, 온몸이 드러난 돌궐 군은 가까운 거리에서 쏘는 화살을 피하기 어려웠다. 서로 쫓고 쫓기는 사이에 어느덧 계곡 깊숙이 들어와 버렸다.

계곡 입구는 산봉우리가 용의 머리 같은 벌판 쪽으로 삐쭉하게 뻗어 있었다. 용머리 산등성이에서 붉은 깃발이 솟아오르자 계곡 양 옆에서 산이 무너지는 듯 함성이 일어나며 매복한 안시성 군이 쏟아져 나왔다. 깜짝 놀란 별동대가 정신을 차리고 보니 도망치던 포장마차들은 둥그렇게 원진(圓陣)을 펴서 앞길을 막았고, 계곡 입구에는 목책을 세우고 돌과 통나무를 굴려 돌아갈 길을 막아버렸다.

전령이 별동대에 닿기도 전에 골짜기 입구 산봉우리에서 요란한 북소리와 함성이 들려오자 아사나사이는 이미 늦었음을 깨달았다.

패잔병이라도 구하려고 급히 본부 기병대를 이끌고 해성하를 건너 골짜기 입구로 나아갔으나, 용머리 일대 철통같은 방어진에서 빗발치듯 화살을 퍼부어 희생자만 늘어갔다.

어둠이 깔리면서 해성고을 서쪽 산봉우리에 봉홧불이 오르더니, 잇따라 남서쪽 산봉우리와 안시성이 있는 남동쪽 산봉우리로 사면팔방에서 횃불이 타올랐다.

전사한 동료의 주검을 그대로 내버리고 오는 짓은 돌궐인에게 크나큰 수치였지만, 계곡 입구는 굳게 잠긴 자물쇠같이 열리지 않는 걸 어이하랴. 아사나사이는 아침부터 계속된 싸움으로 기진맥진한 부하들을 이끌고 더 이상 어떻게 해볼 수 없었다. 두려움에 휩싸여 해성에서 물러나 갈대고개로 후퇴했다.

돌육은 '초원의 이리'라 불리는 용사였지만, 안시성 군의 계략에 걸려 좁은 계곡에 갇혀 버렸다. 자신의 어리석음으로 많은 부하를 잃은 부끄러움을 이기지 못해 칼을 뽑아 목을 찌르려 하자, 백인대장 바얀이 급히 칼을 빼앗았다. 그때 그들을 구하러 온 아사나사이 군이 계곡 입구에서 지르는 함성을 들었다. 정신이 번쩍 든 돌육은 말을 버리고 어두운 숲속으로 숨어들었다. 별동대 패잔병들은 북극성을 길잡이 삼아 산등성이를 따라 간신히 골짜기를 벗어났다.

다음 날 이른 아침 안시성 사자가 돌궐 군 진영에 찾아와서 전사자와 부상병을 수습할 비무장 병사를 보내라는 성주의 말을 전했다. 아사나사이는 깜짝 놀라 두 눈을 크게 떴다.

"조건은?"

"없소. 성주님이 '옛 동맹국 돌궐과 싸움터에서 만나게 되어 괴롭다면서 돌궐 군이 고구려 민간인을 학대하지 않기 바란다'고 하셨지만, 그것이 어떻게 조건이 되겠소?"

그는 한참 동안 깊은 생각에 잠겼다.

"가서 전하시오. 성주님의 따뜻한 마음에 진심으로 감사한다고. 나는 이미 황제에게 충성을 맹세한 몸이니 내 뜻대로 할 수 없지만 안시성을 향해 활을 겨누게 되지 않기 바란다는 마음도."

아사나사이는 그동안 궁금증이 풀리면서 시밀 카간 신검의 주인은 안시성 성주가 틀림없다는 확신이 생겼다.


선봉 돌궐 군이 떠난 다음 날 대총관 이적은 흑기군을 이끌고 안시성으로 진격하면서 이도종에게 따로 정예군을 주어 기습부대로 삼았다.

'이번 싸움터는 갈대고개가 될 테지. 장검 군이 졌던 빚을 몇 배로 갚아주리라.'

그는 안산에 닿자 이도종에게 '적의 눈을 피해 산을 넘어가서 갈대고개와 안시성 사이에 매복하라'고 명령했다. 그날 오후, 아사나사이가 보낸 전령이 왔다. 돌궐 군은 피 흘리지 않고 갈대고개를 점령하고 해성고을로 전진한다는 승전보였다.

'늙은 여우가 미꾸라지처럼 용케 빠져나갔구먼. 한 번 재미 본 전쟁터를 다시 써먹지 않다니. 기습부대가 헛물만 켜게 되었군.'

쓴웃음을 짓던 이적은 갈대고개 주위 지형을 유심히 살펴보고 고개를 끄덕였다. 안시성이나 건안성으로 가려면 반드시 통과해야 할 길목. 자신이라도 싸움터로 선택할 만한 곳이었다.

이적은 적장에 대한 호기심으로 장검 군에서 싸웠던 젊은 군관의 안내를 받으며 얼마 전 거란 기병대가 전멸당했던 전쟁터를 둘러보았다. 갈대고개 목책은 그다지 대단할 것도 없었으나 놀라운 사실을 발견했다. 공격군이 진격할 길목마다 마치 진(陣)을 치듯 규칙적으로 배열된 우거진 가시덤불.

그 덤불은 공격군엔 진격을 가로막는 성벽같이, 수비군에는 덤불 속 작은 샛길을 통해 적에게 쉽게 접근해 공격하기 편하도록 주의 깊게 배치되었다. 더 놀라운 건 이 가시덤불이 오랜 세월 사람 손에 의해 가꾸어져 왔다는 사실이었다. 그는 얼음물을 뒤집어쓴 듯 가슴이 서늘해지고 등에서 식은땀이 흘러내렸다.

"정말 대단한 사나이로군. 그렇다면 이곳은 오래전부터 미리 준비해 둔 싸움터가 아닌가!"

"대총관님, 이놈들이 목책을 세웠던 통나무를 톱으로 썰어 가져가고, 그 자리를 흙으로 살짝 덮었군요."

이적이 톱자국을 자세히 살펴보니 이미 며칠 전 벤 자국이어서 화들짝 놀라 자기도 모르게 부관에게 고함을 질렀다.

"아사나사이에게 즉시 전령을 보내라. 당장 진격을 멈추라고. 이건 긴급명령이다!"

그러나 전령이 출발하기도 전에 고개를 향해 터벅터벅 돌아오는 돌궐 패잔병 행렬이 보였다.

당태종은 온몸을 스스로 결박한 채 꿇어 엎드려 패전의 책임을 달게 받겠다고 간청하는 아사나사이를 내려다보았다.

"싸우다 보면 이기기도 하고 지기도 하거늘, 패전했다 하여 그때마다 죄를 묻는다면 살아남을 장수가 어디 있겠는가?"

"아닙니다. 이번 패전은 오로지 소장이 적을 얕잡아본 오만과 경솔함 때문이었습니다. 선봉을 맡아 패전해 군사의 사기를 꺾었고, 더구나 적장이 베푸는 자비를 허락 없이 받아들이고 그 대가로 '초원의 법'에 따라 적지 않은 양(羊) 떼를 주는 죄까지 범했으니, 군법에 따라 벌을 받아야 마땅합니다."

당태종은 우직하고 꾸밈없는 아사나사이에게 깊은 정을 느끼면서 '적장이 자기보다 돌궐인의 마음을 더 깊이 꿰뚫어 보고 이 단순한 왕자의 마음을 사로잡은 것은 아닐까' 하고 두려움을 느꼈다.

"알겠네. 안시성 성주란 자가 장군보다 한 수 더 높은가 보군."

그는 손수 결박을 풀어 주며 위로했다.

"장군의 죄는 다음에 공을 세워 갚도록 하라!"

## 태풍전야 颱風前夜

이적은 모든 행군총관들을 소집했다.

"우리 목표는 안시성 군을 성안으로 몰아넣는 것이오. 적장은 매우 교활하니 공을 세우려고 서두르다가 함정에 빠지는 일이 없도록 각별히 조심하시오. 싸움을 걸어오면 맞서 싸우더라도 항상 척후병을 앞세워 서로 긴밀히 연락을 취하도록!"

한편 이도종에게 안시성 동쪽에 정탐병을 풀어 구원하러 오는 고구려 군 움직임을 빈틈없이 살피도록 특별 임무를 주었다.

포위작전은 순조롭게 진행되었다. 행군총관 장사귀 군의 낭장 유군앙 부대가 경솔하게 성 가까이 다가갔다가 큰 타격을 입었으나, 6월 20일 안시성 포위망이 완성되었다.

6월 11일, 요동성 수산 대본영을 출발한 황제의 주력부대도 6월 20일까지 도착하여 모든 병력이 안시성 주변에 집결을 마쳤다.

이른 아침 이도종 부대의 정탐병이 오골성에 숨어들어 갔던 세작(細作)을 데리고 황제 본영으로 달려왔다. 당나라 지휘부는 '지방군(地方軍)이 아니라 고구려 최정예인 막리지 직속부대가 구원군으로 출동했다'는 소식에 잔뜩 긴장했다.

안시성 여인들은 매일 노(弩) 쏘기와 부상병 치료법을 배웠다. 오후 일과를 마치고 돌아가던 아랑(흑모란)에게 삿갓을 눌러쓴 키다리 병사가 다가와 작은 상자를 건네주고 급히 사라졌다. 그녀는 소식이 끊겼던 아버지가 보낸 편지라고 짐작하고 가슴이 뛰었다. 급히 저택으로 돌아와 상자를 열자 작은 비단주머니와 한 장의 종이가 나왔다. 눈에 익은 글씨가 단 한 줄 적혀 있었다.

"시간이 없다. 빨리 성주를 독살(毒殺)하라!"

아랑은 얼굴이 새파래져 황급히 촛불에 종이를 태웠다. 다른 것이라면 무엇이든 기꺼이 받아들이겠지만, 아무리 아버지 명령이라지만 목숨까지 빼앗으라니 심한 갈등을 느꼈다. 그녀는 머리를 감싸 안고 흐느껴 울었다.

"더 이상 괴롭히지 말고, 그만 내버려 주세요!"

자랑스럽던 염탐꾼 노릇도 이제는 지긋지긋했다. 심각한 아버지 얼굴과 양만춘의 웃는 모습이 차례로 머리에 떠올랐다가 사라졌다.

'어찌해야 하나. 아버지 말씀을 따라야 할까? 금성철벽(金城鐵壁) 같던 요동성도 며칠 못 버텼거늘. 어차피 이 작은 성은 황제의 대군을 막지 못할 게다. 그런데 가슴 밑바닥에서 들려오는 이 자그만 속삭임은 … .'

전쟁이 점차 격렬해지고 안시성이 포위되면서 성주 안전을 책임지는 다로의 신경은 칼끝같이 예민해졌다. 아랑이 어떤 병사와 만나는 장면을 본 저택의 하녀가 고자질했다.

그녀의 의심스러운 행동을 듣자 다로는 젊은 호위 대원에게 그 병사를 찾게 하고, 하녀에게 철저히 감시하라고 지시했다. 그는 아랑에 대한 성주의 마음을 잘 헤아리고 있었지만, 호위대장으로서 더 이상 의혹을 묻어둘 수 없었다.

'사자를 죽이는 건 몸속에 있는 하찮은 벌레가 아니던가.'

아랑은 다로가 의심을 품고 물샐틈없이 감시하는 걸 알아챘다. 미처 보내지 못한 안시성 지도와 아버지 편지, 그리고 의심받을 만한 모든 것을 불태웠다. 그러나 왠지 비단주머니와 그 안에 든 독약은 버리고 싶지 않았다.


고정의는 요동 방어군의 총사령관이지만 막리지 직속 중앙군의

사령관인 고연수에게 명령할 권한은 없었다. 다만 큰아버지로서
간곡히 타일렀다.

"당태종 이세민은 여러 영웅호걸을 굴복시켜 중원(中原)을 통일
하고 사방의 이민족(異民族)을 정복해 '하늘이 낸 황제'(天可汗)라
불린 뛰어난 영웅이다. 이제 중국 대륙의 모든 병력을 이끌고 침
략해 왔으니 정면으로 맞서 싸우는 것은 바람직하지 않다. 최선의
전략은 안시성 북쪽 험준한 산악에 머물러 안시성을 디딤돌 삼아
적을 견제하는 것이다. 싸움을 걸어도 응하지 않고 굳게 지키는
한편, 때때로 기습부대를 보내어 보급로를 끊어라. 다행히 양만
춘 성주는 뛰어난 장수니 쉽게 성을 빼앗기지 않을 게다. 오래지
않아 날씨가 추워지고 군량이 떨어지면 적은 싸우려 해도 싸울 수
없고, 돌아가려 해도 길이 막혀 궁지에 빠질 테니, 그때 공격한다
면 어렵지 않게 깨뜨릴 수 있으리라!"

그는 적 후방을 교란하고 군량보급을 끊는 데는 철갑기병보다
날랜 경기병이 더 도움이 될 것이라며, 자신이 거느리던 로보의
말갈 기병대 5천을 고연수 군에 배치시켰다.


고연수가 두려워하는 사람은 오직 한 사람. 고구려 제일의 검객
(劍客)이고 장군인 큰아버지 고정의였다. 그는 고정의 앞에서는
공손히 고개를 숙였으나, 세상에서 자기보다 더 똑똑한 사람이 없
다고 뽐내던 터라 불만이 많았다.

'막리지는 그렇다 치더라도, 큰아버지까지 양만춘을 높이 평가
하면서 왜 조카인 내 능력은 믿지 못할까?'

고연수 군은 로보의 기병대를 앞세우고 기세당당하게 진격했다. 검은바위고개를 넘어 안시성 북동쪽 40리 북대봉 산기슭에 진을 쳤고, 선봉부대는 붉은 고갯마루까지 전진시켰다.

"사나이로 태어나 빛나는 승리를 거두고 영웅이 될 기회를 어이 놓치랴. 지금 내 밑에는 정예 중 정예인 중앙군의 북부군과 남부군 2만을 포함해 4만 대군●이 있다. 이만한 병력이면 오랜 원정에 지친 당나라 군사와 맞서볼 만하다. 어찌 한 번 부딪쳐 보지도 않고 구차스럽게 추위가 올 때까지 험한 산속에 웅크리겠는가!"

고연수는 남부군 지휘관 고혜진과 말갈 기병대장 로보를 불러 언제라도 출동하게 전군(全軍)에 전투태세를 갖추도록 명령했다.

당태종은 구원군이 접근했다는 소식을 듣고 고구려 장수들의 능력과 성격을 적어놓은 괴유의 보고서를 꺼내 읽다가, 항복한 백암성 성주 손벌음을 불러 고연수가 어떤 장수인지 물었다.

"스스로 병법의 대가라며 우쭐대는 자만심이 대단한 소인배입니다. 말끝마다 태왕병법과 《손자병법》을 인용하며 잘난 척하지요. 반정에 참여한 공으로 소형에서 대형(정 5품)으로 승진했습니다.

---

● 당시 당나라 기록에 고연수가 이끈 구원군 병력이 15만이었다거나, 40리나 뻗은 고구려 진을 보고 당태종이 크게 두려워하는 기색을 보였다는 기록이 전해오지만 이는 강력한 적을 겪었다는 것을 강조하는 '백발이 삼천장'(三千丈)이라는 중국인 특유의 과장으로 보인다. 고연수가 이끈 안시성 구원군 규모를 4만으로 보는 까닭은 그동안 나타났던 고구려의 통상적인 병력동원 규모나 요동성을 구원하려던 북부군이 3~4만이었으니 4만 정도가 진실에 가깝지 않을까 한다. 다만 구원군 주력은 연개소문의 정예 중앙군이었다.

지금은 위두대형(종3품)까지 벼락출세하여 막리지 직속 중앙군의 북부군 대장이 되었고, 이번에 구원군을 지휘하지만 실전경험이 전혀 없는 애송이입니다. 들리는 말로는 큰아버지 고정의가 막리지에게 다른 벼슬은 모르겠으나 장군으로 발탁하지 말라고 했다는 소문이 있습니다. 저도 그자를 만난 적이 있사온데, 하늘 높은 줄 모르는 듯 안하무인이어서 몹시 불쾌했던 기억이 납니다."

당태종은 무릎을 치며 유쾌한 낯으로 껄껄 웃었다.

"하하하! 조괄●같이 못난 놈이 여기도 있었구먼. 아첨을 싫어하는 사람은 없지만, 이런 어리석은 놈은 유달리 달콤한 말에 약하지. 장수가 장수답지 못하면 아무리 용맹한 군사라도 한 번 싸움으로 쓸어버릴 수 있느니."

즉시 신하를 불러 고연수가 교만한 마음을 갖도록 최대한 몸을 낮추고 예의를 갖춘 편지를 쓰게 했다.

"짐은 고구려의 흉악한 신하가 임금을 시해한 죄를 묻기 위해 이곳에 왔을 뿐 너희와 전투를 벌이는 것은 바라는 바가 아니다. 다만 짐의 군사들이 왔는데도 말 먹이와 군량을 공급해 주지 않아 부득이 몇 개 성을 점령했다. 이제라도 공손하게 예의를 갖춘다면, 빼앗은 성을 돌려주고 귀국하겠노라."

그는 편지 내용 속에 은근히 원정을 후회하는 뜻과 당나라 군의

---

● 조괄은 춘추전국시대 조나라 장수로 경박한 젊은이였는데, 실전경험도 없으면서 병법을 잘 안다고 떠벌리고 다녔다. 조괄의 어머니가 반대하는 데도 불구하고 왕이 총사령관에 임명하였다가, 진나라 장수 백기에게 참패하여 조나라 군사 40만이 포로가 되었고, 모두 생매장당했다고 함.

곤궁함을 나타내도록 하고, 이런 때를 위해 장손무기가 훈련했던
자를 사신으로 뽑아 고연수에게 보냈다.

6월 21일. 당태종은 안시성이 내려다보이는 산등성이에 대본영
〔行在所〕을 설치하고 전군 지휘관 회의를 열었다. 이도종은 황제
를 비롯한 모든 장군 앞에 큰 지도를 걸어놓고 아군과 적군의 배치
상황을 자세히 설명했다.

태종은 오늘 유난히 기분이 좋은 듯 싱글벙글했다. 황제가 일어
나자 장군들이 자세를 가다듬었다.

"적장 고연수에게 3가지 길이 열려 있다. 첫째, 안시성 수비군
과 힘을 합쳐 그곳을 보루로 삼고, 그 북쪽 천산 험준한 곳에 머물
러 굳게 지키면서 성안의 양식을 군량으로 삼고, 때때로 말갈 기
병을 풀어 아군의 말과 소를 약탈하고 우리 군량수송을 방해하는
것이다. 이렇게 되면 아군은 적을 공격해도 쉽게 이길 수 없고, 물
러나려 해도 요택의 진흙 펄에 길이 막혀 곤욕을 치를 테니 이것이
적에게 상책(上策)이다. 둘째, 고연수가 안시성에 있는 무리와 함
께 밤의 어둠을 틈타서 '걸음아 나 살려라'고 불알에 요령 소리가
나게 달아나는 것이다."

심각한 얼굴을 짓고 있던 장수들은 황제의 우스꽝스러운 몸짓과
과장된 음성에 웃음을 터뜨렸다.

"마지막으로 하룻강아지 범 무서운 줄 모른다고 고연수란 자가
자신의 능력과 지혜를 헤아리지 못하고, 아군과 결전을 벌이는 것
이니 이것은 하책(下策)이다!"

당태종은 확신을 가진 때의 버릇대로 고개를 뒤로 젖히고 콧수염을 쓰다듬으며 자신만만하게 장수들의 눈을 뚫어질 듯이 쳐다보았다.

"두고 보라. 고연수는 가장 나쁜 하책을 택할 테니. 짐의 눈에는 사로잡힌 적장의 초라한 몰골이 훤히 보이는구나."

황제의 말이 끝나자 당장 적장을 사로잡기라도 한 듯 모든 장수가 발을 구르며 환호했다.

"폐하께서 모든 상황을 한눈에 꿰뚫어 보고 계시니 이번 싸움을 몸소 지휘하심이 좋겠습니다."

장손무기가 말을 꺼내자 모든 장수가 맞장구를 쳤다. 황제는 고개를 끄덕이더니 손을 들어 조용히 하도록 했다.

"적장을 싸움터로 끌어내려면 먹음직한 미끼를 던져야겠지. 먼저 싸움을 걸고, 형편없이 두들겨 맞아 어리석은 적장의 간덩이를 붓게 해야 할 텐데, 이 어려운 일을 누가 맡을꼬?"

모두 서로 얼굴만 쳐다보고 선뜻 일어서는 자가 없었다. 아사나사이가 벌떡 일어났다.

"지난 번 패전했사오나 폐하의 너그러운 은혜로 용서받았으니, 소장이 이 일을 맡겠습니다."

태종은 이적, 장손무기, 이도종과 아사나사이를 거느리고 안시성 동산(東山, 233m)에 올라가 사방의 지형을 샅샅이 둘러보았다. 멀리 동쪽으로 바라보이는 해성하 건너편 능선에는 고연수 군 선봉부대의 깃발이 펄럭였고, 서쪽엔 안시성을 포위한 당나라 군의 모습이 손에 잡힐 듯 내려다보였다.

그는 손을 들어 산 아래를 가리키며 고연수 군을 함정에 몰아넣을 '대(大)포위섬멸작전'을 설명했다. 먼저 아사나사이에게 고연수 군을 유인할 공격로와 후퇴할 방향을 자세히 지시했다.

"여러 장수는 명심하라. 우리 목표는 단순한 승리가 아니라 고구려 군을 포위해 완전히 섬멸시키는 것이다."

황제의 눈길이 대총관 이적에게 머물렀다.

"대총관 이적은 흑기병 1만 5천을 이끌고 눈앞에 내려다보이는 안시성 남동쪽 대평산 기슭에 진지를 구축해 기다리다가, 아사나사이가 유인한 적군을 맞아 싸우라! 장사귀 군을 예비군으로 삼아 뒤를 받쳐주겠다.

장손 장군은 날랜 기병을 이끌고 저기 보이는 동쪽 산기슭 두도구 골짜기에 매복했다가, 적군이 흑기군을 공격하려고 사철하 계곡 안으로 들어오면 그때 그 뒤를 기습해 포위하라. 다만 적 주력이 모두 계곡 안으로 들어오기 전에는 함부로 움직이지 말라!

이도종 장군은 이 산 남쪽 기슭에 매복했다가 흑기군과 적 주력의 싸움이 한창일 때, 짐의 신호에 따라 적 옆구리를 찌르도록 하고, 계필하력 돌궐 기병대는 장손 장군 매복지 뒤쪽 숲에 숨어 있다가, 적이 무너져 달아나기 시작하면 한 사람의 적병도 해성하를 넘어 도망치지 못하게 추격해 섬멸시키라!

짐은 이 산봉우리에 앉아 여러 장수들이 어떻게 싸우는지 내려다보겠노라."

당태종은 별도로 전군(前軍) 대총관 유홍기에게 포위진을 보강하는 임무를 맡기고, 병부시랑 양홍래에게 대(大) 포위섬멸작전을 벌이는 동안, 안시성 수비군이 이를 눈치 채지 못하게, 성의 동문과 남문에 견제공격을 퍼붓도록 명령했다.

고연수 군을 일망타진할 무시무시한 그물이 물샐틈없이 펼쳐졌다. 태종은 군사의 사기를 높이려고 황제가 동산 꼭대기에서 그들이 싸우는 모습을 내려다본다는 걸 병사들에게 알리게 하고, 어젯밤 유성(流星)이 고구려 군 본진에 떨어졌으니 필시 적의 대장이 패배하여 죽을 것이란 유언비어를 퍼뜨리게 했다.


고연수는 태종의 정중한 서신(書信)을 받고 우쭐해졌다. 적장에게 보내는 글로서는 지나치게 깍듯이 예의를 갖추었고, 그 서신의 내용도 황제가 이번 원정에 나선 것을 무척 후회하지만, 마땅한 명분을 찾지 못해 원정을 그만두지 못하는 고민이 곳곳에 스며 있었다.

현실을 객관적으로 살피지 못하고 자기 편한 대로만 해석하는 어리석은 소인이 어찌 한둘이랴. 다만, 이런 자가 군사를 이끄는 대장이라면 큰 재앙을 불러오게 된다.

고연수는 전쟁영웅으로 평양성에 개선하는 모습을 상상하며 흐뭇한 미소를 지었다.

"적은 오랜 원정에 지쳐 마음이 흔들리고 있다. 한번 싸워 크게 무찌른 다음, 황제의 체면만 살려주면 이번 전쟁을 쉽게 끝낼 수 있겠구나."

장손무기는 정치공작과 첩보전에 뛰어난 재능을 가진 자였다.

태종의 사자(使者) 장건우는 중랑장 군복을 입었지만 장군은커녕 병사도 아니었고, 장손무기가 공들여 키운 사간(死間, 일부러 사로잡혀 허위정보로 적군을 속이는 간첩)이었다. 따라서 당나라 군의 실정도 잘 몰랐고, 장손무기에게 주워들은 거짓정보밖에 아는 바가 없었다. 그가 고문에 못 이겨 털어놓은 엉터리 정보는 고연수가 잘못된 판단을 저지르는 무서운 독약이 되었다.

'적은 군량이 떨어졌고, 장군부터 병졸까지 사기가 말이 아니다'라고 확신한 고연수는 모든 군사를 동원해 당나라 군과 정면대결하기로 마음먹었다.

말갈 기병대장 로보는 요동성 외곽전투에서 당나라 군과 싸워 보았기에 그 실력을 잘 알고 있었는데, 고정의에게 들었던 임무와 전혀 다른 명령을 받자 미덥지 못해 고연수를 찾아갔다.

"대장님, 결전을 치르려면 먼저 적군을 충분히 정찰하고, 안시성 양만춘 성주께도 알려 공동작전을 펴야 하지 않겠습니까?"

고연수는 양만춘의 이름이 나오자 불쾌감부터 앞섰다. 기습에는 신속함이 생명이라며 로보가 알아들을 수 없는 병법 강의를 한바탕 늘어놓더니, 명령이 떨어지면 따라야 한다고 윽박질렀다.

## 천산패전 千山敗戰

6월 22일, 날이 밝자 당나라 군이 먼저 공격했다(343쪽 참조).

낮게 드리운 구름과 아침 안개를 뚫고 좌위대장군 아사나사이 깃발을 앞세운 3천여 명 돌궐 기병대가 동쪽으로 전진했다.

그들은 붉은고개 기슭에 자리 잡은 로보의 말갈 군 진영을 미처 보지 못했는지 이를 지나쳐, 고갯마루에 진치고 있던 고혜진 부대를 공격했다.

말갈 기병대가 함성을 지르며 뒤쫓아 와 돌궐 군이 돌아갈 길을 끊어버리고, 고혜진의 철갑기병대가 앞을 가로막았다. 돌궐 기병은 포위될 위험에 빠지자 변변히 한번 싸워보지도 못하고, 끌고 온 수백 필의 말까지 내팽개친 채 놀란 쥐떼처럼 해성하로 줄행랑쳤다. 강 상류여서 강폭이 넓었으나 물이 깊지는 않아 돌궐 기병대는 어렵지 않게 강을 건넜다. 하지만 대열이 뿔뿔이 흩어져 병력을 수습하기 어려워 보였다.

승리의 기쁨에 취한 고연수는 추격명령을 내렸다.

고연수가 이끄는 경기병대와 로보의 말갈 기병대는 얕은 여울에서 강을 건넜고, 고혜진의 철갑기병대는 해성하에 걸린 다리를 지나 토끼몰이 하듯 벌판을 가로질러 돌궐 기병대를 뒤쫓았다. 남서쪽을 향해 도망치던 아사나사이는 되돌아서서 고연수에게 맞서 몇 차례 창을 맞부딪치다가 힘이 부친 듯 패한 척하며 달아났다. 고연수가 부쩍 힘이 나서 급히 말을 채찍질해 적장을 뒤쫓자 부하장수 비려가 불안감을 느끼고 말을 달려가 말렸다.

"적군이 우리를 유인하는 듯합니다. 매복이 있을지도 모르니 뒤쫓지 마십시오."

승리가 눈앞에 있다고 생각한 고연수는 귀담아 듣지 않았다.

"쥐떼처럼 흩어져 도망치는 게 보이지 않느냐. 저 꼴이 유인하는 군대의 모습이라고? 곧 적군은 우리 손에 떨어질 게다."

고연수는 기병대를 재촉해 추격에 열을 올렸다. 적을 따라잡아 결정적 타격을 입히려는 순간, 북소리가 울리며 돌육이 이끄는 한 떼의 돌궐 군이 아사나사이 군을 구하려 숲에서 쏟아져 나왔다. 엉성하기 짝이 없는 군대였다.

"저게 네가 말한 매복한 군사란 건가?"

그는 비려를 뒤돌아보며 비웃더니 손을 높이 들어 총공격 명령을 내렸다.

돌궐 기병은 날랜 경기병보다 그 뒤에 몰려오는 철갑기병대를 보고 기(氣)가 질린 듯 황급히 계곡 안으로 도망쳤다. 그런데 고연수가 모르는 게 있었다. 강한 적을 만나면 쥐떼같이 흩어졌다가 빈틈이 보이면 새떼같이 모여 뒤통수를 치는 기병 전술은 흉노 이래 초원 유목민의 전통적인 전투방법이지 결코 패배해 달아나는 군대의 모습이 아니란 것을.

이제 사철하 상류. 이 개울을 따라 북서쪽으로 계곡을 지나면 곧 안시성이다. 뒤쫓던 선두 기병이 계곡 서쪽 대평산(272m) 기슭에 목책을 세우고 있는 흑기군을 발견했다. 포위망이 완성될 때까지 고구려 군을 붙들어 둘 미끼였다. •

고연수는 흑기군 병력이 그다지 많지 않음을 보고, 승리한 기세를 몰아 단숨에 이들을 섬멸시키려고 마음먹었다.

"말갈 기병대는 계속 전진해 대평산 북쪽에서 공격하라. 나와 고혜진 장군의 중앙군은 산 동쪽과 남쪽을 공격하겠다."

"전군 돌격!"

정사각형 밀집대형으로 고혜진의 철갑기병대가 일제히 장창을 수평으로 겨누며 돌진하자 흑기군도 고함을 지르며 맞섰으나, 철갑기병대의 강철주먹을 막을 자가 없었다. 삽시간에 피바람이 풀숲을 적시고 그 앞을 가로막던 적병의 머리가 추풍낙엽처럼 흩날렸다. 철갑기병대의 돌격으로 넋을 잃은 적군이 빈틈을 보이자 말갈 기병대도 일제히 말의 배를 걷어차며 적진으로 돌격했다. 로보의 용맹은 무시무시했다. 저승사자 같은 칼날이 번쩍일 때마다 피보라가 쏟아지고 겁먹은 적병이 개미떼같이 흩어졌다.

계곡의 북쪽 동산(233m) 위에서 포위작전을 지휘하던 당태종은 크게 놀라 낯빛이 변했다. 고구려 군의 철갑기병과 말갈 기병의 전투력이 워낙 강해 당나라 군 흑기병이 곧 무너질 것 같았다. 그러나 고구려 군 주력(主力)이 아직 계곡 안으로 들어오지 않아, 장손무기는 황제의 지시대로 출동하지 않고 있었다.

---

● 일본 역사학자(八木奬三郞)에 의하면 고연수 군은 오골성에서 수암(岫岩)을 지나 천산산맥을 넘고, 해성하 상류의 충적평야를 지나 사철하(沙鐵河)를 따라 북서쪽 방향으로 안시성을 향해 진군해 안시성의 남동쪽 10리까지 접근했다. 그렇다면 당태종이 머문 북쪽 고봉(高峰)이란 안시성 북동쪽의 233m 고지로 추정되고, 이적이 방어진을 펼친 서령(西嶺)은 사철하 건너편 서쪽 산줄기(大平山, 272m)에 해당된다고 하겠다.

지금 총공격 명령을 내리면 장손무기의 복병이 일어나 흑기군의 위급을 구할 수 있겠지만, 애써 준비한 포위 그물이 아직 완성되지 않았기에 고구려 군을 그물 안에 가두어 일망타진하려던 애초 계획은 물거품이 될 수밖에 없었다.

'만약 흑기군이 포위되고 돌파당한다면 …….'

당태종은 위험에 빠진 흑기군을 보고 등에 식은땀이 흘러내렸지만, 이를 악물어 두려움을 떨치면서 흑기군을 믿고 버텼다.


대회전(大會戰)이 벌어지는 순간 모든 병사(全軍)는 적과 맞서 싸우는 선두대열, 그 뒤를 받혀 주는 둘째 대열, 그들이 무너질 때 교대해서 싸울 셋째 대열로 대오를 갖추고, 한 명의 병사도 빠짐없이 전투에 참여해야 승리할 수 있다.

생사(生死)를 좌우하는 전쟁터에서 싸움에 가담하지 않는 군더더기 병사가 많다면 그런 군대는 승리하기 어렵다. 남아도는 병력이 있다면 적의 빈틈을 강타할 기습군으로 활용하거나, 전기(戰機)가 무르익는 결정적 순간에 투입해 승리를 굳힐 전술 예비군으로 두어야 한다. 그렇지 않으면 예상하지 못한 사태에 대비할 전략 예비군으로 대기시킴이 마땅하다.

고연수 군 공격대열은 좁은 대평산 정면에 지나치게 병력을 집중시켜 적과 맞부딪혀 싸우는 병력보다 그 뒤를 줄지어 따르는 병사가 훨씬 많았다. 이렇게 뒤엉킨 병사들은 전진할 때는 몰라도 후퇴할 때 행동의 자유를 빼앗기 때문에 차라리 없느니만 못하다.

이적은 고연수의 서투른 병력운용을 보고 승리를 확신했으나,

말갈 기병의 날렵한 전투력과 철갑기병의 강력한 돌파력이 너무나 날카로워 흑기군 병사들은 낫에 베어나가는 잡초처럼 걷잡을 수 없이 무너져 곧 붕괴될 위기에 빠졌다.

이적은 그의 임무가 얼마나 중요한지 잘 알고 있었다. 진땀을 흘리며 장사귀 예비군에 출동명령을 내리고, 흑기군에게 산중턱 제 2방어선으로 후퇴하여 진지를 사수(死守)하라고 외쳤다.

제 2방어선에 미리 대기하던 화살부대가 빗발치듯 화살을 쏟아부어 고구려 군 전진을 잠시 늦추는 사이 흑기군은 간신히 산중턱으로 후퇴했으나 곧 치열한 백병전(白兵戰)이 벌어졌다. 황제가 산위에서 그들이 싸우는 모습을 내려다보고 있음을 잘 아는 병사들은 최후의 방어 진지에서 죽을힘을 다해 버텼다.

태종은 손에 땀을 쥐며 흑기군의 혈전(血戰)을 지켜보다가 멀리 동쪽 벌에서 흙먼지가 일어나는 것을 보고서야 입가에 미소를 머금었다. 드디어 장손무기와 우진달이 이끄는 정예 기병대가 숨어 있던 두도구 골짜기를 빠져나와 고구려 군의 후미를 공격했기 때문이었다.

'그물 속으로 물고기가 모두 들어와 포위망이 완성되었구나.'

태종이 의기양양하게 손을 높이 쳐들었다.

"총공격하라!"

황제의 깃발이 동산 봉우리 위로 높이 솟아오르며 북소리가 우렁차게 울려 퍼졌다. 산기슭에 숨어 있던 이도종의 돌격대가 함성을 지르며 산사태가 나듯 동산 남쪽 비탈로 쏟아져 내려갔다.

뜻밖에 적군이 앞뒤에서 기습공격을 퍼붓자 고연수는 크게 놀라 군사를 셋으로 나누어 막으려 했다. 그러나 미리 대기한 예비병력으로 새로 나타난 적을 막는 게 아니라, 짧은 시간에 전투 중인 병력을 쪼개 3개 부대로 재편성하는 게 얼마나 어려운 일인가.

고구려 군은 걷잡을 수 없이 혼란에 빠져 갈팡질팡했고, 이 혼란은 공포로 바뀌었다.

대평산 중턱까지 몰렸던 흑기군은 여유를 되찾아 수천 명 장창부대를 앞세워 고구려 군을 산 아래로 밀어붙였다. 장손무기와 우진달의 기병대는 우왕좌왕하는 고구려 군 후방을 거침없이 짓밟으며 고연수 본진으로 밀려들었고, 이도종의 돌격대는 숨 쉴 틈 없이 옆구리를 찔렀다.

전후좌우에서 헤아릴 수 없는 당나라 군사가 몰려들어 겹겹이 에워싸자 고구려 군은 사철하 좁은 계곡에 포위되어 독 안에 든 쥐 신세가 되고 말았다.

고구려 군을 전멸의 위기에서 구한 것은 하늘이었다. 요동(남만주)의 장마는 6월 하순부터 한 달간 계속되는데, 한반도처럼 여러 날 계속해서 주룩주룩 내리지 않는다.• 한번 쏟아지면 물동이로 쏟아붓듯 호우(豪雨)가 내려 순식간에 도로는 개울이 되고, 요하

---

• 요동 지역 기후에 대해서는 《만몽신흥대관》(滿蒙新興大觀, 김유동 저), "만주의 우기"(雨期) 참고. 당나라 역사기록에 따르면 6월 22일, 안시성 동쪽에서 당나라 군이 고연수 군을 공격하여 포위하던 날 천둥번개가 치고 폭우가 내렸다 함.

나 대량수 같은 강은 넘쳐흐른다. 그러나 이런 폭우도 이틀을 계속 내리지 않고 곧 날이 갠다.

결전을 치른 날, 아침부터 짙은 구름이 낮게 깔리더니 정오가 지나면서 먹구름이 몰려들었다. 장손무기 기병대가 고연수 본진을 짓밟을 즈음 하늘을 쪼갤 듯 천둥번개가 치고 장대비가 폭포수같이 쏟아지더니 강과 개울이 넘쳐흘렀다. 요동벌판은 황토땅이라 흙 사이에 기공(氣孔)이 많아 물이 잘 스며들고, 일단 물을 머금으면 흐물흐물해진다. 비가 내리면 황톳길은 미끄러워 말을 달리거나 걷기 어렵고, 폭우라도 쏟아지면 진흙탕으로 변해 버린다. 이제 당나라 군은 적이 아니라 진흙탕과 싸워야 했고, 흩어져 달아나는 고구려 군을 추격해 섬멸시키려고 잔뜩 벼르던 계필하력의 돌궐 기병대는 원망스러운 듯 하늘만 쳐다볼 수밖에 없었다.

로보의 말갈 기병대는 선봉군이 되어 계곡 안쪽 깊숙이 전진했으므로 후퇴하는 것이 어렵게 되었다. 전면의 적을 뚫고 십여 리만 전진하면 안시성이었으나, 계곡 좁은 목에 장사귀 군이 여러 겹 목책을 세우고 목책 뒤에 숨은 궁노수(弓弩手)들이 빗발같이 화살을 퍼부어 뚫고 나갈 수 없었다.

문득 로보는 오른쪽 동산 산봉우리 위로 번개가 치고 벼락이 떨어지면서 황제의 본진이 어지러워지는 것을 보았다.

"모두 말에서 내려라. 저 산 위에 있는 적의 본진을 치자!"

말갈군은 장대같이 쏟아지는 빗속을 뚫고 산을 오르기 시작했다. 황제 본진에 가까이 다가갔을 때에야 당나라 군은 말갈 군의 기습을 눈치 채고 당황하여 갈팡질팡했다. 당태종은 백기(百騎)의 호위를 받으며 정신없이 산의 반대편으로 내려갔고, 로보의 말갈 기병대는 텅 빈 본진을 짓밟아 황제의 간담만 서늘하게 한 채 물러날 수밖에 없었다.

어둠이 내리자 로보는 부하를 격려하며 산 능선을 따라 무작정 동쪽으로 나아갔다. 멀리 동쪽 해성하 상류에서 쏟아지는 빗속을 뚫고 활활 타오르는 불길이 보였다.

'저 불은 아마도 고정의 사령관이 보내는 구원신호일 것이다. 저기까지만 가면 탈출에 성공할 수 있을 텐데.'

산줄기가 끝나는 계곡 입구에는 이미 적군이 겹겹이 목책을 세워 지키고 있어 굶주림과 피곤에 지친 부하를 이끌고 적진을 돌파한다는 것은 절망적이었다.

고연수와 고혜진도 장손무기와 이도종 군의 협공을 받아 나머지 고구려 군과 분리되었다. 흘러넘치는 사철하를 앞에 두고 산에 의지한 채 많지 않은 직속부대 병력만 이끌고 진영을 설치했다. 시간이 흐를수록 고연수의 지휘부를 에워싼 적의 포위망은 더욱 견고해졌다.

전쟁에서 가장 치명적인 사태는 지휘계통이나 전투대열이 무너지는 것이다. 명령체계가 끊겨 뿔뿔이 흩어진 병사들은 그때부터 군대가 아니라 적의 사냥감에 불과하다.

고구려 군이 강력했던 것은 하급지휘관인 백인대장과 니루 같은 노련한 싸울아비의 뛰어난 판단력과, 경당에서 함께 교육받은 병사의 굳센 단결력에 있었다. 지휘부와 연락이 끊겨 고립된 고구려 군은 이들 싸울아비의 독자적 판단에 따라 움직일 수밖에 없었다.

쏟아지는 장대비와 진흙탕을 다행으로 여겨 소규모 무리가 전투대열을 유지한 채, 무릎까지 빠지는 진흙탕을 헤치며 동쪽으로 필사적인 탈출을 시작했다. 그러나 당나라 대총관 유홍기의 병력이 해성하에 걸린 다리를 끊어버렸다. 살아남으려면 위험을 무릅쓰고 황갈색 진흙물이 소용돌이치며 흐르는 해성하를 건너야 하는 절망적 상황이었다.

고정의는 고연수가 미덥지 않았으나 연개소문의 중앙군 소속이라 간섭할 수 없었다. 하지만 적군과 정면대결하려 한다는 로보의 연락을 받자 그 진군을 막기로 결심했다. 즉시 천산 지역 요동 방어군에 비상령을 내리고, 오골성에 주둔한 두방루(豆方樓)의 날랜 기병 5천을 이끌고 밤을 새워 붉은고개로 말을 달렸다.

6월 22일 정오 무렵. 고갯마루에 닿았으나 이미 때가 늦었다. 고연수 군은 벌써 안시성 동쪽 10여 리까지 진출해 적군과 격전 중이었다. 장맛비로 넘쳐흐르는 해성하에 이르러 다리가 끊어진 것을 보고 고정의는 하늘을 우러러 탄식했다. 이미 엎질러진 물이어서 이제는 피해를 줄일 수밖에 없었다. 물질(水泳)에 능한 병사를 뽑아 강 건너편 버드나무숲에 수십 가닥 밧줄을 걸게 한 후 병사들을 독촉해 강을 건너게 하고 정탐병을 풀어 전투결과를 알아보게 했다. 싸움터에서 탈출한 병사의 보고는 가슴이 무너지는 소식뿐이었다.

강가 언덕 높은 곳에 산같이 나무를 쌓게 하여 기름을 퍼붓고 불을 질렀다. '쏟아지는 빗속에서 얼마나 오래 탈 것인가. 이 불꽃이 후퇴하는 병사에게 길잡이 노릇을 할 수 있을까?' 고정의는 애끓는 마음으로 어둠이 내리는 벌판을 노려보았다.

6월 23일 날이 밝았다. 고연수는 참담한 마음으로 겹겹이 에워싼 적군을 둘러보았다. 이번 싸움에 태종이 얼마나 많은 병력을 동원했는지 살펴보고 소스라치게 놀라 입을 다물 수 없었다.• 그렇다면 장건우는 그의 판단을 흐리게 하려 거짓정보를 준 것인가.

무적(無敵)이라 믿었던 철갑기병은 말의 다리까지 진흙탕에 파묻혀 기동력을 잃어버려 마치 땅 위로 올라온 거북 같았고, 몇천 명도 남지 않은 부하들은 피로와 굶주림에 지쳐 멍한 눈빛이었다. 뒤돌아보았으나 항상 그의 뜻대로만 움직여 왔던 무능한 장수 고혜진에게 무엇을 기대하랴. 넋이 빠져 하늘만 쳐다보고 있었다.

문득 큰아버지의 성난 얼굴이 떠올랐다. 이제야 그때의 충고가 가슴에 사무쳤다. 자신의 오만과 경솔함이 얼마나 엄청난 파멸을 불러왔는지 두 눈으로 보았다. 그러나 어이하리. 후회란 항상 뒤늦게 찾아오는 것을.

스스로 목숨을 끊을 기백조차 없는 자에게 남은 길은 오직 하나뿐이었다. 날이 밝자 말갈 군이 머물던 산줄기도 적에게 겹겹이 둘러싸였다. 최후의 결전을 준비하던 로보에게 항복하면 목숨을

• 안시성 동쪽 벌판의 천산대회전에 참가한 당나라 군의 총병력은 《전당문》(全唐文)의 기록에 따라 이 싸움에 동원된 당나라 행군총관의 숫자를 기준으로 계산하여 대략 30만 명으로 추산하였다. 《새로 쓰는 연개소문전》(김용만 저) 참고.

살려주겠다는 이적의 항복 권고장을 가지고 고연수가 찾아왔다. 기진맥진한 말갈군의 백인대장 회의는 더 이상 싸울 수 없다는 결정을 내렸고, 로보는 가만히 고개를 끄덕이고 눈을 감아버렸다.

 어둠이 걷혀가는 해성하 서쪽 벌판. 쏟아지는 빗속 무릎까지 빠지는 진흙바다 여기저기에 수십에서 수백 명까지 무리를 지은 사람 떼들이 썰물 때 갯벌에 기어가는 게의 행렬처럼 동쪽을 향해 엉금엉금 기어가고 있었다. 어디에 저렇게 많은 고구려 군이 숨어 있던 것일까. 양군(兩軍)은 눈앞에 벌어지는 믿을 수 없는 광경을 바라보고 입만 딱 벌렸다.
 고정의의 주름진 얼굴에는 하염없이 눈물이 넘쳐흘렀다.
 "오 내 새끼들, 살아 돌아와 주어 고맙다."
 해가 높이 떠오르자 거짓말처럼 장대비가 그치고 맑게 개었다. 그러나 넘쳐흐른 강물로 곳곳에 웅덩이가 널렸고 온통 진흙탕이었다. 후퇴하는 고구려 군을 섬멸하려고 해성하 강둑에 매복했던 당나라 좌무위 장군 왕군악은 눈앞에서 벌어지는 탈출을 그냥 지켜보고만 있을 수 없었다. 그는 가볍게 무장한 보병대를 가려 뽑아서 탈출로를 막으려 강물이 넘쳐흐르는 진흙탕을 건너 전진했다. 강변 버드나무숲 가까이 다가갔을 때 숨어 있던 고정의 군이 쏘는 화살에 선두병력을 많이 잃었다.
 왕군악이 멈칫거리는 부하들에게 호령하며 진흙탕을 헤치며 계속 나아가자, 맨발에 허리만 가린 한 무리 고정의 군이 짧은 창과 칼을 들고 버드나무숲에서 쏟아져 나왔다. 바로 그 순간 왕군악

옆 진흙탕에 엎드려 있던 벌거숭이 사나이가 벌떡 일어나면서 한 칼에 그의 목을 베어버렸다. 이날 양군의 눈앞에서 2만 명 가까운 패잔병들이 진흙바다를 건너 해성하 동쪽으로 탈출했다.

천산싸움에서 당나라 군사 중 두 사람의 설(薛) 씨 성(姓)을 가진 사나이가 가장 뛰어난 공을 세웠다.

설인귀(薛仁貴)는 산서 용문 출신 가난한 농민의 아들로 전쟁터에서 공을 세워 출세하겠다며 장사귀 군의 졸병으로 입대했다. 안시성을 포위할 때 낭장 유군앙이 이끄는 군사가 안시성 수비군에 포위되어 위험에 빠졌는데 설인귀가 용감히 싸워 안시성 군을 물리치면서 그의 용맹함이 알려지기 시작했다.

6월 22일 결전의 날, 황제가 친히 산 위에서 싸움터를 지켜보는 걸 알고서 설인귀는 황제 눈에 잘 띄려고 흰옷 차림으로 전쟁터에 나가 활을 안장에 걸고 긴 창을 휘두르며 고연수 군에 돌격해 용감하게 싸웠다. 흑기군이 고연수 군에게 밀려 고전(苦戰)하는 광경을 애태우며 내려다보던 당태종 눈에 괴상한 흰옷 차림의 사내가 동에 번쩍, 서에 번쩍 눈부시게 활약하는 모습이 보였다. 전투가 끝나자 황제는 크게 칭찬하고 바로 유격장군에 임명했다.

"우리 장수들이 모두 늙어 용맹을 떨치는 자가 별로 없더구나. 짐이 이제 그대를 얻었으니 요동을 빼앗은 것보다 더 기쁘도다."

이 일이 계기가 되어 설인귀는 벼슬을 얻고 계속 공을 세워 후일 제후(諸侯)의 지위에까지 오르게 되었다.

또 한 명의 설 씨는 설인귀 같은 행운을 누리지 못했다. 신라인

설계두(薛罽頭)는 육두품인 하급귀족 출신으로 용맹하고 무예가 뛰어났다. 신라는 골품제도의 신분사회여서 진골이 아니면 대신이나 장군이 될 수 없었다. 젊은 설계두는 자신의 처지를 분하게 여겼다.

"신라는 골품을 따지기 때문에 그 족속〔眞骨〕이 아니면 아무리 큰 재주와 뛰어난 공을 세워도 그 한계를 넘을 수 없지. 나는 당나라로 건너가 출세하겠네."

그는 큰 꿈을 품고 621년(진평왕 43년) 바다를 건너갔다. 그러나 이미 통일전쟁이 끝나고 평화로운 세상이 된 당나라에서 외국인이 어이 뜻을 펼 수 있으리오.

당태종이 고구려 원정을 선포하고 전국에서 용사를 뽑자 설계두는 이미 중년에 들어섰으나 좌무위과의(左武衛果毅)라는 하급장교로 종군하였다.

로보의 기병대가 황제의 본진을 기습해 황제가 위험에 빠진 것을 보고 앞장서서 용감하게 싸워 말갈 군을 막았다. 그제야 뒤늦게 정신을 차린 근위대가 몰려와 말갈 군을 격퇴시켰으나 그는 고슴도치처럼 온몸에 화살을 맞고 전사했다.

태종은 자신을 위험에서 구하려다 죽은 설계두가 신라인이고, 평소 소원이 장군이 되어 황제를 보좌하는 것이었다는 말을 듣고 감격했다. 그는 입고 있던 곤룡포를 벗어 시신(屍身)을 덮어주고 대장군이란 관직을 내렸다. •

---

• 《삼국사기》, 열전(列傳), '설계두'에서.

천산싸움은 고구려의 참담한 패배였다. 1만 명에 달하는 전사자와 포로 6,800여 명(346쪽 참조). 더구나 이들 전사자와 포로 대부분이 정예 중앙군과 말갈 기병이었다. 당태종은 뜻밖의 호우로 고연수 군을 완전히 섬멸하지는 못했으나 크게 승리한 것이 기뻤다.

말에서 내려 하늘에 두 번 절하여 감사하고, 이 소식을 본국의 태자에게 알리도록 하는 한편, 승리 장면을 파진도(破陣圖)로 그리게 하고 승리의 기록을 돌에 새기도록 하였다.

그는 항복한 고구려 장수들을 굽어보며 거만하게 물었다.

"이 뒤에도 감히 천자(天子)의 군대와 싸우겠느뇨?"

고연수와 고혜진은 꿇어앉아 머리도 들지 못하고 진땀만 흘렸다.

'그처럼 교만하던 자가 저리 비겁해지다니.'

로보는 두 사람을 흘깃 쳐다보더니 가슴을 펴고 당당히 말했다.

"패배한 자에게 어찌 입이 있겠습니까만, 어리석은 대장 잘못으로 패전했지 우리 군사가 약해서 진 것은 아닙니다."

태종은 말없이 로보를 내려다보았다.

그는 며칠 동안 전쟁터를 수습해 전사자를 장례지낸 후에 소와 양을 잡아 3일 동안 크게 잔치를 베풀어 군사를 위로하고, 항복한 장수 고연수는 홍로경(외국사신을 접대하는 관직), 고혜진에겐 사농경(나라 살림을 맡은 직책)이란 높은 벼슬을 내리고 고구려인 포로 3,500명을 본국으로 끌고 갔으나, 말갈 포로 3,300명은 생매장시켰다.

## 안시성 싸움이 시작되던 날

적군의 포위공격을 막느라고 코앞에서 벌어진 천산싸움을 눈치 채지 못한 양만춘은 이제 두려워하던 최악의 사태가 벌어진 것을 깨달았다. 밀어닥치는 홍수의 거센 물결에 씻겨 내려가는 모래성 위에 홀로 서 있는 듯한 절망감이 덮쳐왔다.

"요동의 성들이 하나둘 무너지더니, 믿었던 구원군조차 한 번 싸움에 어이없이 전멸하다니. 과연 이 외로운 성에서 기세등등한 적 대군을 막아낼 수 있을까?"

집무실 벽에 걸린 정법사(定法師)●의 시, 〈고석〉(孤石)이 눈에 들어왔다. '뭇 봉우리들 중 유난히 빼어난 봉우리 하나, 흰 구름 위에 외로이 우뚝 솟아 있구나〔獨拔群峰外 孤秀白雲中〕.'

낙양 거리를 떠돌던 젊은 시절에 을지 공(을지문덕)의 사람됨을 늙은 스님께서 어떻게 꿰뚫어 보시고 저 시를 지어주셨으며, 을지 공께서는 어찌하여 나에게 물려주신 것일까.

'온 힘을 기울여 싸우는 건 인간의 몫이나, 승리는 하늘이 주시는 선물이더구먼'이라며 어깨를 두드려 주던 인자한 얼굴이 떠오르면서 마음이 편안하고 머리가 맑아졌다. 문득 가슴 밑바닥에서 천명필승(天命必勝, 하늘의 뜻에 따를진대 반드시 승리한다)이라 속삭이는 희미한 소리가 들려왔다.

---

● 정법사는 6세기 말 중국에서 활약한 고구려 고승(高僧). 〈고석〉은 고구려인이 지은 시가(詩歌) 중 현재까지 전해오는 몇 개 되지 않는 귀중한 작품 중 하나.

'두려워 말고 눈을 들어 하늘을 보라. 해가 빛나지 않는가.

너는 오랫동안 오늘을 위해 준비해 왔다. 하늘은 스스로 돕는 자를 도와주나니, 담대하게 일어서라!'

"그렇다. 절망이야말로 가장 무서운 적. 어둠이 짙을진대 먼동이 트리라. 눈앞에 닥친 일은 땅에 떨어진 안시성 백성의 사기를 끌어올려 성을 지킬 수 있다는 믿음을 심어주는 것."


안시성 동문 앞에 '말갈 괴수'라 쓴 간판 아래 로보의 목이 매달렸고, 그 옆엔 주먹 같은 먹글씨로 쓴 나무판자가 세워졌다.

"자기나라 지키려 싸우는 자는 살려줄 수 있지만, 남의 일에 끼어드는 놈에겐 죽음이 있을 뿐. 죽기 싫으면 빨리 도망쳐라."

말갈족장 아라하치는 나무기둥에 매달린 로보 목을 보자 시커먼 눈썹을 곤두세우고 눈동자가 숯불처럼 타올랐다. 이윽고 슬픔에 잠겨 큰 소리로 울부짖더니 핏발 선 눈으로 부르짖었다.

"말갈 군은 생매장당한 동포의 원수를 갚기 위해 사람 백정(白丁) 이세민과 싸우겠소. 성문을 열어주시오. 오늘 그놈이 죽지 않으면 내가 죽을 테니!"

양만춘은 로보의 죽음을 몹시 애달파 하면서도 그를 달랬다.

"저건 적이 파놓은 함정이오. 로보도 당신이 함정에 빠지는 것을 원치 않을게요. 나를 믿고 기다려주시구려."

양만춘은 로보에 대해 아픈 기억을 갖고 있었다. 얼마 전 고정의를 따라 안시성에 왔던 로보가 눈을 빛내며 성에 남아 양만춘 밑에서 싸우고 싶다고 간청하자, 곁에서 아라하치도 허락해 달라고 거들었다. 그때 고정의는 빙그레 웃으면서 손을 저었다.

"로보 장군은 말갈 기병대를 이끌고 밖에서 안시성을 도울 더 큰 임무가 있네."

'만약 그때 로보를 달라고 간곡히 청을 드렸더라면 …….'

양만춘은 말갈 군 포로를 생매장한 당태종의 행동을 도저히 이해할 수 없었다. 원래 겁쟁이일수록 반항할 힘도 없는 자에게 잔인한 법이지만, 강한 자는 적에게는 관대하다. 어떤 정신적 타격을 받았기에 영웅 중에 영웅이라 뽐내는 태종이 못난이처럼 평정심을 잃어버리고, 항복한 포로들을 모조리 생매장했을까?

양만춘은 당태종의 영광스러운 시대가 끝났음을 확실히 느꼈다. 전쟁에 이기기 위해서라면 무슨 짓을 해도 부끄러울 게 없다지만, 이제 포로의 주검까지 이용하다니. 이런 치사한 짓을 하는 적의 우두머리에게 안타까운 마음을 금할 수 없었다.

'그렇다면 승리 가능성은 훨씬 높아지나, 당장 발등에 떨어진 불은 고구려와 말갈 군을 갈라놓으려는 적의 이간질을 깨는 일.'

새벽녘에 온몸을 검은 옷으로 감싼 조의선인(皁衣仙人)이 동문 성벽 아래 칠흑 같은 어둠 속에 녹아 들어갔다. 피곤에 젖어 졸던 적 파수병에게 소리 없이 죽음이 다가왔다. 로보의 목은 붉은 소나무로 조각한 몸통에 붙여 잣나무 관에 누워 있었다. 양만춘은 하루 동안 애도기간(哀悼期間)을 선포하고 그의 죽음을 슬퍼했다.

"여기 형제 로보가 누워 있지만, 영원히 기억될 것이다. 그는 우리와 더불어 싸우다 우리를 위해 죽었다. 지금 본토인, 말갈인,

거란인이 어디 있는가. 모두 하나로 뭉친 형제, 다 같은 고구려인
이다. 한마음이 되어 싸우자!"

　장례식장에서 아라하치와 말갈 군은 마지막 한 사람까지 성을
굳게 지킬 것을 다짐하고 그의 복수를 맹세했다. 안시성에 다가왔
던 첫 번째 시련은 이렇게 지나갔다.


　"위대한 조상과 자랑스러운 후손이 살아갈 성스러운 땅에 흉악
한 무리가 몰려와 항복을 요구하는 최후통첩을 보냈다. 요동 여러
성은 이미 무너졌고 구원군도 패전해, 주위 1백 리 산과 들에 아군
은 사라지고 수십만 적군만 우글거릴 뿐. 이제 나와 여러분 두 팔
로 이 성을 지킬 수밖에 없게 되었다. 과연 이 외롭고 작은 성을 지
켜낼 수 있을까. 솔직히 말하면 어렵다. 그렇다고 다른 선택이라
도 있단 말인가?"

　용기를 뽐내며 앞다투어 성을 지키려 남았던 백성이지만, 막상
당나라의 대군에 포위되고 구원군조차 전멸하자 웃음이 사라져 버
렸다. 모든 사람이 어두운 얼굴로 다음에 무슨 말이 나올까 마른
침을 삼켰다.

　양만춘은 병사들을 둘러보다가 목소리를 가다듬었다.

　"적은 지금 천하를 뒤엎을 듯 기세당당하나 보름달은 이지러지
고, 밀물은 썰물로 바뀌는 게 자연의 이치다. 지난 10년 우리는 피
땀을 흘리면서 이 성을 쌓았다. 유비무환(有備無患)이라 했거늘
어찌 적군을 막지 못하겠는가. 성이란 성벽이 아니라 지키는 자의
믿음으로 지켜진다. 나는 하늘의 도우심을 믿듯 여러분 한 사람

한 사람을 믿는다. 하늘은 사람에게 감당하지 못할 시련을 주지 않으신다. 우리 모두 한마음이 되어 성을 지키자. 바위처럼 굳게 뭉치고 신나기만(神이 나오시기만) 하면, 무엇이든 할 수 있다. 고구려인 일곱이면 호랑이도 잡는다 했거늘, 여기 죽음을 두려워하지 않는 1만 5천 용사가 모여 있지 않은가. 저 높은 하늘 외에 무엇을 두려워하랴!"

광장에 모인 병사들이 용기를 되찾아 일제히 창을 두드리고 활을 쳐들며 우렁찬 환호성을 질렀다.

"오늘은 승리를 말하지 않겠다. 내가 말할 수 있는 건 참고 견뎌달라는 것뿐. 그러나 훗날 가슴을 활짝 펴고 아들에게 안시성의 승리를 자랑할 수 있으리라. 보라, 높은 곳에 지은 저 개미집을. 올 장마엔 많은 비가 쏟아져 적군은 진흙탕에서 고생깨나 하겠지. 머지않아 하늘은 가장 미더운 동맹군인 추위를 보내줄 것이다. 땅이 얼고 풀이 마르면 무슨 수로 버티겠는가. 단지 석 달. 이를 악물고 석 달만 버티자. 승리는 우리 차지가 될 테니."

이제 승리할 수 있으리라는 믿음을 갖게 되자 모든 이의 얼굴에 웃음이 감돌고, 여기저기서 "석 달만!", "승리를!"이라고 외치는 목소리에 힘이 넘쳐흘렀다. 양만춘은 목이 터져라 함성을 지르는 병사들을 지켜보다가, 오른팔을 높이 들어 진정시키고 엄숙하게 한마디 덧붙였다.

"여러분 중 성질 급한 사람에게 부탁이 있다. 적 열 명을 죽이지 못하면 죽을 자격이 없다. 명심하라. 염라대왕 불알을 붙잡고 늘어지더라도 꼭 열 명을 채우도록!"

여기저기 웃음이 터져 나오더니 광장이 웃음바다가 되었다.

"성주여, 안심하시라. 갑옷 쇠사슬 촘촘히 엉켜 붙듯 우리 함께 굳게 에워싸 성과 성주를 지키리라!"

외팔이 백인대장 우소가 창을 높이 들어 부르짖자, 곁에 있던 북치는 소년이 신바람을 내며 북을 두드렸다. 모든 병사가 일어나 대열을 지어 광장을 행진하면서 활과 창을 높이 치켜들어 성벽이 떠나가라고 한목소리로 구호(口號)를 외쳤다.

누군가 그 옛날 수나라와 싸울 때 요서벌판에서 울려 퍼졌던 군가(軍歌)를 부르자, 우렁차게 합창했다.

넓고 넓은 바다 위로 불끈 솟은 해님아 / 아스라한 벌판 너머 불타오르는 노을아 / 아아, 영광 사나이의 길 / 눈을 들어 바라보라 우뚝 솟은 백두를.

거친 벌판에 핀 한 송이 들꽃 / 비바람에 흩날려 떨어진다 하여도 / 바람 따라 구름 따라 예서제서 피어 / 달 가고 해 오면 온 누리 가득 / 고구려 사내야 말을 타라 / 우리의 외침으로 벌판을 메우자.


7월 1일 아침. 동문에 선 양만춘 귀에 낯선 행진곡이 들려왔다.

아침 햇살 아래 황금투구와 갑옷을 입고 백마에 높이 걸터앉아 머리를 뒤로 제치고 의기양양하게 다가오는 당태종, 금빛 갑옷을 눈부시게 번쩍이며 행진하는 근위대와 검은 갑옷 흑기병, 〈진왕파진곡〉(秦王破陣曲)을 우렁차게 연주하며 뒤따르는 3천이 넘는 군악대가 나타났다.

뒤이어 수풀같이 펄럭이는 수많은 깃발을 앞세우고 끝없이 이어지는 병사의 행렬이 내려다보였다. 행렬 옆 산같이 높다란 공성탑과 괴물같이 거대한 포차와 충차, 운제 같은 무수한 공성무기가 소와 말에 이끌려 덜커덕거리며 다가오는 모습도.

당태종이 고개를 들자 동문 장대 위에 날개를 활짝 편 검독수리 같은 사나이가 우뚝 서 있었다. 순간 두 영웅의 눈이 마주쳤다.

그는 깜짝 놀랐다. 주위 백 리 고구려 군이 깡그리 사라져 외로운 성이거늘, 깔끔한 대모달(고구려 최고위 장군) 군복 차림에 마치 사열(査閱)이라도 받듯 태연히 미소 짓고 있는 저 사내가 안시성 성주란 말인가! 소년 시절, 첫 전투에서 시빌 카간●을 보았을 때처럼 불타오르는 투지(鬪志)로 가슴이 설렜다.

양만춘이 오른팔을 번쩍 치켜들자, 흥겨운 축제의 시작을 알리는 듯 동문 지붕에서 뿔 나팔 소리가 우렁차게 울려 퍼졌다.

색동치마 저고리를 곱게 차려입은 48명 여인이 성벽 위로 뛰어올라 흥겨운 춤사위를 펼치다가 이따금 하늘을 향해 긴 소매를 휘둘렀고, 수백 명 조의선인도 일제히 〈천제의 춤〉(天祭舞, 하늘을 찬양하고 제사드리는 춤) 곡을 힘차게 연주했다.

"둥둥둥" 장엄한 큰 북(大鼓) 소리에 이어 수백 개 크고 작은 북소리가 신명나게 어울렸다. 수천 수만 말떼가 벌판을 달리듯 힘차

---

● 615년(대업 11년) 8월 시빌 카간이 수십만 돌궐 기병을 이끌고 산서성 안문성에 갇힌 수양제를 포위했다. 이를 구하려 전국에서 근왕군(勤王軍)이 몰려들었는데 당시 17세의 이세민도 끼어 있었다. 이 전투가 이세민의 첫 번째 전투였다.

게 두드리는 북소리와 징소리에 이어, "신난다. 신(神) 나오신다" 는 1만 명 병사의 외침이 천둥치듯 하늘과 땅을 뒤흔들었다.

우렁찬 함성은 산더미 같은 파도[海溢, 쓰나미]가 해변을 덮치 듯, 인간(人間) 이세민을 찬양하던 〈진왕파진곡〉 연주소리를 삼 켜 버렸다.

# 안국사 종소리

序戰

    종소리도 개성이 있다. 평양 영명사(永明寺) 종소리는 장중하고, 국내성 이불란사(伊弗蘭寺)의 종소리는 경쾌했다. 종남산 골짜기 너머로 들려온 장안 향적사(香積寺) 저녁 종소리는 그윽했고, 쿠차[龜玆]의 목탑사는 한 많은 여인이 하소연하듯 애절한 여운을 길게 끌었다.

    안시성 안국사 종소리는 소리가 웅장한 데다 은은한 여운이 길게 남아 안시성을 지키는 사람 마음을 진정시켜 주는 힘이 있었다. 당태종은 수많은 전쟁을 겪었지만, 치열한 전투 중에도 아무 일 없다는 듯 시각에 맞춰 종이 울리는 건 처음이었다. 더구나 범종(梵鐘)은 거만한 무사의 외침처럼 우렁찬 데다가 여운조차 힘찬 울림이어서 신경이 곤두서고 귀에 거슬렸다. 종소리는 비 오는 날이나 한밤에도 어김없이 하루 열두 번 정해진 시각에 울렸는데, 지휘소 앞 해시계보다 정확해 당나라 군사도 그에 맞추어 움직일 만큼 익숙해졌다. 그런데 유독 태종만 종소리가 들릴 때마다 짜증을 냈다.

## 안시성을 포위하라

아침 햇살이 빛나는 동문 장대(將臺)에 서서 양만춘은 성 밖을 바라보았다. 수풀같이 펄럭이는 깃발. 눈길 닿는 데까지 아득히 뻗은 적진이 눈앞에 펼쳐졌다.

1천 보(1.5km, 1보는 약 1.5m)쯤 떨어진 높은 망대(望臺)에는 붉은 바탕에 황룡을 수놓은 황제 깃발이 펄럭이고, 그 주위는 근위병의 황금빛 갑옷이 햇빛에 번쩍였고, 성벽 앞 3백 보에 적병이 개미떼처럼 모여들어 목책(木柵)을 세우고 참호를 팠다. '대장군 장손무기'란 깃발이 나부끼는 목책 가까운 나무그늘 아래 한 무리 기병대가 모였는데, 그 앞에 수많은 보병이 열을 지어 성을 올려다보았다.

양만춘은 엄청난 규모의 적군을 보자 두려움에 휩싸였으나 애써 마음을 진정시켰다.

'아무리 적군이 많다하나 지켜야 할 성벽은 겨우 2천 보, 한꺼번에 성벽에 기어오를 적군은 기껏 3천 명이다. 서둘지 말자. 참고 기다리다 보면 적에게 빈틈이 생기겠지!'

양만춘은 주위에 둘러선 장수들을 돌아보았다.

"이번 전쟁은 모든 게 불리하나 안시성은 우리가 미리 준비한 금성철벽(金城鐵壁) 철옹성이니 조금도 꿀릴 게 없다. 더구나 적은 시간에 쫓기지만 우리는 서두를 이유가 없지 않은가. 전투란 싸울아비 결투나 왈패 칼부림이 아니라 나라 운명을 걸고 맞부딪치는 싸움이다. 여러 차례 거듭된 승리로 적의 기세가 너무 날카로우니

56

아무리 싸움을 걸어도 모른 척하라. 다만 성 밖 황(隍, 물이 흐르지 않는 해자)에 접근하는 놈은 쏘아 죽여도 좋다."

그는 주먹을 불끈 거머쥐고 굳게 다짐했다.

"전쟁에서 승리하려면 반드시 주도권을 잡아야 한다. 당태종이 나와 싸우고 싶다면 그가 바라는 형태의 공방전(攻防戰)이 아니라 '내가 미리 준비한 싸움터'에서 '내가 정한 방식'에 따라 싸울 수밖에 없을 것이다!"

"성주님, 완전히 포위당했습니다. 남문엔 이적이 거느리는 흑기병이 성문 앞 호수를 흙으로 메우고 동문 앞은 이도종 군이 참호를 파서 진지를 세우는 데다, 북문은 돌궐 기병대가 성으로 들어오는 길목을 막고 있습니다. 적이 진지를 세우느라 어수선하니 한 번 출격해 쓴맛을 보여 주는 게 어떨까요?"

"다로야, 지금은 힘을 안으로 갈무리하고 우리의 실력을 감출 때다. 모든 병사에게 전하라! 명령할 때까지 '산같이 움직이지 말라'고."


다로가 나간 지 얼마 되지 않아 조의선인 우두머리 태백진인(太白眞人)이 장대로 올라왔다.

"어젯밤 정찰 나갔던 선인이 보고하기를, 당나라 군이 군량보급소를 성하촌(城下村)에 세워 창고마다 보급품을 가득 쌓았답니다."

"그것 참 반가운 소식이오. 우리가 파놓은 덫에 걸려들었구려."

양만춘이 기뻐하며 태백진인 손을 굳게 잡았다.

"명령만 내리십시오. 오늘 밤 적 보급기지를 불사르겠습니다."

"그렇게 멋진 패(牌)를 아무렇게나 쓰기 아깝잖소. 결정적 순간이 올 때까지 기다리시오."

오후에 남문에 들러 흑기군이 호수를 메우는 광경을 내려다보며 적군을 막을 방법을 의논하는데 연락병 모개루가 달려왔다.

"성주님, 아라하치 장군께서 적 마차를 몇 대 빼앗았다 합니다."

양만춘의 얼굴에 어두운 그림자가 드리워졌다.

"온사문 장군, 활을 잘 쏘는 저격병(狙擊兵)을 뽑아 적 지휘관을 공격해 매립작업을 방해하구려. 그러나 아군 병사가 한 사람도 희생되지 않게 조심하시오. 나는 아라하치에게 가 보겠소."

말갈 부족장 아라하치는 안시성 북서쪽 용머리산 언덕 위 세 겹 나무울타리로 둘러쌓은 요새에 주둔했다. 아군의 배치상태를 적군이 알지 못하게 하려고 부대 깃발 사용을 금지했기 때문에 말갈군도 '삼족오(三足烏) 깃발'을 내걸었다. 이 목책성(木柵城)에선 벌판 너머로 해성고을까지 내려다보였다.

말갈 군은 당태종이 말갈 포로 3,300명을 생매장시켰던 원한 때문에 당나라 군에게 이를 갈고 있었다. 아라하치가 성안보다 이 목책성에서 싸우기를 선택한 것도 적에게 화끈하게 복수하기 위함임을 잘 알고 있었기에 양만춘은 이들을 통제하는 데 무척 애를 먹었다. 적 수송마차를 빼앗은 아라하치는 싱글벙글 웃으며 마중 나왔다가 양만춘의 심각한 얼굴을 보고 멈칫했다.

"산같이 움직이지 말라는 명령을 받지 않았소?"

"적 수송대 마차가 미련하게 목책 바로 앞으로 지나갔습니다.

입안에 굴러들어온 떡을 어찌 보고만 있겠습니까?"

아라하치는 얼굴을 붉히며 변명했다.

"포로를 사로잡았소?"

"한 놈 잡았습니다. 수송대가 길을 잘못 들었다더군요."

양만춘은 화살에 맞아 죽은 말과 포로가 지닌 무기를 살펴보다가 이상한 생각이 들었다. 수송병이 아니라 잘 훈련된 정규 기병이었기 때문이다. 음모에 능한 장손무기의 얼굴이 떠오르면서 그동안 걱정이 현실로 나타난 게 아닌지 염려스러웠다.

'이자는 길을 잃은 것이 아니라 일부러 접근한 게 틀림없다.'

포로는 자기의 복장과 무기를 유심히 살펴보고 말없이 생각에 잠긴 양만춘을 보고 얼굴빛이 변했다.

"넌 수송병이 아니야. 한마디라도 거짓말을 하면 목을 베겠다."

엄숙한 얼굴의 양만춘이 유창한 중국말로 말하자 포로는 새파랗게 질려 부들부들 떨었다.

"살려주십시오, 장군님. 명령을 받고 이곳을 정찰하러 왔습니다."

"무엇을 알아보라더냐?"

"왜 이리로 가라고 했는지 저 같은 졸병이 어찌 알겠습니까."

"아라하치, 저 마차는 미끼다. 이건 조호이산(調虎離山, 산속 호랑이를 유인하여 밖으로 끌어내려는 속임수) 계략임에 틀림없어. 자네 원한을 이용해 말갈 군을 함정에 빠뜨리려 하고 있다."

"제가 미련했습니다, 성주님. 벌을 달게 받겠습니다."

아라하치가 흙빛이 된 얼굴로 무릎을 꿇자 양만춘이 그의 손을 잡아 일으키며 어깨를 두드렸다.

"적 두목은 꾀가 많은 놈이니 계속 미끼를 던질 거야. 미끼를 무는 척하면서 적이 판 함정을 거꾸로 이용해 뒤통수를 쳐야지."

양만춘은 돌아오면서 마음이 편치 않았다.

'적군은 이곳에 말갈 군이 주둔한 걸 어찌 알았을까. 혹시 성안에 세작이 있어 우리 병력 배치가 드러난 게 아닐까?'


당태종은 안시성 군의 전투능력과 허실(虛實)을 살피려고 일부러 허술한 틈을 드러내며 유인했지만 수비군이 거들떠보지 않았다. 그러자 병사들은 수비군을 업신여기고 깔보았지만 그의 마음은 답답했다. 지난밤 잠자리가 편치 않아 엎치락뒤치락하다 잠들었는데, 우렁찬 새벽 종소리에 놀라 깨었다. 처음 며칠 동안 '별일 다 보겠네'라며 대수롭잖게 여겼지만, 시간이 지날수록 예민해졌다가 오늘 새벽 유난히 짜증이 났다.

전군 지휘관 회의에서 안시성 공격을 의논하고 있는데, 아니나 다를까 시간에 맞춰 종소리가 들려오자 울화가 치밀었다.

"빌어먹을 종이 또 울리는군. 저 소리 좀 안 들을 수 없을까!"

이적이 남문 밖 호수 메우기 진행상황을 설명하다가 껄껄 웃으며 장담했다.

"폐하, 며칠만 기다리소서. 호수가 메워지는 대로 공격을 퍼부어 저 종을 산산조각 내버리겠습니다."

황제의 투정을 듣던 울지경덕이 이마를 찌푸렸다.

'폐하께서 마음이 예민해지셨구나. 신경 굵기로 소문난 분이 요즘 너무 흔들려서 걱정이군.'

회의가 끝난 후 우림영(羽林營) 백기(百騎) 우두머리 무덕이 황제를 찾아갔다.

"우리 아이들을 보내어 폐하의 심기(心氣)를 어지럽히는 저 밉살스런 종을 깨뜨려 버릴까요?"

장손무기를 비롯한 근신(近臣)들은 태종의 기분을 잘 아는지라 아무도 무덕의 어리석은 말을 말리지 못했다. 우연히 들렀던 울지경덕이 무덕을 노려보다가 황제에게 머리를 조아렸다.

"폐하, 그까짓 종소리 때문에 용감한 무사들을 위험에 빠뜨릴 수 없습니다. 통촉해 주옵소서."

그제야 장손무기도 입을 열었다.

"오래지 않아 총공격이 시작될 겁니다. 그때 백기용사들을 보내 종을 깨부수겠습니다. 공격 준비가 끝날 때까지 며칠간 주필산 본영에 머무시며 휴식을 취함이 어떠신지요?"

태종은 고개를 끄덕이며 눈을 지그시 감았다.

'아무리 싸움을 걸어도 발톱을 감추고 꼼짝달싹 않는 적장 때문에 요즘 신경이 날카로워졌군. 그 지긋지긋하던 위징 영감 잔소리도 잘 참았거늘, 왜 이처럼 마음의 평정이 깨어졌을까?'


7월 초하루. 당태종이 거창하게 무력시위를 한 후 성을 공격할 도로를 닦고 진지를 세우며 남문 밖 호수를 메우기만 할 뿐 한동안 잠잠하더니, 며칠 지나자 움직임이 활발해졌다.

당나라 진영에서 검은 얼굴에 덩치가 곰만 한 장수가 동문 앞에 나타나 혀짤배기 고구려 말로 외쳤다.

"황제 말씀 전한다. 백 명 용사를 뽑아 서로 힘을 겨루자. 우리가 이기지 못하면 포위를 풀고 물러가겠다."

안시성 수비군에서 아무런 반응이 없자 검둥이는 온갖 더러운 욕설을 퍼붓기 시작했다.

"성벽 뒤에 숨어 벌벌 떨고 있는 겁쟁이 오랑캐 놈들아. 밖으로 나와 싸워 볼 불알 달린 사내가 한 놈도 없단 말이냐."

니루 까막쇠가 달려와 간청했다.

"성주님, 저 녀석 아가리를 찢어 당나라 놈들 코를 납작하게 만들겠습니다. 부디 허락해 주십시오."

"내버려 두어라. 떠들다가 지치면 돌아가겠지."

오후가 되자 욕쟁이 부대가 등장했다. 맨 앞에 말을 탄 녀석이 고구려말로 욕을 퍼부으면, 뒤이어 수백 명 군사가 어색한 발음으로 합창하면서 의기양양하게 성벽을 따라 행진했다.

"쥐새끼처럼 숨어 꼼짝도 않는구나. 비겁한 놈들."

"배알도 없는 고자 놈들. 일대일로 맞장 뜰 배짱도 없나."

아무리 욕을 퍼부어도 반응이 없자 기세등등한 욕쟁이가 동문 앞에 멈추어 서더니 바지를 훌렁 벗어 엉덩이를 내밀고 조롱했다.

"임금 죽인 개소문 밑이나 핥는 놈들. 내 엉덩이는 어떠냐."

명궁(名弓) 수봉이가 달려와 간청했다.

"성주님, 저 야비한 놈 엉덩이에 구멍을 뚫게 허락해 주십시오."

"아니다. 욕은 욕으로 갚아야지."

양만춘의 지시를 받은 젊은 니루의 중국말 선창(先唱)에 따라 안시성 군사의 합창이 터졌다.

"너희 황제 오지랖도 넓구나. 친형제 모두 죽이고 애비까지 가둔 주제에."

당나라 욕쟁이 부대가 꿀 먹은 벙어리가 되어 황급히 물러갔다. 지휘소에 앉아 작전을 지시하던 당태종이 수비군 합창소리를 듣고 얼굴이 시뻘게져서 고함을 질렀다.

"성이 함락되거든 성안에 있는 남자란 남자는 모조리 죽여라!"


북문을 지키던 백인대장 모두리가 한밤중에 날카로운 휘파람 소리를 들었다. 성 밖 숲속에서 풍산개를 데리고 적군의 움직임을 살피던 정찰병이 해성고을에 머물던 늙은이를 데리고 왔다.

"다로! 미친 여자거지 곱단이가 누군가? 멀쩡한 얼굴로 멋진 장교군복을 입고 나타나 주민들을 샅샅이 조사한다는군."

"누군지 잘 모르겠습니다만, 남아 있는 주민이래야 병든 늙은이뿐인데 무슨 일이야 있겠습니까?"

대수롭잖게 대답한 다로가 얼마 후 심각한 얼굴로 보고했다.

"죄송합니다. 제가 태만했던 탓에 적의 세작을 제대로 잡아내지 못했습니다. 지난해 미친 여자거지로 행세하면서 해성고을과 안시성 주변을 떠돌아 다녔답니다. 마지막 서너 달은 지금 수비대 병사로 있는 머슴과 결혼까지 했다는군요."

"그렇게 오랫동안 머물렀다고. 도대체 어디를 염탐했다던가?"

"성안에 들어온 적은 없고 남문 밖 호숫가를 헤맸답니다."

"그렇다면 즉시 온사문 장군에게 이를 알려주고 내 말을 전하게. 최악의 경우도 대비해 방어계획을 다시 가다듬으라고."

목책에서 2백 보도 떨어지지 않은 도로에 여러 차례 적 수송대 마차가 지나갔으나 그대로 내버려 두었더니, 어제는 백여 대 마차가 떼를 지어 지나갔다고 아라하치가 전령을 보내 알려왔다.

양만춘은 태백진인과 함께 말갈 군 목책으로 달려갔다.

"적의 미끼라기에 참아왔으나 더 이상 두고 볼 수 없습니다."

"잘했네, 아라하치. 이제 슬슬 미끼를 무는 시늉을 해 보세."

즐거워하는 아라하치에게 태백진인이 경고했다.

"어젯밤 조의선인이 살펴보니 저기 2천 보쯤 떨어진 언덕 숲에 수많은 적 기병이 숨어 있었답니다."

"내일 또 수송대가 지나가거든 말갈 기병 백 명씩 둘로 나누어 공격하되, 목책성 밖 1천 보 이상 쫓으면 안 되네. 적이 반격할 틈 없이 불화살을 퍼부은 다음, 목책으로 되돌아오지 말고 거란 군 진영으로 후퇴하게. 틀림없이 마차 안에 적병이 숨어 있을 거야. 남은 병력 5백 명은 목책성을 지키다가 싸움이 치열하게 벌어질 때 적 뒤통수를 치도록."

아라하치는 공격 허락을 받자 주먹을 불끈 쥐고 하늘을 향해 "복수!"라고 외쳤다. 양만춘은 함성을 지르는 말갈 군 병사를 둘러보며 흐뭇한 미소를 짓다가 손을 높이 쳐들었다.

"용감하게 싸워라. 그러나 너무 용맹을 뽐내지는 말라!"


다음 날 아침에 백여 대 포장마차가 느릿느릿 목책 앞길을 지나갔다. 뒤쪽 마차에서 곡식 가마니 하나가 떨어지자, 수송병은 마차를 멈추어 세우더니 황급히 가마니를 마차 위로 끌어올렸다.

아라하치가 붉은 깃발을 흔들자 목책 문이 활짝 열리며 니루 비우(比羽)를 선두로 말갈 기병대가 두 가닥으로 나뉘어 마차대를 따라붙어 숨 쉴 틈 없이 불화살을 퍼부으며 돌진했다. 수송대는 갑자기 공격을 받자 약속이나 한 듯 길을 버리고 북쪽 언덕 숲을 향해 도망쳤다. 적병이 숨어 있던 수십 대 포장마차가 순식간에 불길에 휩싸였다.

니루 비우는 호랑이가 사냥감을 덮치듯 맹렬한 기세로 선두 마차 마부를 쏘아 죽이고 수송대의 도망갈 길을 막았으나, 적은 방향을 바꾸지 않고 북으로 달렸다.

어느 틈에 말갈 기병대가 목책 밖 1천 보를 훌쩍 넘었다. 아라하치가 깜짝 놀라 황급히 징을 쳤다. 징소리를 들은 말갈 기병들은 미련 없이 동쪽으로 방향을 바꾸어 도망치기 시작했다. 북쪽 언덕 숲속에 숨었던 적 기병대 1천 명이 도망치는 말갈 기병대를 뒤쫓고, 나머지 1천 명은 목책으로 되돌아갈 길을 막았다. 예상과 달리 말갈 기병대가 원래의 자기 진지로 되돌아가지 않고 곧장 안시성 서문이 있는 남동쪽 거란 군 진영으로 달려가자, 적 기병대는 뒤늦게 두 갈래로 나뉘어 말갈 기병대를 뒤쫓았다.

거란 군 진영엔 3개의 튼튼한 망루(望樓)가 세워져 있었는데, 그 사이 열린 길로 말갈 기병이 황급히 후퇴하자 야율마기가 가운데 망루 위에서 검은 깃발을 흔들었다. 돌연 날카로운 꽹과리 소리가 울려 퍼지며 사람 키 높이의 '이동식 목책'(바리케이드)이 망루 사잇길을 막더니, 그 뒤에 두 병사가 한 조(組)를 이루어 적 기병대를 향해 세 길(三丈)이나 되는 장창(長槍)을 내밀었다.

수백 개 장창이 고슴도치 털처럼 적 기병대 말의 가슴을 노렸다. 그리고 3개의 망루 위에서 수많은 궁수(弓手)가 적군을 향해 화살을 퍼부었다. 적 기병대는 맹렬히 돌격했으나 장창대의 방어선을 뚫지 못했다. 미련을 버리지 못한 적장은 흩어진 기병대를 정렬시키고 돌격 나팔을 불었다. 또다시 거대한 파도가 밀려들어 장창대의 목책으로 돌진해 무시무시한 육박전이 계속되었다.

서문 문루에서 싸움을 지켜보던 양만춘은 말갈 기병대가 거란 군이 주둔한 언덕으로 무사히 후퇴하자 푸른 깃발을 흔들었다.

언덕 위에 배치된 30대 바리스타(이동식 소형투석기)에서 적 기병대를 향해 불타는 나무토막과 돌을 소나기처럼 퍼부었다. 불벼락과 돌덩이가 떼를 지어 몰려 있던 적군에게 쏟아져 아수라장으로 변하자, 기병대를 뒤따라 달려오던 보병대는 눈앞에 벌어지는 참혹한 모습에 넋을 잃고 멍하니 쳐다보기만 했다.

이윽고 양만춘이 오른손을 높이 들자 서문 문루에서 붉은 깃발이 높이 솟아오르며 북소리가 우렁차게 울려 퍼졌다. 목책 뒤에 대기하던 거란 군 기병대와 후퇴했던 말갈 기병이 한꺼번에 쏟아져 나오고, 서문이 활짝 열리며 고구려 기병대도 적의 뒷덜미를 쳤다. 혼란에 빠진 적군은 어지럽게 도망치기 바빴다.

아라하치는 적군이 패주하는 걸 보자 목책성을 지키던 나머지 말갈 기병을 이끌고 성 북쪽을 에워싸고 있던 당나라 포위군 진지로 돌진했다.

"로보의 죽음을 복수하자!"고 외치는 성난 말갈 기병대의 돌격은 너무나 매서웠다. 적군은 개미떼처럼 흩어져 도망쳤으나 양만춘은 적의 반격을 염려해 서둘러 징을 쳐 공격을 멈추었다.

당나라 군은 안시성 바깥 북서쪽 용머리산 목책성에 말갈 기병이 주둔한 것을 알고 이들을 꾀어내어 함정에 빠뜨리고 큰 타격을 입혀 수비군 사기(士氣)를 떨어뜨리려는 국지전(局地戰)이 목표였다. 그런데 뜻밖에 말갈 기병이 안시성 서문 방향으로 도망치기에 이를 뒤쫓다가 제 꾀에 제가 빠져 안시성 군이 쳐놓은 덫에 걸린 꼴이 되었다.

첫 싸움의 승리는 복수심에 불타던 말갈 군은 물론 수비군 사기를 크게 올려 주었다. 당나라 군은 고슴도치처럼 웅크린 안시성 군을 어설프게 건드렸다가 뜻밖의 반격을 당해 정예 기병대를 포함해 2천 명이 넘는 병력을 잃어버렸다.

싸움에서 이기고 돌아온 양만춘은 다로가 당나라 군사를 심문하는 걸 보고 이상히 여겼다.

"어디서 사로잡은 포로인가?"

"동문 수문장이 보냈습니다."

깜짝 놀란 양만춘이 다로를 꾸짖었다.

"공격군이라면 공명심(功名心)에 불타 명령보다 한 걸음 앞서 용감하게 적을 공격하는 것도 승리에 보탬이 되지만, 수비군이 명령을 어기고 제멋대로 행동한다면 성을 지킬 수 없다."

즉시 동문 수문장을 불렀다.

"산같이 움직이지 말라는 명령을 못 들었는가?"

"여러 차례 도발해도 모른 척했사오나, 오늘 아침 적 순찰병이 겁도 없이 성문 앞에 얼쩡거리기에 사로잡는 걸 허락했습니다."

수문장이 고개를 숙이고 변명하자 용사로 이름난 니루 까막쇠가 한 걸음 앞으로 나와 군례(軍禮)를 올리고 입을 열었다.

"성주님께서 황(隍)에 접근하면 죽여도 좋다고 하셨잖습니까. 저희들은 성문을 열고 나가 공격한 게 아니라, 성벽을 타고 내려가 숨어 있다가 황 가까이 온 순찰기병 12명을 쏘아 죽이고 3명을 사로잡았을 뿐입니다. 그때 가까이에 다른 적병은 없었습니다."

"변명은 듣지 않겠다. 군(軍)은 명령에 살고 죽어야 한다."

양만춘은 큰 소리로 꾸짖고 감독관 가림토에게 물었다.

"적을 앞두고 군령을 어긴 자에게 어떤 벌을 내려야 하는가?"

"참형(斬刑)에 해당됩니다."

깜짝 놀란 다로가 급히 무릎을 꿇고 빌었다.

"성주님 뜻을 제대로 전하지 못한 죄가 저에게 있습니다. 저는 '성문을 열고 나가 공격해선 안 된다'고 했을 뿐이오니, 잘못한 소장에게 벌을 내리시고 용사들을 용서해 주십시오."

가림토도 옆에서 거들었다.

"이번 사건은 처음 일어난 일입니다. 그들은 성을 지키는 데 위험이 없다면 공격해도 되는 줄로 잘못 생각한 겁니다."

눈을 감고 생각에 잠겼던 양만춘이 한숨을 쉬고 탄식했다.

"그렇다면 군령(軍令)을 분명하게 밝히지 못한 나에게도 잘못이 있구나. 감독관, 성주에게 잘못이 있다면 어떤 형벌을 내려야 하는가. 총사령관에서 물러나야 되겠지?"

주위에 있던 장수들이 얼굴색을 변해 말리자 양만춘이 여러 장수에게 머리를 숙인 후 가림토에게 명령했다.

"지금 전쟁이 한창이니 여러분 뜻을 받아들이겠소. 그러나 군기(軍紀)를 바로잡기 위해서는 그냥 넘어갈 수 없소. 나에게 채찍 열 대를 내리치시오."

양만춘이 웃옷을 벗었으나 가림토가 머뭇거렸다.

"감독관은 성주의 명령을 거역하는 죄를 지으려는가!"

가림토가 채찍을 내리친 후 눈물을 흘리며 꿇어 엎드리자 양만춘은 옷을 여미더니 주위를 둘러보았다.

"호위대장 다로는 성주 명령을 제대로 전하지 못한 잘못이 있으니 공을 세울 때까지 보좌관으로 강등(降等)한다. 동문 수문장은 자리에서 물러나 예비군을 지휘하고, 니루 까막쇠와 세 명 용사는 식당병(食堂兵)으로 일하라!"

까막쇠가 머리를 조아리면서 병졸이라도 좋으니 성을 지키는 전투병으로 남기를 애원했으나, 양만춘은 뒤도 돌아보지 않고 나가면서 즉시 최고 지휘관회의를 열도록 지시했다.


겉으로 태연한 척했지만, 양만춘에게 말 못 할 고민이 있었다. 적은 대군이므로 여유가 있지만 수십 배 적군을 물리쳐야 할 수비군은 하나의 실수도 없어야만 했다. 한 번 삐끗하면 그대로 나락(奈落)으로 굴러 떨어질 테니까. 성주가 군령을 제대로 내리지 못한 데 책임을 지고 스스로 채찍질을 당했다는 소식을 듣고 모든 지휘관은 긴장한 얼굴로 앉아 있었다.

"'적군이 싸움을 걸어와도 산처럼 움직이지 말라'는 내 명령을 병사뿐 아니라 장수들조차 잘못 알고 있어 여러분을 모이게 했소."

　양만춘은 지휘관들의 얼굴을 하나하나 둘러보고 입을 열었다.

　"압도적으로 강력한 적군을 막는 것은 그야말로 기적일 터이오. 기적을 이루려면 병사 가슴속에 '필승의 신념'을 심어주어야 하는데, 그러자면 첫 싸움에서 통쾌하게 적을 무찔러야 하오. 공격군은 용맹으로 성을 깨뜨리지만 수비군은 모두가 한마음이 되어 일사불란하게 움직여야 하오. 비록 적이 대군이라지만, 우리는 튼튼한 성벽과 죽음을 두려워하지 않는 잘 훈련된 병사가 있소. 더구나 그들은 하루라도 빨리 이곳을 함락하고 평양성으로 달려가려 조바심이 나 있으니 시간도 우리 편이 아니겠는가.

　그렇다면 천시(天時, 시간의 유리함), 지리(地利, 안시성의 튼튼한 성벽), 인화(人和, 한마음으로 뭉친 지도자와 병사)를 모두 갖추었거늘 어찌 이기지 않을 수 있겠소. 함부로 힘을 드러내지 마시오. 적이 조급하게 공격하다 보면 무리수를 두어 빈틈을 드러낼 게요. 우리는 적의 선공(先攻)을 기다렸다가, 약점을 보이면 벼락 치듯 반격해 치명적 타격을 주어야 하오. 여러분은 몇 달 전 보았던 검극(劍劇, 칼싸움 연극) 장면을 잊지 않았을 거요. 험상궂은 악당 두목이 멧돼지처럼 돌진해 오자, 날카로운 공격을 살짝 피했다가 되돌아서며 번개같이 단숨에 숨통을 끊어버리던 양치기 소년 마루치의 날쌘 칼부림을!"

## 공성전 攻城戰

7월 15일 백중(百中)날. 먼동이 트자 당나라 군은 공격 준비로 수런거렸다. 동문 앞 250보쯤에 150대 거대한 신형 포차가 성벽을 향해 가지런히 열을 지었고, 그 앞 공터엔 산처럼 우뚝 솟은 공성 탑(팔륜누차)과 운제(사다리차), 충차(성벽이나 성문을 무너뜨리는 무기) 같은 수백 대 공성무기가 배치되었다.

포차 뒤에는 각각 2만 명의 붉은 군복을 입은 돌격대 1, 2, 3진이 들판을 가득 메웠고, 수풀같이 빽빽한 깃발이 바람에 펄럭거렸다. 제1진 10개열 중 2개열은 특공대로 쇠갈고리가 달린 밧줄더미를 둘러맨 병사, 두 사람이 어깨에 사다리 하나씩 걸친 병사들이 성벽으로 달려가려고 대기했다.

해가 떠오르자 백마에서 내린 당태종이 지휘소 망대 위로 올라가 황금 일산(햇빛을 가리는 덮개) 아래 서서 안시성 동문 장대를 바라보니 어마어마하게 거대한 깃발이 펄럭였다.

"저렇게 무지막지하게 큰 군기(軍旗)는 처음 보는군. 저 황금빛 속에 새는 무엇인가?"

"폐하, 저것은 우리의 용(龍)처럼 고구려 사람들이 숭상하는 신조(神鳥)인데, 저 새가 날아오르면 나라를 구할 영웅이 나타난다는 전설이 있다 하옵니다. 그래서 안시성 아낙네가 승리를 기원하며 한땀 한땀 정성스레 수놓아 만든 만인기(萬人旗)랍니다."

"건방진 놈. 제까짓 게 무슨 황금삼족오라고. 우리 투석기가 적군 반격을 침묵시키거든 제일 먼저 꼴 보기 싫은 저 군기를 불살라

버려라."

한동안 안시성을 바라보던 태종은 의기양양하게 오른팔을 번쩍 쳐들어 동문 장대를 가리켰다.

돌격대 병사의 우렁찬 함성이 폭풍처럼 안시성 앞벌을 뒤흔들자 지휘소 망루 위에 붉은 깃발이 오르며, 공격 개시를 알리는 북소리가 울려 퍼졌다(348쪽 참조).


"남문 상황은 어떠하냐?"

황급히 달려온 온사문의 부관(副官)이 양만춘에게 보고했다.

"아직 호수를 다 메우지 못하고 땅이 고르지 않아 포차와 공성무기 절반도 공격선(攻擊線)에 배치시키지 못했습니다. 우리 병사들은 사기가 높아 싸움이 벌어지기만을 기다리고 있습니다."

북문과 서문 방어책임자 금모루의 부관도 보고했다.

"지형이 험한 탓인지 공성무기는 보이지 않으나 보병들이 성벽에 몰려들고 돌궐 기병대가 그 뒤를 따르고 있습니다."

"그동안 참느라고 수고했다. 오늘은 마음껏 싸우라고 전하라!"

이제까지 안시성 위를 떠돌던 하얀 연(鳶)이 내려지고, 장대 앞 성벽에서 전투를 알리는 붉은 솔개 연이 하늘 높이 솟구쳤다.

솔개 연이 솟아오르자 성벽 뒤쪽에 대기하던 30대 투석기에서 일제히 불타는 나무토막들을 날려 당나라 포차에 불벼락을 쏟아부었다. 불덩이는 적 포차의 세 가닥 밧줄 연결고리를 불살랐고, 성벽을 향해 돌덩이를 날리려던 포병 머리 위로 쏟아졌다.

이때부터 아비규환(阿鼻叫喚) 생지옥이 벌어졌다. 당나라 군은 포차마다 백여 명씩 밧줄을 당길 포병을 배치했는데, 성에서 250 보 떨어진 곳은 안전지대로 여겨 느긋하게 움직이다가 느닷없이 불벼락을 맞았다. 공격받지 않은 옆 포차 병사도 울부짖는 동료의 참혹한 모습을 보고 넋이 나가 갈팡질팡 허둥거렸다. 미처 정신을 차리기도 전에 두 번째 불벼락이 당나라 군 포차 진지에 떨어졌다.

공격을 진두지휘하던 장손무기는 깜짝 놀랐다. 요동성 싸움 때 고구려 투석기 사정거리는 고작 150보였다. 당나라 군은 고구려 군 투석기의 반격이 미치지 않는 안전한 거리에서 사정거리가 3백 보나 되는 신형 포차로 벼락 치듯 포격을 퍼부어 성벽을 허물 계획 이었다. 그리고 안시성 군 머리 위로 돌덩이를 쏟아부어 수비군이 당황해 어쩔 줄 모를 때 병사들을 보내 성벽을 둘러싼 황(隍)을 흙 으로 메운 다음에, 돌격대가 물밀듯 성벽으로 돌격해서 몰아붙이 겠다는 계산이었다.

그런데 뜻밖에 당나라 포차보다 사정거리가 훨씬 긴 안시성 투 석기가 먼저 불벼락을 퍼부었던 것이다. 장손무기가 정신을 차린 것은 제 2차 불벼락이 당나라 군 머리 위로 쏟아지던 때였다. 깜짝 놀라 포병대장을 불러 고구려 군 투석기를 막도록 닦달하고 황급 히 때 이른 공격 명령을 내렸다.

"적 투석기는 불과 30대다. 아군 포차로 일제히 공격을 퍼부어 제압하라. 즉시 총공격을 시작하라!"

그가 고래고래 악을 쓰며 포병을 몰아쳤으나 수비군 투석기를 잠재울 수 없었다. 그리고 때 이른 총공격 명령에 따라 아직 공성

준비를 제대로 갖추지 못한 공성탑과 운제 수백 대가 돌격대를 가득 태운 채 성벽으로 굴러갔고, 뒤따라 제1진 돌격대가 성벽으로 돌진했다.

공성탑과 운제가 성 가까이 다가가자 성벽 위에 수십 대 바리스타(이동식 소형투석기)가 나타나더니 불타는 나무토막과 돌덩이를 퍼부었다. 더구나 공성탑과 운제는 성벽 밖 50보에서 60보 거리에 빙 둘러 파놓은 황(隍)에 막혀 더 이상 전진할 수 없었다.

제1진 돌격대도 황에 가까이 다가가자 돌연 메뚜기 떼가 날아내리듯 화살 구름이 새까맣게 하늘을 뒤덮더니 죽음의 비가 되어 머리 위로 쏟아졌다.

살아남은 돌격대원은 주검으로 뒤덮여 아수라장이 된 황을 넘어 용감하게 성벽으로 달려갔고, 수백 명 특공대도 가까스로 수비군 방어를 뚫고 쇠갈고리를 던지거나 사다리를 걸쳐 성벽을 타고 올랐으나, 기다리는 운명은 오직 죽음뿐이었다. 사다리는 성벽에 걸치자마자 수비군이 휘두르는 쇠도리깨(곡식 타작용 농기구)에 박살났다. 돌격대와 특공대원들도 성벽 위에 올라 몸을 가누기도 전에 성가퀴에 숨어 있던 수비군 병사의 창과 도끼질에 꺼꾸러졌다.

안시성 동쪽 성벽에는 환호성을 지르는 고구려 군사의 외침과, 성벽 아래로 굴러 떨어지는 당나라 군사의 애끓는 비명이 계속되었다.

이적은 당태종 지휘소에서 붉은 깃발이 휘날린다는 전령의 보고를 받자 포차에게 성벽 공격명령을 내리고 돌격대를 대기시켰다.

흑기군은 남문 앞 호수가 워낙 넓고 깊어 매립공사를 끝내지 못해 성을 공격하는 데 애를 먹고 있었다. 공격 개시 시간까지 포차 30 대를 겨우 배치했지만, 흙으로 메운 곳이 진흙구덩이라 제대로 공격하지 못했다. 더구나 그는 몇 차례 부딪쳐본 경험으로 고구려 군의 용맹과 끈기를 뼈저리게 겪은 터라 성급하게 공격할 생각도 없었다.

포차 공격은 참담한 실패였다. 남문 앞 매립지는 땅을 평평하게 고르지 않아 정렬시킨 포차가 남문 옹성(甕城, 성문 앞에 둥글게 쌓은 벽)과 성벽을 향해 돌덩이를 날렸으나, 성벽에 미치지 않은 곳에 떨어지거나 엉뚱한 데로 날아갔다. 곧 안시성 투석기가 불타는 나무토막을 퍼부으며 매섭게 반격했다. 안시성 투석기는 사정거리도 더 길었고, 포차 구조를 잘 알았다. 불타는 나무토막으로 포차를 공격해 못 쓰게 만들었고, 수백 명 포병을 죽였다. 상황이 어려워진 것을 깨닫자 이적은 즉시 공격을 멈추고 공성무기의 피해를 줄이기로 결심했다.

"보병은 즉시 출동해 포차와 공성무기를 안시성 투석기 사정거리 밖으로 옮겨라. 기병대는 성벽을 공격하는 척 양동작전(陽動作戰)을 펼쳐 적의 반격을 막고 보병을 엄호하라."

그는 위험을 무릅쓰고 흑기군 기병대를 성벽 가까이 출동시켜 투석기의 미끼로 내놓았지만, 투석기는 이를 거들떠보지도 않고 족집게처럼 신형 포차만 골라 하나하나 격파해 나갔다.

남문 쪽에는 고구려 군 투석기가 6대밖에 되지 않았지만 진흙구 덩이에 빠진 포차를 신속히 옮기지 못해 반 이상이 파괴되었다.

공성무기를 성벽에서 멀찌감치 후퇴시켰을 무렵, 당태종의 전령이 달려와 공격중지 명령을 전했다.

처음으로 양군이 정면으로 맞부딪친 전투에서 뜻밖에 큰 승리를 얻어 안시성 장수들이 들뜨자 양만춘은 조용히 나무랐다.

"아직 싸움은 시작일 뿐 앞으로 무슨 일이 일어날지 모른다. 승리했다고 교만한 마음을 가질 때가 가장 위험한 순간이다. 작은 구멍이 제방을 무너뜨리듯 한 병사의 방심이 성을 위태롭게 할 수 있으니, 겸손한 마음으로 자중(自重)하라!"

그리고 담담한 얼굴로 다로에게 물었다.

"우리 군 피해는 얼마나 되는가?"

"사망자는 겨우 백여 명, 부상자도 2백 명 정도입니다. 성주님 염려와 달리 전쟁 경험이 많은 고참병 희생자는 얼마 되지 않습니다. 적병은 수천 명 사상자가 생겼는데 대부분 갑옷을 제대로 갖춰 입은 하급 지휘관과 특공대 용사였답니다."

감독관 가림토가 덧붙여 보고했다.

"적 포차는 동문 쪽에서 70대, 남문 쪽에서 20대 이상이 아군 투석기에 의해 파괴되었습니다."

"당나라 군이 망가진 포차를 수리하려면 사나흘 걸릴 테니 당분간 대규모 공격은 없겠구려. 잘 싸운 용사에게 며칠 휴가를 주어 사기를 높여 주시오. 전쟁 초기에 가장 우수한 병사가 많이 죽는 법이오. 이빨이 빠지면 잇몸으로 대신한다지만 앞으로 싸울 날이 많이 남았으니 귀중한 용사를 잘 보존해 주시오."

양만춘은 오늘 전투가 없었던 금모루 장군에게 북문 쪽 상황을 물었다.

"아직 적의 움직임은 없습니다. 북문 밖은 조의선인과 정찰대원이 철통같이 경계망을 펼치고 있는 데다가 외인부대(外人部隊)를 예비대로 두어 뜻밖의 사태에 대비하고 있습니다."

당나라 전군 지휘관회의가 소집되었다. 당태종은 싸움이 뜻대로 되지 않을 때도 너털웃음을 터뜨리며 부하장수를 격려하던 평상시 모습과 달리 시름에 잠겨 있었다. 젊은 날 통일전쟁 때 그는 때가 올 때까지 발톱을 감추고 웅크리고 있다가, 기회를 포착하면 전광석화(電光石火)같이 맹렬하게 적을 공격해 섬멸시켰다. 자신의 필승전술을 얄밉게도 적장이 그대로 흉내 내자 새삼스레 두려움을 느꼈다.

황제가 침묵을 지키자 장수들은 이번 전투에 대해 토론했다.

이도종은 안시성 황(隍)을 메우기도 전에 성급하게 공격명령을 내린 장손무기의 무모한 작전을 탓했고, 장수 대부분은 고구려 군의 투석기 사정거리를 제대로 알지 못하고 공격을 서두른 게 패배의 원인이라고 의견을 모았다. 여러 장수가 패전 원인만 떠들고 있자 성질 급한 이적이 큰 소리로 외쳤다.

"싸우다 보면 이기고 지는 거야 항상 있는 일이오. 쓸데없이 지난 일만 떠들지 말고 어떻게 저 성을 빼앗을지 의논합시다."

이도종이 고개를 끄덕이고 의견을 내었다.

"적은 험한 산성(山城)에 웅크리고 우수한 투석기를 가졌으니,

요동성 때처럼 일방적으로 몰아붙일 수 없겠지만, 적 투석기는 겨우 40대밖에 되지 않았소. 우리가 6배 이상 포차를 가졌으니 숫자로 적을 누를 수 있지 않겠소. 이제 투석기 사정거리를 알았으니 우리 포차 앞에 튼튼한 여닫이 목책을 세웁시다. 우리가 공격할 때만 일제히 목책 문을 열어 공격을 퍼붓고 그렇지 않을 때엔 문을 닫으면 적의 공격을 피하면서 쉽게 그들을 제압할 것이오."

울지경덕이 포차의 제작과 수리를 맡은 공작감(工作監)에게 물었다.

"파괴된 포차를 수리하려면 얼마나 걸리겠나?"

"한 주일이면 고칠 수 있을 겁니다."

잠자코 있던 당태종이 여러 장수를 둘러보고 입을 열었다.

"저 성을 둘러 뽑으려면 하루라도 숨 쉴 틈을 주어서는 안 된다. 포차를 수리하는 동안 어떻게 적을 압박하는 게 좋을까?"

이도종이 제안했다.

"성벽 앞 황을 메워 평평하게 골라야 공성무기가 그 위력을 떨칠 수 있습니다. 먼저 성벽 앞 4백 보에 목책을 세워 전진기지로 삼고, 특공대 병사를 딱정벌레 등판 같은 나무덮개로 덮어 투석기와 화살공격을 막으며 전진시키면 쉽게 황을 메울 수 있을 겁니다."

패전의 책임으로 얼굴을 들지 못하던 장손무기는 화제가 공격방법으로 흘러가자 활기를 되찾았다.

"이도종 장군 제안대로 목책을 세운다면 적의 눈을 피할 수 있으니 그 뒤에서 땅굴을 파면 어떻겠습니까. 산서 출신 광부(鑛夫) 수천을 동원하면 오래지 않아 성안까지 파들어 갈 수 있습니다."

회의장 말석에 앉았던 유격장군 설인귀가 일어났다.

"소장에게 결사대 3천 명만 주신다면 어두운 밤을 이용해 안시성 북쪽 성벽을 기습하겠습니다. 적군은 지금 승리해 들떠 있을 테고, 성 북쪽은 지형이 험준하니 방어가 허술할 겁니다."

태종은 수염을 쓸어내리며 호탕하게 웃었다.

"세 장군 의견이 모두 짐의 마음에 흡족하도다. 이적 장군은 다음 공격 때까지 호수의 매립작업을 서둘러 마쳐라. 장손 장군은 병사를 동원해 황을 메우는 한편 땅굴을 파고, 공작감은 밤을 새워서 닷새 안에 포차수리를 완료하고, 더 많은 포차와 공성무기를 새로 만들도록 하라."

말을 마친 태종이 안시성 동문 하늘 높이 떠있는 붉은 솔개 연(鳶)을 바라보다가 고개를 갸웃거리며 중얼거렸다.

"사람이 탈 수 있는 큰 연을 하늘 높이 띄운다면 안시성을 손바닥처럼 살펴볼 수 있지 않을까?"

7월 18일 아침. 사람이 탄 엄청나게 큰 연이 하늘 높이 떠올라 성 위를 떠돌았다.

그게 신호였는지 성벽 앞으로 딱정벌레 떼가 몰려들었다. 수십 명 군사가 한 무리가 되어 수십 개 통나무를 뗏목처럼 가지런히 엮어 방패처럼 머리 위에 쳐들고 황(隍)으로 다가왔다. 나무방패에 기둥을 세우더니 흙으로 황을 메우기 시작했다. 갓 베어 온 생나무로 빈틈없이 촘촘히 묶은 나무방패 때문에 성벽 위에서 쏘는 화살은 물론이고 투석기의 공격도 별로 효과를 거두지 못해 고구려 군은 발을 동동 굴렀다.

양만춘은 성벽에 달라붙은 수백 개 딱정벌레를 내려다보며 이마를 찌푸렸다.

"적이 기묘한 공격방법을 개발했구먼. 딱정벌레에 대한 공격을 멈추고 화살과 돌을 아끼라."

동문을 수비하던 백인대장과 용감한 니루들이 찾아와 결사대를 조직해서 딱정벌레 떼를 몰아내겠다고 간청했다.

"서둘지 말라. 방법이 있을 게다. 여러분 목숨은 저따위 딱정벌레 떼와 맞바꾸기에 너무나 소중하다!"

양만춘이 뒤돌아보며 명궁(名弓) 수봉을 손짓으로 불렀다.

"저 연이 지금 너무 높이 날아 화살이 닿지 않겠지만 바람이 자면 낮게 내려올 테지. 알맞은 사격지점을 찾아 기다리다가 연에 탄 적병을 쏘아 떨어뜨려라."


## 어둠의 공포

초저녁부터 세찬 바람이 불더니 한밤중이 되자 먹구름이 하늘을 뒤덮어 하현달을 가렸다. 야습(夜襲)하기 좋은 날씨였다. 설인귀는 산기슭에 숨어 있던 결사대에게 작전 개시 명령을 내렸다.

검은 옷으로 감싼 당나라 결사대원들은 입에 함매(銜枚, 소리 내지 못하게 병사 입에 물리는 나무막대기)를 물고 소리 없이 움직였다. 각각 1천 명씩 세 무리로 나눈 결사대는 신속하게 이동하기 위해 짧은 칼을 지니고 가벼운 무장을 갖추었다.

선두 병사는 험한 산을 잘 타기로 유명한 산서(山西)와 섬서(陝西) 출신 노련한 사냥꾼이었지만, 숲속 어둠은 칠흑 같아 다섯 자 앞 병사가 두른 흰 띠조차 희미하게 보여 때때로 돌부리에 걸려 비틀거리거나 움푹 꺼진 웅덩이에 빠졌다.

이따금 발을 헛디뎌 넘어지거나, 발길에 차인 돌멩이가 산비탈로 굴러가 깊은 물속 같은 고요함을 깨뜨릴 때면 깜짝 놀란 병사들이 숨을 죽이며 한동안 발길을 멈추곤 했다. 그러나 긴 줄의 결사대원들은 느리지만 꾸준히 산을 타고 올라 성벽으로 다가갔다.

숨 막히는 한 시진(2시간)이 흐른 후 결사대는 안시성 북쪽 성벽에 달라붙었다. 설인귀는 결사대가 수비군에 들키지 않고 무사히 성벽 밑에 모인 것을 확인하자 기습작전의 성공을 의심하지 않았다. 숲속은 캄캄했으나 성벽 위엔 희뿌연 밝음이 있었다. 잠시 숨을 돌린 후 성벽을 타 넘으라고 명령했다.

밤새(夜鳥)의 울음신호가 두 번 울리자 결사대원은 일제히 어깨에 메고 온 보퉁이에서 쇠갈고리를 꺼내 성벽 위로 던져, 밧줄을 타고 오르기 시작했다.

성벽 밖 북쪽 산기슭 숲을 감시하던 조의선인 정탐조는 초저녁에 갑자기 벌레소리가 뚝 끊기자 적군의 침투를 알아차렸다. 그러나 소수의 정찰병이 아니라 대군이었기 때문에 공격할 엄두가 나지 않았다. 북문 사령관 금모루는 조의선인의 보고를 받고 당나라군의 대대적 공격이 시작되었음을 알았다. 즉시 수비대 병사에게 비상사태를 발령하고, 적이 침투한 지역의 정찰대에게 조용히 철수하도록 명령했다.

양만춘은 사태의 심각성을 깨달았다.

"다로, 대규모 적군이 북쪽 성벽을 야습한다면 모든 성벽에 대한 공격준비도 마쳤을 것이다. 신속하게 갑호(甲号) 명령을 전달하고, 모든 예비병을 총동원해 적 공격에 대비하라. 그리고 구원군을 보내 금모루 군을 지원하도록!"

설인귀 결사대가 은밀하게 성벽으로 접근하는 데만 정신을 쏟는 사이에 조의선인이 은밀하게 꼬리에 달라붙어 부싯돌 신호로 적군의 접근을 수비군에 알렸다. 곧 안시성 북쪽 성벽에서 무시무시한 백병전이 벌어졌다.

쇠갈고리에 맨 밧줄을 타고 올라온 선두결사대는 성벽 위에서 허리를 펴기도 전에 수비병 창에 찔렸고, 뒤따른 자의 성벽을 붙잡은 손은 수비병 칼에 잘렸다. 결사대 허리에 묶었던 흰 허리띠는 숲속에서는 같은 편 병사임을 확인하고 길을 안내하는 길잡이 노릇을 했지만 이제는 고구려 군에게 공격의 표적이 되었다.

불행히도 조의선인 정탐조는 결사대 왼쪽 방향에서 설인귀가 직접 이끌던 제3대(隊)의 진격방향을 놓쳐버렸다. 그곳은 성벽 중 가장 험한 산봉우리였고 외인부대가 지키는 곳이었다.

적 공격로(攻擊路) 밖에 있다며 외인부대가 방심했던 작은 틈으로 설인귀 군의 치명적인 기습이 쇠망치처럼 부딪쳐왔다. 외인부대가 정신을 차렸을 때 설인귀를 비롯한 수백 명 결사대가 이미 성벽 한 모퉁이를 점령해 버렸다.

의기양양한 설인귀는 승리의 횃불 신호를 세 번 휘둘러 산꼭대기를 점령했음을 당나라 본진에 알렸다.

외인부대장 우검보는 급히 위급한 사태를 알리고, 얼마 남지 않은 부하를 이끌고 설인귀 결사대에게 돌진했다. 구원군을 이끌고 북문으로 달려가던 가림토는 외인부대 진영에서 보내는 구원요청 신호를 보자 즉시 산꼭대기로 방향을 바꿨다.

설인귀의 횃불신호를 보자 이도종은 즉시 동문 앞에 대기하던 군사들에게 공격명령을 내렸다. 어둠을 뚫고 수많은 포차가 성벽을 향해 달리며 불타는 나무토막을 일제히 안시성에 퍼부었다. 이에 뒤질세라 거대한 공성탑을 비롯하여 운제와 충차 등 수백 대 공성무기가 성벽으로 굴러갔다. 그 사이 딱정벌레 병사들도 성벽을 타고 넘을 준비를 마쳤다.

선두 공성탑에 올라 공격을 지휘하던 이도종은 야간기습을 당하고도 조금도 당황하지 않고 침착하게 반격하는 고구려 군을 보고 이상한 느낌을 받았다. 그는 용감한 장군이고 때로는 성난 멧돼지처럼 돌진하는 두려움을 모르는 용사지만, 소년 시절부터 전쟁터에서 잔뼈가 굵었기에 전쟁의 흐름에 대한 본능적인 감각을 갖고 있었다.

'무언가 잘못되었다'는 생각이 드는 순간 오경(五更, 밤 3시부터 5시 사이)을 알리는 안국사 종소리가 울려 퍼졌다. 깜짝 놀란 이도종이 눈을 들어 산꼭대기를 올려다보았다. 그곳에는 총공격에 호응해 터뜨리기로 약속한 폭죽(爆竹) 불꽃도 보이지 않고 휘두르던 횃불조차 꺼져버렸다. 그의 눈길을 사로잡은 건 안시성 봉화대에서 갑자기 치솟아 오르는 불길뿐이었다.

'아뿔싸, 적은 우리를 기다리고 있었구나! 무모한 야간공격은 엄청난 피해만 가져올 뿐이다.'

이도종이 두 팔을 휘두르며 외쳤다.

"공격을 멈추고 빨리 후퇴하라."

요란한 징소리가 울려 퍼지자 공격 대열은 황급히 본래의 진지로 되돌아갔다. 이미 수백 명 특공대가 성벽을 타고 올라갔지만 이들을 구원할 겨를이 없었고, 갑작스런 후퇴명령으로 성벽에 다가가던 공성탑과 운제들이 서로 뒤엉켜 큰 혼란에 빠졌다. 신속하게 후퇴하지 못한 수십 대 공성무기가 속수무책으로 안시성 군의 투석기와 바리스타의 공격에 당하도록 내팽개쳐 둔 채 당나라 군은 썰물 빠지듯 물러났다.

설인귀가 당태종 앞에 꿇어앉아 울먹거렸다.

"소장 잘못으로 결사대 반 이상을 잃었습니다. 죽여주십시오."

"어찌하여 기습이 실패했던고?"

"적은 야간기습을 미리 예상하고 기다렸나 봅니다. 제가 직접 이끈 제 3대는 가장 험한 산봉우리 성벽 지휘소를 점령했으나 급히 달려온 적 구원군의 습격을 받은 데다, 흩어졌던 수비병들이 전열을 정비하고 결사적으로 반격했습니다. 저희 군은 기습하려고 가볍게 무장했기 때문에 중무장한 적병을 꺾을 수 없었습니다. 제 1대와 제 2대는 미리 대기하던 적병을 만나 성벽을 오르지도 못했습니다."

설인귀에게 패전한 까닭을 듣고, 태종이 자리에서 일어나 위로했다.

"어찌 싸울 때마다 이길 수야 있겠는가. 이번 야습으로 적장의 가슴을 서늘케 했으니 그 공로가 크도다. 다음에 공을 세워 이번 패전의 죄를 씻도록 하라."

태종은 이도종을 불러 크게 칭찬했다.

"우리 집안에 이렇게 뛰어난 대장군감이 있다니 기쁘다. 순식간에 전황을 판단하고 침착하게 물러나 큰 손실을 막았구나."


승리를 기뻐하는 부하들을 보고도 양만춘은 얼굴이 어두웠다.

'미리 적군의 움직임을 알았음에도 북쪽 성벽의 지휘소를 한때 적에게 빼앗겼을 뿐 아니라, 믿었던 정예병인 외인부대가 제대로 막지 못하고 지휘관 우검보까지 전사하다니.'

다로가 다가와 귓속말로 충고했다.

"성주님은 안시성을 떠받치는 대들보입니다. 모두 승리를 기뻐하는 자리니 언짢은 일이 있어도 밝은 얼굴을 보여 주셔야지요."

다로의 말을 듣고 정신이 번쩍 들었다.

'그렇다. 싸울아비가 가져야 할 자세 중 으뜸은 평정심이거늘 누구를 탓하랴. 뒷수습이 먼저다. 오늘 실패를 거울삼아 다시 이런 일이 일어나지 않게 마음을 가다듬자.'

양만춘이 자리에서 일어나 부하들을 둘러보았다.

"오늘의 승리를 우검보 장군에게 바치고자 하오. 적의 기습으로 무척 위태로웠으나, 장군은 30여 명에 불과한 직속병력을 이끌고 돌격해 우리의 패배를 막아내고 구원군에게 반격할 시간을 벌어주었소. 우 장군이야말로 안시성을 지킨 영웅임을 선포합니다.

지휘관 여러분은 용감하게 싸운 병사를 뽑아 표창하시오. "

당나라 군 진지에서 날아온 거대한 연이 성 위를 맴돌았으나 너무 높아 화살이 미칠 수 없어 수비군은 발만 동동 굴렀다. 보우가 한낮이 지나면 바람이 멎을 것이라고 알려주자, 명궁(名弓) 수봉이 안국사 지붕으로 달려갔다.

오후에 바람이 약해져 연이 낮게 내려앉는 순간, 드디어 기회를 잡았다. 날카로운 시위 소리가 울리며 묵직한 쇠화살이 수봉의 강궁(强弓)에서 연이어 발사되었다.

순식간에 송곳처럼 벼린 살촉이 연과 사람이 탄 바구니를 연결한 4개 밧줄에 박혔고, 화살촉 주위에 두텁게 바른 불붙은 송진이 밧줄을 태웠다. 당나라 군사가 연을 급히 감아 올려 다시 하늘로 솟구쳤으나 바구니에 탔던 정찰병은 성안으로 떨어졌다. 포로로 잡힌 정찰병은 군사시설을 담당하는 직방낭장(職方郎將)이었다.

양만춘이 포로를 심문하는 자리에 보우가 찾아왔다.

"성주님, 오늘부터 내일 오후까지 불볕이 쏟아지는 맑은 날씨가 계속되겠지만, 내일 초저녁엔 가랑비가 내리다가 한밤중이 되면 번개가 치고 요란하게 폭우가 쏟아지겠습니다. "

수비군에게 딱정벌레 떼는 골칫거리였다. 화살공격도 별로 효과가 없고 투석기의 큰 돌덩이를 그런 하찮은 목표에 낭비할 수 없었다. 성벽 가까이 달라붙은 딱정벌레는 성벽 앞 황을 메우더니 이제 성벽 밑을 파고들었고, 뗏목 같은 나무방패를 지붕 삼아 기둥을 세우고 진지를 만들어 전진기지로 삼았다. 성벽 바로 밑에 수많은 적군이 우글거려 수비군을 항상 긴장시키고 지치게 했으나, 그렇다고 성을 타고 내려가거나 성문을 열고 나가 적을 공격하는 것은 희생이 클 터였다.

"다로, 내일 밤 딱정벌레 떼를 쓸어버리는 게 어떨까?"

"우리 특수부대 용사들이 용맹을 뽐내기 좋은 기회군요."


유난히 무더운 낮이 지나고 어둠이 깔리자 여인의 눈썹처럼 가느다란 그믐달이 구름 속에 숨어버리더니 보슬비가 내리기 시작했다. 딱정벌레 진지에 우비를 입은 교대병력이 왔다. 한밤중에 뇌성벽력(雷聲霹靂)이 치면서 엄청난 폭우가 쏟아졌다.

딱정벌레 진지는 통나무를 가지런히 묶어 돌과 화살로부터 병사를 지켜주었지만 쏟아지는 비를 피하는 데는 아무 소용이 없었다. 오래지 않아 우비는 쓸모가 없어지고 통나무 아래 땅바닥에는 물이 흥건히 고여 적군은 물에 빠진 생쥐 꼴이 되었다.

아무리 여름철이라지만 비에 흠뻑 젖은 병사들은 새벽녘이 되면서 이가 덜덜 떨리게 추웠다. 밤새도록 폭우에 시달린 고참병은 조금이라도 마른 땅을 찾아 잠들었고, 그렇지 못한 졸병도 악몽(惡夢) 같이 지루한 밤이 빨리 지나기를 기다리며 구석에 웅크리고 앉아 꾸벅꾸벅 졸았다.

조의선인으로부터 오랫동안 기습훈련을 받았던 안시성 특수부대는 초저녁부터 꼼꼼히 공격 준비를 했다. 송진과 기름을 섞은 진흙을 온몸에 바르고 허리에 두른 검은 띠에는 수리검 10개씩을 차고 짧은 창과 칼을 손에 들었다. 드디어 새벽녘 벌거벗은 몸에 맨발로 5명씩 조(組)를 지어 칠흑같이 어두운 빗속으로 나갔다.

톱니 같은 치(稚, 성벽 밖으로 튀어나온 방어시설)의 그늘 어둠 속으로 밧줄을 늘어뜨린 특수부대원은 소리 없이 성벽을 타고 내려가 딱정벌레 진지로 기어갔다. 뒤이어 2개 조가 하나의 공격대가 되어 딱정벌레 진지의 앞뒤로 접근해 잠든 적병에게 소리 없이 다가갔다. 거세게 몰아치는 비바람과 연이어 울리는 천둥소리로 옆 진지에서 벌어지는 참극을 다른 진지에선 알 수 없었다.

끝없이 길게 느껴지던 시간이 흘러가고 성벽 아래서 휘파람 소리가 울렸다. 미리 성벽 위에 대기시켰던 장창대의 걱정스러운 눈길을 받으면서 부상당한 용사들이 동료의 부축을 받으며 밧줄을 타고 올라오자, 도롱이로 감싸 불 피운 막사로 데려갔다.

당나라 군 장수를 사로잡은 마지막 조장이 밧줄을 쥐고 오른손을 흔들자, 비로소 기쁨에 들뜬 병사들이 승리의 함성을 질렀다.

밤새도록 잠을 이루지 못해 눈이 벌겋게 된 양만춘에게 다로가 의기양양하게 보고했다.

"특수부대 60개 조가 딱정벌레 진지 70개를 습격해 적병 1천 명을 쓸어버렸습니다. 돌아오지 못한 대원은 열네댓 명. 완전한 승리입니다!"


병사 갑돌이는 지난 전투 때 사다리를 타고 성벽에 기어오르던 적병들을 타작(打作)하듯 쇠도리깨로 후려쳐 용맹을 떨치고 포상

휴가를 받았다. 하지만 용사로서 명예보다 해성고을 당나라 행정 관 '곱단이 남편'으로 더 유명해졌다.

갑돌이는 입이 걸쭉해, 그녀가 얼마나 뜨거운 여자였는지 손짓 발짓까지 섞어가며 허풍을 떨어 동료병사를 즐겁게 했다. 남녀관 계에 유난히 엄격한 다로가 이를 알고 갑돌이를 전투부대에서 제 외시키려 했으나, 양만춘이 손을 저으며 껄껄 웃었다.

"오랫동안 아내와 떨어져 고달프게 싸우는 전쟁터 병사에겐 음 담패설도 좋은 소일거리일 걸세. 더구나 당나라 젊은 여군 장교를 정복했던 이야기라면 사기를 높이는 효과도 있지 않겠나."

그리움에 사무쳐 이렇듯 살을 저미고 뼈를 깎을 줄 알았다면, 아무리 성깔이 치밀어도 꾹꾹 눌러 참을 것을. 쉬이 잊힐 걸로 여겼건만 이제 그의 목소리가 그리워 시간이 흐를수록 나의 가슴은 까맣게 타들어간다. 이 내 삶이 언제 끝날지 몰라도 어찌 그이를 잊을 수 있을까. 예전에 아버지께 편지 쓸 때처럼 내 마음을 일기장에 옮겨 적으련다.

이 괴로움은 다로를 골탕 먹이려던 어리석은 짓에서 비롯되었다. 그는 나를 의심해 부엌을 기웃거리고, 식사 때면 그이 곁에 달라붙어 눈을 희번덕거렸다. 소갈머리 없는 짓이 얄미워 계란 노른자와 양념으로 장난을 쳤다. 고기를 집은 은수저가 검게 변하고 맑은 된장국에서 푸른 색깔이 떠오르자, 얼굴색이 변해서 그릇을 빼앗더니 냉큼 고기를 집어 맛을 보았다. 시간이 지나도 아무렇지 않자, 그이는 다로에게 핀잔을 주더니 맛있게 음식을 먹었다. 다로가 얼굴이 벌게져 사과했다. 나는 뒤돌아 혀를 날름 내밀며 웃은 것까지는 좋았으나 그쯤에서 멈췄어야 했다. 승리의 기쁨에 들떠 고약한 성깔을 드러낸 게 큰 실수였다.

귀신에 씌었던 것일까? 이렇게 의심받으며 음식을 만드니 여자 궁수부대로 보내달라고 울면서 떼를 썼다. 멍청이 같으니라고. 내가 아무리 엉뚱한 고집을 부렸기로서니 속 좁은 여자 마음을 그리도 모르다니. 괜한 트집으로 내 발등을 내가 찍었다. 멍청이 아저씨가 끝까지 붙잡으리라 믿었던 건 어처구니없는 착각이었다. 몇 마디 말로 나를 달래다가 마지못해 내 요구를 들어주었다. 그때라도 돌이킬 수 있었다. 그까짓 자존심이 무엇인지, 난 정말 멍텅구리다. 살림살이를 대신 맡게 된 향옥이란 중년부인이 같은 여자라서인지 내 속마음

눈치 채고 안타까워하며 위로해 주었다. 그러나 그게 무슨 소용이람. 내 가슴이 이렇게 찢어진 것을. 그이 곁을 떠나던 날 밤, 한 번 터지면 걷잡지 못하는 내 못된 성격을 원망하며 밤새도록 마음속으로 통곡했다.

여자 궁수대장 아례는 친자매처럼 따뜻하게 맞아주었다. 멍청이 아저씨 손길이 미쳤기 때문이겠지. 그러나 어찌 위로가 되랴. 이제 난 아무것도 두렵지 않다. 내 정체가 탄로 나도 좋다.

우리는 백중(百中) 날 병사에게 줄 특식(特食)을 마련하라는 명령을 받았다. 공교롭게 당나라 군 최초의 대대적 공격이 이날 아침 시작되었다. 치열한 전투가 벌어졌기에 백중 특식은 취소될 것으로 여겼지만 성주의 명령은 변함없었다. 요란한 싸움 소리도 아랑곳 않고 한쪽에선 며칠 전 미리 뽑아 햇빛에 말렸던 국수다발을 펄펄 끓는 물에 삶아 건져내고 신나게 맷돌을 돌려 도토리묵을 만들었고, 다른 쪽은 돼지고기를 삶고 맛있는 양념에 고명까지 얹은 잔치국수를 그릇에 담았다.

줄기차게 쏟아지는 소나기라도 멎을 때가 있듯 전투가 잠깐 멈춘 오후, 우리는 가마솥에서 펄펄 끓는 진하고 구수한 멸치국물을 부은 국수그릇과 도토리묵 접시를 날랐다. 그릇을 받아 든 병사의 환한 얼굴이라니. 그들은 격전이 벌어지고 있는 싸움터에서 백중 특식을 먹으리라고 기대하지 않았던 것 같았다. 국수란 소박하고 수더분한 음식이지만 어린 시절 어머니의 포근한 사랑을 느끼게 해주는 위안의 음식이어서, 따뜻한 국수그릇에 담긴 마음이 오롯이 전해지는 것 같았다. 모두 어린애같이 기뻐했고, 눈물을 흘리는 소년병도 보였다.

나는 아례가 지휘하는 여자 궁수대원으로 성벽에 배치되었는데, 실전 경험이 있는 궁수 한 명과 전투에 익숙지 않은 여인 둘로 한 조를 구성했다. 활에 능숙한 고참병은 갑옷을 입고 완전 무장한 지휘관이나 용사만 노렸고, 그 밖에 잡병(雜兵)이 우리 몫이었다. 높은 지휘관을 쏘는 저격병에게는 특별히 날카로운 철촉(鐵鏃) 화살을 주어 아무리 튼튼한 갑옷도 쉽게 꿰뚫어 적군을 두려움에 떨게 한다는 말도 들었다.

칠월 뙤약볕 아래 싸우려니 적군의 화살보다 더 무서운 게 무더위와 목마름이었다. 가장 반가운 건 매 시진마다 시원한 샘물을 가득 담은 가죽부대를 날라주는 기마병 배달부였다. 우리는 매 시각 교대로 성벽 뒤 천막그늘에서 휴식하고 깨끗한 물을 공급받는데도 견디기 힘든데, 무거운 투구와 갑옷을 입고 전쟁터를 이리저리 달려야 하는 적군을 보면 가련한 생각조차 든다. 몇 번 싸워보니 '열 명의 적병을 죽이지 못하면 죽을 자격이 없다!'던 성주님 말이 우스갯소리가 아니라 모든 병사의 구호가 되었다.

얼마 전 적군 연(鳶)이 성 위를 날아 병사들을 놀라게 했는데, 수봉이란 젊은이가 이를 떨어뜨리자 성주는 그에게 명궁이란 칭호와 양(楊)씨 성(姓)을 주어 수양아들로 삼았다. 모든 병사가 부러워하자 성주는 큰 싸움이 벌어질 때마다 동료병사 투표로 가장 잘 싸운 용사를 뽑게 하고 양씨 성을 주어, 벌써 다섯 명이 양씨가 되었다. 언제 포위가 끝날지 알 수 없는 사면당가(四面唐歌)의 절망적 상황 속에도 병사들은 웃고 떠들면서, 전쟁이 끝날 때까지 양씨가 몇 명 더 생길지 내기를 걸고 있다.

안시성에 처음 들어왔던 날 산더미 같은 돌탑들이 길모퉁이마다 쌓여 있어 이상하게 여겼는데, 이제 보니 투석기에서 발사하려고 미리 준비한 돌더미였다. 그뿐 아니라 병사들은 3교대로 나누어 싸우는데 성주의 약속은 전쟁 중이라 해서 변하지 않아, 아무리 전투가 치열하더라도 밤 근무를 하고 잠든 병사를 깨우지 않는 걸 보니 감탄하지 않을 수 없다. 태산의 참모습은 멀리 떨어져 보아야 제대로 보이는 것일까. 내가 사랑하는 이는 뛰어난 전사일 뿐 아니라 두려움에 움츠러든 사람들 가슴속에 용기를 불러일으키는 위대한 지도자다. 따뜻한 영혼의 향기를 뿜어내는 사나이기도 하다. 며칠 전 철없는 소년병이 군대의 사기를 꺾는 유언비어를 퍼뜨린 죄로 처형당하게 되었다. 성주는 군기(軍紀) 감독관에게 사정을 묻더니 새파랗게 질린 소년병 머리를 쓰다듬었다.

"너의 생각이 틀리지 않을지도 모르겠지만, 사내란 말을 함부로 뱉어 다른 사람에게 폐를 끼치면 안 된다!"

성주는 소년에게 목욕을 시키고 소금물로 입을 헹구게 했다. 그리고 나서 소속부대의 백인대장을 불러, 소년이 이미 죄를 씻었으니 동료들이 따뜻하게 맞아주도록 부탁했다. 여자 궁수대 단짝인 소년병 누이는 동생 목숨을 구해준 분을 위해서라면 지옥 불에도 뛰어들겠다며 울먹거렸다.

이 글을 쓰는 동안 삼경(三更)을 알리는 안국사 종소리가 들린다. 안시성에 들어온 처음 며칠간 저 종소리 때문에 잠을 설쳤건만, 이제 저 웅장하게 울리는 종소리가 자장가처럼 편안한 잠을 가져다준다. 저 소리가 들리면 우리는 안전하다. 그리고 내가 사랑하는 이가 성을 지키는 한 저 소리는 결코 멎지 않을 것이다.

## 건안성 싸움

건안성(建安城)은 천산산맥이 남쪽으로 뻗어내린 산줄기 끝자락 석성산(400m) 봉우리를 이은 포곡식 산성(골짜기를 싸안은 양쪽 산과 산줄기를 연결한 형태의 산성)으로 둘레가 5km나 되는 큰 성이다. 안시성 남서쪽 2백 리에 있어 요동평야와 요동반도를 잇는 경계선에 위치하는데, 서쪽은 바다(발해만)이고● 북서쪽 요하 하구의 갯벌과 늪지대는 사람의 접근이 어렵다. 이 성은 바다로 침입하는 적으로부터 안시성 뒤를 지켜주었다.

7월 중순. 비사성에 머물던 장량의 수군육전대(水軍陸戰隊)는 당태종의 안시성 포위에 호응하여 건안성 공격에 나섰다. 수군육전대는 강남(양자강 일대)의 병사 4만과, 장안과 낙양에서 모집한 지원병 3천 명으로 구성되었는데, 공명(功名)을 얻으려 자원한 장안과 낙양 용사들이 공격의 선봉을 맡았다. 이들 병력과 보급품을 실은 함선 3백 척이 건안성 서쪽 바닷가에 상륙했다.

수군대총관 장량은 무능한 장수였으나 정명진의 기습작전으로 요행히 비사성을 함락시켰다. 하지만 용맹한 병사를 많이 잃었고, 그 분풀이로 사로잡은 비사성 남녀 8천 명을 학살했다. 고구려인들은 그 소식에 치를 떨며 결사적으로 저항했다. 소수의 적군을 만나면 무참하게 죽여 병사들은 두려움에 떨었다.

---

● 지금과 달리, 고구려 시대 해안선은 현재보다 40km 이상 내륙 깊숙이 들어왔으므로 현재 우장(牛莊) 이남평야는 바다였다. 따라서 건안성 서쪽에서 안시성 행정중심지인 해성(海城)까지 발해만(渤海灣)이었다.

건안성 포위작전을 펼치는 수군육전대의 가장 큰 약점은 기병이었다. 말(馬)이란 신경이 예민한 동물이어서 배에 실어 바다를 건너는 것이 무척 어려워 육전대는 주로 보병이었는데, 기병군단을 보충 받는다면 강력한 공격부대가 될 터였다.

장량은 건안성 남서쪽 개현 바닷가에 본진을 세웠다. 부대총관 상하가 선봉군을 이끌고 건안성 서문을 공격하는 한편, 정명진을 남쪽 연통산성으로 진출시켜 외부에서 오는 구원군을 막게 하면서, 당태종에게 사자를 보내 기병대의 증원(增援)을 요청했다.

장량의 본부군은 상하의 병력이 서문을 봉쇄하고 있어 건안성군에게 공격받을 걱정이 없는 데다, 기병대가 도착하기를 기다리며 여러 날 빈둥거리다보니 자연히 군기(軍紀)가 흐트러졌다.

건안성은 요동성, 신성과 함께 욕살이 지키는 큰 성이었다. 패수(浿水) 싸움의 영웅 을밀(乙密)은 나이 많아 은퇴하며 아들 을유에게 성주 자리를 물려주었다. 당나라 함대가 건안성 앞바다에 닻을 내렸다는 보고를 듣자 을유는 아버지에게 적을 막을 대책을 물었다. 한참 동안 생각에 잠겼던 을밀이 입을 열었다.

"패수에서 내호아 군을 무찌를 수 있었던 것은 수나라 육군과 수군이 합동작전을 못하게 막았기 때문이다. 즉시 군사를 청석령 고개에 매복시켜 수군이 당태종과 연락하는 걸 막아라. 그리고 적군이 성을 공격하면 수비에만 힘쓰다가 약점을 드러내거든 그 빈틈을 파고들어 깨뜨려라."

이틀 후 청석령에 매복한 기병대가 당태종에게 보내는 장량의 서신을 지닌 적장을 사로잡아왔다. 그는 살기 위해 묻지 않은 정보까지 낱낱이 털어놓았다.

을밀이 아들에게 말했다.

"적 대장이 시원찮아 부하의 신임을 얻지 못하고 군기가 어지러운가 보구나. 이런 오합지졸(烏合之卒)은 단번에 깨뜨릴 수 있다. 마침 내일 밤이 그믐이니, 적 본진(本陣)을 야습하거라!"


건안성 특공대가 어둠을 틈타 장량의 본진으로 스며들었다. 먼동이 트려는 새벽, 깊은 잠에 빠진 당나라 본진 동쪽 구릉에서 불화살이 오르자, 이를 신호로 밤사이에 침투했던 결사대가 막사에 불을 지르고, 북쪽 언덕에 숨었던 기병대가 일제히 함성을 지르면서 밀어닥쳤다.

"적진을 가로질러 돌파하라. 대열을 흩뜨리지 말고!"

건안성 기병대는 혼란에 빠져 어쩔 줄 모르는 당나라 본진을 무인지경(無人之境)같이 휩쓸면서, 횃불을 던지며 창을 휘둘렀다. 뒤따라 보병들이 물밀 듯 밀어닥쳐 짓밟기 시작했다. 놀라 잠을 깬 당나라 병사들이 갈팡질팡 하는 사이에 장량의 본진은 깡그리 불길에 휩싸였다.

실전 경험이 없었던 장량은 고구려 군의 갑작스런 기습에 얼이 빠져 대총관 천막 안 걸상에 앉은 채 멍하니 앞만 바라보고 있었다. 할 수 없이 행군총관 장금수가 명령을 내리고 부하를 호령하여 기습군을 막았으나, 엄청난 피해를 입었다.

연통산성을 포위한 채 공격하고 있었던 행군총관 정명진은 새벽 안개 너머로 서쪽 바닷가에서 치솟는 불길을 보았다. 본진에 큰 일이 일어났음을 깨닫고 급히 구원하려 돌아왔다. 건안성 서문을 봉쇄하고 공성준비를 하던 상하도 급히 달려온 전령으로부터 본진이 위급하다는 보고를 듣고 두려움에 떨었다. 성 안팎에서 고구려 군에 협공 당하면 낭패를 볼 터. 공성무기를 그대로 버려둔 채 황급히 물러났다. 분탕질 당한 본진은 태풍이 휩쓸고 지나간 듯 처참했다. 불타버린 폐허 여기저기에 무장도 갖추지 못한 수천 명 시체가 흩어져 있었고, 수많은 부상병의 신음소리에 귀를 막아야 했다.

7월 28일. 군량이 불타고 공성무기조차 잃은 육전대는 비사성이 위험하여 부득이 돌아간다는 거짓 보고를 태종에게 보내고 물러날 수밖에 없었다. 후퇴하던 배 안에서 병사들이 수군거렸다.

"대총관님은 온몸이 간덩어리인가 봐. 적병이 몰려와도 눈썹 하나 까딱 않고 태연자약하게 앉아계셨다지."

# 끝없이 밀려오는 파도

人海戰術


고구려는 나라 이름이 구루(溝婁, 성을 뜻하는 고구려말)에서 나왔다고
하리만큼 성(城)의 나라이다.

고구려 성은, 겉모습은 그리 멋지게 보이지 않지만 대부분 험한 지형
을 이용해 튼튼하게 쌓은 산성(山城)이어서 소수 군사로 많은 적군을 물
리치기에 알맞은 방어수단이다. 더구나 성벽 곳곳에 톱니 같은 치(稚)로
둘러싸 사각(死角, 눈길이 닿지 못해 사격하기 어려운 빈틈)을 없앴고, 세계
최고의 활 맥궁(貊弓)으로 무장했으므로 강한 적을 맞이해도 쉽게 함락
되지 않았다.

성에도 큰 흠이 있다. 적에게 포위당할 것을 각오해야 하므로 필승의
신념으로 굳게 뭉쳐야지, 겁쟁이는 외로운 성을 지키기 어렵다. 그리고
여러 성이 그물처럼 얽혀 방어망을 갖추거나 강력한 기병으로 뒷받침되
어야 제 역할을 할 수 있다.

안시성이 아무리 금성철벽(金城鐵壁)이라 해도, 주위 백 리에 우군(友
軍) 하나 없이 하루 7, 8차례 수십 배 대군의 파상공격(波狀攻擊)을 오랫
동안 막아내기란 쉬운 일이 아니었다.

99

## 시산혈해 屍山血海

당태종은 고구려 원정 후 처음으로 안시성에서 큰 패배를 맛보았다. 쉽사리 깨뜨릴 수 있으리라 여겼던 작은 성이 한 달이 지나도 완강히 버티자 마치 밑 없이 빠져드는 수렁처럼 여겨진 데다가, 북쪽 초원 설연타 빌게 카간의 움직임이 심상치 않다는 본국에서 온 소식을 듣고 무척 언짢아졌다.

이 답답한 국면을 타개하기 위해 최고 군사회의를 소집했다.

"여러 날 안시성을 공격했으나 시원한 전과(戰果)를 거두지 못했다. 여러분의 허심탄회한 의견을 듣고 싶다."

"적장의 지모(智謀)가 뛰어나고 예상치 못한 놀라운 방어무기가 등장해 어려움이 많았으나 그들도 병사를 많이 잃었습니다. 우리는 적보다 스무 배가 넘는 병력을 가졌고, 장수와 병사는 역전(歷戰)의 용사이니 오래지 않아 성을 빼앗을 겁니다. 저 성만 함락시키면 고구려 정벌에 장애물은 없습니다. 지금 오골성에 있는 막리지가 아군의 엄청난 위력에 놀라 전전긍긍하고 군사들도 사기가 말이 아니라고 합니다."

장손무기의 말이 끝나기도 전에 이도종이 일어났다.

"포위된 성을 지키지 못하면 죽게 되니, 벌판에서와 달리 군사들이 결사적으로 싸웁니다. 안시성은 빈틈없이 싸움을 준비했고, 위아래가 한마음으로 뭉쳤으니 이런 성은 깨뜨리기 쉽지 않습니다. 폐하! 적은 지금 요동 방어에 온 힘을 쏟아부어 평양성은 텅 비어 있을 겁니다. 소장에게 1만 명의 정예 기병대를 주십시오.

한 달이 지나기 전에 평양성을 포위하고 적의 숨통을 끊어 놓겠습니다."

대장군 이적도 이도종의 의견에 적극 찬성했다.

"이따위 변두리 작은 성에 발목이 잡혀 귀중한 시간을 낭비하는 건 부질없는 짓이지요. 이도종 장군 주장처럼 곧장 평양성으로 진격하면 적의 서울을 둘러 뽑기가 그리 어렵지 않을 겝니다."

태종이 고개를 끄떡이자 아사나사이도 한마디 거들었다.

"고구려는 성을 지키는 데 뛰어나지만 야전(野戰)에서는 아군에 미치지 못했습니다. 이도종 장군이 선봉을 맡아 적군을 휘저으면 소장은 돌궐 기병대를 이끌고 그 뒤를 받치겠습니다."

바로 평양성을 공격하자는 의견을 당태종이 이날 처음 들은 것은 아니었다. 고연수는 천산 패전으로 연개소문이 그의 가족을 무참히 죽였다는 소식을 듣자 원한에 가득 차서 말했다.

"오골성 욕살은 늙어 성을 굳게 지키지 못할 테니, 대군이 그리로 향하면 아침에 가서 저녁에 점령할 겝니다. 오골성이 함락되면 풍문만 듣고도 평양성 가는 길가 작은 성들은 저절로 무너질 테니, 그곳 물자와 양식을 거둬들이고 북을 울려 앞으로 나가면 막리지도 오래 버티지 못할 것입니다."•

회의 분위기는 진절머리 나는 안시성 공격을 그만두고, 오골성을 빼앗은 다음 바로 평양성으로 쳐들어가자는 쪽으로 기울었다.

---

• 《삼국사기》, 고구려본기, '보장왕 편'에서.

태종이 그 주장에 귀를 기울이자 장손무기는 다급해졌다. 이적
과 이도종은 황제를 따라갈 테니 자기가 남아서 안시성을 견제해
야 할 것이기 때문이었다. 그는 정보와 정치 책략에 뛰어났으나
장수로서 능력이 없음을 스스로 잘 알았다. 설사 안시성 군사의
몇 배 병력을 남겨둔다 해도 양만춘 성주를 막을 자신이 없기에 홀
로 반대했다.

"천자(天子)의 친정(親征)은 장수가 싸우는 것과 달라 모험적인
작전을 채택해 요행을 바랄 수 없습니다. 안시성 군사에 건안성과
신성에 남아 있는 적군까지 합치면 10만이 넘는데, 만약 우리가
오골성으로 진군하면 적은 아군 뒤를 추격해 보급로를 끊을 것입
니다. 그러므로 먼저 안시성과 건안성을 빼앗은 다음 뒷걱정 없이
승승장구(乘勝長驅) 진격하는 게 옳습니다. 이것이야말로 만전을
기할 수 있는 방략(方略)입니다."●

태종은 문득 '당나라는 3명의 제왕을 거친 후 여자가 황제에 오
른다'던 비기(秘記)의 예언이 머릿속에 떠올랐다.

수나라는 문제(文帝)와 양제(煬帝) 그리고 당나라가 세운 허수
아비 황제인 공제(恭帝)의 3대로 망했고, 수나라 멸망은 고구려
원정의 실패가 그 원인이었다. 그렇다면 안시성을 그대로 둔 채
평양성으로 진격하는 짓은, 양제가 요동성을 함락시키지 못하고
별동대 30만을 보내 바로 평양성으로 쳐들어갔다가 살수(薩水)에
서 치명적 패배를 당했던 악몽을 재연(再演)하는 게 아닐까?

---

● 《자치통감》, 198권에서.

당나라 군은 역사상 가장 강력한 군대이고, 고구려는 반정으로 국론(國論)이 분열되어 흔들리고 있다고 생각하면서도 태종은 살수의 악몽(惡夢)을 떨쳐내기 어려웠다. 유혹은 너무나 달콤했지만, 잘못하면 당나라 왕조(王朝)가 멸망할지 모를 선택은 할 수 없었다. 태종은 평양성으로 직행(直行)하려던 모험을 포기하고, 안시성 공략을 계속하라고 명령했다. 이 결정은 전쟁의 승패를 가르는 분수령(分水嶺)이 되었다(353쪽 참조).

연개소문은 병법을 잘 안다고 뽐냈고 고구려 군의 강력한 힘을 믿었다. 그는 구질구질한 수성전(守城戰)보다 벌판에서 정정당당하게 대회전(大會戰)을 벌여도 승리할 수 있다고 자신만만했지만, 현실은 너무나 달랐다. 고구려 북부군의 요동성 앞 회전(會戰) 패배는 변명거리라도 있었지만, 최정예 중앙군의 주력이던 고연수 군사가 천산대회전(千山大會戰, 주필산 전투)에서 전멸당한 무참한 패배는 자신이 얼마나 우물 안 개구리였던가를 깨닫게 해주었다.

천산대회전 참패로 평양성 주민은 적군이 곧 밀어닥치는가 싶어 민심이 흉흉했다. 더구나 신라 군 3만이 한산주(漢山州, 현재의 서울 일대)에 집결했다는 세작의 보고를 들었다. 당나라 군을 방어하기도 힘겨운데 남쪽에서 신라 군까지 쳐들어오는 양면전쟁(兩面戰爭)의 위험이 커졌기에 연개소문은 두려움으로 잠을 이루지 못했다.

직속정예 3개 군을 이끌고 마자수(압록강)로 달려가 방어진을 폈으나 여러 날이 지나도 적군은 나타나지 않아 이상하게 여겼더니 적군이 안시성으로 몰려가 포위 공격한다는 보고를 받았다.

안시성 전황(戰況)을 살펴보려고 고죽리(高竹離)를 보냈으나 천산산맥 산줄기를 타고 숨어들어 한밤중 해성하(海城河)를 건너다 당나라 병사에게 사로잡혔다.

8월 8일. 당태종은 고죽리에게 "왜 이리 말랐느냐?" 물었다.

"숨어 다니느라 며칠 동안 굶었습니다."

"막리지에게 전하라. '우리 군중(軍中)의 일이 궁금하면 당당하게 사람을 보내 알아볼 것이지 수고롭게 첩자를 보내 고생시키느냐'고."

태종은 호탕하게 웃더니 고죽리의 결박을 풀었다. 당나라 공격군의 공성무기와 병력을 둘러보게 한 후, 겁을 잔뜩 집어 먹은 맨발의 고죽리에게 먹을 것을 주고 신발을 신겨 돌려보냈다.


연개소문은 안시성에 큰 기대를 갖지 않았다. 한 번도 빼앗긴 적 없던 난공불락의 요동성조차 10여 일을 지탱하지 못했거늘 그까짓 작은 토성이 버티면 얼마나 버티랴 싶었다. 그런데 한 달이 지나도 공방전이 계속되자 고죽리를 보냈는데, 당나라 군사에게 사로잡혔다가 풀려나 돌아왔다.

"안시성 형세는 어떠하더냐?"

"고성낙일(孤城落日, 외로운 성에 해가 진다는 뜻)처럼 무척 위태로웠습니다."

연개소문은 어두운 얼굴로 중얼거렸다.

"제발 조금만 더 버텨주었으면 …."

태종은 막강한 당나라 군의 힘을 보여줘 겁을 주려고 고죽리를 돌려보냈지만, 최악의 상황을 걱정하던 연개소문은 기대하지 않은 안시성이 당나라 군의 발목을 붙잡고 있어 오히려 작은 희망의 불씨를 보았다.


한밤중 날카로운 소리와 함께 동문 문루(門樓)에 화살이 꽂혀 부르르 떨었다. 화살 끝에 매달린 찢어진 옷자락에 '곧 당나라 군의 대공격이 시작된다. 신(信)'이라고 숯으로 쓴 듯한 글이 적혀 있었다. 다로가 양만춘에게 달려왔다.

"동문 수문장(守門將)이 이것을 보냈습니다. 심상치 않은 조짐인 듯하여 곤히 주무시는 성주님을 깨웠습니다."

'급히 쓴 것 같군. 적진에도 우리 편이 있구나. 그런데 신(信)이라니 무엇을 말하는 것일까? 혹시 큰아들이 적진에 …?'

숯으로 쓴 글씨를 찬찬히 살펴보다가 정신이 번쩍 들었다.

"초저녁에 돌아온 정찰병은 특별한 움직임이 없다고 했는데, 그 사이에 형편이 달라진 모양이군."

지휘관을 비상소집하고 적진에서 날아온 글을 보여 주었다.

새로 정찰 나갔던 조의선인이 새벽 동틀 무렵 돌아와 보고했다.

"적의 움직임이 심상치 않습니다. 이른 새벽 병사들에게 밥을 먹이고, 불도 켜지 않은 채 공격준비를 서두르고 있습니다."

조의선인의 다급한 목소리를 들은 양만춘이 명령했다.

"이제 격렬한 싸움이 벌어질 듯하오. 지휘관들은 즉시 돌아가 전투태세를 갖추고 병사에게 하루치 비상식량을 나누어 주시오."

그는 태백진인을 돌아보고 미소를 지었다.

"드디어 진인께서 기다려왔던 때가 온 것 같구려. 오늘 밤 어둠이 내리거든 성하촌 적의 군량창고를 깡그리 불태우시오."

양만춘이 장대 위에 올라 적진을 내려다보니 구름 한 점 없는 하늘에 먼동이 트면서 적군의 움직임이 손에 잡힐 듯 보였다.

성 밖 3백 보 지점 적의 목책 방벽(防壁) 뒤로 150대 포차가 발사 준비를 마치고 늘어섰고, 그 뒤에 거대한 공성탑과 운제, 충차 같은 공성무기 수백 대가 정렬했다.

선봉군(先峰軍) 병사가 30명씩 다섯 줄로 늘어선 1백 개 직사각형 대열이 질서정연하게 서 있는데, 대대(大隊)마다 선두에 말을 탄 지휘관인 대두(隊頭)가 붉은 깃발을 매단 긴 창을 들었고, 그 뒤에 독전관(督戰官) 두 명이 대열에서 벗어나는 비겁한 병사를 처형하려고 칼을 뽑아들었다. 선봉군 뒤에는 그들의 공격이 끝나면 뒤이어 돌격하려고 제2진, 제3진이 벌판을 가득 메웠다.

수풀같이 휘날리는 깃발과 개미떼 같은 병사의 물결을 내려다보자 가슴이 서늘해졌지만 애써 마음을 가다듬었다.

성벽으로 보호받는 게 수비군의 유리한 점이라면, 공격시간 선택은 공격하는 자의 권리(權利)다.

아침햇살이 동문 성벽에 쏟아질 무렵 우렁찬 북소리가 천천히 울려 퍼졌다. 목책 문이 열리더니 적 포차에서 일제히 불타는 나무토막과 커다란 돌덩이를 성벽 위 투석기 진지로 쏟아부었다. 안시성 군도 기다렸다는 듯 적 포차에 반격을 가했으나 투석기가 30대에 불과했기에 적 포차 중 겨우 1/5만 공격할 수 있을 뿐이었다.

더구나 쏟아지는 아침 햇살에 눈이 부시어 아군 투석병은 적 포차를 제대로 볼 수 없어 정확하게 반격하기도 힘들었다. 적 포차는 오로지 안시성 군 투석기만 노렸다. 순식간 6대가 부서지자 황급히 투석기를 보호방벽 안으로 대피시켰다. 투석기가 침묵하자, 포차는 제 세상을 만난 듯 안시성 성벽 위로 돌덩이를 날렸다. 성가퀴가 허물어지고 수비병이 제자리를 지키기도 어려워졌다.

적 진지에서 요란한 환호성이 울려 퍼지고 다급하게 북소리가 울렸다. 수백 대 공성무기가 일제히 성벽으로 굴러오고 구름같이 흙먼지를 일으키며 선봉대 보병이 성벽으로 돌진했다. 포차에서 퍼붓던 돌 세례가 멎고 공성탑과 운제가 성벽 가까이 몰려오자, 방호벽(防護壁) 뒤에 웅크렸던 수비병이 일어나 적 돌격병과 선봉대를 향해 화살을 퍼부었다. 이윽고 공성탑에서 성벽에 걸친 널빤지와 운제 사다리를 타고 적군이 성벽 위로 뛰어올랐다.

적병이 성벽에 교두보(橋頭堡)를 확보하는 순간 성은 위험에 빠지게 된다. 결사 5인조 용사가 적병을 향해 돌진했다. 장창병(長槍兵)은 성벽 위에 올라선 적병에게 일제히 돌격했다. 그리고 쇠도리깨를 휘두르는 용사와 도끼병들이 성벽을 기어오르는 적군을 내려찍었다. 곳곳에서 무서운 백병전이 벌어졌고, 순식간에 죽고 죽이는 호통소리와 비명으로 아수라장이 펼쳐졌다.

수비군이 선봉군을 미처 물리치기도 전에 적진에서 공격 나팔소리가 울려 퍼지며, 뒤이어 제 2진의 거대한 파도가 밀려왔다. 적은 아군에게 숨 쉴 틈도 주지 않고 계속 밀어붙였다.

한여름 땡볕은 사정없이 전쟁터로 내리쬐어 숨이 턱턱 막히고 땀이 비 오듯 흘러내렸다. 인간의 체력에는 한계가 있다. 양만춘은 예비대 병사에게 출동 명령을 내리고 싸움에 지친 수비병을 쉬도록 했다. 또다시 양군 사이에 격렬한 전투가 벌어졌다. 한낮이 되어 적 제3진이 몰려오자, 수비군은 휴식을 취하던 야간 근무조까지 투입해 적군을 막았다.

장대 위에 서서 내려다보던 양만춘의 가슴은 찢어질 것 같았다. 이미 남문과 북문 그리고 서문 쪽에서도 격렬한 전투가 벌어졌지만, 마지막 예비군인 특수부대를 전투에 투입할 수 없었다.

적진에는 원기 왕성한 제4진, 제5진, 제6진이 싸움을 지켜보면서 다음 공격 차례를 기다렸으나, 양만춘은 아침 전투를 마치고 한 시간도 쉬지 못한 수비군을 다시 성벽에 배치할 수밖에 없었다. 인해전술(人海戰術)이라더니 적은 엄청난 피해를 입으면서도 아랑곳하지 않고 안시성 군이 지쳐 쓰러질 때까지 끊임없이 파상공격을 퍼부었다. 적군이 저렇게 계속 공격한다면 과연 밤까지 버틸 수 있을까 생각하니 저절로 한숨이 나왔다.

남문을 지키던 온사문과 북문의 금모루, 말갈군의 아라하치까지 연락병을 보내어 위급함을 호소하고 구원병을 보내달라고 애원했으나 대답은 단 한마디.

"구원병은 없다. 있는 병력으로 적을 막아라!"


적 제4진이 출동하자, 양만춘은 그동안 아껴둔 바리스타(이동식 소형투석기) 부대에게 선제공격(先制攻擊)을 명령했다. 행렬을 지어 의기양양하게 다가오던 적은 성벽 앞 2백 보에서 돌벼락을 맞았다. 바리스타 병사들은 적군 행렬에 숨 쉴 틈 없이 차돌 세례를 퍼부었다.

안시성 투석기가 침묵하자 방심했던 적군에게 바리스타의 돌 세례는 뜻밖의 기습이어서 예상 밖의 타격을 주었고, 파상공격의 맥을 끊어놓았다. 뒤이어 보호방벽 뒤에 숨겨놓았던 10여 대 투석기까지 튀어나와 불타는 나무토막을 쏟아부었다. 수비병 용사들의 입에서 오랜만에 우렁찬 승리의 함성이 울려 퍼졌다.

그러나 기쁨은 오래가지 못했다. 황급히 성벽에서 물러난 적군은 1백 대가 넘는 포차를 총동원해 성벽을 향해 돌덩이를 날렸다.

재빨리 물러난 투석기와 바리스타는 큰 피해 없이 대피했으나, 수비병사는 쏟아지는 돌 세례를 피해 방호벽 뒤에 웅크렸다. 다만 적의 파상공격이 멈추어 얼마 동안 쉴 틈을 얻은 건 다행이었다.

양만춘은 전령을 파견해 장병들을 격려했다.

"어둠이 올 때까지만 버텨라. 지금 어려움을 겪고 있지만, 나는 저 너머에서 다가오는 승리의 불꽃을 보노라!"

적의 포차가 맹렬하게 돌덩이를 퍼붓더니 제5진이 거센 파도처럼 우렁차게 함성을 지르며 밀려왔다. 수비군의 반격을 염려한 것인지 흩어져 성벽으로 달려 왔지만 공격의 맹렬함은 조금도 변함없었다. 제5진 공격이 끝나기도 전 제6진이 몰려들었고, 그 뒤에 검은 옷으로 온몸을 감싼 제7진 공격대가 온종일 계속된 싸움으로 지친 수비군 숨통을 끊으려고 마지막 전투를 준비하는 게 내려다보였다.

안시성 성벽은 3km도 되지 않아 적군은 한꺼번에 많은 병력을 보낼 수 없었지만, 대군(大軍)의 장점이란 상대방에게 쉴 틈도 주지 않고 연속 공격을 퍼부을 수 있는 데에 있다. 어둠이 내리고 제7진 공세가 시작될 무렵 공격군은 첫 전투여서 원기 왕성했으나 수비군은 하루 종일 계속된 싸움으로 기진맥진한 상태였다.

제7진은 최후의 일격을 가하려고 아껴둔 당태종 직속 근위대 병사였다. 쌍방이 운명을 걸고 한판 격전을 치르는 전쟁터에서 용감히 싸우는 자가 먼저 죽는다는 걸 잘 아는 싸움꾼 태종은 이 마지막 공격에 가장 용맹한 용사들을 내보냈다.

어둠이 내리면서 검은 옷으로 온몸을 감싼 적군의 파도가 공격의 북소리도, 돌격 함성도 없이 저녁 밀물처럼 조용히 다가왔다. 무거운 침묵 속에 서서히 밀려오는 적군의 살기(殺氣)가 수비군 병사의 피를 얼어붙게 했다.

성벽을 지키던 백인대장과 니루들이 부하를 돌아보며 외쳤다.

"무슨 일이 있어도 제자리를 지켜라. 물러서면 죽음뿐이다!"

안시성 수비병은 누구나 이번 전투가 가장 무시무시한 싸움이 되리라고 느꼈다. 다 같이 서로 전우의 손을 맞잡고 마지막일지도 모를 하늘의 별을 바라보았다.

적군의 무시무시한 공격이 시작되었다.

공성탑과 운제에서 성벽으로 뛰어내린 적병, 쇠갈고리에 매단 밧줄을 타고 올라오는 적병과 수비병 사이에 귀를 막고 싶을 만큼 처참한 백병전의 아비규환이 벌어졌다.

양만춘이 마지막까지 아껴두었던 특수부대까지 전투에 투입했건만, 피곤에 지친 수비군의 반격이 맥없이 무너지기 시작했고, 벌써 몇 군데 성가퀴는 적군에 빼앗겨 버렸다. 절망의 구렁텅이로 떨어지는 순간 양만춘은 보았다. 동쪽 성하촌(城下村)에 치솟는 불길을!

즉시 승리의 북을 치라고 명령했다. 미친 듯 두들기는 힘찬 북소리와 때 아닌 안국사 종소리가 우렁차게 울려 퍼졌다.

"성하촌이 불탄다. 적 진지가 불타오른다!"

동문에서 시작된 함성이 성벽에서 싸우던 수비병들에게 파도처럼 빠르게 퍼지면서 새로 힘을 얻은 용사들이 성난 호랑이처럼 돌격했다.

갑작스런 북소리와 종소리에 놀란 적군이 뒤돌아보니, 자기네 진지 보급창에서 맹렬하게 불길이 치솟아 올랐다. 밤하늘을 붉게 물들인 거대한 불기둥이 이날 전투를 끝내는 마침표가 되었다.

근위대는 두려움으로 맥이 풀렸고, 신이 나서 용기백배한 안시성 용사는 모두 호랑이로 변했다. 팽팽하게 맞선 힘의 균형이 순식간에 무너지고 싸울 용기를 잃은 적병의 비명소리만 메아리쳤다. 안시성 군의 창과 칼에 죽은 것보다 성벽에서 떨어져 죽은 적병이 훨씬 많았다.


당태종은 승리를 놓친 게 아쉬워 발을 동동 굴렀다. 그는 수많은 전쟁을 겪어 보아 승리를 결정짓는 고비를 꿰뚫어 보았다. 뜻밖의 사태로 보급창이 불타지 않았다면 틀림없이 제7진 근위대는 온종일 격전으로 기진맥진한 수비군을 박살내고 성을 무너뜨렸으리라고 생각하니 새삼스레 분노가 치밀었다. 목숨을 구걸하는 보급창 수비대장을 추궁했더니, 성하촌을 세울 때 이미 파놓았던 땅굴로 특수부대(조의선인 부대)가 숨어들어와 적의 침투를 발견하지 못했다고 변명했다. 태종은 수비대장을 처형시키고, 다음 날 아침 다시 안시성을 공격하라는 명령을 내렸다.

울지경덕은 1만 명이 넘는 전사자와 그보다 더 많은 부상자가 발생하자 군의 사기를 위해서라도 먼저 전사자의 장례를 치르고 군대를 재정비한 후 공격하자고 간청했다. 태종은 불같이 화를 내면서, 쇠는 달았을 때 두드려야 한다며 적에게 숨 쉴 틈을 주지 말고 계속 공격하라고 외고집을 굽히지 않았다.

당태종은 이번 안시성 공격 때 가장 용맹을 떨치고 승리 일보직전까지 갔던 부대가 흑기대임을 알자 이적을 불렀다.

"내일 주공(主攻)은 남문을 공격하는 흑기대에게 맡기겠다. 병력을 충분히 지원해 줄 테니 정예병을 아껴두었다가 최후의 공격에서 안시성을 둘러 뽑아라!"


비록 적을 물리쳤지만 양만춘은 기뻐할 수 없었다. 적에게 큰 피해를 주었다고 하나 아군도 많은 걸 잃었다.

우선 장기전(長期戰)을 버티기 위해 철저히 지켜왔던 삼교대(三交代) 병력 운용이 무너져 밤에 싸우면 낮에 잠자던 병력까지 수비에 동원한 데다가, 1천 명이 넘는 병사가 죽고 많은 부상자가 생겼다. 그보다 더 뼈아픈 건 가장 용맹한 용사를 적지 않게 잃었다.

거듭된 승리로 수비군은 용기백배했으나, 그는 잠을 이루지 못했다. 용사란 보배처럼 귀한 존재여서 성을 지키는 최후의 버팀돌로 여기며 아껴왔건만 한 번 싸움에 이렇게 많이 잃어버린 게 마음을 어둡게 했다. 피 말리는 싸움이 끝나고 밤이 되면 절망에 빠졌다가 아침 해가 돋아오자 새로 희망을 되찾곤 했다.

수심에 잠겨 내일 싸움을 걱정하는데 온사문이 찾아왔다.

"이번 싸움에 남문 수비대 희생이 가장 컸거늘, 이렇게 위급한 때 주장(主將)이 자리를 비우다니 지금 제정신인가!"

양만춘의 매서운 꾸지람을 들은 온사문이 얼굴을 붉혔다가 입술을 깨물며 고개를 들었다.

"지난밤 수구문(水口門)이 뚫리고 남문을 점령당할 뻔했습니다. 내일 다시 싸우게 되면 버티기 어려울지 모릅니다. 적이 성안으로 밀려오면 화공(火攻)으로 막을까 하오니 허락해 주십시오."

양만춘이 깜짝 놀라 외쳤다.

"뭐라고, 적을 성안에서 막겠다고?"

하마터면 남문이 뚫릴 뻔한 아찔했던 순간을 숨김없이 털어놓자, 탄식하듯 신음소리를 흘렸다.

"그렇다면 내일 적의 주공(主攻)은 남문이 되겠구먼."

양만춘의 중얼거림을 들은 온사문의 얼굴이 새파랗게 변했다.

# 남문공방전 南門攻防戰

새벽부터 당태종의 본진이 부산하게 움직이더니 제1진과 제2진 제3진이 공격대형을 갖추었다. 이윽고 아침 햇살이 안시성 성벽에 내리쬐자 모든 신형포차가 동문과 성벽을 향해 일제히 공격을 퍼부었다.

이윽고 포차의 사격이 계속되는 가운데 수백 개 딱정벌레 떼가 성벽을 향해 몰려와서 죽은 병사들의 흩어진 시체를 모아 가마니와 흙으로 덮어 성을 공격할 진격로를 정리했다.

오전 내내 쉴 새 없이 포차 포격이 계속되자 성벽 여기저기가 무너지고, 밤을 새워 급히 보수한 방어시설도 허물어졌다. 양만춘은 적 포차의 돌 세례로부터 아군 피해를 줄이려고 방호벽 뒤에 머물게 하고, 모든 바리스타를 남문으로 이동시켰다.

뜻밖에도 적군이 먼저 몰려온 곳은 아라하치의 말갈 군이 지키는 북서쪽 목책성이었다. 장사귀 군을 선두로 그동안 공격에 참가하지 않았던 돌궐 기병대까지 합세해 벌떼같이 몰려왔다. 양만춘은 말갈 군이 염려되어 모개루를 전령으로 보냈다.

"공격을 막기 어려우면 주저하지 말고 성안으로 후퇴하라!"

한낮이 지나 제1진이 동문으로 밀려왔다. 참혹했던 어제 전투의 패배를 잊고자 함인지 요란하게 북을 치고 꽹과리를 울리며 몰려와서, 포차의 포격이 멎음과 동시에 성벽에 달라붙었다. 어제와 다름없이 격렬한 전투가 성벽과 성 위에서 벌어졌다.

동문에서 숨 가쁜 격전이 벌어져 몇 차례나 아슬아슬한 고비를 넘겼지만, 양만춘의 귀는 오히려 남문에 쏠려 있었다. 그러나 심심 찮게 밀려온 적병을 싸워 물리쳤다는 싱거운 보고뿐이었다.

저녁 무렵 제3진이 거대한 파도처럼 몰려와 한창 숨 가쁜 방어 전이 벌어졌을 때 비로소 남문에서 전령이 헐떡이며 달려와 이적의 흑기군이 몰려와 격렬한 전투가 벌어졌다고 알렸다. 양만춘은 즉시 특수부대에게 남문으로 출동하라는 명령을 내렸다.


이적은 자신만만했다. 그는 곱단이가 수집한 정보로 남문 성벽과 수구문의 허술한 곳을 알고 있어 어젯밤 총퇴각 명령만 없었다면 남문을 점령할 기회가 있었다. 이제 그의 관심은 어떻게 하면 희생을 최소한으로 줄이면서 성을 함락시키느냐에 있었다.

이적은 아침 일찍 흑기군 최정예인 흑기 1대 지휘관을 불러 어디로 침투해 어떻게 수비군을 제압하고 성을 함락시킬 것인지 자세히 작전계획을 설명했다. 흑기 1대의 성공 여부는 수비군이 이런 낌새를 알아차리기 전 신속하게 움직이는 것이었다.

그는 흑기군을 편히 쉬게 하고, 당태종이 지원한 병력에게 흑기군 깃발을 주어 공격에 나서게 했다. 지원군은 오전 동안 포차로 성벽과 성문에 끊임없이 돌덩이를 쏟아부으면서 틈틈이 돌격부대를 내보내다가 저녁 무렵이 되자 맹렬하게 공격을 퍼부었다.

공성탑과 운제에서 뛰어내린 돌격대와 사다리를 타고 올라온 보병이 성벽에서 몇 차례나 치열한 백병전을 벌였다. 남문과 성벽에 다가간 충차가 "쾅, 쾅" 굉음을 울리며 성벽을 부수었지만, 이러한 공격 목적은 수비군을 지치게 하는 것이었다.

이적은 때때로 서쪽 산등성이에 걸린 해를 바라보았다. 일몰 후에 찾아온 어둠이 바로 흑기 1대에게 공격 신호였다.

검은 옷에 단검으로 무장한 다섯 명 결사대원이 소리 없이 어둠에 잠긴 수구문(水口門)으로 숨어들었다. 다행히 입구를 지키는 병사가 없어 한바탕 칼부림이 벌어질 것을 각오했던 결사대원은 안도의 한숨을 쉬었다. 이들이 밧줄을 흔들어 신호를 보내자 성벽 바깥 배수로에 숨어 있던 결사대원도 하나둘 수구문을 따라 성안으로 들어갔다. 성안에 들어온 흑기 1대 결사대 백 명이 소리 없이 성문으로 다가갔다. 그러나 수비군은 성 밖에 쳐들어온 적군과 싸우는 시끄러운 소리로 이들의 접근을 눈치 채지 못했다.

결사대는 성문을 지키던 수비병을 물리치고 남문을 활짝 열었다. 성문 가까운 곳에서 거적때기를 덮어쓰고 숨어 있던 흑기 1대 선발대 5백 명이 재빠르게 성문 안으로 뛰어들어 교두보를 확보하고, 횃불로 세 차례 커다랗게 원을 그려 신호를 보냈다.

"돌격하라."

이적의 명령이 떨어지기 무섭게 기병대가 긴 칼을 휘두르며 바람같이 성문으로 돌진하고, 뒤따라 장창 보병대가 밀물처럼 달려갔다. 승리의 함성을 지르며 성안에 돌진한 1만 명의 흑기 1대는 남문 광장 앞 2백보 거리에 일직선으로 길게 늘어선 돌집을 보고 멈칫했다. 지휘관은 성안 구조를 잘 몰라 당황했으나, 튼튼한 성문도 돌파했거늘 그까짓 돌집 방벽쯤 대수롭게 여기지 않았다.

"기병대는 돌집 사이를 막은 목책을 돌파하고, 장창 보병대는 돌집을 타고 올라가 점령하라. 꾸물거리다가 뒤따라오는 부대에 공을 빼앗기지 말라."

흑기 1대는 일제히 우렁찬 함성을 지르며 달려갔다. 돌연 돌집 지붕 위에서 귀를 찢을 듯 요란한 꽹과리 소리가 울려 퍼졌다.


온사문은 안시성 건축 책임자였으므로 눈을 감고도 성안 골목과 지하실 하나하나까지 머릿속에 그릴 수 있었다. 안시성 방어에 가장 취약한 지점이 남문 쪽이었고 그래서 넓은 남호(南湖)를 파서 보완했지만, 그럼에도 성안 물을 바깥으로 흘려보내는 수구문으로 침투하는 적을 방어하는 게 골칫거리였다.

이 약점을 없애기 위해 이중성(二重城)을 쌓으려 했으나, 그렇지 않아도 좁은 성에 이중성까지 쌓을 수 없었다. 대신 광장 앞에 일직선으로 튼튼한 3층 돌집을 지어 방벽(防壁)으로 삼았다.

온사문은 어제 싸움에 혼이 나 수구문과 성벽을 지키기 어려울 때 마지막 수단인 화공(火攻)으로 적을 물리치려 했는데, 양만춘은 한술 더 떠서 "이왕이면 적을 성안으로 유인해서 치명적 타격을 주라"고 명령했다.

수비군은 밤을 새워가며 돌집과 돌집 사이 골목에 세 겹 목책을 세우고 돌집 지붕에 방어시설을 설치했다.

흑기 1대가 성문을 돌파하고 거센 파도처럼 광장을 건너 돌집 방벽으로 몰려오자 온사문은 두려움에 몸을 떨었다. 여기저기서 죽고 죽이는 무시무시한 고함소리가 들려왔다. 그는 하늘을 우러러 승리를 빌며 반격명령을 내렸다.

꽹과리 소리를 신호로 30대 바리스타에서 일제히 불타는 석탄을 적군 머리 위로 쏟아붓고, 돌집 지붕 위에서 수백 명 궁수가 일어나 광장 주변에 불화살을 쏘자, 활활 타오르는 화염의 벽이 흑기 1대의 눈앞을 가로막았다. 말들이 벌떡 일어서 울부짖고 미친 듯 날뛰어 기병들을 땅바닥에 내팽개쳤다.

여기저기 땅에 묻어 두었던 마른 풀과 나무에 불이 옮겨붙었다. 성문 쪽에서 엄청난 불길이 치솟아 오르더니 광장을 둘러싼 성벽 안쪽이 불의 장막에 휩싸였다.

광장은 순식간에 아비규환의 초열지옥(焦熱地獄)으로 변했다. 그제야 사태를 파악한 흑기 1대는 깜짝 놀랐으나 나아가려야 나갈 수 없고, 물러서려도 물러설 수 없는 독 안에 갇힌 쥐였다.

남문은 활짝 열려 있었지만 그 주위에서 가장 맹렬한 불길이 타올랐다. 몇몇 기병이 남문으로 달려가 성문 밖으로 뛰쳐나갔으나, 대부분은 탈출할 엄두도 내지 못한 채 주위에서 타오르는 불길을 피해 광장 가운데로 몰려들었다. 하지만 쏟아지는 바리스타의 불타는 나무토막과 돌 세례에 하나둘 쓰러져갔다.


흑기 1대란 옛날 수양제 원정 때 전사한 군인의 자식을 따로 뽑아 특수훈련을 시킨 전투집단으로, 고구려에 대한 적개심이 유난히 강하고, 현도성을 하룻밤에 함락시켰던 흑기군 최정예였다. 이 부대가 불길에 휩싸여 전멸당했다. 너무 참혹한 광경이라 온사문은 눈길을 돌리면서 총공격 명령을 내렸다. 우렁찬 북소리가 죽음의 비명소리를 뚫고 느리게 울리며 광장 너머로 퍼져갔다.

흑기 1대를 뒤따라 성문으로 돌진하던 흑기군 제2진 병사는 불길과 연기에 가로막혀 성문 앞에서 걸음을 멈추었다. 곧 성안에서 들려오는 끔찍하고 고통스러운 말[馬]과 사람의 울부짖음으로 얼어붙었다. 온몸이 불덩어리가 된 몇 명의 기병이 남문 밖으로 뛰쳐나와 그들 앞에 쓰러지더니, 무시무시한 단말마(斷末魔) 비명을 지르며 뒹굴다 죽어갔다. 눈앞에 벌어진 처참한 모습에 병사들의 가슴이 찢어졌다.

성벽 가까이에서 싸우던 당나라 군사는 남문을 빼앗았다는 승리의 소식을 듣자 용기백배하여 성벽 위로 뛰어올라 안시성 수비군과 백병전을 벌였다. 그러나 곧 성안에서 불과 연기가 치솟아 오르며 1만 명의 흑기 1대 병사가 울부짖는 애끊는 비명소리가 메아리치자 두려움으로 넋이 빠졌다. 신이 난 수비대가 반격하기도 전에 놀란 당나라 병사들이 서둘러 성벽 아래로 뛰어내리느라 대혼란이 벌어졌다.

갑자기 장송곡(葬送曲)처럼 느린 북소리가 우렁차게 울려 퍼지자 성벽에 다가갔던 몇 대의 공성탑 밑동에서 불길이 치솟았다.

"흑기 1대가 말갈 군에게 몰살당했다."

"말갈 기병은 생매장 당한 동료의 복수를 하느라 우리 군을 보는 대로 갈기갈기 찢어 죽인다."

당나라 군복으로 바꿔 입은 수비병 여러 조가 혼란을 틈타 숨어들어 유언비어를 퍼뜨리자, 흑기군을 도우려 당나라 본진에서 파견나온 병사들은 크게 놀라 얼이 빠졌다. 누군가가 등 뒤 사철하

(沙鐵河) 강변에서 솟아오르는 불길을 가리키며 울부짖었다.

"적이다, 적군이 우리를 포위했다."

전쟁터에서 가장 치명적인 건 공포심. 겨우내 험한 산비탈에 겹겹이 쌓였던 눈 더미는 놀란 사람 기침만으로도 눈사태를 일으킨다. 그 벼락 치는 소리는 잇따라 옆 산 눈 더미까지 뒤흔들어, 성난 눈사태가 산기슭 마을을 삼키고 골짜기를 가득 메운다.

공포에 휩쓸려 가장 먼저 무너진 부대는 흑기군을 지원하러 왔던 중앙군 본진 병사였다. 이들은 불타는 공성탑과 운제에서 뛰어내려 정신없이 달아나기 시작했다. 밤의 어두움이 공포심을 걷잡을 수 없게 키운 탓일까. 이들을 뒤따라 주변의 병사들이 도망쳤고, 흑기 1대의 몰살로 넋을 잃은 나머지 흑기군 병사들도 두려움에 떨며 줄행랑을 놓았다. 각 대대의 독전관(督戰官)은 달아나는 병사를 막기는커녕 같이 휩쓸려 들었고, 성벽 5백 보 뒤에서 칼을 휘두르며 비겁한 병사의 도주를 막던 수백 명 독전대(督戰隊)는 겁에 질려 걷잡을 수 없이 무너져 내린 무리의 발길에 짓밟혀 목숨을 잃었다.


이적은 패전 소식에 놀라 패잔병을 수습하려고 성벽으로 달려갔으나, 쏟아져 내리는 눈사태를 막을 수 없었다. 어느덧 주위에 호위병 10여 명만 남아 있자 부관이 소매를 끌어당겼다.

"장군님, 저기 안시성 특공대가 몰려옵니다. 어서 피하시지요."

그는 이를 악물고 중얼거렸다.

"언젠가 이 원한을 꼭 갚고 말테다."

니루 까막쇠는 명령불복종 죄로 식당에서 일하는데 이른 아침 연락병 모개루가 찾아와 성주의 편지를 전했다.

"네 마음을 어찌 모르겠는가. 많이 쉬어 힘이 넘칠 테지. 남문으로 달려가 안시성 제일 용사가 누구인지 보여 주기 바란다."

성주의 친필 쪽지를 받은 까막쇠는 자신을 잊지 않은 데 감격해 눈물을 흘렸다. 온사문은 성주의 명령이라며, 그에게 네 명 니루와 백 명의 용사를 이끄는 특공대 지휘를 맡겼다.

흑기 1대의 전멸을 지켜보던 까막쇠는 느린 북소리의 총공격 명령을 듣자 날카로운 휘파람 소리로 특공대 대원에게 신호를 보내고, 앞장서서 밧줄을 타고 성벽을 내려갔다. 그의 임무는 성벽 가까이 있는 적의 공성무기를 깡그리 불태우는 것이었다.

벌써 몇몇 조의선인이 선수(先手)를 쳐서 공성탑 여러 대가 불타고 있었다. 특공대 5인조는 공성탑으로 달려갔다. 돌격조원 3명이 가로막는 적병을 창으로 찌르고 길을 열면, 도끼병은 공성탑 기둥을 찍고 뒤따르던 병사가 송진과 기름을 뿌리고 불을 질렀다. 그다음에 곁에 있는 운제를, 그리고 또다시 공성탑을.

정신없이 싸우며 공성무기를 불사르던 그의 눈에 적군이 썰물 빠지듯 도망치는 모습이 들어왔다. 멀리 사철하 강변 쪽에서 불길이 치솟는 것을 보니, 조의선인 정찰조가 이미 적 후방 숲에서 양동작전(陽動作戰)을 시작한 것 같았다. 어느 틈에 성벽을 지키던 수비병조차 너도나도 성벽을 타고 내려와 적병을 습격했다.

까막쇠는 목에 건 호루라기를 힘껏 불었다. 여기저기 그의 호각 소리에 호응하는 특공조 호각이 울리는 걸 확인하고 2백 보 앞에 있는 포차를 향해 돌진했다.

문득 1백 보 앞에 말을 탄 적장이 10여 명 기병을 거느리고 서 있는 게 보였다. 불빛에 비치는 적장의 금빛투구와 갑옷을 보자 거물임을 알아차리고 기쁨으로 가슴이 벅찼으나, 유감스럽게 도망치는 적장을 뒤쫓을 말이 없었다.

까막쇠는 분풀이하듯 적 포차로 달려가 모조리 불살라버렸다.


기쁨이 오면 슬픔도 따라오는가. 온사문 군의 승리를 기뻐하는 양만춘에게 청천벽력 같은 소식이 전해졌다. 아라하치의 죽음이었다. 아라하치는 20여 년 전 흑수평정(黑水平定) 때부터 함께 싸웠던 말갈 소년용사였고, 양만춘이 성주가 되자 유난히 정이 깊었던 아라하치는 고향에 돌아가지 않고 끝까지 그의 곁을 지켰다.

'호탕한 웃음소리로 언제나 마음을 밝게 해주던 아라하치 얼굴을 다시는 볼 수 없다니 … .'

슬픔에 잠긴 양만춘이 급히 말갈 진영으로 말을 달렸다.

아침부터 돌궐 기병대가 말갈 군 진영에 맹렬한 공격을 퍼부었으나, 아라하치는 소수의 말갈 군을 이끌고 용감히 싸워 목책성을 잘 지켰다. 저녁 무렵, 돌육이 이끄는 돌궐 기병대가 '로보의 검은 호랑이 군기'(軍旗)를 휘두르는 걸 보자, 그는 분노로 이성을 잃었다. 부장(副將)의 만류를 뿌리치고 목책성 밖으로 나가 돌궐 군 후미(後尾)를 덮쳤다.

성난 아라하치 군의 급습에 당황한 돌궐 군 후미는 산산이 흩어지고, 빼앗겼던 로보의 군기를 되찾을 수 있었다. 그러나 하늘이 시기했음일까. 돌궐 군과 교대하려고 달려오던 계필하력의 선봉대가 돌아갈 길을 끊어버렸다.

말갈 군은 몇 갑절이 넘는 적군의 포위를 뚫기 위해 절망적으로 싸웠으나 시간이 지날수록 위태로워졌다. 목책성을 지키던 니루비우(比羽)가 50명의 결사대를 이끌고 성난 호랑이처럼 돌격하여 새까맣게 몰려오는 계필하력 군을 뚫고 가까스로 아라하치를 구했으나, 목책성에 닿자 숨을 거두었다.


양만춘은 로보의 군기를 움켜쥔 채 고슴도치처럼 화살이 꽂힌 아라하치의 주검을 보자 걷잡을 수 없이 눈물이 쏟아졌다.

"내 탓이로구나, 아라하치. 네가 이렇게 죽다니. 좀더 일찍, 억지로라도 성안으로 불러들일 것을 … ."

말갈 군이 지키던 용머리산 목책 진지를 포기하는 건 뼈아픈 손실이었다. 그곳은 적에 대한 공격거점이고, 안시성 기병대의 주둔지일 뿐 아니라 서문을 지키는 방어진지였다. 그러나 아라하치의 죽음으로 이를 포기하고 방어선을 줄일 수밖에 없었다.

양만춘은 말갈 군과 거란 군이 주둔하던 서문 밖 진지를 불사르고 성안으로 철수하도록 명령했다.

## 3일 휴전

"남문 안 여기저기 수많은 주검이 쌓였군요. 적군이라 하나 부처님 눈에는 불쌍한 중생일 뿐입니다. 며칠이라도 휴전해 이들 시체를 수습하도록 자비를 베푸는 게 어떻겠습니까. 이 무더위에 썩으면 돌림병(傳染病)이 돌까 염려스럽습니다."

안국사 주지 법인 스님이 동문 장대(將臺)를 찾아와 걱정스럽게 말했다. 양만춘은 고개를 끄떡이며 그 뜻을 받아들였다.

아침 일찍 흰 깃발을 든 스님이 휴전교섭을 하려 당나라 본진을 찾아갔다. 태종은 치열한 전쟁 중에 전사자의 장례를 치르기 위해 휴전했다는 이야기를 들은 적이 없었다.

무슨 속셈인지 알 수 없으나 안시성 군이 먼저 휴전을 제의했고, 수많은 병사의 주검이 가을 낙엽처럼 전쟁터에 나뒹구는데 이를 거절하기 어려웠다. 더구나 땅에 떨어진 병사들의 사기(士氣) 때문에 이들 시체를 내버려둔 채 안시성 공격을 계속할 수 없는 형편이어서, 장례를 치르기 위한 3일간 휴전에 동의했다.

오랜만에 안시성 장대 위로 하얀 연이 떠올랐다. 무장하지 않은 당나라 병사들이 남문으로 들어와 불타 죽은 흑기 1대와 말의 시체를 실어가고 그 자리에 깨끗한 황토 흙을 깔았고, 성벽 근처에 팽개쳐 두었던 전사자 시체도 말끔히 치웠다. 안시성 수비군도 아군 병사의 주검을 모두 수습했다.

휴전 둘째 날 양만춘은 장례식을 선포했다. 장엄한 초혼제(招魂

祭)에 이어 전사자의 넋이 하늘 본향(本鄕)에 무사히 가도록 법인 스님이 하얀 승복(僧服)을 갖춰 입고 제사를 지냈다.

해가 뜨자 안국사 종소리가 108번 울리고, 수백 개 크고 작은 북소리가 신나게 어울려 하늘나라로 돌아가는 넋을 기리며 울려 퍼지면서, 색동저고리를 입은 48명 젊은 여인이 장구를 메고 성벽 위에 뛰어올라 신나게 천제무(天祭舞)를 추었다.

한낮이 지나자 격렬한 북소리에 날카로운 징소리가 어울리더니 "신난다. 신(神)이 나오신다"는 산을 무너뜨릴 듯한 우렁찬 함성과 함께 장례식이 끝났다. •

흰옷 입은 7명의 말갈 기병이 동문을 나와 동령(東嶺) 양지바른 곳에 아라하치와 로보의 관(棺)을 나란히 묻었다. 나머지 전사자도 서문 밖 말갈과 거란 군이 주둔했던 언덕에 묘지를 만들었다.

천산 패전 후 달포가 지나자 고구려 군도 패배의 충격에서 벗어나 반격을 시작했다. 휴전 마지막 날 안국사에서 기르던 비둘기가 조그마한 통을 매달고 돌아왔다. 며칠 전부터 고정의 군이 백암성을 공격 중이고 천산에서 당나라 보급대를 습격하던 양만춘의 둘째 아들 진(眞)이 치우 유격대와 합류해 병력이 두 배로 늘었으며, 흑수말갈 가루다 부족장의 기병대가 안시성을 구하려 고정의 군 진지에 닿았다는 기쁜 소식이었다.


흑기 1대의 처참한 비극은 당태종에게 큰 충격을 주었다. 통일

---

• 고구려에는 슬픈 장례식 날에도 풍악을 울리고 노래하는 풍속이 있었다.

전쟁 이래 싸울 때마다 승리를 자랑하던 흑기군 정예가 적군의 어설픈 유인작전에 말려들어 몰살당하다니! 처음 몇 차례 안시성 공격이 실패했을 때 그는 적장이 무척 운이 좋은 장수라며 웃어넘겼으나 이제 생각이 달라졌다.

"성(城)을 공격하는 불리함이 아무리 크다 해도 아군이 적보다 수십 배 많거늘, 어찌하여 이 꼬락서니란 말인가. 전투가 벌어지면 얄밉게도 적장은 미리 요긴한 곳을 먼저 차지해 아군 숨통을 조이건만, 우리는 꼴사납게 뒤엉켜 제대로 힘도 쓰지 못하다니, 우리에게 큰 흠이 있는가, 적장이 뛰어난 전략가일까?"

당태종의 가슴에 찬바람이 지나가고, 어쩌면 이번 전쟁에서 패배할지도 모른다는 불안감이 벌레처럼 온몸을 스멀스멀 기어 다녔다. 화불단행(禍不單行)이라더니 백암성에서 전령이 숨이 턱에 닿아 달려왔다. 고구려 군이 백암성에 몰려왔다는 보고였다.

백암성은 요동성에서 불과 80리. 3만 당나라 군사가 요동성을 지키고 있었지만 미덥지 않았다. 만약 고구려 군에게 요동성을 빼앗긴다면 원정군은 본국으로 돌아가는 길이 끊겨 낭패를 볼 테니 믿을 만한 장수를 보내 원정군 보급로를 지켜야 했다.

아사나사이는 큰아버지와 안다(義兄弟)였던 양만춘의 안시성을 공격하는 게 그리 탐탁지 않던 차, 답답한 새장에서 벗어날 좋은 구실을 찾았기에 요동성 방어를 자원했다. 요동성뿐 아니라 개모성과 백암성 주둔군까지 지휘하게 된 아사나사이는 2만 돌궐 기병을 이끌고 요동성으로 가다가, 부하장수 돌육에게 5천 기병을 주어 백암성을 구원하도록 명령했다.

휴전이 끝나자 당태종은 진지를 둘러보다가 아무런 일도 없다는 듯 시간에 맞추어 천연스럽게 울리는 안국사 종소리를 듣자 동문 옆 장대(將臺)를 노려보며 입술을 깨물었다.

"밉살스러운 놈. 기어코 너를 죽이고 말리라!"

여인만 모인 병영(兵營) 생활은 낯선 세계였다.

　고구려 여인은 보통 열다섯이면 결혼하기에 나보다 어려도 거의 유부녀. 적에게 화살을 쏟아붓다 돌아와 쉬는 저녁마다 죽음의 두려움을 잊으려 잡담을 나누는데, 부끄럼도 없이 사내 이야기뿐이었다. 미혼인 나는 저마다 얼마나 색다른 삶을 사는지 상상조차 못했지만, 그중 눈가에 주름지고 입술에 큼직한 검은 점이 박힌 중년부인이 인기가 높았다. 점순이는 신이 나서, 피곤에 지친 수컷을 성나게 해서 뜻을 이루는 방법부터, 사내를 맛있게 삼키는 기술까지 온갖 망측스런 음담패설을 어찌나 생생하고 구수하게 읊조리던지. 수줍은 새댁까지 귀를 쫑긋하며 새겨듣다가 궁금한 점을 묻곤 했다.

　처음에는 그녀의 쌍스러운 이야기가 듣기 싫었으나, "사랑받고 싶으면 사내가 무엇을 바라는지 알아야 한다. 결혼만 하면 가만히 있어도 사내가 행복을 가져다주는 게 아니라, 온갖 정성을 다 바쳐 사내를 즐겁게 해주고 나서야 사랑을 되돌려 받고 진짜 행복이 찾아온다"는 말에 어느덧 귀가 솔깃해졌다. 그녀는 남편에게 무척 귀여움을 받고 사는 정열적인 여인인 것 같다. 점순이 이야기를 듣노라니, 그리워하면서도 망설이기만 하다가 사랑하는 이에게 한 번 안겨보지 못한 게 무척 후회스러웠다. 문득 아버지 서재에서 몰래 훔쳐보았던 춘화도(春畵圖) 속 여인처럼, 뜨겁게 사랑을 나누는 내 모습이 머리에 맴돌아 얼굴을 붉혔다.

　며칠 전 엄청난 대군이 몰려와 뙤약볕 아래 몸서리치는 격전이 하루 종일 계속되었다. 적의 제 2진이 밀려오자 우리는 남자 궁수부대와 교대해 동문 장대 아래 배치되었다. 백인대장은 못 미더웠던지 50명을 남겨두겠다고 호의를 베풀었으나, 아례는 쌀쌀맞게 거절하고

'안시성 여인의 매운 맛을 보여 주자'며 갑옷 입은 적병을 침착하게 겨누어 쓰러뜨렸다. 고구려 여인은 때때로 거칠어 보이지만, 〈시경〉(詩經) 속 옛 여인처럼 속마음을 거침없이 노래하며 당당하고 굳세다. 그리고 노(弩)는 덤벙대는 남자보다 침착한 여인에게 더 알맞은 무기였다. 우리 뒤에 든든하게 버티고 있는 장창병(長槍兵)을 의지하며 적병을 하나둘 맞혔고, 정신없이 쏘다 보니 어느 틈에 두려움도 잊었다.

안시성은 정말 이상한 곳이다. 어두워지면 뒷간 가기가 무섭다며 벌벌 떨던 겁쟁이 아가씨조차 용감한 병사로 변하니 불알 달린 사내야 말해 무엇 하랴. 이날 전투에서 몇 차례 아슬아슬한 위기가 닥쳐왔다. 오후 불볕더위에 적이 새까맣게 몰려왔을 때만 해도 아침부터 계속된 싸움으로 지친 아군 병사들이 새로 투입된 원기 왕성한 적군 제5진을 물리칠 수 있을지 걱정스러웠다. 세 통의 화살이 얼마 남지 않고 가죽부대에 든 물을 모두 마셨을 무렵, 제6진 적군이 몰려오자 우리와 교대할 병력이 왔다.

무시무시한 싸움은 밤이 되자 적 보급창이 불타면서 끝났지만 아군 병사도 많이 죽었다. 우리는 가장 안전한 지역에 배치되었음에도 동료 중 여러 명이 죽고 다쳤다. 이가 빠지면 잇몸으로 대신한다더니 어느덧 나도 노(弩)쏘기 조장을 맡아 식당에서 일하던 여자 신병(新兵) 두 사람을 보충받았다.

둘째 날 저녁, 남문으로 출동하라는 명령이 내렸다. 아무리 어려워도 여자는 낮 싸움에만 배치되었기에 지금 안시성이 얼마나 큰 위험에 빠졌는지 짐작할 수 있었다. 우리 임무는 흑기병이 성안으로 몰려오면 성벽 가장자리를 따라 세워둔 짚 무더기에 불화살을 쏘는 것이었다. 기름을 뿌린 건초(乾草) 더미를 묻었는지 맹렬한 불길이 땅에서 치솟았다.

그 후에 벌어진 아비규환의 생지옥. 지금도 그날 밤 끔찍하던 광경이 꿈속에 나타나 소스라치게 놀라 잠을 깨곤 한다. 이제 우리 궁수부대는 적군이 무척 두려워하는 부대로 소문이 났다고 한다. 활솜씨가 뛰어난 탓도 있겠지만, 여자가 쏜 화살에 맞아 죽으면 저승에 가서도 놀림감이 되기 때문이라던가. 그래서 그런지 우리가 방어하는 50보 정면에 몰려오는 적군은 유난히 비실거리는 것 같다.

나는 우리 부대에서 가장 용감하게 싸운 노병(弩兵)으로 뽑혀 3일 휴가를 받았다. 남자 병사라면 성안에 하나뿐인 술집이나 목욕탕에 간다지만 여자가 갈 곳이 마땅치 않아 향옥을 찾아갔다. 마침 성주 저택 앞에서 아라하치 장례식이 거행되고 있었다. 목숨을 걸고 아라하치 주검을 모셔온 니루 비우와 여섯 명 흰옷 입은 대표를 비롯해 수백 명의 말갈 병사가 둘러선 가운데 성주가 목 메인 소리로 울먹였다.

"아라하치, 동령(東嶺) 높은 재에서 우리가 얼마나 용감하게 안시성을 지키는지 두 눈 부릅뜨고 지켜보아 주게나!"

마치 살아 있는 사람에게 말하는 듯한 성주의 모습에 말갈 병사들이 울음을 터뜨렸다. 성주는 큰 승리를 거두었는데도 그동안 마음고생이 얼마나 심했던지 얼굴이 핼쑥했다. 그 모습을 보니 원망하던 마음이 사라지고 가슴이 찢어지게 아팠다. 세상에 나같이 멍청한 년이 또 있을까.

# 아직도 무너지지 않았는가

夜襲

모든 조건을 두루 갖추었다고 해서 전쟁에서 승리하는 것은 아니다. 예상치 못한 뜻밖의 일로 승패가 바뀌기도 하니 승리는 하늘이 주는 선물이다.

안시성의 승리는 분명히 기적(奇蹟), 그것도 엄청난 기적이다. 사람의 삶이나 민족 운명에 때때로 기적이 일어난다. 바다가 두 쪽으로 갈라지는 경천동지(驚天動地)뿐 아니라 간절히 바라던 꿈이 이뤄지거나, 쪼개졌던 마음이 하나가 되는 것도 기적이리라. 꿈이 크고 끊임없이 노력하는 자에겐 엄청난 큰 기적이 일어난다. 이는 하늘이 베푸는 축복이지만 평범한 사람도 행운을 경험하곤 한다.

기적을 맛본 사람이나 민족은 얼마나 복이 많은가! 마땅히 엎드려 하늘에 감사할 일이다. 그런 마음을 지녀야 더 큰 복을 누리지 않겠는가.

## 적장을 사로잡으라

안시성 밖 목책성에 주둔하던 말갈 군과 거란 군이 성안으로 철수한 후 방어계획을 다시 가다듬기 위해 안국사에서 전군 지휘관 회의가 열렸다. 아라하치가 죽은 슬픔에서 헤어나지 못한 탓인지 양만춘의 얼굴은 무척 침울했다. 남문 화공(火攻) 작전의 큰 승리에도 불구하고 회의 분위기는 무겁게 가라앉았다.

"방어선이 짧아진 건 좋지만 우리 활동공간이 좁아져 답답하게 되었군. 앞으로 적군은 어디를 공격할 것 같소?"

양만춘이 무겁게 입을 열자, 태백진인이 분위기를 밝게 하려는 듯 주위를 둘러보며 미소를 지었다.

"우리 피해도 적지 않지만 적군은 여러 차례의 공격 실패로 엄청난 타격을 받았습니다. 적진을 정찰하고 온 조의선인의 보고에 의하면, 사기왕성하던 옛 모습은 온데간데없고 풀이 죽어 있답니다. 그러니 정면공격보다 꼼수를 부리지 않을까 싶소."

"그렇잖아도 수상한 움직임이 있습니다. 어제 바람이 강하게 불어 연을 띄웠더니, 적진을 내려다본 정찰병이 이상한 것을 보았답니다. 적의 목책 뒤쪽에 흙더미를 쌓고 있는데, 깊은 땅속에서 파낸 생흙 같았고, 그 옆에 수백 명 병사가 계속 물을 퍼 올려 개울을 이루고 있답니다. 혹시 땅굴을 파는 게 아닐지?"

정보를 책임진 다로가 걱정스러운 낯으로 말했다.

"딱정벌레 떼들이 성벽 밑을 파는 것과 다른 본격적인 땅굴을 파고 있다는 말씀인가요?"

동문 수문장이 머리를 갸웃거리자 다로가 고개를 끄덕였다.

"그렇소. 얕은 땅굴을 파는 것쯤이야 성벽을 건설할 때부터 충분히 대비했지만, 제가 걱정하는 것은 땅속 깊이 파고들어오는 진짜 땅굴이오!"

"그게 사실이라면 심각한 일이군. 막을 방법이 없겠소?"

양만춘은 골똘하게 생각에 잠겼다.

안국사를 지키던 니루가 달려와서 다로에게 귓속말을 하더니 편지 한 통을 전했다. 다로는 편지를 펼쳐보고 얼굴색이 변해 쏜살같이 밖으로 달려 나갔다.


급수장(給水場)은 안국사 샘에서 솟아나는 물을 모아두는 큰 연못으로 허락 받은 병사 외에는 일체 접근이 금지되는 곳이었다. 칠흑같이 어두운 밤 검은 옷을 입은 10여 명 그림자가 급수장으로 다가와서 담을 넘자, 기다렸다는 듯이 여기저기서 횃불이 타오르며 수십 명 경비병이 검은 옷 괴한들을 포위했다. 격렬한 칼싸움 끝에 그들을 모조리 사로잡았으나, 마지막으로 담을 넘었던 땅딸보가 재빠르게 탈출해 성벽으로 달려가더니 밧줄을 타고 도망쳐 버렸다. 껑다리 호개는 성실하고 총명한 사내로 곧 니루에서 백인대장으로 승진할 장래가 촉망되는 용사였다. 그는 이번 범행에 가담했으나 포위되자, 순순히 항복했다.

호개는 아버지가 화평파 장군이어서 반정 때 온 가족이 목숨을 잃었으나, 처참한 살육에서 간신히 살아남아 복수하기로 결심했다. 그는 안시성 외인부대에 근무했으나, 비슷한 처지의 화평파

자식들처럼 혈맹단(血盟團)에 가입했다.

혈맹단원들이 몇 차례 막리지를 암살하려 했으나 실패하자, 호개는 나라가 망해야만 복수할 수 있다는 잘못된 생각을 갖게 되었다. 당나라 세작 보로가 그에게 손을 내밀었다. 당나라의 침략으로 요동성이 무너지고 수많은 동포들이 무참하게 학살당하자, '나라가 망한다면 얼마나 더 끔찍한 피바람이 덮칠 것인가' 싶어 지금까지 품어왔던 생각에 회의(懷疑)를 느꼈다. 적군이 안시성에 몰려오자 오히려 홀가분했다. 적과 싸우다가 죽으면 저주받은 운명에서 벗어날 테니까. 위험한 곳만 골라가며 용감하게 돌진했으나, 적의 칼과 화살은 번번이 그를 피해갔다.

반역집단의 두목 보로가 안시성 사람들이 먹는 물에 독(毒)을 풀기로 계획을 세우자 호개는 결단을 내렸다. 조국을 위험에 빠뜨리려는 악한 자와 함께 죽기를 결심하고 이 음모를 다로에게 알렸다. 그는 나라에 반역했던 죄를 부끄러워하며, 그동안 저질렀던 온갖 나쁜 짓을 낱낱이 기록해 넘겨주었다.

"정말 가슴 아픈 일이로군. 막리지가 저지른 참혹한 반정의 씨앗이 이렇듯 끈질긴 인과관계로 계속되다니!"

양만춘은 깊이 탄식하다가 무겁게 입을 열었다.

"죄를 지었으니 벌을 받아야겠지. 다만 참회하여 죗값을 치렀으니, 싸울아비에 대한 예의를 갖추어 자결(自決)하도록 허락하고 양지바른 곳에 묻어주게."


견소왈명(見小曰明, 작은 것을 보고 깨닫는 것이 곧 지혜임)이라는 말처럼, 어떤 조짐(兆朕)도 사소한 데서 나타나므로 주변의 미묘한 변화를 놓치지 않는 것이야말로 큰 재난을 예방하는 길이다. 지혜로운 사람인지, 어리석은 자인지는 작은 징조를 보고 위기가 닥쳐올 것을 미리 깨닫는지, 무심코 흘려보내는지에 달렸다.

안시성 군 숙소는 성벽에 잇대어 지은 3층 벽돌집인데, 1층은 삼교대(三交代)로 전투를 마친 병사가 잠자는 곳이고, 2층과 3층은 전투에 나갈 예비대가 휴식하는 공간이었다.

병사 돌쇠는 유난히 잠귀가 밝았는데, 어느 날 한밤중에 잠이 깨어 성벽 쪽 바닥에서 나는 작은 소리를 들었다. 즉시 소대지휘관인 니루에게 보고했으나, 한동안 귀를 기울여 조사하던 니루는 벌컥 화를 내고 쓸데없는 말로 군심(軍心)을 어지럽힌다며 크게 혼을 냈다. 며칠 뒤 다른 병사도 이상한 소리를 들었으나 니루의 호통이 무서워 서로 쉬쉬하며 이를 감추었다.

다로는 적군이 땅굴을 파는 것 같다는 정찰병 보고를 듣고서 동문 쪽 지휘관들에게 이상한 징조가 있으면 즉시 알리라고 여러 차례 지시했으나 별다른 보고를 받지 못했다.

가림토는 관도대전(官渡大戰) 때 원소가 파 들어온 땅굴을 조조가 미리 발견해 위험을 막았던 전사(戰史)가 머리에 떠올라 불안했다. 그동안 태종이 여러 차례 공격에 실패했으니 땅굴작전을 펼칠 만했지만, 그렇잖아도 수비 병력이 모자라 쩔쩔매는 터에 땅굴을 확인하려 병력을 빼돌릴 수 없었다.

가림토는 연을 타고 적진을 정찰한 병사를 불러 자세히 물어본 뒤, 의심스러운 방향의 숙소에서 지내는 병사들을 하나하나 불러 이상한 징조가 없었는지 물어보았다.

돌쇠는 잔뜩 겁을 먹은 표정으로 자기가 밤중에 들었던 소리에 대해 말했다. 깜짝 놀란 가림토는 즉시 돌쇠의 숙소를 조사했으나 별다른 소리를 들을 수 없었다.

'그렇다면 신경과민이 된 병사의 헛소리란 말인가?'

다음 순간 가림토는 소름이 끼쳤다.

'병사가 이상한 소리를 들었던 건 며칠 전. 그렇다면 땅굴은 이미 성벽을 지나 성안으로 파고 들어온 게 아닐까?'

수비군 사령부가 발칵 뒤집어져 즉시 비상회의를 소집했다.

안시성 성벽을 쌓았을 때 기술자 우두머리는 적이 땅굴을 파 들어오면 그 울리는 진동(振動)으로 적군의 위치를 탐지하기 위해 성벽 가까운 곳 서른 걸음마다 커다란 독을 묻어두었다.

귀 밝은 병사 돌쇠가 그 뚜껑에 대고 귀를 기울이니 땅을 파는 작은 울림이 들려왔다. 이미 적의 땅굴은 성벽 밑을 지나 성 안쪽까지 파고 들어온 것이 분명해졌다.


당태종은 적장(敵將)을 생각하면 할수록 분통이 터졌다. 천하 만민에게 자비심을 베푸는 건 황제의 몫이어야 마땅하거늘, 이 얄미운 오랑캐 장수는 전쟁터에 나뒹굴고 있는 시체를 거두어 장례를 치르자는 거절할 수 없는 명분(名分)을 내세우며 3일간 휴전을 먼저 제안해 자신을 부끄럽게 만들었다. 병사의 적개심은 승리의 원동력이다. 미련한 적장이 작은 승리에 우쭐해 시체를 욕보이고 투석기로 날려 보내면 아군의 적개심이 높아져 싸움을 유리하게 이끌어 갈 텐데, 이 여우같이 간교(奸巧)한 사나이는 당나라 병사의 마음까지 도둑질하고 있었다.

'우선 저 건방진 오랑캐 놈을 없애버려야지.'

그가 양만춘을 제거하기로 마음먹은 데는 곱단이가 잡아온 석수(石手)장이 노인이 한몫했다. 장대(將臺) 안 지휘소를 지을 때 노인이 감독했던 도면(圖面)을 살펴보니 그 집은 견고했지만, 포위되면 그 안에 있는 자가 도망칠 퇴로(退路)가 없었다.

태종은 지휘관들을 소집해 공격계획을 밝혔다.

"한 줌도 되지 않는 적군이어서 그동안 정정당당하게 정병(正兵)으로 밀어붙였으나, 이제 기병(奇兵)을 쓰려 하오. 이번 공격의 핵심은 썩은 이빨을 뽑듯 적장을 제거하는 것이오. 그놈만 꺼꾸러뜨리면 저까짓 성은 저절로 무너질 것이오. 여러 장수는 모든 성벽에서 일제히 공격을 퍼부어 적군이 우두머리를 구원하러 갈 여유가 없게 하시오. 또한 동문만 점령하면 어렵지 않게 성을 빼앗을 수 있을 테니 이도종 장군은 정예군을 성문 가까이 대기시키고, 땅굴로 들어간 돌격대와 힘을 합해 동문을 점령하시오. 땅굴 작전은 총공격으로 적군이 정신없을 때 시작하도록."

태종은 은밀하게 무덕대사를 불러 그의 손을 굳게 잡았다.

"대사께서 안시성 장대(將臺)를 공격하시오. 우림영(羽林營) 백기(百騎)를 모두 동원해서라도 반드시 적장을 사로잡으시오."

황제는 우림영 소속 근위호위대인 백기를 무척 아꼈다. 요동성 공략 때도 백기는 평양성 공격에 쓸 비밀무기라면서 소 잡는 칼을 닭 잡는 데 쓸 수 없다고 출전을 거절했고, 무덕이 간청하자 마지못해 조호(趙虎)가 이끄는 10명만 출전을 허락했었다.

무덕은 황제가 보여준 도면을 살펴보고 공격하기 쉽지 않음을 깨달았다. 더구나 세작(細作) 보로의 보고에 의하면, 장대는 담장과 출입로가 미로처럼 꾸불꾸불 얽혔고, 통로가 꺾이는 곳마다 좌우에서 적을 기습하도록 만든 강력한 요새(要塞)라고 했다.

무덕은 깊은 시름에 잠겼다. 백기가 아무리 일당백(一當百)의 호랑이 같은 용사라 해도, 그런 비좁은 곳에서 용맹을 제대로 떨칠 수 없다. 게다가 적장은 호락호락한 자가 아니지 않는가. 자칫 백기의 무덤이 될지도 몰랐다.

'황제 폐하는 평양성 점령을 포기했단 말인가!'

그는 황제가 마음을 바꾸어 백기에게 동문을 빼앗으라고 명령하기를 바라면서 조심스럽게 입을 열었다.

"폐하, 동문만 뺏으면 성은 쉽게 무너질 것이고, 적장이야 올데 갈데없을 텐데, 구태여 힘을 분산시킬 필요가 있겠습니까?"

무덕의 말이 백 번 옳았다. 그러나 여러 번 실패를 거듭했던 당태종의 마음은 외골수로 빠져들어 강하게 머리를 저었다.

'다른 작전이 모두 실패해도 좋다. 성주만 없애버리면 안시성은 내 손아귀에 들어온다.'

백기는 용사 중에서 가려 뽑은 가장 뛰어난 용사들. 용맹이 가슴에 용솟음치건만 그동안 황제의 허락을 받지 못해 싸움다운 싸움에 참가하지 못했다. 이제 안시성 장대 공격명령을 받고 황제의 특명으로 푸짐하게 술까지 하사받자 용기백배했다.

바람소리 소슬하고 역수(易水, 연나라 국경을 흐르던 강) 차갑구나.
장사(壯士) 한번 떠나면 다시 돌아오지 못하리.●

술 취한 용사들은 잔을 높이 들고 눈을 부릅뜨며 우성(羽聲, 우렁
차고 빠른 씩씩한 곡조) 가락으로 합창하더니, 잔을 땅바닥에 내리쳐
깨뜨리고 승리의 함성을 질렀다. 무덕은 왠지 불길한 느낌이 들어
머리털이 쭈뼛 솟았다.

'이 노래는 용맹한 무사가 즐겨 부르긴 하나 끝내 뜻을 이루지
못하고 죽은 자객(刺客)이 마지막 부른 슬픈 노래가 아니던가!'


## 결사백기 決死百騎

땅굴 보고를 듣고서 양만춘은 잠을 이룰 수 없었다. 아침부터
폭풍우가 몰아치더니 저녁이 되면서 점점 심해졌다.

위험한 순간이 다가왔다. 적이 성안 깊숙이 땅굴을 파고 들어왔
다면 이에 발맞추어 일제공격을 펼칠 것쯤은 예상할 수 있었다.
어둠이 짙어가자 알 수 없는 두려움에 짓눌려 미칠 것 같았다.

"이런 날씨엔 활은 쓸모가 없을 테니 적이 기습하기 딱 좋겠군.
더구나 땅굴 때문에 정신이 헷갈리고 있으니 …. 어쩌면 오늘은

---

● 춘추전국시대 연(燕) 나라 자객 형가(荊軻)가 진시황을 암살하려고 역수를
건너며 부른 노래로 사마천이 쓴《사기》(史記), 자객열전(刺客列傳)에
기록됨.

내 평생에 가장 긴 밤이 되겠군."

가장 꺼림칙한 건 여러 차례 격전이 벌어졌음에도 당태종의 가장 날카로운 이빨인 백기가 나타나지 않았다는 점이었다. 옛날 장안에서 유심히 살펴보았고, 지난 7월 1일 무력시위(武力示威) 때 당태종 주위를 물샐 틈 없이 지키던 용맹한 모습을 두 눈으로 똑똑히 보았건만, 아직 어디에서도 나타났다는 보고가 없었다. 그동안 온갖 수단과 방법을 쓰고도 성공하지 못했으니, 지금쯤 나타날 때도 되었다. 어둠이 내리면서 적의 공격이 시작되었다는 급한 전갈이 잇따라 왔다. 안국사 쪽 성벽을 지키던 백인대장으로부터 전령이 달려와 다급하게 보고했다.

"적 특공대가 새까맣게 몰려왔습니다. 짐승무늬 옷을 입은 괴상한 자가 이끄는 수십 명 적병이 벌써 성벽을 타오릅니다."

양만춘은 우림영 백기가 나타났다는 보고를 듣자 올 것이 왔음을 깨닫고 온몸을 부르르 떨었다.


이세민이 황제가 되자 소림사(小林寺) 최고 무승(武僧) 무덕대사(武德大師)를 불렀다. 그의 꿈은 무예의 고수(高手)를 모아 중원 최강의 전투집단을 기르는 것이었다.

"많이 아는 것보다 깊은 깨달음을 얻는 게 참된 무예의 길이다. 모든 물이 바다로 모이듯 만류귀종(萬流歸宗)이니, 어떤 무기를 사용하는가보다 자신에게 맞는 무기를 택해 수족(手足)같이 다루는 게 중요하다."

이러한 무덕의 신념에 따라 백기에는 형형색색 괴상한 병기를 사용하는 괴물(怪物)들이 모여들었다.

거친 사내 틈에 홍일점(紅一點)인 무덕의 양녀(養女) '하얀뱀'은 배시시 눈웃음을 흘리며 묘한 염기(艶氣)를 뿜어내는 가냘픈 몸매였으나, 무예를 겨룰 때 뱀처럼 차갑게 번들거리는 눈을 본 사내는 섬뜩한 한기(寒氣)로 소름이 돋고 오금이 저렸다. 그녀의 무기는 짧은 낫〔鉤〕두 자루였다.

언젠가 덩치만 클 뿐 미련퉁이 흑웅(黑熊)이 하얀뱀의 작은 가슴을 비아냥거렸다가, 성난 독사같이 빠른 공격에 급소(急所)를 얻어맞고 쓰러져 거품을 내뿜었으나, 아픈 곳만 골라 때리는 앙칼진 매타작을 멈추지 않았다. 백기의 거친 사내들도 그녀가 다가오면 슬그머니 자리를 피했고, 범같이 사납고 성깔이 개차반인 조호(趙虎)조차 무예 겨루기를 청하면 온갖 변명을 둘러대며 꼬리를 내렸다. 그녀에겐 '연화'라는 예쁜 이름이 있었지만, 동료들은 뒤에서 '독(毒)오른 하얀뱀'이라고 수군거렸다.


당나라 군사는 수비군에 비해 병력이 수십 배 많았고, 공격 장소와 시기를 마음대로 선택할 수 있었다. 당태종은 휴전이 끝난 후, 대공세를 펴부을 듯 위협만 하면서 벌써 일주일 넘게 신경전(神經戰)을 펼쳤다. 날마다 계속되는 신경전에 수비군은 지쳐갔지만, 당나라 군사는 황제의 공격 명령만 기다리며 느긋하게 휴식을 취했다. 아침부터 폭풍우가 쏟아지자 태종은 흐뭇한 미소를 지으며 안시성을 노려보았다.

'그동안 이런 궂은 날엔 공격을 하지 않았으니 적장은 마음 놓고

있겠군.'

어둠이 내리면 즉시 공격하도록 명령하고 따로 무덕을 불렀다.

"모든 전선에서 공격 퍼붓기를 기다렸다가 적군이 혼란에 빠졌을 때, 안시성 장대를 기습하시오. 조공(助攻)은 안국사 쪽에서 시작하겠지만, 안국사를 점령하든 말든 장대 방어력은 흩어질 테니 그 빈틈을 이용하구려."

무덕 주위에 80명 괴물들이 둘러쌌다. 안국사 공격에 앞장선 5명 그리고 땅굴에 투입된 돌격대와 힘을 합쳐 동문을 점령하려고 파견한 조호가 이끄는 10명을 제외한 모든 백기대원이었다.

그들은 검은 옷을 사양하고 자랑스러운 수문삼(獸紋衫, 온갖 짐승을 수놓은 백기의 제복)을 걸치고 형형색색 무기를 흔들며 용기를 뽐냈다. 하얀뱀도 항상 입던 수수한 무명옷을 벗더니 얼굴을 곱게 다듬고 묶었던 긴 머리를 풀었다. 무명은 빛을 흡수하지만 비단은 빛을 반사한다. 속살을 훤히 드러낸 채 가슴에 붉은 나비를 수놓은 흰 비단옷을 걸친 하얀뱀은 눈이 휘둥그레지게 요염했다.

"우리 목표는 적장 목이다. 어떤 일이 있어도 반드시 죽여라!"

무덕은 백기를 둘러보다가 안국사가 있는 성벽으로 눈을 돌렸다. 벌써 성벽 위에선 치열한 전투가 벌어지고 있었다.

'지금쯤 돌격대도 땅굴 속으로 들어갔겠군. 오늘 밤 안시성이나 백기 중 하나는 끝장이 나겠지.'

그는 흔들리는 마음을 애써 가라앉히며 조용히 입을 열었다.

"안시성의 운명은 너희 손에 달렸다. 가자, 시간이 되었다."

장대 앞 성벽 수비를 맡은 까막쇠는 남문 싸움의 영웅으로 니루에서 승격해 백인대를 맡았다. 그는 초전박살(初戰撲殺) 깃발을 내걸고, 수비대 5인 특공조에 힘센 쇠도리깨 병사 두 사람씩 더 배치해 적이 성벽에 오르기 전 한달음에 박살내도록 훈련시켰다.

어둠이 내리자 옆 수비대에서 맹렬한 싸움이 벌어졌으나 웬일인지 까막쇠 수비 지역엔 공격이 없었다. 까막쇠는 휘몰아치는 폭풍우 속에 이상한 기운을 느끼고 바짝 긴장했다. 그 위험이 무엇인지 알 수 없었으나, 그의 경험에 의하면 맨 처음 싸움이 벌어지거나 뒤늦게 시작되는 곳에서 가장 치열한 전투가 벌어졌다.

까막쇠는 용사 강 니루에 다가갔다.

"오늘같이 비가 쏟아지면 활은 쓸모가 없지. 곧 싸움이 벌어질 걸세. 나는 자네 창만 믿네."


백기 패거리가 탄 운제(雲梯) 3대가 장대 앞 성벽으로 천천히 굴러왔다. 첫 번째 운제 사다리가 성벽에 걸쳐지기도 전에 선두 백기가 훌쩍 성벽으로 날아들었다.

쇠도리깨가 날카로운 소리를 내며 날아오는 백기와 운제 사다리 끝을 후려쳤다. 뒤이어 다른 쇠도리깨가 사다리에서 주춤거리는 백기를 곡식 타작하듯 내리쳤다. 여러 명 백기가 성벽 아래로 굴러 떨어지는 틈을 타서 운제 사다리가 성벽에 걸쳐졌다. 앞장선 백기가 성벽으로 뛰어오르자, 몸을 채 가누기도 전 수비군 특공조 용사들이 달려가 도끼로 내려찍고 장창으로 찔렀다.

수비군 용사와 성벽으로 뛰어오른 백기 패거리의 무시무시한 공방전이 치열하게 벌어지는 사이, 범강이 이끄는 거미조가 밧줄도 없이 손과 발을 이용해 날렵하게 가파른 성벽을 기어올랐다.

범강이 철퇴를 휘두르며 수비군 특공조를 몰아치는 동안, 운제에 타고 있던 장달이 이끄는 10여 명 공격조가 성벽 한 모퉁이를 점령했다. 깜짝 놀란 강 니루는 급히 직속 장창대(長槍隊)를 이끌고 습격했으나 그들은 호랑이처럼 날랜 백기 용사였다. 강 니루는 칼을 맞고 쓰러지며 호루라기를 불었다. 날카로운 호각소리를 들은 까막쇠는 예비대를 이끌고 달려갔다.

어둠 속에서 처절한 백병전이 벌어졌다. 까막쇠는 이름난 용사고 부하도 용감한 정예병이었지만, 적은 온갖 괴상한 무기를 사용하는 무예가 뛰어난 무리였다. 죽음을 두려워하지 않는 수비군의 맹렬한 돌격에도 겨우 몇 명을 베었을 뿐 물리칠 수 없었다.

범강이 던진 비수(匕首)를 어깨에 맞고 쓰러진 까막쇠 눈에 날쌘 범같이 성벽 위 목책을 가볍게 뛰어넘어 장대로 달려가는 수십 명의 그림자가 들어왔다. 까막쇠는 상처를 싸매는 병사에게 소리쳤다.

"방어선이 뚫렸다. 기름통에 불씨를 던져 비상사태를 알려라."

장대 입구를 지키던 보초가 성가퀴에 타오른 불길에 놀라 방어 자세를 갖추기도 전 어둠 속을 날아온 비수에 목이 찔려 쓰러졌다.

장달이 이끄는 공격조는 보로의 안내로 비호같이 계단을 뛰어올랐다. 겨우 두 사람이 어깨를 나란히 할 만큼 좁은 계단이 직각으로 꺾이는 어두운 곳에서 멈칫하는 순간 계단 옆에 숨었던 장대 수비병이 칼을 휘둘렀다. 그는 보로의 비명소리는 아랑곳하지 않고 수비병을 향해 표창을 던지고 칼을 뽑아 휘두르며 길을 열었다.

좁은 계단이 직각으로 꺾기는 곳마다 수비병 칼날이 번뜩였다. 세 번째 꺾이는 지점에서 장달이 매서운 살기를 느끼고 주춤하는 순간, 어둠을 뚫고 날아온 수리검이 그의 이마를 꿰뚫었다.

워낙 어둡고 좁은 계단인 데다 장애물이 곳곳에 놓여 있어 백기 패거리는 많은 피를 흘리며 어렵게 길을 뚫어야만 했다. 무예가 아무리 뛰어난 일당백 용사라도 비좁은 공간의 어둠 속 육박전에서는 능력을 제대로 발휘할 수 없었다. 어렵지 않게 장대 위로 먼저 오른 백기는 가파른 성벽을 타고 올라간 거미조였다.

무덕이 백기를 기른 지도 20여 년, 전국에서 가장 뛰어난 재목을 골라 뽑아 친자식처럼 애지중지 무예를 가르치고 단련시켜 이제 어디 내놓아도 꿀리지 않는 중원 최강 강철주먹으로 키웠다. 고구려 왕을 사로잡거나 평양성을 함락시키기 위해서라면 이 강력한 주먹을 희생시켜도 아깝지 않지만, 이따위 시골 작은 성에서 큰 손실을 입는 건 너무 억울했다.

'이 무슨 어리석은 짓인가! 안시성 성주를 제거하는 하찮은 일로 소중한 내 보물을 잃다니. 장대를 습격하면서 죽인 수비병은 백 명도 되지 않건만 벌써 30명이 넘는 백기가 죽었다. 저 지휘소 안에서 또 얼마나 많은 부하를 잃을 것인가?'

거대한 흰 개미집처럼 어둠 속에 서 있는 하얀 돌집은 인기척도 없이 조용한데 문 앞 석등(石燈) 속 등불만 거센 바람 따라 흩날렸고, 그의 주위에 겨우 40여 명만 둘러싸고 있었다. 무덕의 가슴속에 찬바람이 지나갔다. 한평생 노력이 부질없고, 자신의 보람이 발밑에서 와르르 무너지는 것을 느꼈다. 그는 부하를 둘러보고 나지막한 목소리로 명령했다.

"많은 희생을 치르면서 여기까지 왔구나. 이제 적장을 없애는 일만 남았다."


다로는 백기의 뛰어난 무용(武勇)을 잘 알았다. 가장 뛰어난 용사를 뽑아 호위대를 만들고 지난 10여 년간 조의선인 천산도장에서 혹독하게 단련시킨 건 이에 맞설 정예군을 만들기 위함이었다. 양만춘은 백기가 안국사에 나타났다는 보고를 받자, 즉시 다로에게 호위대를 이끌고 가서 막으라고 명령했다.

'그동안 보이지 않던 백기가 나타났다면 심상치 않은 일이다. 내가 적장이면 그런 날카로운 무기를 안국사 따위에 투입할 리 없다. 이건 눈속임에 불과하고 진짜 목표는 장대가 아닐까?'

걸음을 멈춘 다로는 성벽에서 거세게 타오르는 불길을 보았다.

'이런 폭우 속에 불길이 솟구친다면 성가퀴의 기름불, 가장 위급할 때 올리는 긴급신호다. 게다가 그곳은 장대 바로 앞 성벽!'

다로는 온몸에 소름이 돋아나고 섬뜩한 전율에 몸을 떨었다. 양만춘의 명령을 어기고, 발길을 돌린 그의 눈에 들어온 것은 동문 옆 성벽에서 치솟아 오르는 또 다른 불길.

'저곳은 적이 땅굴을 파고 있다던 곳이로군.'

동시에 일어난 돌발사건으로 그의 마음이 헷갈렸다. 어느 곳이나 안시성 수비에 치명적인 위급사태였다.

'성주님이 저것을 보았다면 틀림없이 땅굴 쪽으로 달려가라고 명령했으리라. 그러나 안시성이 무너져도 성주께서 살아계시면 다시 일어설 수 있지만 그분을 잃으면 아무것도 지킬 수 없다.'

무덕의 손짓에 따라 곰같이 억센 돌격조장 흑웅이 문을 박차고 집무실로 들어갔지만, 어둠에 잠긴 넓은 실내엔 아무도 없었다. 횃불을 들고 뒤따르던 수색조 이규가 책장으로 감춘 출입문을 발견하고 복도를 수색하며 나가다가 어둠 속에 날아온 수리검을 맞고 쓰러졌다. 두 사람이 서로 협공(挾攻) 할 수도 없는 좁은 공간이어서 일대일로 싸울 수밖에 없는 상황이었다.

구원군이 오기 전에 적장을 죽여야 할 무덕으로서는 초조하기 짝이 없었다. 돌격조원이 연달아 쓰러지자 흑웅이 집무실의 불타는 책상을 방패삼아 돌진했다. 복도가 직각으로 꺾이는 곳에서 치열한 백병전이 벌어졌다. 어둠 속에 벌어지는 격투는 처절하기 이를 데 없었으나 이따금 백기대원 고함만 들릴 뿐 성주 호위병의 비명은 들을 수 없었다.

이윽고 백기 패거리가 호위병을 물리치고 방문으로 다가갔다. 황제가 준 도면에 의하면 이 방은 적의 마지막 피란처인 대피소였다. 적장의 목을 베야 할 시간이 훨씬 지났건만 아직도 싸움이 계속되자 무덕은 초조해 발을 굴렀다. 언제나 무덕 곁을 떠나지 않던 하얀뱀이 고개를 숙이고 작별인사를 하더니 앞으로 내달았다.

"만수무강하소서. 다음 세상에서 아버님을 다시 모시겠습니다."

장대(將臺)는 적군이 성을 점령했을 때 최후의 결전이 벌어질 곳이라 생각했지, 적군과 전투 중에 공격당하리라고 예상하지 않았기에 성을 건설할 때 도피로를 만들지 않았다.

적병이 성벽을 타고 넘어 장대를 습격한다는 보고를 들었을 때도 양만춘은 걱정하지 않았다. 호위대는 안시성 최강의 정예군이어서 강력한 적군이 몰려와도 장대의 방어시설로 충분히 버틸 수 있으리라 믿었으나, 침입한 적군이 짐승무늬 옷을 입은 백기란 보고를 듣자 불안감이 들었다.

조금 전 호위대장 다로에게 병력의 반을 주어 보냈으므로 지금 남은 용사는 얼마 되지 않았다. 양만춘은 무덕이 이끄는 40여 명 백기 패거리를 보고 눈앞이 캄캄해졌다. 조의선인 미루에게 지연작전을 펴도록 명령했으나 백기의 전투력은 너무나 강력했다.

'이렇게 폭우가 쏟아지면 활은 소용없으니, 서로 맞부딪쳐 싸우는 백병전뿐인데 다로가 돌아올 때까지 버틸 수 있을까?'

수리검의 명인(名人) 가실이 좁은 복도가 꺾어지는 후미진 곳에서 수리검을 던져 여러 명 백기를 쓰러뜨리자, 돌격조장 흑웅이 성난 멧돼지처럼 돌진해왔다. 살짝 옆으로 몸을 피한 가실은 그의 옆구리에 단검을 찔렀다. 그러나 뒤따라 달려온 땅딸보가 던진 손도끼에 맞고 가실이 쓰러졌다.

의기양양하게 문 앞으로 다가오던 땅딸보는 어두운 구석에 숨어 있던 호위대 용사의 창에 찔려 꺼꾸러졌다. 그때부터 대피소 문을 지키려는 호위병과 백기 사이에 죽고 죽이는 처절한 격투가 벌어졌으나, 모두 잘 훈련된 살수(殺手)여서 이따금 쌍방이 내뱉는 기합(氣合) 소리와 무기 부딪히는 소리만 들릴 뿐 비명을 지르는 자는 없었다.

　조의선인 미루는 가실의 방어진이 무너지자 대피소 안에서 최후의 결전(決戰)을 펴기로 결심했다.

　"모든 대원은 들어라. 다로의 호위대가 돌아올 때까지 목숨을 걸고 제자리를 굳게 지키라. 삼로(三老)님께 성주 호위를 부탁드립니다. 성주님, 부디 투구와 갑옷을 벗어 저에게 주십시오!"

　출입문 좌우 기둥에 숨어 있던 호위대 용사가 좁은 문안으로 들어오는 백기 서너 명을 꺼꾸러뜨렸을 무렵이었다. 검은 가사(袈裟)에 삿갓을 눌러쓴 무덕의 으뜸제자 귀곡조(鬼哭鳥, 부엉이)가 간담을 서늘케 하는 무시무시한 휘파람을 불며 검은 새같이 날아들었다. 철편(鐵鞭)을 휘둘러 눈 깜짝할 사이 문을 지키던 호위대 용사를 쓰러뜨리더니, "적장의 목은 내 것이야"라고 외치며 성주 옷으로 바꾸어 입은 미루에게 돌진했다. 혼란한 틈을 타고 온갖 괴상한 무기를 손에 든 백기 무리가 대피소 안으로 몰려들어 적과 아군을 구별하기 어려운 혼전(混戰)이 벌어졌다.

　미루가 태껸의 품(品) 자로 발을 옮기고 춤추듯 허리를 흔들어 땡추중 귀곡조의 공격을 피하면서 날카로운 반격을 가했다. 땡추의 철편이 어느 틈에 꼿꼿이 선 창(槍)으로 변해 미루의 칼을 막았다. 땡추의 무기를 창으로 생각하고 칼로 내리치면 어느새 철편으로 변해 휘어져 들어오고, 철편으로 보고 막으면 어느덧 창끝이 명치를 노리고 찔러왔다.

　갑자기 땡추가 지옥의 나찰(羅刹)처럼 사람 혼을 뽑는 음산한 부엉이 울음 휘파람 소리를 내며 훌쩍 뛰어올랐다. 그리고 두 발이 땅바닥에 닿는 순간 탄력을 이용해 곧장 미루의 왼쪽 어깨를 철편으로 찔렀다.

어느 틈에 성주를 그림자처럼 호위하던 늙은 조의선인 3명만 남았다. 이들도 부상을 입었으나, 백기는 아직 아홉 명이 날뛰었다. 양만춘은 조의선인의 만류를 뿌리치고 앞으로 나서면서, 손도끼를 던지며 달려오는 적의 턱 밑을 찌르고, 몸을 빙글 돌려 옆에서 덤벼들던 거한(巨漢)의 목을 베었다. 그리고 위험에 빠진 미루에게 급히 달려가 땡추의 뒷머리를 찔렀다.

그때 등 뒤에 다가오는 얼음처럼 찬 살기(殺氣)에 온몸을 떨었다. 독이 잔뜩 오른 독사처럼 덮쳐오는 건 뜻밖에 양손에 낫〔鉤〕을 든 요염한 여인. 창백한 흰 얼굴에 유난히 입술이 붉은 여인은 뱀같이 차가운 눈을 번들거리며 앙칼지게 외쳤다.

"저 검은 옷을 입은 놈이 진짜 오랑캐 두목이다."

하얀뱀은 버마재비(사마귀)처럼 양손에 시퍼렇게 날이 선 낫을 번갈아 휘두르며, 악귀처럼 죽기 살기로 달라붙었다. 낫은 칼날로 베기도 하나 꾸부러진 끝머리로 찍는 것도 위력적인 흉기(凶器). 방어는 일체 무시한 채 양손에 든 낫을 쉴 새 없이 휘둘러 공격을 퍼붓자, 양만춘은 앞으로 나가기도 어렵고 뒤로 피하려 해도 왼쪽 낫 끝머리가 물러나지 못하게 막아 피하기 쉽지 않았다.

이마에 흐르던 땀이 눈으로 흘러들어간 순간, 양만춘은 바닥에 쓰러진 땡추의 시체에 걸려 몸의 균형을 잃었다. 하얀뱀은 앙칼진 기합소리와 함께 폭포를 거슬러 오르는 잉어처럼 높이 뛰어올라

오른쪽 낫 끝머리로 머리를 내리찍었다. 여인의 몸은 보이지 않고 눈앞으로 다가오는 시퍼런 낫 끝머리에서 뻗어온 살기 때문에 온몸에 소름이 돋았다. 간신히 정신을 차려 검(劍)으로 오른쪽 낫을 살짝 밀어 방향을 돌리면서 앞으로 짓쳐나가다가, 가볍게 땅바닥으로 굴러 그녀 뒤로 빠져나갔다.

위기 다음엔 기회가 오는 법. 양만춘은 중단세(中段勢, 칼끝이 상대방 목을 노리는 자세)를 취하면서 왼손으로 시빌 카간의 단검(短劍)을 뽑아 휘두르는 낫을 막았다. 천 번을 두들겨 정련(精鍊)한 신검(神劍)의 위력일까. 그의 머리를 노리던 오른쪽 낫의 끝머리가 잘려나갔다. 당황해서 흔들리는 하얀뱀의 눈을 노려보며 성큼 한 걸음 나아가 목을 찔렀다.

그 순간 범강이 허리에 차고 있던 작은 쇠뇌를 꺼내어 양만춘을 향해 독화살을 쏘았다. 곁에서 싸우던 늙은 조의선인이 깜짝 놀라 앞을 가로막더니, 고함을 지르며 달려가 범강의 가슴을 찌르고 같이 쓰러졌다.

조의선인이 앞을 막는 서슬에 놀라 양만춘의 몸이 기우뚱하자, 누워있던 가냘픈 몸집의 사내가 벌떡 일어나면서 철퇴를 휘둘러 그의 뒷머리를 내리치더니, 재빨리 방바닥으로 구르며 시체 사이에 몸을 숨겼다. 철퇴를 맞고 쓰러져 정신을 잃는 순간 가까이 다가오는 요란한 발자국 소리를 들었다.


급히 장대로 달려온 다로는 입구에 흩어진 수많은 시체들을 보고 눈이 벌컥 뒤집혔다. 한달음에 장대로 뛰어오르니 검은 승복

(僧服)을 입은 늙은이가 쏟아지는 장대비는 아랑곳하지 않고 멍하니 하늘을 쳐다보고 있는 것을 발견하고 수리검을 날렸다. 늙은이는 마치 죽음을 기다렸다는 듯 앞을 가로막는 제자를 두 손으로 밀치고 수리검을 향해 가슴을 내밀었다. 고목처럼 쓰러지는 얼굴에는 쓰디쓴 미소가 걸려있었다. 다로는 칼을 뽑아 덤벼드는 제자를 거들떠보지도 않고, 대피소를 향해 달렸다.

시체가 즐비한 복도를 지나 대피소 안으로 들어서니 백기 3명은 피투성이가 된 늙은 조의선인을 둘러싸고 공격을 퍼붓고 있었고, 털북숭이는 쓰러진 호위대원들을 단창(短槍)으로 찔러가며 주검을 확인하고 있었다. 발걸음 소리를 듣고 당황하며 뒤돌아본 털북숭이의 목을 다로의 수리검이 꿰뚫었다. 뒤따라온 호위대원들도 남아있던 3명의 백기를 덮쳤다.

다로는 격렬하게 벌어지는 격투를 돌아보지도 않고 중상을 입고 가쁜 숨을 몰아쉬는 미루에게 달려가 물었다.

"성주님은?"

양만춘의 맥박은 느리고 약하게 뛰었으나 의식이 없었다. 모두 양만춘에 정신이 쏠려있는 사이, 대피소 입구에 쓰러져 있던 시체 하나가 살그머니 일어나 쏜살같이 복도로 도망쳤다.

호위대원 몇 사람이 뒤쫓았으나, 장대 가장자리로 달려간 가냘픈 몸집의 사내는 원숭이처럼 손과 발로 가파른 장대벽을 타고 내려갔다. 그는 손과 발을 공처럼 모아 빙글 공중제비를 하며 땅바닥에 닿더니, 쏜살같이 성벽으로 달려가 사라져 버렸다.

152

# 백인대장 우소의 죽음

안시성 비전투원은 며칠째 밤을 새며 급수장에 둑을 높이 쌓아 빗물을 가두고, 그 물을 땅굴로 끌어올 수로(水路)를 파는 데 동원 됐다. 땅굴에 대한 공포로 모두 얼굴이 얼어붙고 피곤도 잊었다.

가림토는 땅굴 진행방향을 가로질러 방어호(防禦濠)를 파들어 갔다. 언제 땅굴에서 튀어나올지 모르는 적병을 무찌르기 위해 장창부대(長槍部隊)가 눈을 부릅뜨고 방어호 주위를 둘러쌌다.

날이 밝으면서 거센 폭풍우가 몰아쳤다. 조급한 마음과 달리, 쏟아지는 빗속에서 방어호를 파는 작업은 쉽지 않아 느리게 진행 됐다. 너비 한 길(10자, 약 30m), 길이 30길로 파들어 간 방어호에 서 과연 땅굴을 발견할지, 땅굴과 맞뚫렸을 때 어떤 일이 벌어질 지 두려워 방어호 깊이가 깊어갈수록 둘러싼 병사도 손에 땀을 쥐 었다.

아침 일찍 시작한 작업이 한낮이 지나 두 길 깊이로 파 들어가도 록 땅굴을 발견하지 못하자, 얼굴이 시커멓게 변한 가림토가 방어 호 좌우로 10길을 더 파도록 명령했다. 해거름이 되어갈 무렵, 새 로 판 구덩이에서 인부 한 사람이 올라오며 소리쳤다.

"찾았다. 땅굴을 찾았다!"

모든 사람 얼굴이 납빛으로 굳어졌다.

"누가 땅굴 속을 확인해 보겠는가?"

용감한 병사 셋이 빗물이 흥건하게 고인 구덩이로 뛰어들었다. 오래지 않아 흙투성이가 된 병사가 구덩이 안에서 소리쳤다.

"감독관님, 적 땅굴이 분명합니다. 굴을 파 올라오던 적군이 놀라 괭이와 삽을 팽개친 채 도망쳤습니다!"

어두워지면서 동문 쪽에서 적군의 맹렬한 공격이 시작되었다. 정말 위험한 순간이었다. 조금만 늦게 땅굴을 발견했다면 어떤 일이 벌어졌을지 소름이 돋았다. 가림토는 즉시 급수장 연못과 개울에 가둔 물을 수로(水路)로 끌어들이라고 명령했다.

거센 물줄기가 수로를 따라 땅굴 속으로 세차게 쏟아지자 가림토는 가슴을 쓸어내렸고, 모여 있던 병사들도 환호성을 질렀다.

그러나 기쁨은 잠시, 생각지도 않은 일이 벌어졌다. 어둠이 짙어가자 더욱 거세게 휘몰아치는 폭우와 땅굴을 통해 밀려드는 물줄기 힘을 견디지 못한 때문인지, 우지직하는 소리와 함께 성벽한 모퉁이가 무너지며 커다란 틈이 벌어졌다. 깜짝 놀란 가림토가 위급함을 알리는 불길신호를 보내고, 목책(木柵)으로 틈을 메우려고 성벽으로 달려갔다.

조호(趙虎)가 이끄는 돌격조 백기 10명과 황제 친위대가 동문밖에 숨어 있었다. 그의 임무는 땅굴로 성안에 숨어들어간 땅굴부대와 힘을 합쳐 성 안팎에서 공격해 동문을 점령하는 것이었다. 문득 조호는 성벽 한 모서리에 구멍이 뚫리는 믿을 수 없는 광경을 보고, 사냥감을 발견한 매같이 눈을 빛냈다. 그는 긴 칼을 움켜쥐고 무너진 성벽 틈으로 돌진했다.

우렁차게 고함을 지르며 달려오는 조호와 돌격조의 기세가 너무나 매서워 수비군 병사들은 갈팡질팡했다. 그는 눈 깜짝할 사이에 앞을 가로막는 수비병 다섯 명의 목을 베었다. 그리고 한 길이 넘는 방어호를 훌쩍 뛰어넘더니 미처 싸울 준비를 갖추지 못한 방어목책으로 돌진했다. 백기 돌격조와 친위대 병사들도 뒤따라 둑이 터진 홍수(洪水)처럼 무너진 성벽 사이로 쏟아져 들어왔고, 그중 검은 이무기[蛟龍] 서주가 이끄는 백기 다섯 명은 공격 방향을 바꾸어 동문으로 향했다.

시끄러운 소리에 잠이 깬 백인대장 우소는 성난 황소처럼 달려오는 적장을 보았다. 붉은 범을 그린 겉옷을 걸친 무사. 언젠가 들은 적이 있었던 우위영 백기였다. 저자들이 성안 방어목책까지 돌파한다면 분명히 성이 함락될 위험한 순간이었다.

우소는 웃옷도 걸치지 못한 채 창을 거머쥐고 달리며 외쳤다.

"모두 나를 따르라. 성이 위험하다!"

낮에 성벽을 방어하다가 교대하고 막 잠이 들었던 우소의 장창대(長槍隊)는 미처 갑옷도 챙겨 입지 못하고 대장을 뒤따랐다. 우소는 목책을 훌쩍 뛰어넘는 조호에게 달려들어 힘껏 창을 찔렀다. 조호는 예상치 못한 기습을 받자 당황해 몸의 중심을 잃고 미끄러졌다. 적장이 날카로운 창날을 피하지 못하고 쓰러지자, 우소의 창잡이 소년병이 그 목을 베어 창끝에 꽂고 뒤를 따랐다.

"적장은 죽었다! 나머지 적을 몰아내자."

우렁차게 외치는 우소의 외침을 듣고 안시성 수비병은 용기를 되찾았고, 창끝에 꿰인 조호의 목을 본 적군은 간이 떨어졌다.

사천왕(四天王)처럼 눈을 부릅뜬 외팔이 우소가 창을 휘두르는 곳마다 적군은 겁에 질려 피 안개를 뿜으며 흩어졌고, 뒤따라 5열 횡대(橫隊)를 지은 장창 백인대가 수평으로 창을 내뻗으며 회오리 바람처럼 적을 향해 돌진했다.

돌격조 부조장 마웅은 창끝에 꽂혀 있는 조호의 처참한 얼굴을 보는 순간 넋을 잃었다. 무너진 성벽 틈으로 달아나는 친위대 병사를 뒤따라 도망치다가 부끄러워졌다. 그때 무시무시한 살기(殺氣)를 내뿜고 긴 창을 휘두르며 달려오는 외팔이 무사를 보았다.

'저놈은 큰형님 조호를 죽인 원수.'

마웅은 허리에 차고 있던 칼을 뽑아 던졌다. 가슴에 단검을 맞은 우소는 마치 불사신(不死身) 같이 긴 창을 들어 마웅을 찍었다. 가물가물 의식을 잃어가던 그의 귀에 무사의 외침소리가 아득히 멀어져 갔다.

"나는 괜찮다. 어서 무너진 틈을 메우라."


검은 이무기 서무에게 이상한 일이 벌어졌다. 뒤따르던 친위대 용사 몇 명이 앞서 달리는 동료 병사를 칼로 베면서 서무를 바짝 추격했다. 반란병들은 모두 투구에 흰 끈을 묶고 있었다. 깜짝 놀란 서무가 급히 되돌아서 이들에 맞섰으나, 맨 앞에서 돌진하던 용사의 장창에 가슴을 찔렸다.

이날 안시성을 구한 것은 장렬하게 싸우다 죽은 우소와 그가 이끌던 장창 백인대의 활약이 가장 컸지만, 검은 이무기를 죽여 동문(東門)을 위험에서 구해준 친위대 반란병사의 도움도 컸다.

가림토가 뜻밖의 구원자(救援者)에게 달려가 보니 검은 이무기

가슴에 창을 박고 쓰러진 용사 얼굴이 눈에 익었다. 몇 년 전 당나라로 건너가 소식이 끊겼던 성주의 큰아들 신(信)이었다.

가림토가 흩어진 수비병을 모아 성안에 남아있던 적 패잔병을 섬멸시켰는데, 성벽 옆 막사에서 쉬던 지수신의 백제 의용군과 왜인 무승단(武僧團) 도움도 컸다. 그는 서둘러 무너진 성벽의 틈을 메우고, 날이 밝자 싸움 결과를 보고하러 장대로 향했다.


당태종은 우위영 백기를 총동원해 안시성 장대 공격에 내보내고서 뜬눈으로 밤을 새웠다. 이번 원정 동안 진절머리 나게 많은 비를 만났지만 이날 밤 폭우는 유난히 신경을 날카롭게 했다.

새벽녘이 되자 거세게 쏟아지던 비가 멎고 하늘엔 별이 총총히 돋았으나, 들려오는 소식은 하나같이 어두운 소식뿐이었다. 안국사를 공격한 특공대는 복병(伏兵)을 만나 실패했고, 땅굴 작전은 미리 발견되어 굴속에 들어갔던 많은 병사가 물에 잠겨 희생되었으며, 무너진 성벽을 통해 성안으로 돌격했던 친위대도 병사들 속에 섞여 있던 반란병사들 때문에 동문을 빼앗을 기회를 놓쳤다.

동틀 무렵 장대를 공격하러 갔던 백기 중 하나가 살아 돌아와 무덕대사를 비롯한 모든 대원이 장렬히 전사했다는 소식을 전했다. 무덕은 통일전쟁 당시 당고조 둘째 아들로 진왕(秦王)이었던 이세민이 낙양의 왕세충(王世充)을 토벌할 때, 이세민의 요청을 받아들여 참전했던 소림사 13명 무승(武僧) 중 하나였다. 그는 왕세충을 항복시키는 데 큰 공을 세웠고, 이세민이 황제가 되자 그 곁에 남아 우위영 백기를 기른 형제같이 가까운 사이였다.

그런데 천하무적이라 믿었던 무덕과 백기가 그렇게 허무하게 무너지다니. 당태종에겐 병사 1만 명의 죽음보다 백기 전멸이 더 큰 충격을 주었다. 다만 붉은 전갈 양곤의 마지막 말이 작은 위안을 주었다.

"그러하오나 폐하, 이번 습격으로 적 우두머리도 틀림없이 죽었을 겁니다. 쓰러진 적장에게 치명적인 독(毒)을 풀었으니까요."

태종은 점(占)치는 짓을 미신이라며 코웃음을 쳤으나, 워낙 답답해 장손무기가 데리고 다니던 점성술사(占星術師)를 불렀다.

새벽하늘을 한참이나 살펴보던 점성술사가 입을 열었다.

"동쪽 장성(將星) 별 주위에 어두운 기운이 가득하니, 적장은 죽음의 늪을 헤맬 겁니다. 이제껏 그자를 보호하던 신이 목숨을 구하려고 무척 애쓰지만 이번에는 살기 어렵습니다. 그에게 원한을 가진 악령(惡靈)이 발목을 붙잡고 놓아주지 않는군요."

이번에 성이 함락되는 줄 알았다. 지난밤 땅굴 때문에 성안이 발칵 뒤집혔으나, 성벽을 지키는 수비대 병사를 뽑아올 수 없어 일손이 무척 부족했다. 쏟아지는 빗속에서 활이란 별로 소용없기에 여자궁수 부대원은 아침부터 수로 파는 작업에 동원되었고, 간호병과 식당일 하는 여인은 물론, 부상병도 움직일 수 있는 사람은 모두 거들었다. 땅굴 발견도 그야말로 천우신조(天佑神助)였다. 첫 번째 방어호에서 땅굴을 발견하지 못하고 혹시나 해서 그 옆을 팠는데, 땅속으로 5자도 내려가기 전에 발견했으니 아찔한 순간이었다. 우리가 판 수로를 통해 폭포수처럼 땅굴 속으로 쏟아져 들어가는 물줄기를 보고 피곤도 잊고 기쁨에 젖어 만세를 불렀다. 그러나 이것이 더 큰 화(禍)를 불러올 줄이야. 성벽 밑으로 콸콸 흘러가던 센 물살로 성벽 밑 부분 모서리가 무너졌다. 먼지가 가라앉으며 커다란 동굴처럼 뻥 뚫어진 성벽을 보았을 때 그 놀라움이라니. 넋을 잃은 우리 눈앞에 벌어진 광경은 무서운 악몽이었다.

선두에 달려오는 적장은 불꽃 속에서 달려 나오는 아수라(阿修羅) 같았고 야차(夜叉)처럼 하늘을 휠휠 날았다. 병사들이 창을 곤두세우고 막았으나, 팔이 여덟 개나 달린 듯 날뛰는 야차가 휘두르는 칼에 낙엽처럼 쓰러졌다. 병사들은 황급히 건물 사이를 목책으로 가로막아 성안 깊숙이 적군이 들어오는 걸 막으려 했으나 야차의 동작이 더 빨랐다.

넓은 방어호를 훌쩍 뛰어넘더니, 목책으로 골목을 막기 전에 그 옆을 파고들어 목책 뒤 방어병들을 덮쳤다. 순식간에 벌어진 참극에 우리는 몸이 얼어붙었다. 그때 나타난 외팔이 무사. 하늘에서 내려온 듯 황금빛으로 둘러싸인 신장(神將)의 모습이었다. 무서운 야차가 목책을 훌쩍 뛰어넘어 한 병사의 목을 벤 후 뒤돌아서다, 무엇에 미끄러졌는지 기우뚱하는 순간 그 가슴을 찌른 재빠른 창놀림이라니. "적장을 죽였다!"라고 외치는 사자후(獅子吼)에 뒤이어 울려퍼진 승리의 함성은 싸움의 흐름을 단번에 바꾸어 놓았다. 사납던 적의 기세는 움츠러들고, 쫓기던 아군은 용기백배해 돌격했다. 무너진 성벽을 홀로 막아서 거센 적군의 파도를 잠재운 외팔이 사나이. 한 사람 영웅이 위험에 빠진 성을 구했다.

쏟아지는 빗줄기도 아랑곳하지 않고 기뻐 춤추던 우리 귀에 불길한 소문이 퍼지면서 사람들의 얼굴에 어두운 그림자가 깃들였다. 적군이 장대를 습격했다는 속삭임이었다. 가림토는 적 세작이 퍼뜨린 헛소문이라며 안심시켰으나 입소문은 가라앉지 않았다.

숙소에 돌아왔으나 잠을 이룰 수 없어 어둠이 걷히기도 전에 성주 저택을 찾았다. 향옥은 귓속말로 적의 포위가 시작된 후 성주님은 거의 집에 오지 않고 장대 지휘소에 머물고 있는데, 어젯밤 큰 부상을 입은 것 같다고 속삭였다. 지금까지 싸움이 끝나면 성주님은 으레 싸움터를 둘러보고 격려했다. 성이 함락될 뻔하고 많은 용사가 죽었는데 날이 밝아도 그 모습이 보이지 않는 건 예삿일이 아니기에 방정맞은 생각이 머리를 짓눌렀다. 혹시 잘못된 것은 아닐까? 안시성 모든 사람이 믿고 우러러 보는 사나이, 그분이 있음으로 성이 지켜지고 있거늘.

'천지신명이시여, 이 몸 생명 거두시고 그분 목숨 구해 주소서!'

어제부터 한숨도 자지 못한 탓인지 나도 모르게 잠이 들었다. 꿈속에서 겪은 일 하나하나가 이처럼 생생하게 기억나다니!

햇볕이 밝게 내리쬐고 온갖 꽃들이 만발한 숲속 오솔길을 걷고 있는데 햇살에 반짝이는 연못이 보였다. 그곳에는 하백(河伯. 水神)이 살고 있어 순결한 처녀가 가까이 오면 물속으로 끌어들여 짝으로 삼는다고 했다.

연못이 이상하게 마음을 끌어당겨 나도 모르게 꽃신을 벗어 들었다. 물은 깨끗하고 따뜻해 하얀 조약돌을 밟으며 두려움 없이 연못 안으로 들어갔다.

감미롭게 휘감기는 물살에 몸을 맡기고 나아가는데 발목을 붙잡는 느낌에 화들짝 놀랐으나, 물 회오리가 발바닥을 부드럽게 어루만지며 무릎까지 올라오자 왠지 두려움이 사라지고 포근한 마음이 들었다.

갑자기 연못이 소용돌이치더니 억센 팔이 내 몸을 휘감아 깊은 물속으로 끌어당겼다. 얼굴을 보니 내가 사랑하는 바로 그 사내. 손은 얼음장 같아도 껴안는 근육은 힘차게 꿈틀거렸다. 반가운 마음에 부끄러움도 잊고 미친 듯이 매달렸다. 내 입맞춤 때문일까. 차갑던 사내의 몸이 뜨겁게 타오르며 굳게 끌어안았다. 나는 두려움에 떨었다. 그러나 무척 기뻤다.

# 삶인가 죽음인가

生死岐路

운명은 하늘이 정한다네.
사람 목숨 아침 이슬 같다지만
고래 힘줄보다 질긴 것을.

사나이 가는 길
빛과 어두움 헤아릴 수 있으랴만
내려준 사명 마무리 못 했다면
천 자루 칼날 만 개 화살도 어쩌지 못하리.

구원은 어디서 오는가
높고 푸른 하늘 무심타지만
어느새 뻗어온 따듯한 손길
사람들 놀라며 기적이라 하네.

## 흑모란

하늘은 맑게 개었으나 안시성 백성의 가슴에 먹구름이 드리웠다. '지난밤 우위영 백기의 장대 습격으로 성주님이 크게 다쳤거나 돌아가셨다'는 수군거림에 온갖 유언비어까지 나돌았다.

우소를 비롯한 많은 용사가 죽고 다쳤으니, 누구보다 먼저 성을 둘러보며 공을 세운 용사를 표창하고 부상병을 위로해야 할 텐데, 성주 그림자조차 보이지 않으니 불길한 소문에 고개를 끄덕일 수밖에 없었다. 언제나 미소를 잃지 않던 향옥이 흑모란(아랑)을 찾아와 눈물을 글썽이며 손목을 잡았다.

"아랑 아가씨, 저와 함께 저택으로 가요."

흑모란은 향옥의 마음 씀씀이가 고마워 미소를 보냈으나, 좋지 않은 예감으로 가슴이 덜컥 내려앉아 차마 성주 안부를 물어보지도 못한 채 따라 나섰다.

삶과 무병장수를 주관하는 남두육성(南斗六星) 신선과 사후 세계를 지배하는 북두칠성 노인을 그린 4폭 병풍을 친 가운데 양만춘이 누워 있었다. 침상 머리맡엔 다로가 무릎에 머리를 파묻고 웅크리고 있다가, 인기척에 얼굴을 치켜들어 핏발선 눈으로 흑모란을 쳐다보더니 옆에 앉으라고 눈짓했다.

얼굴이 붉은 백발 의원이 들어와 맥을 짚어보고 눈꺼풀을 열어 살펴보더니, 청동거울을 꺼내 한참 동안 환자 코끝에 대어보다가 한숨을 쉬고 고개를 절레절레 흔들었다.

164

"상태가 더 나빠졌나요?"

법인 스님이 '아미타불'을 애타게 부르며 물었다.

"구리거울에 물기 흔적이 있으니 아직 숨을 쉬고 계시지만, 조금 전 침(針)을 놓을 때보다 양이 줄어들었군요."

"왜 깨어나지 못하시는지 까닭을 밝혀냈습니까?"

다로의 성급한 재촉을 받고 의원이 무겁게 입을 열었다.

"사람은 자연의 기(氣)를 받아 태어나고, 몸은 땅과 물, 불과 바람 네 가지 기운으로 이루어집니다. 성주님은 두터운 땅 기운을 타고 나서 뼈가 튼튼하고, 물의 맑은 정기(精氣)를 듬뿍 받았기로 정신은 영롱한 구슬 같으며, 치솟는 불기운으로 왕성한 생명력을 지녀 보기 드물게 복된 체질을 타고나셨다오. 다행히 투구의 중심을 살짝 비껴 철퇴에 맞았기에 뇌진탕을 일으키고 쓰러진 데 그쳤소. 보통 체질의 사람이라면 그 충격만으로 이미 돌아가셨을 터이나, 강한 생명력을 지닌 분이라 아직 살아계신 것입니다. 처음 침을 놓을 때만 해도, 머리에 충격을 받아 정신을 잃었을 뿐이라 여겨 지금쯤 회복될 것으로 믿었소."

의원이 고개를 갸우뚱거리며 한숨 쉬다가 다로를 쳐다보았다.

"뇌진탕으로 쓰러지면 그 후유증으로 음식을 삼키지 못하거나, 탕약(湯藥)조차 넘길 수 없는 경우는 가끔 보았소. 그 정도 식체(食滯, 위장 기능이 일시적으로 정체되는 현상)라면 가벼울 때는 손발 끝을 바늘로 따면 풀리고, 침으로 능히 뚫을 수 있지요. 그런데 지금 뱃속에 엄청난 한기(寒氣) 덩어리가 쌓여 기(氣)의 흐름이 약해지고 있을 뿐 아니라, 몸이 얼음같이 차고 숨결조차 가늘어지고 있소. 그러니 무슨 치료법이 있겠소. 이는 단순히 철퇴에 맞은 뇌졸중이 아니라 악랄한 독(毒)의 해를 입은 게 틀림없소."

얼굴이 새파래진 다로가 의원의 옷깃을 움켜잡았다.

"당신은 천하의 명의(名醫)라 들었소. 그 독이 무엇이기에 약이 없단 말이오. 성주께서 언제까지 버틸 수 있을 것 같소?"

의원은 괴로운 얼굴로 병풍에 그려진 남두육성 신선을 멀거니 쳐다보더니 미친 사람처럼 껄껄 웃다가 한숨을 쉬었다.

"인명재천(人命在天)이라 했으니 하늘이 기적을 내린다면 모를까, 저 같은 못난이로는 어쩌지 못할 일이오. 이상하게 독의 효과가 천천히 나타나지만 내일을 넘기기 어려울 것이오!"

그는 슬픔에 잠긴 사람들을 돌아보며 중얼거렸다.

"사람에겐 타고난 생명력[先天之氣]이 있어 목숨을 이어가고, 약이나 침이란 이 힘을 북돋워 병마를 몰아내도록 도와줄 뿐이니, 생명력의 근원이 말라버리면 천하의 명약도 아무 소용이 없다오. 성주님께서는 지금 지독한 한독(寒毒) 때문에 음양(陰陽)이 막히고 생명을 지탱하는 힘이 얼어붙었으니, 무슨 방법을 써서라도 음과 양을 서로 통하게 해서 타고난 생명의 힘[先天之氣]을 일깨워내고 오장육부에 침투한 한독을 몰아내어야 비로소 치료할 수 있을 것이오."

의원이 방문을 나가려다가 향옥에게 환약(丸藥)을 내밀었다.

"기적이 일어나 물이라도 삼킬 수 있거든 이 약을 으깨 먹이시오. 산삼과 웅담(熊膽) 그리고 백 년 묵은 지치[芝草]와 참옻으로 지은 구명환(救命丸)이니 혹시 도움이 될지 모르겠소."

흑모란은 늙은 의원의 입에서 '악랄한 독'이라는 말을 듣는 순간 환자의 증세(症勢)가 왠지 눈에 익은 느낌이 들었다.

괴유 상단에는 서역에서 온 눈이 번쩍 띄게 아름다운 중년 요리사 앵앵이 있었다. 그녀는 아버지 사랑을 독차지해 하녀들이 시기했으나, 뒤에서 아이도 못 낳는 석녀(石女)라며 입을 삐죽거리면서도 독거미라며 무척 두려워했는데, 흑모란에게는 친어머니처럼 따뜻한 정을 쏟아붓고 속마음을 터놓았다. 아버지는 자기를 배반한 자를 남모르게 독살(毒殺)했는데 그녀가 하수인이었다.

흑모란이 안시성에 숨어들던 날, 앵앵은 흑모란에게 그녀가 사용하는 무서운 독의 비밀을 자세히 알려주었다. 그 독은 천천히 퍼져 사흘이 지나야 목숨을 빼앗는데, 하루쯤 지나 뺨에 석류알처럼 붉은 꽃이 피면 해독약(解毒藥)을 먹여도 살리기 어렵고, 사내의 씨앗뿌리개까지 반응이 없으면 천하의 명의도 살릴 수 없다고 말했다. 양만춘의 뺨에는 이미 붉은 꽃이 피어 있었다.

흑모란은 새벽에 꾼 꿈이 자신의 운명을 보여준 것임을 깨달았다. 사랑하는 사람이 없는 세상이라면 삶의 보람이 어디 있으랴. 이미 시간이 지나 해독하기 어렵겠지만, 사랑하는 이와 운명을 함께한다면 미련도 없었다. 그녀는 짐짓 자신 있다는 듯 다로에게 말했다.

"성주님을 제가 구하겠어요. 방안을 뜨겁게 데우고 따뜻한 물을 갖다 주세요. 누구도 치료하는 모습을 보아서는 안 됩니다!"

흑모란은 한 달 전까지 머물렀던 자기 방에 달려가 해독약이 든 비단 주머니를 찾아 목에 걸고, 혼례 날 입으려 고이 간직했던 신부 옷을 꺼내 입고 허리에 향낭(香囊) 을 찼다.

양만춘은 한 달 사이 무척 여위었고, 귀밑에는 전에 보지 못했던 하얀 머리칼이 몇 가닥 보여 그녀의 가슴을 아프게 했다. 방바닥은 뜨거웠으나 손발은 얼음처럼 차고, 맥박은 느리고 약한 데다 숨은 가냘팠다. 급히 손가락과 발가락 끝을 바늘로 따 검은 피를 뽑아내고 입에 머금은 꿀물을 입안에 넣어보았으나 삼키지 못하고 밖으로 흘러나왔다. 이런 상태라면 해독약은 아무 소용이 없었다. 앵앵이 가르쳐주었던 온갖 방법을 다해 보았으나 아무 효험(效驗) 이 없자 절망에 빠진 흑모란은 자신도 독을 마시고 죽기로 마음먹었다.

그 순간 사내의 씨앗뿌리개가 죽어있지 않으면 실낱같은 희망이 남아있다던 앵앵의 말이 생각나 가만히 쥐어 보았다. 그곳에는 온기가 조금 남아있었다. 그러나 어떻게 해야 생명의 불씨를 되살릴 수 있는지 그녀에게 물어보지 못한 게 원망스러웠다. 문득 점순이 입술 위 큼지막한 검은 점이 떠오르며, 망측스런 음담패설이 귓가로 스며들었다. 의원이 말한 음양(陰陽) 을 통한다는 게 혹시 남녀 간 사랑나누기를 뜻하는 게 아닐까? 불안한 마음이 사라지고 가슴 속 깊이 잠자던 열정이 불타올랐다. 부끄러움으로 얼굴을 붉히던 흑모란은 입술을 깨물었다.

'죽음도 결심했거늘 무슨 짓인들 못하랴. 할 수 있는 한 힘껏 해보자, 그래도 안 된다면 함께 죽을 뿐이다. 그렇다. 누가 알아주든 말든 결혼식부터 올리자.'

흑모란은 자리에서 일어나 혼례(婚禮) 예식에 따라 양만춘을 향해 큰절을 올린 후 허리띠를 풀었다. 사내가 벗겨주어야 할 혼례복을 스스로 벗으려니 왈칵 눈물이 쏟아졌다. 눈물을 삼키며 얼음보다 차가운 몸을 알몸으로 감싸 안고, 한동안 망설이다가 잔뜩 움츠러든 씨앗뿌리개를 물었다. 머릿속에는 오로지 생명의 불씨를 살려내 해독약을 먹여야겠다는 생각뿐이었다. 이제 님의 목숨은 그녀의 삶과 죽음을 결정짓는 운명이었다.

얼마나 시간이 흘렀을까. 뼈를 찌르던 한기(寒氣)가 서서히 사라지면서 씨앗뿌리개가 입안을 가득 메웠다. 깜짝 놀라 눈을 들어보니 바늘로 땄던 엄지발가락 끝에서 피가 흐르고 발가락이 꿈틀거리는 게 아닌가. 기쁨에 벅차 가쁜 숨을 몰아쉬며 사내를 끌어안고 미친 듯 몸부림쳤다.

우람한 팔이 그녀를 힘껏 껴안자 급히 해독약을 꺼내어 입안에서 녹여 사내 입으로 흘려 넣었다. 여인은 감로수를 꿀꺽 삼키는 목울대를 보고 감격에 겨워 눈물을 흘리다가, 돌연 억센 팔이 허리를 휘감아 조여 숨을 쉴 수 없었다. 이윽고 성난 불기둥이 불끈 치솟아 올라 온몸을 꿰뚫는 아픔에 몸서리치며 비명을 질렀다.


다로는 아랑(흑모란)이 당나라 세작이라는 것을 알고 있었다. 아랑이 주군(主君)의 목숨을 구하겠다고 나설 때 미덥지 않고 경계심이 들었으나, 의원조차 치료를 포기했기에 그녀의 간청을 받아들일 수밖에 없었다.

다로는 천장 위에 숨어 그녀의 행동을 지켜보다가 의심스러운

짓을 하면 수리검을 던져 죽일 생각이었다. 그러나 아랑이 혼례의
식을 갖추자 그의 마음은 혼란스러웠다.

'저 여인은 세작이지만 주군을 진정으로 사랑하는 게 아닐까?'

허리띠를 풀고 혼례복을 벗은 아랑이 붉은 꽃무늬를 수놓은 하
얀 비단 속옷까지 내리자, 다로는 차마 그녀의 알몸을 보기가 민
망스러워 얼굴을 돌렸다. 아랑의 몸에서 풍기는 짙은 사향 냄새는
깊은 산속에서 무예를 수련하며 여인을 멀리했던 그에겐 머리가
아플 만큼 강렬했으나, 그 순간 다로는 주군의 콧구멍이 벌름 하
는 듯하여 실낱같은 희망을 품었다.

여인을 알지 못하는 다로는 눈 아래 벌어지는 낯 뜨거운 행동이
역겨웠지만, 구슬 같은 땀방울을 흘리며 주군의 목숨을 구하려 애
쓰는 그녀의 노력만은 눈물겹게 애처로웠다. 처녀 몸으로 차마 하
기 어려운 부끄러운 짓도 서슴지 않는 모습에 다로는 그동안 품어
왔던 경계심이 봄눈처럼 녹아 내렸다.

'저런 여인이 어찌 주군에게 해를 끼치랴.'

아랑의 온갖 노력에도 회복되는 기미는 보이지 않았다. 절망한
여인은 소리 죽여 눈물을 흘리다가, 입술을 깨물고 목에 걸었던
작은 비단 주머니를 풀어 손에 쥐고 한참 동안 멍하니 주군을 쳐다
보며 망설이더니, 무엇인가 결심한 듯 몸을 돌려 쪼그리고 걸터앉
았다. 여인은 완전히 미쳐버렸다.

다로는 그녀가 보여 주는 끔찍한 마성(魔性)에 소름이 끼쳤다.
여태껏 알고 있던 아랑은 자존심이 강하고 당당한 여인이었으나,
이제 부끄러움도 모르는 창기(娼妓)로 변해 발정 난 짐승보다 더

징그러운 짓을 거침없이 했다. 정욕에 눈먼 마녀는 찰거머리처럼 사내 몸에 달라붙어 마지막 양기(陽氣)마저 남김없이 빨아먹으려 몸부림치고 있었다.

　'가증(可憎)스러운 것. 자신의 쾌락을 위해 죽음의 늪에 빠진 주군의 마지막 한 방울 정혈(精血)조차 쥐어짜려 하다니!'

　분노가 치밀어 오른 다로가 수리검을 뽑아들었다.

　여인은 그가 상상조차 할 수 없는 음탕하기 짝이 없는 짓거리를 거침없이 하건만, 땀을 비 오듯 흘리며 정성을 기울이는 모습 어딘가에 성스러운 의식(儀式)처럼 함부로 범하지 못할 경건함이 있어 감히 그 행동을 멈추게 할 수 없었다.

　눈 둘 곳 몰라 머뭇거리다가 문득 붉게 변해가는 주군의 입술이 눈에 들어왔다. 뒤돌아 앉은 아랑은 아직 보지 못했으나 그 얼굴에 서서히 핏기가 돌았다. 다로는 자기도 모르게 터져 나오는 기쁨의 외침을 간신히 삼키고 살그머니 천장에서 몸을 피해 방문 밖에서 눈을 감고 염주(念珠)를 세고 있는 법인 스님 곁에 털썩 주저앉았다.

　'위기는 지나갔다. 저 여인이 주군을 살려냈구나!'

　다로는 방문 바깥에서 서성거리다가 아랑이 내뿜는 날카로운 외마디 비명을 듣자 신이 나서 장대로 달려갔다.

　'내가 할 일을 깜빡 잊었군. 성주님께 단단히 혼나겠구나.'

## 그림자 성주

성주가 죽었다는 소문이 걷잡을 수 없이 퍼지면서 병사의 사기가 땅에 떨어졌다. 백인대장 까막쇠는 백기가 자신이 지키던 곳을 뚫고 들어왔을 뿐 아니라, 고약한 소문이 제일 먼저 퍼진 곳도 자기 부대임을 알자 그대로 둘 수 없었다. 까막쇠는 처음 유언비어를 퍼뜨린 자를 병사들 앞에 꿇어앉혔다.

"너는 거짓말로 병사의 사기를 떨어뜨렸으니 반역행위다. 이런 죄를 지은 자에게 오직 죽음이 있을 뿐!"

죄인의 목을 베어 기둥에 내걸고 부하를 둘러보며 외쳤다.

"앞으로 거짓 소문을 퍼뜨리면 그 누구라도 즉시 처형하겠다!"

까막쇠의 즉결처분을 보고받은 다로는 전군(全軍)에 알렸다.

"성주님은 여러 날 계속된 싸움으로 피곤하시어 휴식을 취하고 계실 뿐이니, 헛소문을 지껄여 군심(軍心)을 어지럽히지 말라."


당태종은 붉은 전갈 양곤의 보고를 듣고 적장의 죽음을 알리는 기쁜 소식을 기다렸다. 적장이 죽는다면 성은 저절로 무너지리라. 그러나 사흘이 지났건만 수비군에 이렇다 할 징조가 보이지 않자 초조해졌다. 그는 안시성을 한번 흔들어 보기로 했다.

장대를 습격한 지 나흘째 되던 날 태종의 사자가 백기를 들고 동문에 나타나 외쳤다.

"자비로운 황제폐하께서는 전사자의 장례를 치르기 위해 휴전하기 바라신다. 성주는 나와서 응답하라."

다로는 난처했다. 양만춘이 의식을 되찾았으나 몸이 아직 회복되지 않아 며칠 동안 안정을 취해야 하므로 앞에 내세울 수 없었다. 이런 사정을 감추려면 시간을 끌 수밖에 없어 답변을 미루었다.

"휴전조건을 상의한 후 내일 알려줄 테니 돌아가 기다려라."

태종은 돌아온 사자에게 물었다.

"우리 제안에 무엇이라더냐?"

"성주는 얼굴도 내비치지 않았고, 대신 답변하는 장수의 태도가 무척 당황스러웠습니다. 아무래도 무슨 일이 생긴 듯합니다."

옆에 있던 장손무기가 활기차게 보고했다.

"폐하, 정탐병의 보고에 따르면 지금까지와 달리 적 진영(陣營)이 어수선한 데다 병사의 사기가 떨어져 있다 합니다. 어쩌면 적장이 죽었거나 중상을 입은 게 아닐까요?"

"그렇다면 내일 아침 장손 장군이 중앙군을 이끌고 동문을 급습하시오. 적에게 변고(變故)가 생겼다면 쉽게 무너질 테니."

날이 밝기가 무섭게 장손무기의 중앙군이 우렁찬 함성을 지르며 안시성 동문으로 돌진했다. 성난 파도같이 몰려오는 적군을 보고 수비군은 잔뜩 겁을 집어먹었다. 돌연 장대에서 느린 북소리가 들리고 붉은 연이 솟구쳐 날아오르더니 귀를 찢을 듯한 징소리가 울려 퍼졌다.

그 순간 양만춘이 장대 위에 나타나 병사를 향해 오른손을 높이 들었다. 비록 붕대로 묶은 왼손을 목에 걸고 있었지만 두 발을 땅에 굳건히 딛고 우뚝 서 있는 모습, 한 손이 아니라 양손 양발을 다 쳤다 한들 어떠리. 우리 수호신(守護神)이 시퍼렇게 살아있거늘!

"성주님이 나오셨다. 우리를 지켜보고 계신다!"

우레 같은 함성이 동문에서 터지더니 순식간에 온 성을 뒤흔들었다. 잔뜩 움츠렸던 수비군 병사들 팔엔 힘이 용솟음쳤고, 눈빛은 아침햇살처럼 이글거렸다.

성주가 죽었다는 말을 믿고 의기양양하게 밀려왔던 적군은 두려움에 휩싸였다. 공성탑과 운제에서 성벽으로 뛰어내리던 용사들은 두려움으로 발을 헛디뎠고, 줄사다리를 타고 오르던 병사들 손에 맥이 풀렸다. 고구려 군 화살엔 살기(殺氣)가 넘쳐 두터운 갑옷도 쉽게 뚫었고, 쇠도리깨는 날카로운 휘파람 소리를 내며 추수 때 곡식을 타작하듯 성벽 위로 오르는 적군을 휩쓸었다.

깜짝 놀란 장손무기가 황급히 징을 쳐 공격을 멈추었으나 공포에 질린 당나라 군사들은 대열(隊列)도 짓지 못하고 뿔뿔이 흩어져 도망쳤다. 이들의 머리 위로 안시성 투석기와 바리스타에서 퍼붓는 돌무더기가 비 오듯 쏟아졌다. 신이 난 수비군 도끼병들은 적이 걸쳐 놓은 줄과 사다리를 타고 내려가 미처 옮기지 못한 공성탑과 운제를 도끼로 찍어 불사르고, 성벽 아래 진(陣)을 쳤던 딱정벌레 떼를 쫓아버렸다.

다로는 양만춘에게 낮에 있었던 승리를 보고했다.

"도대체 누가 내 역할을 대신했나?"

"제 부하 중 체격과 용모가 비슷한 병사에게 성주님 투구와 갑옷을 입혔지요. 나흘 동안 나타나시지 않은 것을 이상하게 여길까 봐 부상을 입은 걸로 꾸몄고요."

"후훗후. 이제 우리 성에 기가 막힌 사기꾼이 나왔구먼. 자네 임기응변(臨機應變)에는 제갈량도 울고 가겠네. 이삼 일 지나면 움직여도 괜찮을 것이라 하니 안시성을 구한 영웅 우소의 장례식을 준비해 주게."

그날 밤 승리의 기쁨에 들떠 있던 안시성 성벽을 타고 살그머니 도망친 여인이 있었다. 유언비어를 퍼뜨려 처형된 병사의 누나인 저택의 하녀(下女)였다. 그녀는 아랑에게 깊은 원한을 품었다.


우림영 백기를 전멸시킨 것은 가슴 뿌듯한 일이었으나 안시성 군 손실도 무척 컸다. 수비대 병사의 손실은 그리 많지 않았으나, 성을 지키는 강력한 방패로서 10여 년간 천산(千山) 국선도 분원에 보내 길렀던 성주 호위대와 강력한 특공부대 용사를 반이나 잃어버렸다.

가장 먼저 해야 할 일은 안시성 군의 힘을 북돋우고 전열(戰列)을 가다듬는 일이었다. 아직 얼굴빛이 창백한 성주를 보고 군중이 열광하며 승리를 외치자 오른손을 높이 들어 환호에 답했다.

"누가 감히 우리를 꺾으랴. 여러분 한 사람 한 사람 힘으로 고구려는 지켜질 것이다!"

양만춘은 지난 일을 숨김없이 알려주는 게 옳다고 믿고, 피 묻은 아흔 벌 백기의 옷과 빼앗은 무기를 가리켰다.

"적은 내 목숨을 빼앗으려고 가려 뽑은 정예병인 백기를 보내어 장대로 쳐들어왔다. 나는 안시성과 내 목숨을 구해준 영웅들에게 진심으로 감사를 드린다!"

양만춘은 우소를 비롯해 성을 지킨 영웅의 넋을 위로하는 진혼제(鎭魂祭)를 지내기로 했다. 성안에 핀 꽃을 모아 꽃다발을 만들고 소박하지만 정성껏 차린 제사상 위에 미처 장만하지 못한 각종 음식 이름을 적은 나무패(牌)를 올렸다.

"살아남은 자는 죽은 용사에게 큰 빚을 지고 있다. 우리는 결코 이들을 잊어서는 안 된다. 영웅들이 안심하고 하늘나라로 돌아가도록 굳건히 성을 지켜야 할 것이다. 지금은 전쟁 중이어서 제사상을 제대로 차리지 못하지만, 평화가 돌아오는 날 나무패 대신 푸짐한 음식을 차리고 멋진 진혼제를 올리자."

진혼제가 끝나자 지휘관들을 소집했다.

"지금 즐거워할 때가 아니다. 그동안 승리를 거듭했다 하나 우리는 많이 약해졌고 적군은 아직도 막강하다. 더구나 수많은 용사를 잃은 건 뼈아픈 손실이다. 성을 지키려면 무엇보다 적군이 성에 올라왔을 때 숨 쉴 틈도 주지 않고 무찌를 결사대가 필요하다. 가장 용감한 병사를 뽑아 새로운 특공부대를 편성해 훈련시켜라. 앞으로 그들을 '우소 부대'라 부르도록."

양만춘은 당태종이 제안한 휴전을 받아들였다. 깍듯이 무사에 대한 예의를 갖추어 무덕대사를 비롯한 백기의 시체와 아흔 벌 옷이 건네지고, 그 대신 1백 대 수레에 가득 실은 장작을 교환했다.

우소는 안시성을 지킨 영웅으로 그가 죽은 동문 안쪽에 묻혔고, 서문 앞 언덕에 전사한 병사의 주검이 엄숙하게 화장되었다.

# 흑모란의 일기

오랜 꿈이 이루어져 사랑을 얻게 된 것은 벅찬 기쁨이지만, 이따금 무서운 꿈을 꾸고 소스라치게 놀라 일어난다. 그런 때면 님의 목숨을 구한 게 과연 잘한 짓인지 혼란스럽다. 그이가 건강을 다시 찾아 백성 앞에 나타났던 날, 전쟁에 승리라도 한 듯 서로 얼싸안고 미친 듯 환호를 터뜨렸다. 성주가 눈앞에 나타난 것만으로 수비군은 용기백배하고 당나라 군사들은 혼비백산(魂飛魄散)해서 도망쳤다 한다.

내 사랑하는 님은 적조차 존경하는 영웅이구나 싶어 자랑스럽건만 내 가슴의 벅찬 감격 못지않게 마음 한 모퉁이에 쓰디쓴 회한(悔恨)이 스며드는 건 웬일일까? 나는 원래 안시성을 염탐하기 위해 이곳에 들어온 당나라 세작이 아니었던가. 이제 몹쓸 딸이고, 조국의 배반자가 된 게 아닐까? 그러나 사람들이 무엇이라 하건 사랑하는 사나이를 무서운 독에서 구했을 뿐 아버지의 나라에 해를 끼칠 뜻은 전혀 없다. 앙숙이었던 다로까지 지난 일을 사과하면서 권유했지만, 끝내 부엌일을 맡지 않은 건 흔들리는 내 마음을 나도 몰라 두렵기 때문이다.

오늘 낮 전사자의 장례식이 열렸다. 사람들이 말리는데도 아직 성치 않은 몸으로 성주가 몸소 상주(喪主)가 되어 정성껏 예식을 진행하다가, 장작더미 위에 불타는 우소의 시신을 보며 부르짖었다. "잘 가거라. 형제여, 우리는 외팔이 우소의 죽음을 결코 잊지 않을 것이다. 오늘은 나무기둥 하나 세울 뿐이지만 승리하는 날 이곳에 웅장한 기념탑을 세우리라!"

그이가 장례식에 참석한 병사들을 울리고 용기를 북돋운 것은 좋았지만, 저택에 돌아오자마자 쓰러져 버렸다. 아직 건강이 예전과 같지 않아 밤엔 저택에서 쉬는 때가 많다. 몇 사람밖에 모르는 비밀이지만 그런 때는 그림자 무사[影武士]가 성주 대역(代役)을 맡는 것 같다. 다로가 얼마나 잘 골랐는지 투구를 쓰고 있으면 온사문 장군도 깜빡 속을 정도라고 한다.

고진감래(苦盡甘來)라더니 기쁜 일이 생겼다. 흑수말갈 기병대가 천산 국선도 분원에 도착해 성주의 둘째 아들 진의 지휘를 받고 있다는 소식이 저택 뒤뜰 전서구(傳書鳩, 소식을 전하는 데 쓰는 비둘기) 새장에 날아들었다. 그뿐 아니라 아는 이가 거의 없는 비밀이지만, 그이는 세 발 달린 황금빛 까마귀가 꼬리에 시뻘건 불을 달고 날개를 퍼덕이며 하늘로 날아올라 해님 속으로 들어가는 꿈을 꾸었다.

무슨 징조일까 싶어 무척 궁금하게 여겼는데, 그날 아침 대아찬의 큰아들 대중상(大仲象) 집에 기쁜 일이 생겼다. 안시성에서 첫 아이, 그것도 튼튼한 사내애가 대씨(大氏) 집에 태어나자, 그이는 큰 경사(慶事)가 났다면서 이름을 대조영(大祚榮)이라 지어주었다.

안시성 사람들은 성주가 살아있는 한 결코 성이 무너지지 않는다는 굳은 신앙(信仰)을 갖고 있다. 얼마 전까지 보였던 어두운 얼굴을 이젠 찾아볼 수 없고, 모두 원기왕성하고 자신만만하다. 누가 감히 이 성을 빼앗을 수 있으랴. 그런데 이 모든 일이 바로 당나라 세작이던 흑모란에서 비롯되었다. 과연 나는 기뻐해야 하나 슬퍼해야 할까.

## 천산유격전

6월 22일. 당나라 군이 천산대회전(주필산 전투)에서 큰 승리를 거두자 은성(銀城)●과 석황성(石黃城) 수비군은 싸우지도 않고 도망쳐 안시성 주변 1백 리에서 고구려 군사가 사라져 버렸다.

치우는 요동성이 함락되자 흩어진 병사들을 모아 천산 숲속으로 도망쳤다. 천산에는 패잔병 무리와 포로가 되었다가 탈출한 병사들이 수십 명씩 떼를 지어 숨어 있었다. 이들은 치우를 지도자로 추대하고 한 달도 지나기 전에 병력이 1천 명으로 불어났다.

7월 중순. 치우는 대담하게 모든 병력을 갈대고개에 매복시켜 요동성에서 안시성으로 군량을 운반하는 당나라 군 수송대를 기습해 수백 명을 죽이고 수천 석 곡식을 빼앗았다. 그러나 수송대가 대규모 집단으로 움직이고 호위대가 뒤따르자 공격하기 어려워졌다. 매복공격을 계속하려면 가장 아쉬운 건 기병(騎兵)이었다.

한편 양만춘의 둘째아들 진은 안시성 수비대에 뽑히지 못한 젊은이들을 모아 천산 깊은 산속에 숨어 때를 기다리면서, 이따금 산을 내려와 당나라 군 후방을 어지럽히다가 반격을 받으면 산속으로 숨어버리는 유격전(遊擊戰)을 펴고 있었다.

7월 말이 되자 흑수말갈의 가장 큰 아골태 부족 가루다 추장이

---

● 은성은 현재 요령성 추암현 황화전향 곽가령촌 송수구산성(松樹溝山城) 으로 추정된다. 그렇다면 안시성과 오골성(현재 봉황성) 중간 지점이고 천산산맥 너머에 있는 성이니, 당나라 군이 평양으로 진격하는 길이 무방비 상태로 뚫렸던 것이다. 석황성의 위치는 알려지지 않고 있으나 안시성 동쪽의 성으로 추측됨.

기병대 5천 기를 이끌고 안시성을 구원하러 왔다. 그들은 말갈의 기병대 3,300명을 생매장했던 당태종에 대한 원한이 뼛속 깊이 사무쳤지만, 고구려 지휘관에 대한 불신(不信)도 엄청나서, 안시성 성주가 아닌 다른 장수 아래 싸우기를 거절했다.

흑수말갈인은 고구려 지배를 받던 속말말갈인과 달리 고구려 통치 밖에 있는 동맹군이었기에 요동 방어군 총사령관 고정의는 그들의 요구를 받아들여 안시성 북쪽 천산으로 보냈다.

당태종은 패잔병 무리가 수송대를 공격하거나, 천산에 숨은 소수의 병력이 후방에 나타나 유격전을 벌인다는 보고에는 그리 신경을 쓰지 않았다. 그러나 흑수말갈 기병대가 천산에 들어오자 두통거리가 되기 전에 싹을 잘라버리려고 천산 토벌을 결심하고, 요동성에 주둔한 아사나사이의 돌궐 기병에게 출동명령을 내렸다.

대규모 천산 토벌작전은 유격군에게 큰 위협이 되었기에 이 지역 지휘관들이 천산 국선도 분원에 모였다. 이들 중 가장 나이 많은 치우가 여러 지휘관을 둘러보았다.

"적군이 토벌작전에 나섰다니 이를 막을 방법을 의논합시다."

흰 수염을 늘어뜨린 태을상인(해오름)이 자리에서 일어나자 모두 옷깃을 여미고 존경하는 마음을 나타냈다.

"외람되나 한 말씀 드리겠소. 30년 전 수나라와 싸울 때 이 늙은이도 요서 전선(戰線)에 있었소. 당시 양만춘 대모달이 그리 많지 않은 고구려와 말갈, 거란과 해족 연합군을 이끌고 수십 배 수나라 군사를 깨뜨리고 큰 승리를 거둘 수 있었던 까닭은 일사불란한 지휘권이 확립되었기 때문이오. 여러분도 지금 하나로 뭉쳐 통일된 지휘체제를 갖추지 못한다면 토벌군에게 각개격파(各個擊破)당할 것이오."

모든 지휘관이 고개를 끄떡였다.

"상인님 말씀이 백 번 옳습니다. 그러면 어느 분이 천산 지역 사령관을 맡는 게 좋을까요?"

요동성 누초 출신으로 치우 다음에 많은 병사를 이끌던 종부가 일어났다.

"가장 연세 많으신 치우 어른께서 맡으시는 게 어떻겠습니까?"

치우는 말갈군 지휘관들이 웅성거리는 것을 보았다. 그들이 요동 지역 총사령관 고정의의 지휘를 받기조차 거절했던 사실을 잘 알기 때문에 겸손하게 허리를 숙였다.

"지금 어려운 국난(國難)을 당해 이를 지혜롭게 극복할 때요. 가장 많은 병력을 이끌고 멀리서 도우러 오신 가루다 추장을 대장으로 삼았으면 싶소. 저는 성심껏 가루다님을 받들겠소."

이번에는 고구려 측 지휘관 가운데 못마땅한 표정을 짓는 자들이 있었다. 가루다 추장이 일어나 손을 흔들었다.

"치우 장군 말씀은 고맙지만 사양하겠소. 우리는 로보의 비극으로 고구려 군 지휘관에 거부감이 있으나 양만춘 성주 아드님이라면 기꺼이 따르겠소. 돌아가신 아버지 아골태께서 성주님을 대추장으로 모셨으니, 내가 진(眞) 공자 명령을 따르지 못할 까닭이 어디 있겠소."

깜짝 놀란 진이 자리에서 일어나 허리를 굽히고 간청했다.

"저는 나이가 어리고 싸움 경험도 별로 없습니다. 아버님께서도 말갈 군의 치고 빠지는 기병전술(騎兵戰術)을 익히라고 여러 차례 말씀하셨습니다. 훌륭한 장수 아래 더 배우고 싶습니다."

회의에 참석한 지휘관들은 젊은 양진이 사령관을 맡기에는 부족함이 많다고 생각했으나, 고구려와 흑수말갈 군사를 하나로 묶어 지휘할 인물은 이 젊은이뿐이라는 데 뜻을 모았다.

단상(壇上)에 올라선 양진은 모든 지휘관에게 고개를 깊숙이 숙여 감사하고 태을상인 앞에 무릎을 꿇었다.

"상인께서 군사(軍師)가 되시어 저의 모자란 점을 바로잡고 옳은 길로 이끌어 주십시오. 그러면 이 무거운 짐을 지겠습니다."

"아버지 못지않은 영특한 호랑이로군!"

태을상인은 흡족한 미소를 띠고 일어섰다.

"옛날 요서 원정군에 참가했던 조의선인 흑의대원 모두 양만춘 성주보다 훨씬 선배였지만, 으뜸 어른 태극상인(太極上人)께서 '어떤 일이 있어도 양 대모달 군령(軍令)을 따르겠다'고 원정군에 참가한 지원자에게 맹세하게 했소. 여러분이 내 말을 따른다면 이 늙은이도 기꺼이 군사(軍師)를 맡아 젊은 사령관을 보좌하겠소."

고구려와 흑수말갈의 모든 지휘관이 무릎을 꿇고 젊은 사령관의 명령에 절대 복종할 것을 맹세했다.


흑수말갈 경(輕)기병대가 계곡 입구 숲 그늘에 숨어 있었다.

"북서쪽 벌판에서 먼지가 일어납니다. 돌궐 기병대 같습니다."

사령관 양진이 선봉장 헤이마루에게 명령했다.

"헤이마루 장군, 적의 선봉장은 '초원의 이리'라 불리는 용맹한 장수 돌육이라 하오. 그들은 우리를 패잔병 무리로만 알고 있지 흑수말갈 기병이 합류한 걸 아직 모르고 있을 게요. 아무쪼록 적군에게 교만한 마음을 갖게 해서 함정으로 유인해 주시오!"

"사령관님 말씀 명심하겠습니다."

헤이마루는 뒤따르던 두 장수에게 명령했다.

"대추장 아드님 말씀 잘 들었겠지? 라이자이는 2백 기를 이끌고 적군의 측면을 공격해 약을 올리다가 저 뒤쪽 숲으로 퇴각하라. 가다오는 2백 기를 이끌고 건너편 언덕에 숨어 있다가 라이자이를 추격하는 적 기병대 뒤를 습격한 후 재빨리 계곡으로 달아나도록! 나는 계곡 안에 숨어 있다가 너희를 뒤쫓는 적군을 혼란시키겠다."


8월 초순. 돌궐 기병대 선봉 돌격대장 바얀은 천산에 숨어 있는 패잔병을 소탕하라는 명령을 받자, 들놀이라도 가는 듯 가벼운 기분으로 유격대 근거지로 전진했다. 별다른 적군의 움직임이 없다는 정찰병의 보고를 받고 바얀은 요동평야 안산벌에서 큰 개울 옆길을 따라 계곡으로 들어섰다. 저녁 무렵 오른쪽 야트막한 언덕에 우거진 숲이 보였으나 그대로 지나치며 계곡 입구 외딴집을 가리켰다.

"전진을 멈추라. 오늘은 저기 머물자."

바얀의 명령이 떨어진 지 얼마 되지 않아 행군대열 뒤쪽이 어수선해지더니 고함소리가 들렸다.

"적이다. 적군의 공격이다."

깜짝 놀라 돌아보니 자그만 과하마(果下馬)를 타고 군복 차림도 제멋대로인 기병대가 숲에서 뛰쳐나와 부대 옆구리를 습격했다.

"저 쥐새끼들을 추격해 쓸어버려라."

바얀의 명령에 따라 돌궐 기병대가 흑수말갈 기병들을 뒤쫓자, 재빠르게 개울을 건너 산으로 도망치기 바빴다. 돌궐 군은 흑수말갈 기병이 숲속으로 사라지자 멈칫거리고 있었다. 그때 한 무리 다른 흑수말갈 기병이 나타나 그들 뒷덜미를 공격하더니 곧 계곡 안쪽으로 달아났다. 바얀은 예상보다 날쌘 말갈 기병에 놀랐다. 땅거미가 내려 어둑어둑해지는데 적을 추격하다가 큰 피해를 입을까 두려워 징을 쳐 추격을 멈추었다.

다음 날 아침 선봉대장 돌육이 도착하자 바얀이 보고했다.

"어제 적의 공격을 받아 우리 병사 수십 명이 죽고 다쳤으나 적군의 치고 빠지는 작전 때문에 제대로 앙갚음을 하지 못했습니다. 적의 작전이 교활한 데다 이곳은 초원이 아니라 숲의 나라여서 적군을 추격하기도 쉽지 않으니, 아사나사이 대장군의 본대(本隊)가 올 때까지 기다렸다가 적의 근거지로 진격함이 어떻겠습니까?"

"용감한 바얀이 그까짓 쥐새끼들에게 얼어붙다니. 염려 말게, 초원의 이리 돌육이 여기 있지 않은가. 내가 그놈들을 싹 쓸어버리겠네. 지금 뵈클리(고구려) 정예군은 모두 안시성을 지키고, 이곳 유격대란 패잔병 떨거지인데 무엇을 두려워하는가?"

그는 바얀의 어깨를 두드리며 호탕하게 웃었다.

돌육은 몽골 초원에서 용맹을 떨쳤던 맹장인데, 지난번 안시성 군사를 추격하다 함정에 빠져 패배한 것을 일생일대의 치욕으로 여겼다. 이번 싸움은 멋지게 설욕(雪辱)해 불명예를 씻을 좋은 기회였다.

돌육의 불같은 성격을 잘 아는 양진은 아사나사이 본대가 오기 전에 돌궐 군 선봉기병대를 유인해 격파하기로 했다. 돌육의 선봉 기병대가 계곡 안으로 돌진해 오자, 라이자이가 이끄는 말갈 기병대가 엉성한 목책으로 길을 가로막는 시늉을 하다가, 돌궐 군이 덮쳐오자 뿔뿔이 흩어졌다. 돌궐 기병대가 달아나는 말갈 기병을 따라잡을 즈음, 계곡이 좁아지는 길목에 숨어 있던 가다오의 말갈 기병이 추격하는 돌궐 기병대를 향해 일제 사격을 퍼붓다가 슬그머니 도망치는 일이 거듭되었다.

이윽고 산줄기가 뻗어내려 가파른 협곡 사이로 개울물이 흐르는 길마재(올라가는 쪽과 내려가는 쪽이 모두 가파른 고개) 앞에 이르자 한 무리 말갈 기병이 고갯마루 너머로 줄행랑을 치는 게 보였다.

바얀이 걱정이 되어 돌육을 가로막았다.

"적이 유인하는 듯하니, 여기서 멈추는 게 좋겠습니다. 아침부터 70리나 추격했으니 우리 군사들이 피곤할 것입니다."

미꾸라지처럼 손아귀에 잡힐 듯 말 듯 얄밉게 치고 빠지는 한 줌도 되지 않는 말갈 기병 때문에 돌육이 잔뜩 열 받았다.

"바얀, 길잡이 말로는 저 고개만 넘으면 천산 분원이라 한다. 아직 해가 높이 떠 있으니 고갯마루를 빼앗고 보세. 적은 겁쟁인 데다 기껏 5백도 되지 않으니 우리 군사가 여섯 배나 많지 않나."

길마재 목책은 돌궐 군 공격에 얼마 버티지 못하고 무너졌다.

돌육은 고갯마루에서 남쪽을 바라보았다. 탁 트인 얕은 구릉지 여기저기 농가가 흩어져 있고, 개울 건너 나지막한 언덕 위에 우뚝 솟은 천산 국선도 분원이 내려다보였다. 흐뭇한 미소를 지으며 바라보는 돌육과 달리 바얀은 평화로운 풍경 속에 감추어진 검은 그림자에 온몸을 부르르 떨었다. 부하 정찰대원을 손짓으로 불러 귓속말로 소곤거렸다.

"아사나사이 장군님께 본대를 이끌고 빨리 오시라고 전하라."

천산 분원을 휘감아 흐르는 개울은 그리 넓지 않았으나 물살이 거셌고, 개울에 놓인 나무다리는 끊겨 있었다. 얕은 여울을 찾은 돌궐 기병대의 별동대(別動隊)는 상류 쪽 여울로 건너가 교두보를 마련해 고구려 군 기습을 감시했다. 중앙 여울엔 바얀의 선두 병력이 이미 개울을 건넜고, 돌육의 본대는 여울목을 건너느라 혼란스러웠으며, 후미(後尾) 수송대는 줄 지어 차례를 기다렸다.

천산 분원 망루(望樓)에서 내려다보던 양진이 오른손을 높이 쳐들자 느리게 북소리가 울려 퍼졌다. 붉은 연이 하늘로 솟구쳐 오르고 분원을 둘러싼 담에 고구려 수비대가 모습을 드러냈다. 가루다 추장의 흑수말갈 기병대도 돌궐 군 수송대에서 얼마 떨어지지 않은 숲 그늘에서 나타났다. 가루다가 손짓으로 명령했다.

"천천히 완보(緩步)하며 대열을 지으라."

돌궐 군에서 5백 보 거리에 이르렀을 때 헤이마루가 이끄는 선봉 돌격대 기수(旗手)가 검은 호랑이 깃발을 하늘로 치켜세웠다.

"좀더 빨리 속보(速步)로!"

186

250보쯤 다가갔을 때 기수가 깃발을 수평으로 뻗어 돌궐 군 후미를 가리키자 가루다의 우렁찬 호령소리가 쩌렁쩌렁 울렸다.

"로보의 원수를 갚자. 성난 호랑이처럼 돌격하라!"

하늘을 새까맣게 덮은 화살 비가 돌궐 군 머리 위로 쏟아지더니, 숨 쉴 틈도 없이 장창(長槍)을 수평으로 겨눈 흑수말갈 군 3천 기가 아직 개울을 건너지 못한 돌궐 군 뒷덜미로 돌진했다.

폭풍같이 휘몰아치는 말갈 기병대 공격에 넋을 잃은 돌궐 군 후미는 맞설 엄두도 내지 못하고 뿔뿔이 흩어져 도망치거나 목숨을 잃었고, 개울 가까이 있던 자만 개울로 뛰어들어 죽음을 면했다.

흑수말갈 기병대를 뒤따르던 고구려 군의 소형 투석기들이 여울을 향해 쉴 새 없이 마름쇠를 뿌렸다.


흑수말갈 군의 기습을 가장 먼저 알아챈 것은 바얀이었다. 장송곡(葬送曲)처럼 느린 북소리에 섬뜩한 느낌을 받고 무심코 뒤돌아보자, 숲속에서 나타난 말갈 기병들이 그물을 펼치듯 가지런히 열을 지어 먼지를 날리며 구보(驅步)로 달려왔다.

바얀이 "적이다!"라는 외마디 비명을 지른 순간 머리 위로 엄청난 화살 비가 쏟아졌다. 늑대의 습격을 받은 양의 무리처럼 순식간에 수많은 후미 병사들이 학살당하고 있음에도 아직 전열(戰列)을 갖추지 못한 돌궐 군은 제대로 된 반격조차 하지 못했다.

돌육은 수천 명 흑수말갈 기병대를 보고서야 정신이 번쩍 났다. 적군은 한 줌밖에 되지 않는 패잔병 무리가 아니라 엄청난 규모의 정예병이었다. 더욱 기가 막힌 건 후미 수송대가 마차로 운반하던 화살이 가루다 기병대 습격으로 깡그리 불타버려 더 이상 화살을 보급 받을 수 없었다. 앞에 보이는 천산 분원 담엔 고구려 군사들의 창검이 막았고, 뒤쪽 개울 건너편은 흑수말갈 기병. 그제야 돌육은 함정에 빠진 걸 깨달았다.

"후퇴하라. 왔던 길로 되돌아가자."

달아나기도 쉽지 않았다. 돌육의 기병대 선두 10여 기가 여울로 들어서자, 투석기에서 뿌린 마름쇠를 밟은 말들이 미쳐 날뛰었다. 깜짝 놀란 돌육이 외쳤다.

"개울을 따라 북동으로 달려라. 다른 여울이 있을 게다."

개울가 숲이 우거진 곳마다 숨어 있던 치우의 고구려 군이 앞길을 막았고, 개울 건너편엔 가루다의 기병대가 뒤따라오면서 화살을 퍼부었다. 몇 차례 싸우다 보니 돌궐 기병은 화살이 떨어졌다.

돌궐 기병은 드넓은 초원을 누비며 싸우는 것이 장기(長技)인데, 이곳의 구릉지대는 개울과 언덕, 숲과 목책으로 가로막힌 복잡한 지형이었다. 더구나 돌궐 군의 화살이 떨어진 것을 눈치 챈 고구려와 말갈 기병들은 접근전(接近戰)을 피하면서 멀찍이 떨어져 짐승을 사냥하듯 화살만 날렸다. 돌육은 절망적인 상황임을 깨닫고 최후의 명령을 내렸다.

"나의 병사들이여, 개울을 건너 제각기 살 길을 찾으라!"

흑수말갈의 호랑이 라이자이는 그의 직속 용사를 이끌고 화려한 갑옷을 입은 돌육을 노리며 뒤를 쫓았다. 돌육이 말의 가슴까지 차오르는 개울로 뛰어들었을 때 기회를 잡았다.

"다른 놈은 필요 없다. 저 금빛 투구를 쓴 놈만 쏘아라!"

고슴도치처럼 화살이 박힌 돌육이 간신히 개울을 건넜으나, 검은 말을 타고 바람같이 달려온 라이자이 칼날에 목이 달아났다.

유목민 군대의 특징은 우두머리가 죽으면 어이없이 무너진다. 돌육의 죽음을 본 돌궐 기병대는 뿔뿔이 흩어져 도망치거나 그 자리에 꿇어 엎드려 목숨을 빌었다. 큰 승리를 거둔 양진은 전군에 철수 명령을 내렸다.

"멈추어라. 이만하면 충분하다."


아사나사이는 돌육과 연락이 끊기자 걱정이 되어 전군을 이끌고 급히 진군했다. 계곡 안으로 들어온 지 한나절이 지나 산줄기가 뻗어내려 계곡이 좁아지는 길목에서 처음으로 전투 흔적을 발견했다. 즉시 진격을 멈춘 후 정찰대를 파견하고 조심스럽게 진격하던 중 정찰대장이 피투성이가 된 사내를 부축하고 왔다.

"대장군님, 돌육 장군께서 너무 무모하게 진격해 적 함정에 빠진 것 같다고 바얀이 걱정하면서 구원병을 보내달라고 하십니다."

급히 길마재로 진격한 아사나사이는 눈 아래 펼쳐진 천산 분원을 내려다보았다. 그때 우거진 숲속에 숨어 있던 패잔병 몇몇이 기어 나와 돌육의 최후를 보고했다.

부하장수들이 돌육의 복수를 간청했으나 그는 머리를 저었다. 무방비의 갈대고개를 점령하고 의기양양하게 안시성으로 쳐들어갔다가 쓰라린 패배를 당했던 옛 기억이 되살아났기 때문이었다. 그때와 지금 상황이 너무나 닮았다.

'그렇다면 이곳의 적장도 안시성 성주와 비슷한 생각을 가진 자

이리라. 돌육은 한 번 쓴맛을 보고서도 깨닫지 못했구나.'

"적이 지키기 쉬운 이 길마재를 무방비로 내버려둔 것은 우리를 유인하려는 속셈이기 때문이다. 이곳 지형은 중국인이 흔히 말하는 사지(死地)여서 나아가기는 쉬우나 물러서기 어렵다. 백기(白旗)를 앞세운 1천 명의 경기병(輕騎兵)만 보내 아군의 시체와 부상병을 구하여 돌아오라. 아마도 적은 추격하지 않을 게다."


## 오호도 습격


고구려 함대 35척이 장산도를 출항해 광록도 섬 그늘에 숨어 있었다. 고기잡이배로 꾸민 정탐선이 기함(旗艦) 옆으로 다가오더니 정찰대장 살쾡이가 보고했다.

"비사성 앞 대련만에 적함 1백여 척이 정박하고 있으나 삼산도와 평도에선 적함을 발견하지 못했습니다."

사령관 아사노는 누초 마루와 수부장(水夫長)을 불러 의논했다.

"지금 안시성에서 격전 중인데 적 군량과 무기를 오호도(烏湖島)에서 보급한다. 그곳을 불태운다면 우리 수비군에게 큰 도움이 되겠지?"

털보 마루가 걱정스러운 낯으로 말했다.

"대장님 뜻은 잘 알겠으나 묘도열도(廟島列島)로 가면 곧 적의 정탐선에 발각될 텐데, 적 소굴 깊숙이 들어가도 괜찮을까요?"

아사노는 고개를 끄떡이다가 수부장을 쳐다보았다.

"정탐선의 눈을 피해 기습하려면 바다를 가로질러 오호도로 직행(直行)해야 할 텐데 그게 가능할까?"

"지금은 바다가 잔잔한 계절이니 해 볼 만합니다. 되돌아올 때 반격을 받을 수 있지만, 우리 배는 적함보다 속력이 빠르니 기습 후 재빨리 물러나면 그리 위태롭지 않을 겝니다."

늙은 수부장의 자신만만한 말을 듣자 마루가 자원했다.

"특공대 지휘를 맡겨주십시오. 장산도 해전 때 사로잡은 적함과 오호도 어부였던 포로를 길잡이로 삼겠습니다."

아사노가 마루의 손을 굳게 잡았다.

"좋아. 자네가 특공대를 이끈다면 든든하이. 사흘 내로 모든 준비를 마치게."


아사노는 기함(旗艦)에 모인 함대 지휘관들을 둘러보았다.

"우리는 오호도에 있는 적 보급기지를 불태우려 한다. 마침 바람이 동풍이니 순풍(順風)이다. 삼산도와 묘도열도를 거치지 않고 곧바로 바다를 가로질러 간다!"

비사성 앞바다의 적 함대를 공격하리라 여겼던 장수들은 멀리 떨어진 적의 근거지를 기습하겠다는 말에 깜짝 놀랐다. 용감한 돌격장(突擊將) 소치조차 걱정했다.

"너무 위험한 모험이 아닐까요?"

"지금 안시성에선 수십 배 적군을 맞아 두 달째 피 말리는 혈투(血鬪)가 벌어지고 있는데, 우리도 한 건 올려야 안시성 용사에게 체면이 서지 않겠나. 며칠 전 적 수군총관 장문한이 주력함대를 이끌고 등주로 돌아갔다는 세작의 보고가 있었고, 평도와 산삼도에도 적의 움직임이 없으니 당분간 장산도로 쳐들어오지 않을 터이다. 어찌 이 좋은 기회를 놓치겠는가. 호랑이 새끼를 잡으려면 호랑이 굴로 들어가야지.”

사령관의 말을 들은 장수들은 모두 고개를 끄떡였다. 그는 봉투하나를 특공대장 마루에게 내밀었다.

“즉시 수송선 3척과 5백 명 특공대를 이끌고 오호도로 출발하고, 상륙작전은 여기 적은 대로 실시하라. 가장 중요한 임무를 맡았으니 한 치의 실수도 없도록!”

아사노는 전 함대에 출전 명령을 내리고 모든 함장에게 알렸다.

“오호도의 자세한 사정을 모른다. 이미 제각기 임무를 주었으니 따로 복잡한 기동(機動) 명령을 내리지 않겠다. 여러분은 그때그때 상황에 따라 행동하라. 다만 모든 전함의 진퇴(進退)는 기함의 북소리와 신호를 따르도록. 사흘 먼저 떠난 특공대와 함께 적 보급기지를 기습하겠다.”

기함 중앙돛대 꼭대기에 붉은 독전기(督戰旗)가 휘날리고 출전(出戰)을 알리는 힘찬 북소리가 바다 위로 울려 퍼졌다.

“항로(航路)는 남남서(南南西). 이제 적의 심장에 비수를 꽂자. 한 점 후회 없게 용감히 싸우라!”

요염한 여인의 눈썹같이 가느다란 초승달이 구름 사이로 숨바꼭질하는 밤, 돛을 활짝 편 3척 대형수송선이 묘도열도의 오호도를 향했다. 당나라 깃발을 휘날리고, 선원들도 모두 당나라 군 복장이었지만 배 안에는 특공대 병사가 가득 타고 있었다.

오호도 보급기지의 반대쪽에 자리 잡은 조그만 만(灣). 신선봉 산줄기와 바다로 뻗은 험한 절벽 아래 여기저기 흩어진 암초엔 하얀 물결이 부딪히고, 그 사이로 모래사장이 보였다. 어스름 달빛 아래 흰 이빨을 드러낸 암초를 요리조리 아슬아슬하게 피할 때마다 키잡이는 짜릿한 전율에 온몸을 떨었다. 드디어 파도가 잔잔한 만(灣) 입구로 배가 들어섰다. 모래사장 뒤쪽 언덕에 초가집이 옹기종기 모였고, 뒷산은 우거진 숲으로 덮였다.

"마을 사람을 하나도 빠짐없이 사로잡아야 한다."

털북숭이 특공대장 마루의 명령을 받자 살쾡이는 흰 이를 드러내고 웃으며 옆에 선 늙수그레한 포로의 어깨를 두드렸다.

"염려 마십쇼. 이 녀석이 엉뚱한 짓만 저지르지 않으면 … ."

12명씩 정찰병을 태운 두 척의 거룻배가 수송선을 떠났다. 한 시간쯤 지났을 때 모래사장에서 둥글게 휘두르는 횃불신호가 보이자, 3척의 대형 수송선도 뒤따라 들어갔다.

해가 떠올랐는데도 아름드리 느티나무와 소나무가 하늘을 가려 어두컴컴한 계곡 오솔길을 따라 산등성이로 올랐다. 산짐승이나 다닐 듯한 가파르고 좁은 산길인 데다, 발목까지 빠지는 낙엽과 바위마다 푸른 이끼가 끼어 험했지만, 적군을 만날 염려가 없어 병사들은 무거운 짐을 운반하면서도 불평 한마디 하지 않았다.

한낮이 되기도 전 모든 병사가 산마루에 오르자 마루는 5명 백인대장과 20명 니루를 이끌고 섬에서 가장 높은 신선봉에 올랐다. 눈 아래 보이는 포구(浦口)엔 당나라 원정군에게 실어 나를 식량과 보급품을 쌓아놓은 수백 채 창고가 늘어섰고, 부두에서 몇 척의 수송선이 짐을 부렸다. 보급기지를 내려다보던 마루가 작전계획을 알렸다.

"오늘 밤 우리 함대가 항구를 습격할 것이다. 그 혼란을 틈타서 적 보급기지를 깡그리 불태워야 한다. 어두워지면 특공대는 즉시 목책을 뚫고 보급기지로 숨어들어가 창고를 불태우고 재빨리 집결지로 모여라!"

"포구 쪽 방어시설은 제법 탄탄하지만 뒤쪽 경비는 생각보다 허술합니다. 오늘 밤 불구경은 꽤 볼만하겠군요."

"니루 도수, 경솔하게 판단하지 말고 샅샅이 정찰하라!"

마루가 살쾡이(니루 도수)를 나무라자 곁에 있던 장창(長槍) 백인대장이 콧수염을 쓸어내리며 물었다.

"누초님, 공격이 끝난 후 어디로 모이지요?"

포구 지형을 샅샅이 살피던 마루가 북쪽 방파제를 가리켰다.

"집결장소는 저기 보이는 방파제다. 공격이 끝나면 즉시 저곳으로 달려가도록. 명심하라. 뒤처진 자는 버리고 갈 수밖에 없다."

마루는 모든 니루에게 공격목표를 하나하나 지시한 후, 장창대(長槍隊) 백인대장에게 명령했다.

"특공대가 화공(火攻)을 시작하면 즉시 장창대를 이끌고 북쪽 방파제로 가는 어귀를 점령해 후퇴할 길을 안전하게 확보하고, 우리 함대에 신호를 보내 철수작전에 지장이 없도록 하라!"

정찰대 살쾡이는 숲속에서 어두워지기를 기다리며 모든 대원에게 쉬도록 했다. 오호도 보급기지는 뒤쪽 산기슭에도 목책(木柵)을 두르고 곳곳에 망대를 세워 침입자를 감시했으나, 안전한 후방

지역이라 여겨선지 군기(軍紀)가 문란하기 짝이 없었다. 목책에는 보초도 제대로 세우지 않고, 병사들은 늦여름 더위를 피해 그늘에서 낮잠을 즐겼다.

혀를 끌끌 차던 살쾡이가 재미난 것을 발견했다. 정찰대가 숨어 있던 숲에서 얼마 떨어지지 않은 후미진 계곡 시냇가에 외딴 술집이 보였다. 아직 한낮인데도 화려한 군복 차림 사내 셋이 술집 안으로 들어가자, 서너 명 졸병이 돼지 한 마리와 닭 몇 마리를 가져왔다. 돼지 멱따는 소리를 듣자 결단을 내렸다.

3개 조에게 길목을 지키게 하고 살쾡이는 당나라 군복을 입은 부하 10명을 이끌고 술집으로 들어갔다. 술에 취한 중랑장 녀석이 거드름을 피우며 호통 쳤다.

"장군 쉬는 곳에 감히 졸병 놈이 들어오다니. 어느 부대냐?"

살쾡이가 쩔쩔매는 시늉을 하며 거리를 좁혀 가다가 몸을 일으켜 태껸 발길질로 녀석의 턱을 걸어찼다. 그것을 신호로 정찰대 10명이 일제히 칼을 뽑아 들고 둘러쌌다.

"꿇어 엎드려라. 조금이라도 움직이는 놈은 죽이겠다."

놀라 허둥대는 장수와 병사들을 손쉽게 사로잡았다. 마루는 살쾡이의 보고를 들으며 무모하기 짝이 없는 짓에 눈살을 찌푸렸다. 하지만 사로잡은 장수들을 심문해 보급기지에 대한 자세한 정보를 캐냈고, 장문한이 이끄는 당나라 주력함대가 아직도 등주(登州)에 머물고 있는 사실까지 밝혀냈다.

구름이 낮게 깔린 밤 삼경(三更), 오호도 항구 입구 망루(望樓)에서 드나드는 배를 감시하고 있던 선박통제관 위홍은 대형수송선

3척이 다가오자 부하에게 방책(防柵) 문을 열어주도록 명령하면서, '오늘은 유난히 수송선 출입이 많군'이라고 투덜거렸다.

그는 들어오는 배를 무심코 쳐다보다가 홀수선(吃水線, 배의 몸통이 물에 잠기는 깊이를 표시한 선)이 물 위로 드러나 있어 짐을 싣지 않은 것을 알고 이상히 여기다가, 배 옆에 쓰인 선명(船名)을 보는 순간 얼음물을 뒤집어 쓴 듯 깜짝 놀라 외쳤다.

"유령선이닷! 유령선."

옆에 있던 동료가 고개를 갸웃거리며 물었다.

"자네, 무슨 소리를 하고 있는가?"

"저, 저, '해룡호'는 장산도 해전에서 가라앉은 배가 아닌가!"

3척의 대형수송선은 항구로 들어오자마자 돛을 활짝 펴고, 어느 틈에 불을 붙였는지 불덩이가 되어 부두에 빽빽하게 정박한 수송선들을 향해 돌진했다. 배 3척에서 옮겨붙은 불로 부두 일대는 불바다가 되었다.

"적이다. 적함이 항구 안으로 침입했다."

깜짝 놀라 일어선 위홍의 눈길이 항구 밖으로 향하자 눈앞으로 다가오는 무수한 낯선 전함들이 보였다. 방책 문을 닫을 틈도 없이 거대한 창(槍)처럼 뱃머리에 강철 뿔을 단 고구려 전함들이 잇따라 머리를 내밀었다. 갑자기 나타난 전함들의 투석기가 일제히 불타는 나무토막을 퍼부었고, 대형 노(弩)에서 쉴 새 없이 불화살을 날려 항구 입구를 막고 있던 방책을 불태웠다.

어느 틈에 날렵한 쾌속전함 10여 척이 항구 안을 휘저으며 부두에 정박한 배를 공격하고, 뒤이어 2천 5백 명 수병(水兵)이 상륙해 항구와 부두의 당나라 수비병을 공격하며 닥치는 대로 불을 질렀다. 그러나 뜻밖의 기습을 당한 탓인지 이에 맞서 싸우는 당나라 전함은 찾아볼 수 없었다.

고구려 함대의 습격을 받아 부두가 불바다로 변하자 오호도 수비군은 겁에 질려 어찌할 바를 모르고 갈팡질팡했다. 밤에 보이는 화재는 실제보다 엄청나게 커 보이고 유난히 공포심을 불러일으켰다. 목책을 지키던 경비병들은 넋을 잃고 멍하니 부두 쪽을 바라보며 서성거렸다.


정찰대 살쾡이는 보급기지 후문에 있는 목책을 돌파하는 게 임무여서 초저녁부터 부하 25명을 이끌고 목책 입구에 숨어 있었다. 부두 쪽에서 불길이 치솟자 즉시 행동을 개시하여, 미리 뚫어 두었던 목책 밑으로 기어들어가 후문 경비대 초소로 다가갔다. 중랑장 군복을 입은 살쾡이는 초소 경비조장을 불러 호통 쳤다.

"이런 얼간이 망둥이들 같으니, 여기서 뭣들 하느냐. 지금 적군이 부두에 상륙해 격전이 벌어졌다. 유정기 사령관 명령이다. 즉시 모든 병력을 이끌고 부두로 달려가라!"

살쾡이의 기발한 행동과 얼빠진 경비조장 덕분에 특공대원은 피한 방울 묻히지 않고 목책 문을 활짝 열고, 후문을 돌파했다. 당나라 군복을 입은 특공대는 거침없이 창고로 달려가 송진덩어리 횃불과 염초로 모조리 불살랐다.

아무리 썩어빠진 조직이라도 성실한 사나이는 있게 마련이다. 교위(校尉, 대대장급 지휘관) 등지는 수양제의 원정군에서 과의(하급

장교)로 참전해 요동성 싸움에서 공을 세운 늙은 장수였다. 그 당시 동료는 모두 중랑장으로 출세했지만 고지식한 등지는 고약한 상관을 만난 탓에 만년 교위에 머물렀다.

오호도 수비대장 유정기 역시 뇌물을 좋아하고 무능한 지휘관이어서 등지를 미워했지만 그의 성실한 성품을 아는지라 염초와 기름 창고를 경비하는 위험한 임무를 맡겼다.

오호도 보급창고가 모두 불길에 휩싸였으나 등지가 책임 맡은 특별구역만은 특공대의 접근을 막아 치열한 공방전이 벌어졌다. 중랑장 군복의 위력에 맛을 들인 살쾡이가 제멋대로 사령부 건물을 습격하다가 눈을 돌려 바라보니, 염초와 기름을 보관하는 창고가 아직 불타지 않고 있었다.

'저 창고에 쌓인 염초와 기름은 안시성을 불태우는 화공(火攻)에 쓸 것이라 했다. 어떤 일이 있어도 저것만은 불태워야 한다.'

즉시 부하를 이끌고 기름 창고로 달려갔다. 중랑장 군복 차림의 살쾡이를 보자 등지의 부하는 구원군이 왔는가 싶어 반가웠지만 일단 멈추게 하고 신분을 확인하려 했다. 살쾡이가 재빨리 뛰어들어 칼을 휘두르자, 뒤따라온 부하들이 횃불을 던져 기름 창고는 엄청난 폭발로 순식간에 화염에 휩싸였다.

아사노 함대가 부두에 정박한 배들에 불벼락을 퍼붓는 동안 돌격장 소치는 용사들을 뽑아 항구 입구의 망루와 선박통제소를 점령했다. 한 시진쯤 지났을 무렵, 방파제 북쪽 언덕에서 하늘 높이 폭죽이 터졌다. 그 신호를 보자마자 기함(旗艦) 수부장(水夫長)의 지휘 아래 쾌속전함 5척과 거룻배 10척이 특공대를 철수시키려고 방파제 북쪽 해안으로 다가갔다.

폭죽은 매 시각(15분)마다 연이어 세 차례 올랐고, 살아남은 특공대원이 모두 돌아왔건만, 살쾡이 정찰대 모습은 보이지 않았다. 늙은 수부장이 재촉했다.

"특공대장, 벌써 시간이 많이 지났구려. 당나라 수송선을 몰고 가 적함에 돌진했던 뱃사람도 모두 헤엄쳐 항구 입구 망대로 모였소. 폭죽을 터뜨린 지 오래 되었으니 적군이 반격할 때가 되었소."

"수부장님은 여기 모인 특공대 병사를 싣고 먼저 가시고, 쾌속정 한 척과 거룻배 두 척만 남겨주시구려!"

마루는 조금 전 보급기지에서 엄청난 폭발과 화염이 치솟는 걸 보고 살쾡이가 마지막까지 남아 염초와 기름 창고를 불태웠음을 알았다. 비록 말썽 많은 부하지만 어떻게 해서라도 이 용감한 사내를 구하고 싶었다. 그는 한 번 더 폭죽을 올리도록 명령했다.

다섯 번째 폭죽의 불꽃이 스러질 즈음 어둠 속에서 살쾡이와 수십 명 용사가 달려오는 게 보였다. •

장산도에 돌아온 아사노가 논공행상(論功行賞)을 베풀었다.

"이번 싸움에서 가장 큰 공을 세운 니루 도수(살쾡이)를 백인대장으로 승진시킨다. 그러나 멋대로 행동해 동료를 위험에 빠뜨린 죄 또한 가볍지 않으니 태장(笞杖) 10대를 쳐 교훈을 주라."

---

• 《구당서》에 고구려 군 1만여 명이 오호도를 습격했다 하고, 《자치통감》엔 645년(정관 19년) 11월 당태종이 귀국한 직후 패전 책임을 물어 수군총관 장문한을 처형했다.

# 빼앗으라, 무슨 일이 있어도

土 山

"싸울 때마다 이겼다는 건 그리 자랑할 바 못 되고, 싸우지 않고 굴복시키는 게 최선이다. 적군을 무찔러 항복 받음은 차선(次善)이고, 그보다 못한 게[下策] 정면으로 성(城)을 공격하는 짓이니, 부득이한 경우가 아니면 공성(攻城)을 피해야 할 터이다."●

하물며 성을 빼앗으려고 토산(土山)을 쌓음은 최악의 선택[下之下策]이다. 더구나 자기나라도 아닌 고구려에 원정 와서 시간에 쫓기고 보급에 곤란을 당하면서, 변방(邊方) 작은 성을 함락시키겠다고 토산까지 쌓는 어리석음이야 더 말해 무엇 하랴!

당태종은 토산을 쌓으라고 명령할 때 이미 고구려 정복을 포기한 셈이다. 그 후 지루하게 계속된 안시성 공방전(攻防戰)은 아집(我執)에 사로잡힌 늙은 영웅이 체면치레라도 하려 발버둥친 것일 뿐이다.

---

● 《손자병법》의 모공(謀攻) 편에서 인용.

# 계륵 鷄肋

고구려 원정은 당태종의 영웅 심리와 병적인 집착이 빚어낸 참극이었다. 당나라는 물론 이웃나라 백성까지 도탄에 빠뜨리고 수십만 병사를 죽음으로 내몰았던 어리석은 광기(狂氣)는 마침내 넘을 수 없는 벽을 만났다.

양만춘은 태종 앞에 나타난 갈마(羯磨, 불교에서 말하는 전생에 지은 악행이나 선행으로 말미암아 현세에서 받은 응보)였다. 그 '업(業) 구렁이'(karma)는 몸과 마음을 칭칭 동여매 올바른 판단력을 빼앗고, 헤어날 수 없는 미망(迷妄)의 늪으로 빠뜨린 데다, 떨쳐버릴 수 없는 악몽처럼 달라붙어 마음을 괴롭혔다.

당태종은 얄미운 적장을 없애지 못하고 백기(百騎)만 전멸당하자, 속이 상해 매일 술만 들이켜 얼굴이 홀쭉해지고 흰머리도 늘었다. 장손무기가 걱정되어 밥상머리에 앉아 음식을 권하니 그의 손길이 먹음직하게 보이는 닭구이로 뻗어가다 수저를 내려놓았다.

"폐하, 옥체를 보중(保重)하셔야지요."

장손무기가 간곡히 권하자 태종이 뜬금없이 물었다.

"경은 계륵이란 말을 들어보았겠지?"

"옛날 조 승상(조조)이 촉(蜀)으로 원정 갔을 때 한중(漢中) 땅에서 진퇴양난에 빠지자, 이를 계륵(鷄肋)에 비유했던 고사(故事)가 생각납니다."

태종이 쓴웃음을 지으며 말했다.

"지금 짐(朕)의 꼬락서니가 바로 계륵이라네."

202

태종은 장손무기의 위로를 손을 저어 막았다. 어두운 밤하늘로 눈길을 돌려 안시성을 노려보다가 벌떡 일어나 밥상을 걷어차며 외쳤다.

"이제 저 오만한 적장의 코라도 납작하게 짓뭉개야겠어. 지금 당장 동문 앞에 토산(土山)을 쌓으라."


당태종 이세민은 바둑의 고수(高手)였다. 바둑판 19로(路)에 세상 이치가 모두 담겨 있고, 전투와 진법(陣法) 연구에 도움이 된다기에 열심히 배워 태원(太原)에서 적수가 없었다.

젊은 날 이세민이 사냥 나갔다가 깊은 산중에서 큰 눈을 만났는데, 멀리서 반짝이는 등불을 발견했다. 굴집 안에서 돌에 새긴 바둑판을 발견하고 늙은 스님에게 한 수(手) 가르침을 청했다. 스님은 그의 얼굴을 물끄러미 쳐다보다가 대뜸 넉 점을 깔라고 하더니 서슴지 않고 백돌을 집어 바둑판 한가운데 천원(天元)에 놓았다. 이세민은 건방지기 짝이 없는 늙은이의 코를 납작하게 만들기로 마음먹었다.

포석(布石)이 끝나고 전투에 돌입할 무렵, 뛰어난 검객(劍客)과 진검승부(眞劍勝負)를 겨룰 때처럼 온몸을 죄어오는 엄청난 압력을 느꼈다. 깜짝 놀란 이세민은 어금니를 악물고 정신을 가다듬어 호방한 세력바둑을 펼쳤으나, 스님은 이에 아랑곳하지 않고 살금살금 네 귀를 파고들어 실리(實利)를 챙겼다.

중반전 무렵 천원의 백 미생마(未生馬)를 에워싼 거대한 흑진(黑陣)은 물샐틈없이 탄탄한 천라지망(天羅地網)을 펼쳤다.

"좋구나, 좋아. 두터운 흑 세력이여 하늘을 꿰뚫을 듯하구나."

스님은 감탄과 달리 흑 포위망의 약점을 위협하며 두 집을 내고 살려고 했다. 공격과 추격이야말로 이세민의 장기(長技)이거늘, 여러 차례 손실을 무릅쓰고 쌓은 포위망인데 어찌 손아귀에 들어온 백말을 순순히 살려주랴. 자신만만하게 필살(必殺)의 공격을 퍼부었다. 스님은 그 속셈을 꿰뚫어 보고 기막힌 묘수(妙手)로 흑의 공격을 막더니 오히려 흑대마(黑大馬) 급소를 찔렀다. 그는 온갖 방법으로 반격했으나 백 미생마가 살아가는 걸 막을 수 없었다.

스님은 무릎을 꿇은 이세민을 내려다보며 말했다.

"젊은이 바둑에는 제왕의 기상이 서려 있구먼. 훗날 황제에 오르게 될 게야. 항상 열린 마음과 겸손한 자세를 갖고, 특히 '돌부처'를 만나거든 조심하게."

"대사님, 언제 어디서 돌부처를 만나게 될까요?"

"나도 모르네. 마주치지 않을 수도 … ."


태종은 수많은 전쟁을 겪었고 불리한 싸움도 끈질기게 버텨 승리를 거두었다. 그러나 이번 원정에선 압도적으로 강력한 병력을 갖고 온갖 방법으로 안시성을 공격했으나 승리는 아득했다.

양만춘은 늙은 스님 못지않은 고수로 그 능력을 가늠하기조차 어려운 적수였다. 더구나 태산처럼 흔들림이 없어 이런 자와 '목숨을 건 내기바둑'을 둔다고 생각하니 가슴에 찬바람이 불었다.

적장은 마치 돌부처 같아 속을 짐작할 수 없었다. 늙은 스님처럼 눈에 번쩍 띄는 묘수를 두는 것도 아니건만, 손바닥 보듯 그의 속마음을 훤히 꿰뚫어 보고 기가 막히게 요긴한 곳을 먼저 차지했다. 차라리 미생마(未生馬)라도 잡으러 오면 화끈하게 사생결단 싸우기라도 하련만, 끊임없이 삶을 위협하며 야금야금 실리(實利)만 챙기니 힘 한번 써 보지 못하고 패배할 형세였다.

정수(正手)도, 어떤 변칙수도 통하지 않자 태종은 어찌할 바를 몰라 가슴이 답답하고 무력감에 빠졌다. 하지만 패배를 인정하려니 너무나 자존심이 상했다. 그의 마음은 외골수로 달렸다. 무리한 줄 알면서도 마지막 승부수에 모든 것을 걸었다.

'남의 나라에 원정 와서 토산을 쌓는 건 어리석은 짓이 분명하나, 안시성 성벽보다 높이 쌓아 그 위에서 공격하면 손바닥 뒤집기보다 쉽게 성을 함락시킬 수 있겠지!'


토산을 쌓으라는 명령을 전해들은 울지경덕이 이적을 찾았다.

"오늘 아침 황제폐하께서 내리신 명령을 들으셨소?"

"깜짝 놀랐습니다만 폐하 뜻이 워낙 굳으니 어이하겠습니까."

울지경덕은 심각한 얼굴로 말했다.

"옛말에 '호랑이도 평지로 가면 개에게 물린다(虎落平陽被犬欺)'고 하지 않았소. 우리는 압도적인 병력을 갖고도 예상하지 못한 적 투석기에 가로막혀 제대로 공격도 못 하고, 여러 차례 기습했으나 큰 피해만 입었소. 적장의 계책(計策)은 강물처럼 마르지 않아 끝난 것 같다가 다시 일어서고, 죽은 듯하다가도 살아날 뿐 아니라, 그처럼 격전을 치르고도 적의 금고(金鼓, 징과 북소리)와 정기(旌旗, 깃발)는 흐트러지지 않고 빈틈이 없구려."

울지경덕이 생뚱맞게 적장 칭찬만 잔뜩 늘어놓자 이적이 못마땅하다는 듯 큰기침을 뱉었다. 그러나 울지경덕은 아랑곳하지 않고 다가앉으며 이적의 옷깃을 붙잡았다.

"노부(老夫)는 병법(兵法)에 그리 밝지 않소만, 《손자병법》 모공(謀攻) 편은 기억하오. '공성용 토산을 쌓으려면 3개월이 걸리는 데다, 그동안 장수가 초조와 분노를 이기지 못하고 무리한 공격을 계속하여 부하 병사에게 개미떼같이 성벽을 기어오르게 해 병력 1/3을 잃고도 성을 함락시키지 못하니, 그야말로 무모한 공성(攻城)으로 인한 재앙이다'라고 꾸짖은 글귀만은 똑똑히 기억하고 있소이다. 지금 형편이 그와 똑같지 않소이까. 영명(英明)하신 폐하께서 어이하여 이리 어리석은 짓을 하시는지 …. 주위에서 보필하는 장수가 이를 말리지 않는 것도 답답하기 그지없소이다."

부끄러워 얼굴이 붉어진 이적이 비아냥거리듯 말했다.

"그러시면 울지 장군이 직접 폐하께 말씀드려 보시지요."

"이 늙은이는 고구려 원정을 반대해 폐하의 눈 밖에 난 터라 아무리 충언을 드려도 먹히지 않지만, 대장군은 신임이 두텁고 마음이 올곧은 분이니 바른말(直言)을 드릴 수 있지 않겠소."

이적은 늙은 장수의 간절한 얼굴을 보니 마음이 풀어졌다.

"지금까지 온갖 방법으로 안시성을 공격했으나 함락되지 않으니, 마지막으로 토산이라도 쌓아 성을 깨뜨리려는 게 아닙니까. 혹시 장군께서 좋은 계책이라도 있으신가요?"

"입은 재앙의 문이고 혀는 자기 몸을 베는 칼이라, 입을 닫고 혀를 감추면 몸이 편하다지만, 결과가 뻔히 보이는데 어찌하겠소.

토산까지 쌓아야 될 형편이라면 차라리 원정의 실패를 깨끗이 인정하고 회군(回軍)함이 옳소.”

이적은 깜짝 놀라 손을 들어 막더니, 한동안 생각에 잠겼다가 낯빛을 엄숙히 하고 대답했다.

“울지 장군이나 내가 총사령관으로 원정왔다면 그 말씀이 옳겠지요. 비록 패전의 책임을 지고 목숨을 잃는 한이 있더라도 이런 상황이면 마땅히 철군해야겠지요. 황제 친정(親征)이라면 이야기가 다릅니다. 승리하고 돌아오기만 손꼽아 기다리는 백성의 눈이 있고, 수많은 전사자의 넋이 통곡하는데 어찌 빈손으로 돌아갈 수 있겠습니까? 그러니 기호지세(騎虎之勢, 호랑이를 타고 달리는 형세이므로 중도에 그만둘 수 없음)가 아닙니까.”

울지경덕이 하늘을 우러러보며 탄식했다.

“친정이라…. 잘못을 뻔히 알아도 황제의 친정이기 때문에 바로잡을 수 없다니. 바로 그게 문제구려.”

이적이 늙은 장수를 위로했다.

“울지 장군, 너무 염려 마시지요. 장군도 아시다시피 올해 원정은 이미 물 건너갔습니다. 다만 토산을 쌓아서라도 안시성을 점령하면 건안성 따위야 손쉽게 무너질 것입니다. 그러면 폐하께서는 귀국하시고 부족하나마 제가 요동땅에 남아 이곳을 굳게 지키겠습니다. 내년 봄에 다시 나오시면 그때는 어렵지 않게 고구려를 정복하겠지요. 아마 폐하의 깊은 뜻도 그러하실 것입니다.”

한동안 잠잠하던 동문 밖이 시장바닥처럼 시끌벅적해졌다. 또다시 딱정벌레 떼가 새까맣게 성벽 밑으로 몰려들더니 동문 장대앞 수만 평 넓은 터에 정육각형 목책을 둘러치고 수많은 우마차(牛馬車)와 손수레에 통나무와 흙과 돌을 실어 날랐다.

동문 장대 위에 올라선 양만춘은 눈 아래 내려다보이는 공사판을 보고서 무슨 영문인지 알 수가 없어 고개를 갸우뚱거렸다. 온사문이 자세히 살펴보더니 근심스럽게 말했다.

"성주님, 혹시 토산을 쌓으려는 게 아닐까요?"

"말이 되는 소리를 하게. 미치지 않고서야 어찌 토산을 쌓겠나. 다른 꿍꿍이속을 숨기려는 게 분명하니 경계를 철저히 하라!"

여러 날이 지나자 토산을 쌓는 게 분명해졌으나, 양만춘은 도무지 믿을 수가 없었다.

'당태종은 결코 어리석은 자가 아니다. 장수라면 누구나 잘 아는 《손자병법》에 가장 바보짓이라고 일컫는 토산을 쌓다니 ….'

하루하루 토산이 높아가자 안시성 장수들이 입을 모았다.

"성주님, 이대로 두고 볼 수 없습니다. 즉시 성문을 열고 나가 공사를 막아야 합니다."

양만춘은 당태종의 무시무시한 집념에 간담이 서늘해졌다. 20배가 넘는 당나라 군이 성벽보다 높은 토산에서 성을 내려다보고 공격하면 막을 방법이 없겠지만, 태연하게 병사들의 사기를 북돋웠다.

"태산같이 움직이지 말고 힘을 갈무리하라. 호랑이는 함부로 발톱을 드러내지 않는 법. 오래지 않아 싸워야 할 때가 올 게다!"

안시성 군은 성주가 성 밖에 나가 싸우는 것을 허락하지 않아 성벽 가까운 공사장을 투석기로 공격했지만 별로 효과가 없었다.

한 떼의 적군이 몰려와 동문 앞에 큰 기둥을 세웠는데, '역적(逆賊)의 아비 괴유'라고 쓴 팻말 아래 중년 사내 목이 매달려 있었다. 수비병이 고개를 갸우뚱거렸지만 아무도 그 까닭을 알지 못했다.

저녁 무렵 소복(素服)을 입고 머리를 풀어헤친 젊은 여인이 나타나 슬피 울부짖었다. 아랑(흑모란)이었다. 그제야 수비병들은 아랑이 당나라 여인이고, 성주의 목숨을 구했던 장본인임을 눈치채고 수군거렸다.

의협심 강한 용사들이 그녀의 애달픈 모습을 안타깝게 여겨 어두워지면 시체를 빼앗아오자는 의견이 나왔으나, 일체 성 밖에 나가지 말라는 성주의 군령(軍令)을 어길 수 없었다.

법인 스님이 적진을 찾아가 괴유의 시체를 수습하겠다고 간곡히 요청했다. 그는 지난번 정중하게 예의를 갖추어 백기(百騎)의 시체를 돌려보낸 인연이 있어 적장도 야멸차게 뿌리치지 않았다.

안국사에서 치른 장례식 날, 머리를 쥐어뜯으며 울부짖던 아랑은 조문(弔問)하러 온 양만춘을 보더니 까무러쳤다가 미쳐버렸다. 그때부터 구슬프게 넋두리를 하며 헤매는 그녀를 보고 사람들이 애처롭게 여겨 위로했지만 여인의 슬픔은 전혀 가라앉지 않았다. 스님이 가련히 여겨 비구니로 거두었으나, 이따금 절 밖으로 뛰쳐나갔다.

당태종 본진인 육화진(六花陣)●을 본떠 동문 앞에 세운 정육각형의 넓은 목책 안에 수만 명 당나라 군사들이 밤낮을 가리지 않고 흙과 돌을 퍼 날랐다.

장손무기는 토산을 하루라도 빨리 쌓기 위하여 고구려 백성과 포로까지 동원했다. 토산이 높아갈수록 수비군의 화살공격으로 성벽 쪽 공사장에서 죽고 다치는 당나라 병사가 늘어나자, 피해를 줄이려고 위험한 성벽 쪽 공사장에 고구려 군 포로와 백성을 내세웠다. 그러자 연이어 죽음을 무릅쓰고 안시성으로 탈출하는 사건이 벌어졌다.

처음 고구려 군 포로와 백성 몇 명이 성벽으로 도망쳐 왔을 때는 크게 반겼으나, 하루에 수십 명으로 늘어가자 정보를 책임 맡은 다로의 두려움이 커졌다. 대부분 탈주자는 선량한 백성이겠지만 분명히 적의 세작이 섞여 있을 터이고, 그런 자를 가려내지 못한다면 성의 방어에 치명적인 위험이 될 수 있었다.

사람의 속마음을 어찌 알랴. 가장 위험한 세작일수록 아흔아홉의 진실에 하나의 치명적인 거짓을 섞어 속이는 법이니까.

다로는 탈주한 사람을 엄격하게 심사해 조금이라도 의심스러우면 포로와 마찬가지로 다루었다. 어느 날 젊은 꽃미남 말투가 어딘지 이상해 요동성 사투리로 질문을 던졌더니 어리둥절한 표정을 짓다가 붙임성 있게 미소로 얼버무렸다.

---

● 당시 당나라 최고 전략가이고 장군이었던 이정(李靖)이 창안한 독창적인 진(陣). 정삼각형 2개를 서로 겹쳐 마치 '다윗의 별'처럼 보이는 형상으로, 돌출한 6개 외각(外角)을 제외한 중앙 부분은 정육각형이다.

"요동성에서 자랐다면서 어찌 사투리를 알아듣지 못하나?"

눈빛이 흔들리던 사내가 변명을 늘어놓자 손을 들어 막았다.

"세상이 그리 호락호락한 줄 아느냐. 네 정체를 털어놓지 않으면 죽음이 있을 뿐이다."

꽃미남 장오가 안시성을 염탐하러 온 세작이라고 자백하자 양만춘에게 끌고 갔다.

"보아하니 이놈은 조무래기지 두목일 리 없다. 이자가 열흘 안에 두목을 찾아내지 못하거든 쓸모없으니 죽여 버리게."


장오가 살기 위해 끄나풀로 지적한 자는 뜻밖에 둘째 날 공사장을 탈출해 온 요동성 출신 니루였다. 그러나 두목만은 그쪽에서 먼저 연락하기 전에는 누군지 알 수 없다며 울부짖었다. 다로는 그의 말이 거짓이 아니라고 믿고 그를 탈주자 숙소 청소를 담당하는 조장(組長)으로 삼아 두목이 나타나기를 기다렸다.

가이는 침놓는 솜씨가 뛰어나고 요동성에서 10여 년간 가난한 사람을 돈도 받지 않고 치료해 주었던 늙수그레한 의원으로 한꺼번에 1백여 명이 탈출하던 날 도망쳐 왔다. 가이는 의심스러운 점이 없어 깐깐한 다로조차 부상병을 치료하는 데 보내려 했으나, 감독관 가림토가 꺼림칙하다면서 반대했다.

"성주님, 가이는 토산 공사에 강제로 끌려온 포로와 백성을 치료하려고 이곳을 자원했다고 들었습니다. 그렇다면 수천 명의 불쌍한 일꾼을 내버려 두고 탈출한 건 앞뒤가 맞지 않습니다."

양만춘은 몇 년간 함께 지냈던 아랑까지 당나라 세작이었음이 드러나자 충격을 받았던 터라 가림토 밑에 정신이 번쩍 들었다.

"감독관 말에 일리가 있구먼. 부상병을 치료하는 의원 자리에 있으면 세작 우두머리로 활동하기 좋겠지."


다로가 덫을 놓았다. 붙임성 좋은 장오가 아프다는 핑계를 대고 자연스럽게 가이에게 접근하여 친절을 베풀고, 여러 차례 속마음을 내보였으나 가이의 경계심은 풀어지지 않았다.

다로가 장오에게 마지막 경고를 했다.

"성주님 말씀을 거스를 수 없다. 벌써 아흐레가 지났군. 내일까지 좋은 소식이 없다면 네 목숨을 구하기 어렵겠구나."

장오는 등이 달아올라 온갖 방법으로 접근하자 마침내 가이가 미끼를 덥석 물었다.

"자네는 어떻게 신임을 얻어 조장 자리를 얻었는가?"

장오가 주위를 조심스럽게 살펴보더니 목소리를 낮추었다.

"사람 사는 곳은 어디든지 같더군요. 모두가 공방형(孔方兄, 돈)의 힘이지요. 담당관리가 돈을 밝히기에 뇌물을 주고 구워삶았어요. 노인장이 바라는 게 있으면 제가 다리를 놓겠습니다."

생각에 잠겼던 가이가 이윽고 결심한 듯 눈을 번쩍 뜨고 위엄 있게 가래침을 뱉더니 침통(鍼筒) 뚜껑을 열고 그 안에서 세 줄기 배꽃가지를 아로새긴 청동거울을 꺼냈다.

"이것이 무엇인지 알겠는가?"

장오가 벌벌 떨면서 무릎을 꿇고 머리를 조아렸다.

"대인, 시키실 일이 계시면 소인에게 명령하십시오."

이중간첩으로 포섭하려면 사로잡은 간첩의 마음을 얻어야 하지만, 언제 무너질지 모르는 포위된 성의 성주 약속을 믿고 충성을 바칠 자가 어디 있으며, 무슨 이익으로 설득하랴.

다로가 아무리 달래보아도 가이가 '쓸데없는 짓 말고 빨리 죽이라'고 악을 쓰며 입을 굳게 다물어 성주 집무실로 끌고 갔다. 가이는 양만춘을 보더니 코웃음 치며 건방지게 팔짱을 끼었다.

양만춘이 유창한 장안말로 쏘아붙였다.

"정말 어리석구나. 장손무기가 그렇게 의리가 굳더냐? 십여 년 전 장안에 갔을 때 네 주인이 임무에 실패한 부하를 어떻게 다루는지 보았다. 무척 냉혹하더군. 내가 그냥 칼로 너를 죽일 것 같으냐? 우선 부하를 팔아먹은 배신자로 낙인(烙印) 찍은 다음 차도살인(借刀殺人, 남의 칼을 빌려 대신 죽이는 계략) 할 테야."

요동성 함락의 일등공신 괴유의 끔찍한 최후를 지켜보았던 가이는 얼굴이 하얗게 변해 털썩 무릎을 꿇더니 두려움에 가득 찬 눈으로 올려보았다.

"제발 제 처자식을 불쌍히 여겨주십시오."

양만춘이 가이의 손을 잡아 일으키며 껄껄 웃었다.

"여보게, 그렇다면 우리는 이미 같은 배를 탄 게 아닌가. 그러니 안시성이 살아남아야 자네와 처자식 목숨도 보존할 수 있지 않겠나. 우리를 도와주면, 전쟁이 끝나는 날 요동성에서 끌려온 다른 백성과 같이 돌려보내겠네."

양만춘은 충성을 맹세하는 가이에게 말했다.

"장손무기라면 자네를 감시하려고 다른 세작을 또 보낼 거야. 새로 투항자가 생길 때마다 문틈으로 엿보게 할 테니 눈을 부릅뜨고 잘 살펴보게. 가족의 안전을 위해서라도…."

살 길이 보이자 가이의 마음에 여유가 생겼다.

"성주님 말씀을 믿을 무슨 증거물이라도 주십시오."

양만춘이 엄숙한 얼굴로 가이를 쳐다보았다.

"잔꾀를 부려 배반하지 않는 한 약속을 지키겠네. 나는 내 백성뿐 아니라 적이라도 내 품으로 날아온 이상 속이지 않네. 그 믿음이야말로 이 작은 성을 지킬 수 있는 힘의 원천일세!"


## 장기전 長期戰

연개소문은 천산싸움에서 패배하자 내일이라도 당나라 대군이 마자수(압록강)로 몰려올까 싶어 밤마다 악몽에 시달렸다. 고정의가 결코 패배하지 않을 장수라고 칭찬했고 자신도 양만춘의 힘을 직접 겪어보았지만, 30만이 넘는 적군의 공격에 그 작은 성이 오래 버티지 못하리라 여겼는데, 두 달이 지나도록 무너지지 않자 비로소 웃음을 되찾았다.

'정말 대단한 사나이야. 어쩌면 당태종을 꺾을지도…….'

고정의도 사기가 떨어진 요동 방어군을 다시 일으켜 세웠다.

"안시성에선 우리 형제들이 수십 배 적군에 당당히 맞서 싸우고 있다. 몇 차례 패배했다고 해서 용기를 잃다니 부끄럽지 않은가.

우리는 위대한 고구려인이다. 그동안 수많은 시련을 겪었지만, 그때마다 불사조(不死鳥)처럼 위기를 극복해 왔다. 용감히 일어나 적을 무찌르자!"

당태종이 고구려 원정을 시작하자 숨을 죽이고 지켜보던 이웃나라에도 그때까지 이름조차 들어보지 못했던 작은 안시성의 선전(善戰)은 큰 파문을 던졌다. 북쪽 초원의 나라 설연타는 당나라의 힘도 그리 대단하지 않다는 생각을 품게 되었다.

당태종의 요청에 따라 고구려 국경선에 3만 대군을 집결시켜 호시탐탐 참전할 기회만 노리던 신라도 뜻밖에 강력한 고구려의 저력(底力)에 놀라 얼어붙었고, 백제 의자왕도 신라를 쳐들어갈 때마다 사사건건 간섭하던 당태종이 종이호랑이가 아닌가 하는 의구심을 갖게 되었다.


토산이 높아갈수록 수비병들의 웅성거림이 커졌다. 까막쇠를 비롯한 젊은 싸울아비는 당장 결사대를 모아 공격하자고 주장하는가 하면, 지난번 큰 부상을 입어 성주의 판단력이 흐려진 게 아닌지 걱정하는 사람조차 생겼다.

양만춘은 부하장수와 병사들의 사기를 북돋우는 게 급했다. 모든 지휘관을 불러 모으고 백인대장 대표 10명까지 뽑아 비상대책회의를 열어 자유롭게 의견을 나누게 했다.

"벌써 토산이 성벽만큼 높아졌습니다. 투석기로 도저히 막을 수 없습니다. 오래지 않아 성벽을 내려다보게 될 테니 더 이상 공사를 못하게 성문을 열고 나가 싸워야 합니다."

동문 수문장이 일어나 목소리를 높이자 젊은 장수늘이 고개를 끄떡이며 찬성했다. 다로가 일어나 달랬다.

"조의선인의 정찰에 의하면 5만이 넘는 강력한 적 경비대가 토산 주위에 함정을 파고 우리가 공격하기만 기다리고 있소. 성벽을 지키는 유리함을 버리고 무모하게 함정 속으로 결사대를 보냈다가 헛되이 희생당하면 그 뒷감당을 어찌하려 하오?"

"다로님 말씀도 일리가 있지만, 토산이 완성되면 그때 가서는 적군을 막을 수 없을 것이니 가만히 앉아서 죽기만을 기다릴 수야 없지 않겠소."

까막쇠가 다로의 의견에 맞서자 여러 장수도 맞장구를 치며 제각기 의견을 내놓았으나, 토산 공사를 막을 뾰족한 방법이 없었다. 시간이 갈수록 분위기가 무겁게 가라앉았다. 침묵을 지키던 온사문이 참지 못하고 일어나 양만춘을 바라보았다.

"성주님, 이대로 지켜볼 수만 없으니 무슨 대책이든 세워야 하지 않겠습니까."

양만춘이 자리에서 일어나 갑자기 너털웃음을 터뜨렸다.

"곧 추위가 닥칠 텐데 굳이 토산까지 쌓아가며 안시성을 빼앗으려 몸부림치는 걸 보니 당태종은 본래의 원정 목적을 포기한 것이 분명하다. 기뻐하라. 여러분이 흘린 피와 땀으로 이미 우리 조국은 구원받았다!"

아무도 예상치 못한 뚱딴지같은 선언에 놀라 모든 장수들이 어리둥절한 얼굴로 서로 쳐다보았다.

"안시성은 10년간 거듭 고쳐 쌓았어도 아직 완전하지 않거늘,

시간에 쫓겨 가며 쌓는 토산에 어찌 흠이 없겠는가. 어둠이 짙으면 곧 새벽이 온다. 저따위 토산에 흔들림 없이 산처럼 움직이지 말라! 적은 여러 차례 정면공격과 백기(百騎) 기습마저 실패해 기세가 꺾이고 힘이 빠져 마지막으로 토산을 쌓거늘, 무엇을 그리 염려하는가. 전쟁이란 기세(氣勢)로 승리하는 것이다."

모두 머리를 갸우뚱거리다가 너무도 자신만만한 양만춘을 보고 용기를 되찾아 주먹을 불끈 쥐고 흔들었다.

"아직 어려운 고비가 남아 있지만, 이 고비만 참고 견디면 승리는 우리 것이다. 여러분은 돌아가 병사들을 안심시키고 우리가 나라를 구했다는 자부심을 심어 주어라. 병사를 편히 쉬게 하고 용기를 북돋운다면, 오래지 않아 좋은 기회가 올 것이야!"

지휘관 회의가 끝나자 모든 장수가 돌아갔으나 백인대장 양수봉이 남아 양만춘 가까이 다가오더니 목소리를 낮추었다.

"성주님, 지난밤 적진을 향해 몰래 활을 쏘는 자가 있었는데, 적에게 연락을 취하는 듯했으나 잡지 못했습니다. 탈주자 속에 적의 세작이 섞여 들어온 듯하오니, 이제부터 성안으로 들어오는 걸 막아야 하지 않을까요?"

양만춘은 다로에게 눈짓하더니 양수봉을 안심시켰다.

"너무 염려하지 말라. 강과 바다는 작은 물줄기도 버리지 않거늘, 어찌 적군을 피해 도망쳐 오는 우리 젊은이를 무정하게 버릴 수 있겠나. 다만 탈주자 심사를 더욱 철저히 하겠네."

가이는 음흉하고 교활했으나 생각이 깊은 사내여서 일단 반간

(反間, 이중스파이)이 되기로 마음먹자 철저하게 협력했고, 양만춘도 그 정체가 드러나지 않도록 다로 외에는 누구도 접근하지 못하게 신경을 써주었다. 가이는 장손무기에게 끊임없이 안시성 실정을 거짓 보고했다.

'성주는 우위영 백기(百騎)의 암살을 피했으나 그때 받은 상처로 정신이 오락가락하고 총명함이 흐려져 지금 안시성 실권자는 다로이다. 더구나 건강이 좋지 않아 그림자 무사를 두고 낮에도 쉬며, 암살에 대한 두려움으로 장대 호위병을 많이 늘려 성벽 방어에 지장을 주고, 병사들은 겁에 질려 사기가 떨어져 있다.'

어느 날 안국사 정오(正午) 종소리가 울렸을 때 똑같은 시각에 성주 복장을 한 자가 장대뿐 아니라 동문과 남문에도 나타났다. 우연히 투구를 벗은 사나이 얼굴이 양만춘과 달랐다는 보고를 받자, 장손무기는 가이의 첩보가 진실이라고 믿었다.

뒤이어 가이는 토산이 높아갈수록 수비군이 두려움에 떨고 있고, 장수들은 병사를 들볶아 모두 피곤에 지쳤다고 보고했다. 이 보고를 받은 당나라 장수들은 수비군의 반격이 없으리라 굳게 믿었다. 수백 명의 '안시성 수호대' 용사가 장대에서 웃통을 벗어젖히고 맹렬히 훈련해도, 겁에 질린 성주가 성의 방어는 뒷전이고 호위대만 보강한다며 비웃었다.

장손무기는 토산을 쌓으면 수비군이 이를 방해하기 위해 성 밖으로 나오리라 기대하고 정예흑기병을 매복했으나, 아무런 움직임이 없어 실망했다. 그러나 안시성 내부 움직임을 잘 알게 된 것에 만족하고 토산 쌓기에 온 힘을 기울였다.

양만춘은 결정적 고비에서 강력한 결사대를 가진 쪽이 승리한다고 믿었다. 수비대에 때 아닌 무예시합이 열렸다.

지루한 포위전을 거쳐 적군이 토산을 쌓아도 멀거니 지켜볼 수밖에 없던 전쟁 막바지에 열린 무예대회는 병사들을 신나게 했다. 더구나 '안시성 수비대가 고구려를 구했다'는 성주의 격려와 함께 오랜만에 푸짐하게 술까지 나와 흥을 돋우었다.

"이크", "이~크!" 기합소리를 내며 단전(丹田)에 기운을 모으고 엉거주춤 자세를 취하는 태껸꾼, 끝을 가죽으로 감싼 칼과 창을 쥐고 호구(護具)를 쓴 채 상대방을 째려보는 칼잡이와 창잡이, 신이 난 도리깨꾼도 쇠도리깨를 휘돌려 감아 허공을 가르고 휘익 땅바닥에 내리치며 기세를 뽐냈다.

참가선수 못지않게 응원에 열을 올리는 병사들도 어깨를 으쓱대고 몸을 들썩거리다가, 신바람이 나서 어깨춤 엉덩이춤 꼽추 춤을 덩실덩실 추고 고래고래 소리지르면서 흥겨워했다.

시합을 통해 뽑힌 용사들은 '안시성 수호대'(守護隊)란 명예가 주어지고 안시성을 지킬 강력한 칼날로 다듬어졌다. 모든 백인대도 제각기 용감한 병사를 가려 뽑아 마지막 싸움에서 성을 굳게 지킬 정예 결사조 훈련에 온 힘을 쏟았다.


8월 중순. 늦더위에 가만히 앉아 있어도 숨이 턱턱 막히건만 토산 공사장엔 개미떼 같은 행렬이 끝없이 이어졌다. 안시성에서도 동문 쪽에 흙을 돋우고 목책을 세워 성벽을 높였다. 성안에 꼭 필요한 집을 제외한 건물이 헐리고 그 목재와 돌을 성벽으로 날랐다.

양군은 때때로 투석기와 화살로 서로 공격할 뿐 싸움터는 어느 때보다 조용했다. 하지만 태풍을 앞둔 고요함일 뿐 무시무시한 최후의 결전(決戰)이 다가오고 있음을 누구나 느꼈다.

양만춘은 뙤약볕에 성벽을 지키는 파수병들을 2시간마다 교대시키고, 나머지 병력은 성벽에 친 그물망 밑 그늘에서 쉬게 하면서 다가올 결전에 쓸 대형방패를 가죽과 나무로 만들게 했다.

8월 보름날. 북문을 지키던 금모루가 달려와 천산 높은 봉우리마다 세 자루 횃불을 휘두른다고 보고했다. 뒤이어 해성 서쪽 산봉우리와 사철하 건너 남쪽 봉우리까지 횃불 신호가 타올랐다.

양만춘은 빙그레 웃으며 고개를 끄덕였다.

'아들 진(進)과 말갈 군이 구원군을 보낼지를 묻고 있구나.'

동문 장대에서 봉홧불이 활활 타오르고, 붉은 꼬리를 매단 검은 가오리연이 하늘 높이 떠올랐다. 연이어 사흘 동안 천산 쪽 봉우리에서 횃불이 타올랐고, 다음 날 아침이면 검은 가오리연이 안시성에서 떠올랐다.

당나라 군은 주위 산봉우리마다 횃불이 타오르자 진지 바깥 경계에 더욱 신경을 썼고, 정찰대를 천산 쪽으로 보냈다. 횃불신호는 수비대에게 힘을 북돋워주고 큰 위로가 되었다.

'아군이 가까이 와서 지켜보고 있구나. 우리는 외롭지 않다!'

그러나 횃불신호와 검은 가오리연의 진정한 뜻을 아는 이는 안시성 안에도 몇 사람 되지 않았다.

'구원군은 필요 없다. 지금 그 자리에서 움직이지 말라.'

차라리 태어나지 않았다면, 아니 이곳을 정탐하러 오던 날 잡혀 죽었다면 좋았을 것을. 남이야 무어라 욕하건 아버지는 세상에 하나뿐인 피붙이고, 나를 끔찍이 아껴준 분이었다. 그 참혹한 주검을 보고 어찌 미치지 않을 수 있을까. 차라리 완전히 미쳐 버렸다면 이 괴로운 마음의 짐이라도 벗어나련만.

지난 일을 되돌릴 수만 있다면 이까짓 성이야 어찌 되건 아버지 목숨을 구할 텐데. 왜 내가 그이 목숨을 구해 이런 무서운 일을 당해야 하는가. 죄 많은 년의 모진 운명 탓이라 한탄하다가도 장손무기의 간악함에 치가 떨린다. 내가 아무리 잘못했기로서니, 요동성 함락의 최대 공신이라고 아버지에게 높은 벼슬을 줄 때는 언제고, 딸이 한 짓이 밉다 하여 그토록 잔인하게 앙갚음을 하다니 ….

눈이 퉁퉁 부어오른 향옥이 찾아와 남편이 전사했다며 슬퍼해서 서로 부둥켜안고 울었다. 전쟁이 무엇이기에 여인이 소중하게 여기는 것을 이렇게 무참하게 빼앗아 가는가. 사내들은 도대체 무엇 때문에 그처럼 피 흘려 싸우는 것일까?

벌써 새벽인가. 안국사 종소리가 들린다. 언제나 내 마음을 감싸주던 저 범종(梵鐘) 소리조차 나를 꾸짖는 듯하구나. 나는 나쁜 마음을 품고 숨어들었지만, 그분은 바른 마음을 가진 군자(君子)이니 원망할 순 없다. 그이가 지키려는 게 얼마나 대단하기에, 이처럼 절망적인 상황에서도 포기하지 않고 싸울까? 그게 얼마나 값진 건지 모르겠지만 목숨을 던져서라도 꼭 지키겠다는 꿋꿋한 모습은 너무나 아름답다. 비록 지금 번뇌(煩惱)의 지옥불 속에 빠져 허덕이지만, 이런 멋진 사나이 목숨을 구한 내 행동을 결코 후회하지 않는다. 그런데도 내 마음은 왜 이리 슬플까.

그이는 까무러친 나를 살려내려고 무척 애를 썼다고 한다. 지금도 다시 목을 매달까 염려해 젊은 하녀가 항상 내 곁에 붙어 있다. 게다가 법인 스님을 보내 아버지 수급(首級, 머리와 목)을 돌려받아 천도재(薦度齋)까지 지내 주었다. 그렇게 한다고 이 죄 많은 년의 마음이 가라앉았을까?

그이를 볼 때마다 죽은 아버지 얼굴이 떠오른다. 얼마나 세월이 흘러야 이 괴로움이 잊히려나. 평화가 돌아오는 날, 아버지의 극락왕생(極樂往生)이나 빌며 이 지긋지긋한 업보(業報)를 씻어버리고 싶다. 내 슬픔이 하늘에 닿았음일까. 어제 낮에 땅이 몹시 흔들리더니, 안국사 일주문(一柱門) 옆 느티나무가 쓰러지고 성안의 집 몇 채가 무너졌다.

동문 안 우소 무덤 옆에 신이라 새긴 자그만 비석이 있는데, 새벽이면 다로가 한 송이 꽃을 놓고 간다. 그에겐 가까운 친족이 없으니 성주 큰아들 묘비가 틀림없다. 아비의 애끓는 자식 사랑. 나는 아버지 죽음을 목 놓아 울부짖건만, 가슴속에 피눈물이 쏟아져도 슬픔을 깊숙이 묻고 부하들에게 호탕하게 웃는 낯을 보여야 하는 게 사내의 삶이던가 ….

저택에서는 결사대가 토산을 뺏으면 먹을 전투식량을 만드느라 아낙네들이 총동원되었다. 더위와 비에 상하지 않게 마른 육포(肉包)를 참기름에 절이고, 콩과 보리를 소금물과 식초에 담갔다가 맷돌에 곱게 갈아 미숫가루를 만들고 엿을 고았다. 이렇게 많은 비상식량을 준비한다니 이제 전쟁도 막바지에 온 모양인가.

## 화공 火攻

불이란 가장 오래된 무기이고 무시무시한 공격수단이지만, 화공에 성공하려면 바람의 도움을 받아야 한다. 예부터 군사적 천재는 풍각(風角, 천문기상 전문가)을 거느렸고, 당태종 참모 경방은 뛰어난 풍각꾼이었다. 가을에 접어들 무렵, 그가 태종을 찾아왔다.

"옛날 황제(皇帝, 중국 역사상 최초의 임금)께서 치우[蚩尤, 전설 속 동이민족의 군신(軍神)]를 정벌할 때 치우가 구름과 비바람을 일으켜서 황제가 아홉 번 싸워 모두 패했으나, 마지막에 풍후(風候, 풍각)와 현녀(玄女)의 도움을 받고서야 겨우 이길 수 있었나이다."

태종은 뜬금없이 옛 전설을 늘어놓는 잔소리에 짜증이 났다.

"짐에게 말하고 싶은 게 무엇인가. 본론만 말하게."

"폐하, 어젯밤 천문(天文)을 살펴보니 달이 기성(箕星, 북동쪽 하늘의 별자리) 한가운데를 꿰뚫었더이다. 예로부터 달이 필성(畢星, 서쪽 별자리)을 떠나면 비가 쏟아지고, 중도(中道)에서 벗어나 북동쪽 기성으로 들어가면 사나운 바람이 분다고 했나이다. 소신의 계산에 따르면 사흘 후 낮부터 북서풍이 강하게 불 텐데, 이제 가을로 접어들어 건조한 날씨에 초목이 메말랐으니 안시성을 불로 공격할 좋은 기회입니다."

태종은 화공으로 요동성을 함락시켰으나, 안시성은 벌판에 세워진 요동성과 달리 산성인 데다가, 성안 건물을 돌과 벽돌로 지었기에 큰 기대를 갖지 않았다. 그러나 지루하게 토산이 완성되기만 기다리던 참에 귀가 번쩍 띄는 이야기였다.

동이 틀 무렵 서문 수문장(守門將)이 양만춘을 찾아와 당나라 군의 심상찮은 움직임을 보고했다.

"어제 낮 적군이 몰려와 서문 밖 2백 보에 두 겹 목책을 세우고 움직임이 부쩍 활발하기에 정탐병을 보냈더니, 밤중에 수많은 포차(砲車)를 서문 밖 골짜기로 몰래 이동시키고 엄청난 양의 건초(乾草)더미를 나른답니다. 소장은 그 꿍꿍이속을 짐작할 수 없습니다."

"이상하군. 서문 쪽은 산이 험해 많은 병력을 동원하기 어렵고, 지형이 가팔라 포차로 성벽을 공격하기도 마땅찮을 텐데 …."

서문 수문장이 나간 지 얼마 되지 않아 보우가 찾아왔다.

"벌써 계절이 바뀌는군요. 그동안 무덥고 바람도 잔잔했으나 곧 날씨가 변해 세찬 북서풍이 불어올 겁니다. 아무쪼록 감기 들지 않게 조심하십시오."

양만춘은 깜짝 놀라 부르짖었다.

"아뿔사! 적이 화공(火攻)을 준비하는군. 언제부터 북서풍이 불겠나?"

"내일 저녁까지 바람 한 점 없겠지만, 어두워지면 갑자기 회오리바람이 일다가, 한밤중이 되면 모래가 날리고 작은 나뭇가지가 부러지는 세찬 바람이 이삼 일 계속 불 겁니다."

"뭐라고, 내일 저녁까지는 바람이 불지 않는단 말인가. 그렇다면 다행이야. 선수(先手)를 쳐야겠군."

양만춘은 전군 지휘관 회의를 소집하도록 명령하고, 심각한 얼굴로 보우를 쳐다보았다.

"태종 밑에도 날씨를 예측하는 자가 있는 모양이군. 적이 불로 공격하려 한다면 우리가 먼저 그들이 준비한 건초더미와 통나무를 깡그리 불태워야겠지."

그는 결단을 내리기 전에 보우에게 한 번 더 다짐을 받았다.

"자네는 날씨를 장담할 수 있겠나? 잘못하면 우리 맞불작전이 적 화공(火攻)을 도와주는 꼴이 될까 걱정이라네."

"성주님, 염려 마십시오. 당나라 풍각(風角)이 제 아무리 하늘의 변화(天氣)를 꿰뚫고 있다 해도 여기 머문 지 석 달도 되지 않습니다. 어찌 이곳의 독특한 지형과 변덕스러운 바닷가 날씨 변화까지 알겠습니까. 저는 이십 년 넘게 이곳 날씨를 관찰해 왔습니다."

양만춘의 부름은 받은 태백진인이 달려왔다.

"적 화공이 시작되면 그 뒤통수에 따끔하게 불침을 놓아주시오."


이도종은 군사를 동원해 밤을 지새우며 서문 앞 골짜기에서 성문까지 길을 닦고, 두 겹 목책을 세우고 흙담으로 둘러싸 포차 진지를 만드는 한편, 가까운 산에서 서둘러 나무를 베고 태종 본진에 쌓아둔 건초더미까지 몰래 서문으로 실어 날랐다.

당나라 병사들은 다음 날 북서풍이 불어 불 공격을 시작하면 바로 성안으로 날려 보내려고 통나무 토막을 포차 진지 안에 차곡차곡 쌓았고, 골짜기 숲 그늘에 돌격대와 수십 대 포차를 숨겼다.

먼동이 트자 이도종은 부하장수로부터 공격준비를 빈틈없이 끝냈다는 보고를 듣고 흐뭇한 미소를 지으며 북서풍이 불어오기만 초조하게 기다렸다.

안시성은 포위당하기 전에 이미 성벽 밖 2백 보의 나무와 덤불을 말끔히 솎아내어 적군이 몰래 성벽으로 접근하는 걸 막았다. 그래서 아무리 은밀하게 화공준비를 해도 수비군의 눈을 피할 수 없었다. 그럼에도 서문 성벽 위 병사들은 무슨 일이 벌어지는지 관심 없다는 듯 당나라 군의 분주한 움직임을 멀뚱멀뚱 지켜보기만 했다.

아침 해가 떠오르자 서문에서 날카로운 징소리가 울려 퍼지면서 10대의 바리스타(이동식 투석기)가 성벽 위에 모습을 드러내더니, 느닷없이 불타는 석탄더미가 날아와 당나라 군 목책 안에 산더미 같이 쌓아놓은 통나무와 건초더미에 쏟아졌다.

두 겹 목책에 흙담까지 쌓아올렸건만 포차진지는 순식간에 화염에 휩싸였다. 바람 한 점 없는 날씨여서 10여 개 포차 진지에서 검붉은 불길이 치솟자, 매운 연기가 낮게 깔려 숨쉬기조차 어려웠다.

"우리가 공격할 수 있는 시간은 얼마 남지 않았다. 적이 화공에 사용할 만한 것은 모조리 불살라 버려라!"

양만춘은 바리스타 지휘관을 닦달하다가, 가림토를 돌아보면서 명령했다.

"저녁이 되어 바람이 불면 적이 화공을 시작할 테니 성안에 불탈 염려가 있는 것을 안전하게 지하창고로 옮겼는지, 병사들이 물에 적신 수건을 빠짐없이 준비했는지 다시 한 번 확인하게!"

이도종은 뜻밖의 수비군 선공(先攻)에 발을 동동 굴렀다. 화공을 하려 쌓아둔 통나무 등걸이 하릴없이 불타는 걸 보자 기가 막혔지만 아직 바람이 불지 않아 반격할 수도 없었다. 그나마 골짜기

226

숲속에 숨겨두었던 수십 대 포차와 돌격대가 조금도 피해를 입지 않은 게 다행이었다. 한낮이 되어도 바람 한 점 없자, 불타오르는 포차 진지를 바라보며 애꿏게 경방을 나무랐다.

"자네가 말한 북서풍은 언제 부는가?"

"대장군님, 곧 날씨가 변해 거센 바람이 몰아칠 테니 조금만 더 기다리시지요. 무릇 바람에 나뭇잎이 흔들리면 10리 밖에서 불어오는 바람이고, 가지가 흔들리면 백리 밖에서, 나뭇가지가 꺾이고 작은 돌이 구를 정도의 바람이라면 천리 밖에서 불어오는 바람이온대, 예상보다 조금 늦어지나 봅니다."

오후에 산들바람이 일더니 황혼 무렵 거센 바람이 불어 먼지가 어지럽게 날려 햇빛을 가렸고 어둠이 깔렸다. 이윽고 매서운 회오리바람에 돌격대 막사 앞에 펄럭이던 군기(軍旗) 밑동이 꺾였다.

"북서풍이다! 서둘러 공격하라."

이도종의 명령에 따라 수십 대 포차를 앞세우고 수천 명 돌격대가 서문으로 몰려갔고, 수많은 병사와 수레가 개미떼같이 건초와 나뭇짐을 가득 싣고 뒤따랐다.

"총공격이다! 안시성을 불살라 버려라."

서문 앞에 건초더미를 산더미같이 쌓아 놓고 염초와 기름을 끼얹어 일제히 불을 놓더니, 뒤이어 포차에서 불타는 나뭇등걸을 성안으로 날려 보냈다. 성안 여기저기서 검붉은 불길이 하늘을 찌를 듯 치솟았고, 서문 앞 건초더미 불은 세찬 북서풍을 따라 어마어마한 기세로 성벽 쪽으로 밀려갔다. 삽시간에 서문 문루(門樓)는 불길에 휩싸였고, 성벽 위 파수꾼은 자취를 감추었다.

적의 화공으로 밤하늘이 벌겋게 타오르고 포차에서 쏜 불덩어리 나뭇등걸이 빗발치듯 쏟아져 내려 성안 곳곳에 불길이 솟구치건만, 수비군은 세찬 역풍(逆風) 때문에 반격하지 못했다. 뜨거운 가마솥에 갇힌 듯 성벽 뒤에 파놓은 참호 속에 두더지처럼 엎드려 불과 연기를 피하기 바빴다.

밤에 보는 불길은 위협적이고 유난히 가깝게 보인다. 화공으로 생긴 불티는 성을 넘어 동문 밖 당나라 진지까지 날아갔다.

모든 안시성 군은 화공을 피할 방법을 미리 교육받았으나 거센 불길과 함성을 듣자 곧 적군이 들이닥칠 듯한 공포로 숨이 멎었다.

서문 밖 이도종 돌격대는 거세게 타오르는 불로 뜨겁게 달궈진 성벽에 다가가기 어려워 엉거주춤 불길이 약해지기만 기다렸다.

화광충천(火光衝天) 한 안시성은 지옥의 검은 성곽처럼 기괴하고 끔찍스러운 모습을 밤하늘에 드러내었다. 화공에 성공한 이도종 군이 외치는 승리의 함성소리가 바람을 타고 멀리 동문 밖 본진(本陣)까지 들렸다. 태종은 기쁜 얼굴로 웃음을 터뜨렸다.

"성이 불길에 휩싸였군. 적군은 지금 정신없겠지. 우리도 이도종 군을 도와 협공(挾攻) 하라."

이적의 명령에 따라 흑기군을 선두로 본진의 모든 병사가 함성을 지르며 안시성 성벽으로 달려가고, 포차와 운제 공성탑이 뒤따랐다. 당나라 선두병력이 성벽을 타고 오를 무렵 이적은 불길한 느낌으로 머리끝이 쭈뼛 일어섰다.

'지금쯤 화공으로 정신을 못 차려야 마땅하거늘, 평상시와 다름

없이 조금도 흔들리지 않고 방어하다니. 무언가 잘못되었다.'


　동문 장대에서 큰 북소리가 "둥 둥 둥" 천천히 울리더니 뒤이어 공성탑과 포차 위로 불타는 석탄더미가 쏟아졌다. 싸움이 치열하게 벌어지자 안시성 군의 꽹과리 소리가 미친 듯이 울려 퍼졌다.
　걷잡을 수 없이 맹렬한 기세로 타오르던 불길이 조금 사그라들 무렵 이도종이 공격 명령을 내렸다. 돌격대는 불타버린 서문과 성벽으로 돌진했다.
　거센 맞바람 탓에 고구려 군의 자랑인 활이 쓸모없고 오히려 당나라 군의 노(弩)가 위력을 발휘하고 있음을 잘 아는 당나라 돌격대는 용감하게 성벽을 타고 올랐다. 그때 "둥 둥 둥" 큰 북소리에 따라 안시성 군이 성벽과 성가퀴마다 모습을 드러냈다.
　느리게 울리는 북소리가 채 멎기도 전에 돌격대의 등 뒤 골짜기 아래쪽 숲에서 불길이 치솟더니 성난 불뱀처럼 빠르게 능선을 타고 올라와 서문 밖 이도종의 본진을 덮쳤다.
　이도종은 벌컥 화를 냈다.
　"어떤 멍청한 놈이 실화(失火)를 한 모양이구나. 뭣들 하느냐. 빨리 불길을 잡지 않고 … ."
　허겁지겁 달려온 수송부대장이 부들부들 떨며 울먹였다.
　"검은 옷을 입은 적 특공대가 수송대 진지를 기습해 염초(焰硝)와 기름을 빼앗아 갔습니다."
　뒤이어 아래쪽 숲 여기저기서 불길이 일어나더니, 거센 북서풍을 따라 산등성이 수풀에 옮겨 붙어 걷잡을 수 없이 당나라 돌격대

뒷덜미로 빠르게 다가왔다.

안시성 군은 이미 불탄 공터와 성벽이 방화벽(防火壁)이 되었으나, 돌격대는 앞뒤로 불에 둘러싸여 피할 데가 없었다. 성벽 위의 안시성 군이 입과 코를 감쌌던 수건을 휘두르며 환호성을 질렀다.

"조의선인이 적 뒷덜미에 불침을 놓았다. 적군이 달아난다!"

돌격대는 등 뒤에서 다가오는 산불을 피하려고 안시성 성벽을 따라 황급히 도망쳤다. 이날 당나라 군사는 싸우다가 죽은 병사보다 더 많은 병사가 불에 타거나 짓밟혀 죽었다.

양만춘은 흉측하게 불타버린 서문 밖 골짜기를 보고 탄식했다.

"전쟁을 일으키는 자는 사람뿐 아니라 하늘에도 죄를 짓는다더니, 그 아름답던 골짜기가 저렇듯 참혹한 모습으로 변하다니."

# 피눈물 흘리며 돌아서는 사나이

皇帝憤淚

민족마다 제각기 고유의 병법(兵法)이 있다.

《손자병법》은 그 내용이 심오해, 화포(火砲)의 등장으로 전쟁 모습이 엄청나게 바뀐 오늘날도 그 이론이 적용될 만큼 빼어나다. 글로 쓴 병법서(兵法書)야 있건 없건 북방 기마민족[戎狄]도 훌륭한 기병전술을 갖고 있어, 뛰어난 지도자를 만나면 유목생활에서 터득한 날랜 기동(機動)과 추격으로 수많은 병력을 가진 중국 보병이 감히 맞설 수 없으리만큼 엄청난 파괴력을 발휘했다.

우리는 세계 최고 성능의 맥궁(貊弓)에서 보듯 독창력을 가진 민족으로 예로부터 수비(守備)에 놀라운 위력을 보여 주었다. 특히 고구려인은 성을 쌓고 지키는 데 뛰어나, 기마민족의 습격은 물론 중국인의 어설픈 공성술(攻城術)로 깨뜨릴 수 없었다.

병법의 참뜻은 도대체 무엇일까. 나라를 지키는 힘의 원천은 지도자가 백성의 마음을 하나로 묶는 데서 나온다. 우리가 하나로 뭉칠 때 어떤 강한 적도 우리를 당할 수 없다.

## 가을비에 낙엽 지고 北西風

　서늘한 기운을 느끼고 잠에서 깨어보니 장막 앞 늙은 오동나무 아래 수북이 낙엽이 떨어져 있었고, 깃발이 동쪽을 향해 나부꼈다. 가을이 깊어가면서 태종의 시름도 깊어졌다.

　그는 이정이 보낸 편지의 마지막 구절에 눈길이 머물렀다.

　"폐하, 요즘 설연타(薛延陀) 움직임이 심상치 않습니다. 이놈들이 허튼 짓을 못하게 소신이 막겠사오니 너무 심려 마옵소서."

　이정은 황제 마음을 어지럽히지 않으려 설연타의 동향을 대수롭지 않게 끼워 넣었으나, 오랫동안 장안(長安)을 비워놓자 이를 틈타 북쪽 오랑캐가 호시탐탐 노리는 상황을 한눈에 알아보았다.

　'괘씸한 것. 안시성에서 고전(苦戰)하자 꿈틀거리는 모양이군.'

　본진 앞 토산이 어느덧 안시성 성벽만큼 높이 쌓여 가는데도, 북방 초원의 정세를 보고받자 태종은 왠지 마음이 꺼림칙하고 짜증이 났다.

　'전쟁의 승패란 예측할 수 없사오니 어쩔 수 없는 경우가 아니면 피하소서'라며 원정을 말리던 위징의 모습이 문득 떠올랐다.

　'고구려 원정이 무리였던가, 아니면 이 조그만 성에 너무 집착해 발목을 잡힌 게 잘못일까?'


　북쪽 오랑캐〔戎狄〕는 굶주린 늑대였다. 황량한 초원과 사막에 살다가, 걸핏하면 변경에 나타나 약탈하고 바람같이 사라지는 유목민이어서 때때로 달래고 토벌도 했지만, 베고 또 베어도 끝없이 돋아나는 잡초처럼 완전히 정복할 수 없는 성가신 존재였다.

당태종이 돌궐을 정복해 한숨 돌리는가 했더니, 그 땅에 새로운 오랑캐 설연타가 들어서 북쪽 근심은 사라지지 않았다.

설연타는 투르크계 유목민인 철륵(鐵勒)의 한 부족으로, 몽골 중앙고원에서 항가이산맥에 걸쳐 살면서 돌궐 지배 아래 있다가, 동돌궐이 멸망하자 돌궐의 옛 땅 몽골고원을 차지하고 막북(漠北, 고비사막 북쪽)을 지배했다.

태종은 설연타 추장 이남(夷男)을 빌게 카간(眞珠可汗)으로 책봉하고 달랬다. 그러나 639년(정관 13년) 항복한 돌궐인을 황하 북쪽 막남(漠南, 고비사막 남쪽)으로 이주시켜 기미주(羈縻州)를 세우고 국경을 지키는 울타리로 삼자 이에 위협을 느낀 데다가, 빌게 카간에게 시집보내기로 약속했다가 파혼(破婚)함에 따라 설연타와 사이가 틀어졌다(354쪽 참조).

당나라와 설연타 사이에 틈이 벌어진 것은 고구려로서 놓칠 수 없는 기회였다. 설연타와 동맹을 맺어야 한다는 양만춘의 권고를 받고, 연개소문은 흑수말갈인 오족루(烏簇婁)를 사신으로 보냈다. 오족루는 파혼으로 체면을 잃고 원한에 차 있던 설연타 추장을 충동질하면서, 담비 털가죽 무역의 독점권을 미끼로 내밀며 당태종이 고구려를 원정하면 당나라에 쳐들어가라고 부채질했다. •

설연타는 몽골고원 지배자로 수십만 기병(騎兵)을 동원할 힘이 있었으나, 추장 이남은 당태종이 두려워 주저하다가, 안시성에서

---

• 《구당서》, 북적전(北狄傳), 철륵조에는 이에 대해 '而高麗 莫離支 潛令 鞅鞨 誑感夷男 啗以厚利 …'라 기록하고 있음.

고전(苦戰)하고 있음을 듣자 침공하기로 결심하고 여러 부족장들에게 군사를 동원하도록 은밀하게 명령을 내렸다.

당나라는 이를 눈치 채고 세작(간첩)을 이용해 음식에 독을 넣어 암살해 버렸다. 갑작스러운 추장의 죽음으로 설연타는 혼란에 빠졌다.• 그러나 태종이 고구려 원정을 시작할 때부터 찜찜해하던 걱정거리가 현실로 나타났다. 강경파였던 빌게 카간의 아들 발약이 당나라와 화평을 주장하던 배다른 형을 습격해 죽이고 다미 카간〔多彌可汗〕에 오르자 양국 간의 긴장이 한층 높아졌다.


당태종의 고구려 원정은 "왕을 시해(弑害)한 연개소문을 징벌하여 이웃나라 질서를 바로잡겠노라"는 허울 좋은 명분(名分)을 내걸었지만, 남의 나라의 혼란을 틈타 정복 야욕을 채우려는 노골적인 침략전쟁이었다.

전쟁 초기에 정복이 순조롭게 진행되자 빼앗은 땅에 요주(요동성), 개주(개모성), 암주(백암성)을 설치하고, 점령지 주민을 달래고 선정(善政)을 펴는 시늉을 했다. 그러나 아무리 '정의'(正義)라 쓰인 깃발을 높이 쳐들어도, 전쟁의 불길이 활활 타오르면 증오가 하늘을 뒤덮고 잔인함이 땅을 더럽힌다.

정복의 꿈이 사라지고 토산을 쌓을 무렵, 당태종은 요동 주민을 모조리 사로잡아 본국으로 옮기라는 악랄하기 짝이 없는 명령을

---

• 《구당서》에는 추장 이남(빌게 카간)이 (침공 기회를 노렸으나) 당나라가 두려워 감히 움직이지 못했는데, 얼마 지나지 않아 기운이 막혀 병들어 갑자기 죽었다고 기록됨.

내렸다. 당나라 군사가 마을마다 들이닥쳐 반항하는 자를 죽여 잿더미로 만들고, 주민을 '인간사냥'해 끌고 가는 '죽음의 행진'이 시작되었다. 적군에 점령당한 요동벌은 사람 그림자조차 찾기 어렵고, 죄 없이 고향 땅을 쫓겨난 백성의 통곡소리만 하늘에 사무쳤다. 백성의 한(恨)이 쌓였던 탓이었을까. 늦여름 요동 전 지역에서 지진(地震)이 일어나 안시성에도 한나절 싸움을 멈추었다.

먹보는 요동성에서 얼마 떨어지지 않은 산골마을 나무꾼으로 전쟁이 나자 산속에 숨었으나 먹고사는 게 막막했다. 당나라가 요동성에 요주를 설치하고 성으로 돌아오는 백성의 안전을 보장한다는 포고문(布告文)을 붙이자 피란 갔던 이가 하나둘 돌아왔고, 먹보도 나뭇짐을 팔러 성안으로 갔다.

어느 날 먹보 마을에 숨어 지냈던 친당협회 간부를 성안에서 우연히 만났는데, 그의 권유로 먹보는 당나라 보급부대에 일자리를 얻어 그럭저럭 입에 풀칠을 했다. 부대를 따라 안시성에 갔다가 돌아온 그에게 날벼락이 기다렸다. 아내와 이웃들이 끌려갔다는 소식이었다. 당나라 군은 사로잡은 백성을 성안 목책에 가두었다가 본국에서 군량을 싣고 온 수송병이 돌아갈 때 수천 명씩 무리를 지어 끌고 갔다. 먹보가 친당협회 간부를 찾아가 애원했으나 고개만 절레절레 흔들었다.

요동성에서 도망쳐 나온 먹보가 치우를 찾아와 점령 지역에서 벌어지고 있는 '인간사냥'의 참혹한 상황을 낱낱이 알려주었다.

요동성 출신인 치우의 눈에서 불똥이 튀었다.

"입만 열면 인의(仁義)란 말을 지껄이던 당태종이란 놈이 무도한 수양제도 하지 않은 천인공노(天人共怒)할 짓을 저지르다니!"

치우는 사령관 양진을 찾아가 당나라 군의 만행(蠻行)을 보고하고 나서 결연하게 다짐했다.

"제가 이 참혹한 짓을 막고자 하니 허락해 주십시오."

"백성은 나라의 근본인데, 그대의 갸륵한 뜻을 어찌 막겠습니까. 다만 돌궐 기병대가 적 수송대를 호위할 텐데, 장군의 병력은 얼마 되지 않으니 가루다 추장에게 부탁해 흑수말갈 기병대의 도움을 청하는 게 어떻겠습니까?"

"나라가 무너지면 이보다 더 끔찍한 일도 일어날 거예요. 진 공자님의 뜻은 고마우나 그들은 외로운 안시성을 도울 유일한 버팀목입니다. 다만 점령지 출신 조의선인을 모두 데려가게 허락하여 주십시오!"

다음 날 밤 치우가 이끄는 1천 수백 명 병사가 천산을 떠났다.


늦은 오후 요하 나루터에 3천 명 당나라 수송대가 길게 줄을 지어 강 위에 걸쳐 놓은 배다리(舟橋)를 건넜고, 그 뒤에 빨리 걷지 않는다고 채찍질 당하며 2천 수백 명 요동 백성이 끌려가고 있었다. 지게에 이불과 먹을거리를 진 농부, 옷가지와 마른 음식 보퉁이를 머리에 인 아낙네들이 요하 강가에 닿자 정든 고향 땅을 되돌아보며 일제히 울음을 터뜨렸다.

배다리를 지키던 눈매가 날카로운 당나라 군 십인장(十人長)이 백성의 몸을 수색하다가 아낙네가 용케 품속에 숨겨온 젖먹이를

발견하자, 살려달라고 울부짖는 여인을 발로 걷어차고 욕설을 퍼
붓더니 아기를 빼앗아 땅바닥에 내동댕이쳤다. 성난 백성이 반항
했으나, 칼을 휘두르는 병사의 위협에 어찌할 수 없어 멀거니 하
늘만 쳐다보거나 지그시 눈을 감았다.

　행렬 맨 꽁무니를 따라 달구지에 세간살이를 싣고 가던 한 무리
가 배다리 앞에 이르니, 당나라 병졸이 앞을 가로막고 소와 말을
빼앗아 실랑이가 벌어졌다. 두툼한 털옷 차림의 멀끔하게 생긴 중
년 사내가 앞으로 나서더니 헛기침을 하며 의젓하게 항의했다.

　"우리는 저 촌무지렁이와 다른 친당협회(親唐協會) 회원이요.
당신네 나라를 힘껏 도왔던 친구란 말이오. 여기 보시오. 요동성
총독 증명서가 있지 않소."

　당나라 군 교위(校尉, 중급 장교)가 다가와 아니꼬운 듯 증명서를
찢어발기더니, 몽둥이로 내리치고 사정없이 발로 짓이겼다.

　"뭐, 네놈이 우리 친구라고? 이 얼빠진 자식아, 네가 요동성에
있을 때야 사람대접을 받았는지 모르겠다만, 이 강을 건너면 그때
부터 똑같이 고린내 나는 고구려 오랑캐일 뿐이야. 죽기 싫으면
잔소리 말고 빨랑빨랑 강이나 건너."

　교위가 험상궂게 눈을 희번덕거리다가 부하에게 명령했다.

　"잘난 척하는 저 새끼, 꼴도 보기 싫으니 옷을 찢어 벗겨라. 또
다시 군말하는 놈은 흠씬 두들겨 팬 후 강물에 처박아 버려!"

　개망나니 교위는 땅바닥에 가래를 뱉고서 중얼거렸다.

　"자기 나라를 팔아먹는 저런 개새끼가 촌무지렁이보다 훨씬 더
큰 골칫덩이지."

수송대가 요하 나루터를 건너자 치우 정찰대가 그림자처럼 뒤따랐다. 여름 장마 때 넘쳐흐른 강물로 곳곳이 진창길로 변한 데다 수많은 백성을 끌고 가느라 움직임은 더디기 짝이 없었다.

20리도 못 가서 벌써 해가 기울었다. 이때부터 수송병들은 신경이 날카로워져 백성에게 매질을 퍼붓고 행렬에서 뒤처진 병자를 창으로 찔러 길가 풀숲에 버리는 잔인한 짓을 서슴지 않았다.

어둠이 짙게 깔린 뒤에야 길가 낮은 언덕에 자리 잡은 봉화대(烽火臺)에 다다른 수송대는 마차와 수레로 둥글게 원진(圓陣)을 만들고 그 안에 끌고 가던 백성과 말〔馬〕을 몰아넣은 후 원진 바깥에 천막을 치고, 나머지 병사는 때늦은 저녁식사를 준비하느라 부산스럽게 움직였다.

봉화대는 서쪽 흑산(黑山) 봉화대에서 보내는 중국 본토 소식을 요하 나루터 봉화대로 전달하는 중계소였으므로 이곳을 기습 점령하는 것이 섬멸작전을 성공으로 이끄는 열쇠였다. 치우는 봉화대 옆 숲에 숨어 수송대 움직임을 낱낱이 살펴보았다.

그는 냉정한 지휘관이었음에도 치밀어 오르는 분노를 참기 힘들었다. 더구나 요동성을 비롯한 점령지에 살던 부하들은 부모형제와 이웃사람이 개처럼 끌려가기에 적군에 대한 적개심이 너무 강해서 통제하기가 어려웠다.

새벽이 가까워올 무렵 정찰대장이 치우에게 보고했다.

"적군은 요하를 건너자 긴장이 풀어졌는지 늦은 저녁밥을 먹고 곯아 떨어졌습니다. 특공대는 공격명령만 기다리고 있습니다."

"우리 백성들은?"

"원진 안쪽에 가두어 놓아 작전에 걸림돌이 되지 않습니다."

"공격신호를 보내게."

까마귀 울음소리가 세 번 울리자 특공대가 행동을 개시했다.

봉화대 수비대는 소리 없이 다가온 검은 그림자의 기습에 비명도 지르지 못하고 쓰러졌다. 수송대 천막 가까이 숨었던 치우 군사는 졸고 있던 보초를 손쉽게 처치한 다음 천막 안으로 숨어들었다. 한 맺힌 특공대 공격은 전투가 아니라 분노에 찬 복수극이었다. 수많은 적군은 잠에서 깨기도 전에 목숨을 잃었고 잠귀가 밝은 적병들은 황급히 개울 쪽으로 도망쳤으나 우거진 갈대밭에 기다리던 고구려 군사의 창칼을 피할 수 없었다.

날이 밝자 처참한 살육도 끝나 백인대장들이 봉화대에 모였다.

"백성의 구출은 어찌 되었나?"

"모두 안전합니다. 다만 우리 습격을 알아차리고, 젊은이들이 들고 일어나 함께 있던 매국노 수십 명을 죽였습니다."

말없이 고개를 끄덕이던 치우가 명령했다.

"요하 수비대가 이번 습격을 알아채기 전에 오늘 밤 나루터를 습격하겠다. 봉화대를 지킬 병력만 남기고 모두 이동하라!"


요하 나루터는 당나라와 고구려를 잇는 중요한 보급로(補給路)였으므로 수송대 같은 잡병(雜兵)이 아니라 중랑장(中郎將)이 이끄는 정규군 4천 명이 주둔하였고, 나루터 주위 30리 도로를 순찰하는 5백 명 기병대가 따로 배치되었다. 수비대 본진은 나루터 동쪽 언덕에 튼튼한 목책을 둘러 진지로 삼았고, 강변 언덕 전망이 좋은 절벽 위에 수비대장 숙소가 있었다.

　강 건너 요서(遼西) 쪽 배다리에도 수비대 진지와 봉화대가 나란히 자리 잡아, 천 명이 넘는 군사가 지켰다. 배다리는 수십 척 배를 가지런히 묶고 그 위에 널빤지를 촘촘히 깔아 사람과 마차가 지나가도록 만들었는데, 이 다리는 강 양쪽에 주둔하는 수비대 사이의 연결로였다. 치우의 공격 목표는 요서 쪽 당나라 수비대였다.

　칠흑같이 어두운 밤 서풍(西風)이 윙윙거리며 사납게 불었다.

　조의선인 암살대가 먼저 움직였다. 수비대장 숙소에서 등불이 꺼진 지 한 시각쯤 지나 절벽 아래 갈대숲에 숨어 있던 암살대가 절벽을 타고 올라가 숙소를 지키던 경비병을 소리 없이 처치하고 집안으로 숨어들어갔다. 수비대장 목을 벤 암살대가 등불을 켜서 강변 쪽 창문 밖으로 흔들었다.

　신호를 보자 당나라 군 장교 복장을 한 결사대원이 동쪽 배다리를 지키던 보초에게 다가가 입을 막고 단도로 가슴을 찌른 후, 날카롭게 휘파람을 불었다. 그 즉시 배다리 밑에 숨었던 도끼병이 동쪽 배다리를 묶은 동아줄을 도끼로 찍어내 배들을 강물로 흘려보냈다.

　암살대 등불 신호는 강 건너편 치우군 특공대에게 공격개시를 알리는 신호였다. 요하 서쪽 목책 진지에 숨어든 특공대가 경비대 막사에 들어가 잠에서 깨어나지 못한 적병들을 습격하고 닥치는 대로 불을 지르며 마구간에 있던 기병대 말들을 벌판으로 내몰았다. 적 진지에서 불길이 솟아오르자 치우는 본대(本隊) 병사에게 총공격 명령을 내렸다.

거센 서풍을 타고 쏜살같이 다가오는 갈대밭의 불길, 복수심에 불타는 고구려 군의 기세에 넋이 빠진 요하 서쪽 수비대는 갑옷이나 무기도 챙기지 못한 채 배다리 쪽으로 도망쳤으나 배다리는 이미 끊어져 있었고, 치우 군의 추격은 뒷덜미까지 따라붙었다.

치우는 요하 나루터의 다리와 배들을 깡그리 불태우고, 봉화대를 파괴한 후 의무려산 쪽으로 후퇴했다.

고구려 쪽 강변에 주둔하던 당나라 본진 수비대는 강 건너 요서쪽 진지에서 치솟는 불길을 보고 깜짝 놀라 배다리로 달려갔으나 이미 다리가 끊어져 있어 발만 동동 굴렀다.

애타게 구원을 요청하던 강 건너편 진지도 이미 신호를 보내지 않았고 배다리도 불길에 휩싸였다. 그러나 그들을 지휘할 수비대장의 모습이 보이지 않아 갈팡질팡했다. 어느 틈에 고구려 결사대가 스며들어온 것인지 본진 막사가 불타오르기 시작했다. 대장을 찾으러 갔던 병사가 숙소에서 처참하게 죽은 중랑장의 시체를 발견하자 두려움으로 수비대 가슴이 얼어붙었다.

개망나니 교위는 강 서쪽 수비대의 구출을 포기했다.

"요동성으로 후퇴하라. 꾸물거리는 놈은 엄벌에 처하겠다."


아사나사이는 요하 나루터 참사(慘事)를 보고받고 천부장〔千人隊長〕 우녠을 불러 꾸짖었다.

"수송대가 흑산(黑山)에 닿을 때까지 호위하라지 않았던가? 나루터에서 되돌아오는 바람에 이런 불상사가 생겨 마음이 무겁네."

"흑산까지 호위해 갔던들 이번 일을 막을 수 있었겠습니까. 타브가치(당나라) 놈들도 제 호위를 달갑게 여기지 않았고요."

우녠은 뒤돌아서서 땅바닥에 침을 뱉으며 중얼거렸다.

"개 같은 놈들. 그렇게 흉악한 짓을 하더니 꼴좋게 되었군."

망국(亡國)의 왕자였지만 태종의 신임을 받아 장군이 된 아사나 사이는 우녠의 진실한 성품과 용맹을 보고 부하장수로 삼았다. 그도 같은 돌궐인이기에 우녠의 마음을 알 것 같았다.

우녠은 돌궐이 멸망했던 어린 시절 유목민을 농민으로 정착시키려던 당나라 방침에 따라 황하 중류 농촌에 끌려갔다. 이 정책은 돌궐인의 삶의 방식을 바꾸려는 것이어서 말썽이 많았다. 설연타가 중국 북쪽 변두리를 침략하자, 당나라는 정책을 바꾸어 설연타를 막을 울타리로 삼으려고 기미주(羈縻州)를 설치해서 돌궐인을 원래의 초원으로 되돌려 보냈다.

우녠은 그때 쓰라린 기억 때문에 점령지 고구려인 강제이주에 대해 강한 거부감을 드러냈고, 여러 차례 '이주민이 도중에 먹을 양식이라도 제대로 갖고 가게 하라'고 당나라 지휘관에게 권유했다. 이번에도 당나라 군사들의 잔인한 학대를 말리다가 무안(無顔)만 당하자 '진흙탕 길에 기병이 무슨 소용이 되겠느냐'며 요하 나루터에서 되돌아왔다.

"우녠, 자네 마음은 잘 알겠지만 요하 나루터는 우리 생명줄이야. 즉시 당나라 보병대를 도와 그곳을 되찾도록 하라."

## 봉홧불

토산이 드디어 완성되었다. 수많은 병력을 동원해 60일간 밤낮을 가리지 않고 쌓았던 토산은 높이가 안시성보다 높아 성을 내려다보게 되었다. 태종은 토산 뒤쪽 비탈길을 따라 수많은 포차와 쇠뇌병을 올려 보내 안시성을 공격하도록 명령했다.

안시성 수비대는 이제까지 성벽 아래 당나라 군을 내려다보며 싸우다가 머리 위에서 쏟아지는 당나라 군의 포격과 화살 공격을 받게 되니 형세가 몹시 위태롭게 되었다. 수비대도 이에 대항하여 성벽 위에 목책을 세우고, 돌과 화살을 막을 방호벽(防護壁)을 만들었으나, 날마다 당나라 군의 치열한 포격이 계속되자 감당하기 어렵게 사상자가 늘어갔다.

이제까지 수비대 병사가 한 명 죽을 때마다 열 배 이상 적군이 피해를 입었으나, 토산이 완성되고부터 동문 쪽 성벽 수비대 피해는 당나라 군 못지않게 많아졌다.

양만춘은 눈앞이 캄캄했다. 이렇듯 피 말리는 소모전(消耗戰)이 계속된다면 얼마나 더 버틸 수 있을지 두려움에 가득 차 잠을 이룰 수가 없었다.

사흘째 계속된 당나라 군의 포차와 쇠뇌 공격으로 많은 사상자가 나와 시름에 잠겨 있는데 보우가 찾아왔다.

"성주님, 비바람이 몰려오는 소리가 들려옵니다. 내일 밤과 모래 사이에 물동이로 쏟아붓듯 엄청난 비가 올 겝니다."

"아니 해가 저렇게 쨍쨍한데 비라니. 더구나 이제 9월이 되어 가을이 깊어가거늘 ⋯ ."

"8년 전 가을홍수를 잊으셨습니까? 그때보다 더 강한 비바람 징조입니다. 엄청난 태풍이 다가오고 있습니다."

양만춘은 목숨이라도 걸겠다고 장담하는 보우에게 비밀을 지키도록 부탁하고 곧 지휘관 회의를 열었다.

"싸움도 이제 막바지에 이른 듯하오. 여러분 의견을 듣고 싶으니 거리낌 없이 말해 주시오."

참석한 장수들은 서로 얼굴만 쳐다보며 굳게 입을 다물었다. 오랜 침묵 끝에 북문 수비대장 금모루가 머뭇거리다가 일어났다.

"성주님, 얼마 되지 않는 군사로 석 달이나 굳게 지켰으니 할 만큼 했습니다. 이제 적군을 막을 방법도 마땅찮고 사상자 수만 나날이 늘어가니 더 늦기 전에 성을 탈출하는 게 어떻겠습니까."

말석(末席)에 앉아있던 '안시성 수호대'의 선임(先任) 백인대장 까막쇠가 벌떡 일어나 목소리를 높였다.

"달아나자니. 그게 말이 되는 소립니까? 차라리 오늘 밤 토산을 기습해 결판을 내는 게 어떻겠습니까. 요즘 당태종이 연이어 사흘이나 토산 부대를 찾아와 공격을 지휘하고 있으니 운이 좋으면 목을 베기도 어렵지 않을 겝니다."

한 번 봇물이 터지자 제각기 자기 생각을 털어놓았으나 두려움에 짓눌린 어두운 얼굴이었다. 양만춘이 일어나 결론을 내렸다.

"어둠이 깊었으니 곧 새벽이 오겠지. 이틀만 더 제자리를 굳게 지키라. 하늘은 우리에게 최후의 승리를 주실 것이다."

확신에 찬 성주를 보고 지휘관들은 조금 활기를 찾았으나 모든 병사가 입고 싸울 도롱이(비옷)를 챙기라는 명령을 듣자, 구름 한 점 없이 맑게 갠 하늘을 바라보며 고개를 갸우뚱거렸다.

장대에 술상을 차리고, 양만춘은 까막쇠를 비롯한 수호대 일곱 백인대장을 불러 한 사람 한 사람 손을 잡고 간곡하게 부탁했다.

"지금까지 여러분만큼 무거운 사명을 짊어진 백인대장은 없을 것이다. 몹시 힘든 싸움이 기다리니 전투가 벌어질 때까지 부하를 푹 쉬게 해서 원기 왕성하게 싸울 수 있게 하라."

성주가 손수 그들 앞에 놓인 잔에 술을 가득 채웠다.

"싸움이 시작되면 끝날 때까지 여러분을 못 볼 테지. 어쩌면 몇 사람은 저세상에서 만날지도 … ."

양만춘의 목멘 중얼거림을 듣고 울먹이던 막내 백인대장 양수봉이 술잔을 비우고 부르짖었다.

"성주님, 염려 마십시오. 저희들이 목숨을 바쳐 안시성을 지킬 테니까요. 죽으면 넋이 되어서라도 … ."

모든 안시성 수호대원은 이틀 동안 휴식을 취하면서 사흘치 비상식량과 도롱이를 준비했다.


당나라 군이 점령지의 백성을 사로잡아 본국으로 끌고 간다는 소문이 퍼지면서 고구려 전국이 물 끓듯 술렁거렸지만, 요동 지역 군사의 분노가 가장 격렬했다. 여러 차례 패전으로 용기를 잃었던 군사들이 앞다투어 당나라 군을 공격하자며 들고 일어났다.

요동 방어군의 총사령관 고정의는 반격의 기회가 무르익었음을 깨달았다. 오골성 추정국 성주에게 백암성을 되찾도록 명령하는 한편, 신성(新城)에 주둔하던 북부군 사령관 국내성 성주에게도 개모성을 공격하도록 전령을 보냈다. 백암성에는 몰래 세작을 보내 점령지 백성이 강제이주를 당하는 사실을 알려주었다.

추정국은 우선 천산 산악부대를 선봉으로 삼아 적 후방을 습격해 혼란시킨 다음 오골성 군사를 이끌고 마천령을 넘었다.

산악부대가 대량수 강변에 정박한 당나라 수송선을 한밤중에 기습해 불사르고, 기세당당하게 백암성을 포위하자 내성(內城) 장대를 지키던 백암성 군이 반란을 일으켰다.

"죽일 놈 같으니. 지난번 우리 가족을 요동성으로 안전하게 피란시킨다던 말이 새빨간 거짓말이 아닌가! 우리는 성주의 말을 믿고 순순히 항복했건만, 황제가 약속을 어기고 이따위 몹쓸 짓을 하다니. 모든 게 성주 책임이다. 찾아가 따져 보자."

성난 병사들은 당나라 암주 총독을 맡고 있던 손벌음을 죽이고, 추정국에게 항복했다.

백암성에 주둔한 당나라 장수는 반란이 일어나 성을 지키기 어려워지자 부역자(附逆者) 무리와 함께 밤중에 남문을 열고 요동성으로 도망쳤다. 그러나 이들은 성문을 나서 20리도 가기 전에 매복한 산악부대의 습격을 받고 전멸당했다.

신성에 주둔한 요동 북부군도 행동을 개시해 개모성으로 전진했다. 곧 격렬한 전투가 벌어졌다. 개모성에 주둔한 당나라 군은 이제까지와 달리 결사적으로 덤비는 북부군의 용맹에 견디지 못하고 요동성에 구원을 요청했다.

치우 군의 유격작전으로 당나라 군 보급로 방어에 골머리를 앓던 아사나사이는 연이어 터지는 백암성 함락과 개모성 구원 요청을 감당할 수 없었다. 급히 사자(使者)를 태종에게 보내어 구원군을 보내달라고 애걸했다.

9월이 되면서 안시성 동산(東山) 봉우리 잡목 숲을 울긋불긋 불태우던 단풍이 산 아래까지 내려왔다. 가을이 깊어갔으나 태종의 얼굴은 그 어느 때보다 밝았다.

'곧 매서운 추위가 몰아닥치겠지만 걱정할 것 없다. 그전에 성을 함락시킬 테니까.'

태종은 사흘째 토산에 올라 안시성에 공격을 퍼붓는 군사를 격려했다. 이제 성의 함락은 시간문제였다.

포차에서 날아간 돌덩이에 맞아 성벽 위 목책이 산산조각으로 부서지고, 수비병이 황급히 흩어지는 걸 내려다보며 너털웃음을 터뜨리다가, 요동성에서 보낸 전령의 보고에 이맛살을 찌푸렸다.

"뭐라고, 요하 나루터가 짓밟히고 백암성을 빼앗겼다고? 도대체 후방을 지키는 장수는 뭣들 하고 있었단 말인가."

태종이 화를 벌컥 내며 호통을 치자 모두 꿀 먹은 벙어리처럼 서로 눈치만 살폈다. 늙은 대신이 망설이다가 입을 열었다.

"폐하, 아뢰옵기 황송하오나 여러 가지 조짐(兆朕)이 좋지 않습니다. 이미 날씨가 추워지고, 설연타의 움직임조차 심상치 않다 하오니, 그만 원정을 마무리하심이 … ."

태종은 대신의 말이 채 끝나기도 전에 말을 잘랐다.

"쓸데없는 넋두리는 그만하시오. 곧 안시성이 무너질 것이오."

장손무기가 태종의 비위를 맞추었다.

"폐하, 지당하옵니다. 다만 울지경덕 장군이 구원군을 이끌고 가서 위급한 요동성과 개모성을 구함이 어떻겠습니까."

태종은 울지경덕에게 3만의 보병을 주어 아사나사이를 돕게 하고, 이적과 이도종에게 안시성 공격을 한층 서두르도록 명령했다. 밤낮 가리지 않고 퍼붓는 공격으로 마침내 안시성 함락이 눈앞에 다가왔다.


토산을 사이에 두고 벌어지는 안시성 공방전(攻防戰)에 고구려 사람의 눈과 귀가 쏠려 있었으나, 당나라 대군의 위력이 두려워 연개소문은 구원군을 보내지 못했다. 공사장에 끌려갔다 탈출한 요동성 니루가 오골성으로 달려갔다.

"막리지 대인, 당나라 군사가 밤낮을 가리지 않고 토산을 쌓아 안시성 함락이 오늘내일하고 있습니다."

"지금 토산은 얼마나 쌓았던가?"

"소인이 도망쳐 올 때 성벽 높이와 비슷했사온데, 벌써 이레가 지났으니 지금쯤 성벽보다 더 높아졌을 겁니다. 게다가 토산 꼭대기까지 대형 포차가 올라가도록 길을 닦았습니다."

연개소문은 한숨을 쉬며 생각에 잠겼다.

'당태종이란 자는 정말 끈질기구나. 그까짓 작은 성을 빼앗으려 토산까지 쌓다니. 지금쯤 치열한 싸움이 벌어지고 있겠지. 어쩌면 이미 함락되었을지도….'

정찰병의 보고나 탈출해 온 요동성 니루의 말로 미루어 자기가 거느린 많지 않은 군사로 당나라 대군을 깨뜨리고 안시성을 구할 자신이 없었다.

천산에 주둔한 유격대에도 토산에서 벌어지는 피 말리는 싸움 소식이 전해졌다. 가루다 추장이 양진을 찾아와 항의했다.

"안시성 함락이 눈앞에 닥쳤는데 보고만 있을 거요?"

양진은 괴로운 얼굴로 가루다를 쳐다보았다.

"아버님이 위험에 빠졌는데 자식 마음인들 어찌 편하겠소. 얼마전 구원병을 보내겠다고 세 차례나 횃불신호를 보냈으나, 봉홧불과 검은 가오리연을 띄워 '함부로 움직이지 말라'고 명령하신 것을 잘 아시지 않소. 지금 적 형세를 보건데 막리지 중앙군이 온다면 모를까 우리가 공격해도 별로 도움이 되지 않을 것이오. 나는 아버님을 굳게 믿소. '안시성을 구하러 오라'는 봉홧불이 타오르기 전에 함부로 움직이지 마십시오."

가루다는 양진을 노려보며 벌컥 화를 냈다.

"우리를 염려하시어 그리 명령했겠지만, 안시성이 함락되고 대추장님께서 돌아가시면 고구려도 멸망할 것이오. 당나라 방어진이 범의 아가리라 해도 이대로 보고만 있을 순 없소."

"추장님 마음은 감사하지만 명령을 어길 수 없소. 아버님은 나더러 천산에 머물러 유격전을 펼치라면서, 당나라 군이 쫓겨 갈때 추격할 기병대를 준비하라고 단단히 부탁하셨소. 흑수말갈 기병대를 그대로 보존하는 게 아버님 뜻을 따르는 길이오."

양진이 허리를 숙이며 만류했으나 그는 고집을 꺾지 않았다.

"더 이상 한가하게 기다릴 수 없소. 두고두고 후회하느니 적군을 뒤흔들어 안시성 방어에 작은 보탬이라도 주고 싶소."

조의선인 우두머리 태을상인이 두 사람을 달랬다.

"한 번 더 성주님 지시를 받는 게 어떻겠소. 조의선인 '그림자 마리치'는 어둠 속에 몸을 숨기는 은신술(隱身術)에 뛰어나니 안시성 포위망이 아무리 물샐틈없다 해도 숨어들어 갈 것이오."

양진이 기뻐하며 마리치에게 비밀통로를 알려주었다.

"북문 오른쪽 치(雉)에 성안으로 통하는 암문(暗門)이 있소. 그리로 들어가면 성을 넘어야 할 위험을 피할 수 있을 게요."


그림자 마리치가 토산 싸움터를 살펴본 후 돌아왔다.

"장대(將臺) 아래 동문 앞에서 무시무시한 싸움이 벌어져 아군이 무척 힘든 싸움을 하고 있었으나 성주님은 조금도 흔들림 없이 태연했습니다. 성주께서 말씀하시길 적군이 빈틈을 보이면 해성 고을이나 갈대고개를 기습해서 적을 놀라게 하는 건 괜찮지만, 절대로 해성하를 건너지 말라고 하셨습니다."

보고를 마친 마리치는 태을상인에게 다가가서 고개를 숙이고 겸손하게 말했다.

"안시성 방어에 조금 도움을 주고 왔습니다. 당태종이 요동성뿐 아니라 순순히 항복했던 백암성 주민까지 당나라로 끌고 가는 사실을 알려 적군에 대한 증오심을 높이고 왔으니까요."

해성고을은 요동성을 지나 비사성에 이르는 요동남로(遼東南路)
의 큰 길이 지나고 해성포구로 가는 길목인 데다, 안시성의 행정
중심지였다. 당나라 군 보급기지가 자리 잡고 본국과 연결되는 봉
화대(烽火臺)가 있어 경비가 철저했으므로 그동안 한 번도 고구려
군의 공격을 받지 않았다.

양진은 공격목표를 해성고을로 정했다. 둥근 달이 높이 떠 길을
환히 비추었다. 이름 모를 벌레소리만 사람 마음을 애달프게 해
보초를 선 병사들이 고향 생각에 잠기는 고즈넉한 밤이었다. 한밤
중에 고구려 기습대는 주민이 피란 가서 호롱불빛 하나 없는 어두
운 해성 변두리 마을로 소리 없이 스며들었다. 그들은 이곳 지리
를 손바닥 보듯 잘 알고 있어 집과 담 그늘을 따라 적 주둔지로 다
가갔다.

성주 저택에는 당나라 군 장교들이 머물렀고, 마을 서쪽 얕은
언덕에 보급창고와 수송대 막사가 있어 경비병이 지켰으나 누구도
죽음의 그림자가 다가오는 걸 눈치 채지 못했다.

새벽녘에 기습대가 움직였다. 보초병을 쉽게 처치하고 잠자던
적군을 습격했다. 순식간에 보급창고와 수송대 막사가 시뻘건 불
길에 휩싸이고 성주 저택이 불타올랐다. 해성고을 숲 그늘에 숨은
흑수말갈 기병대는 놀라 도망치는 적병을 거침없이 짓밟았다.

밝은 달밤이어서 밤을 새워가며 해성포구에서 당태종 본진으로
군수품을 실어 나르던 백여 대 마차가 해성고을 불길을 보고 놀라
해성하에 놓인 다리 쪽으로 줄행랑을 놓았고, 해성고을에서 살아
남은 적군 병사도 황급히 다리로 도망쳤다.

그 순간 갈대고개 쪽 하늘이 훤해지며 다섯 갈래 봉홧불이 오르고 뒤이어 안시성 동쪽 산봉우리에도 봉홧불이 치솟았다. 양쪽 군사는 한동안 싸움을 잊고 타오르는 불을 멍하니 바라보았다.


## 토산 공방전

9월 14일. 새벽 먼동이 트고 있었다. 드디어 결전(決戰)의 날이 밝아왔으나 하늘에는 구름 한 점 보이지 않았다. 가슴이 답답해진 양만춘이 곁에 있던 보우에게 물었다.

"오늘 밤 정말 비바람이 몰아칠까?"

"염려 마십시오. 저는 대기(大氣)가 요동치는 기운을 느끼고 있습니다. 지금 가을 날씨답지 않게 후덥지근하지 않습니까?"

적진을 살펴보던 양만춘의 눈길이 동산(東山) 봉우리에 멎었다. 어둠이 아직 걷히지 않은 산봉우리의 당나라 군 봉화대에서 다섯 가닥 불꽃이 활활 타오르고 있었다.

'저 봉홧불은 심상찮은 일이 생겼음을 알리는 게 틀림없다. 혹시 당나라 본국에서 무슨 큰일이 생긴 게 아닐까?'

양만춘의 가슴이 희망에 부풀었다. 그러나 날이 밝아오자 토산 위 적의 포차에서 쉴 새 없이 돌덩이가 쏟아지고, 어제보다 더 격렬한 공격이 숨 쉴 틈 없이 계속되었다.

토산 완성 후 나흘째 밤낮 가리지 않고 계속되는 공격으로 안시성 수비군은 진저리를 쳤고, 병사의 체력도 지탱하기 어려울 지경이었으나, 오늘 밤 시작될 최후의 결전 때문에 안시성 수호대를 출동시킬 수 없었다. 전령 모개루를 보내어 격려의 말을 전했다.

"다섯 가닥 봉홧불을 보았겠지? 당나라 본국에 반란이 일어났다. 용사들이여, 젖 먹던 힘까지 짜내어 오늘 하루만 버텨라. 곧 적군은 도망치고 전쟁은 끝날 것이다!"

양만춘은 틈틈이 하늘을 바라보았으나 원망스럽게도 맑게 갠 하늘에 햇빛만 밝게 빛났다.

'이런 날씨라면 환한 보름달 아래 기습작전을 펴야 한다. 기습을 포기해야 하는가?'


오후 늦게 서문에 갔던 모개루가 숨이 턱에 차서 달려왔다.

"남서쪽 바다 방향에서 손바닥만 한 구름이 떠올랐습니다."

뒤이어 보우가 가슴을 내밀고 의기양양하게 걸어 들어왔다.

"해가 지기 전에 회오리바람이 불면서 비가 내리고 한밤중에는 엄청난 비바람이 쏟아질 겝니다."

양만춘은 벌떡 일어나 보우를 끌어안고 부르짖었다.

"안시성이 구원받았네! 감사하이."

즉시 작전개시 명령을 내렸다. 어느새 서쪽 하늘로 검은 구름이 몰려오더니 거센 바람소리와 함께 먹구름이 뒤덮었다.

도롱이를 걸친 수호대가 완전 무장을 하고 광장 앞 무기고에 발 디딜 틈 없이 모였다. 이틀 동안 푹 쉬어 원기 완성한 용사들은 양만춘이 들어서자 "승리!"라 외치며 오른손을 번쩍 치켜들었다.

"기다리던 최후의 결전이 다가왔다. 여러분 한 사람 한 사람의 어깨 위에 조국의 운명이 걸려 있다. 보라, 하늘도 우리를 돕고 있지 않은가! 적군은 뜻밖에 쏟아지는 비바람에 정신없을 터이다. 안국사 종소리가 삼경(三更)을 알리면 그것이 돌격신호다. 즉시 달려가 토산을 빼앗으라."

7명의 안시성 수호대 백인대장은 성벽 안쪽 천막에서 부하에게 뜨거운 저녁 식사를 먹인 후 종소리가 울리기만 기다렸다.

숨 쉴 틈 없이 돌덩이를 퍼붓던 적군은 느닷없이 쏟아지는 폭우를 피하느라 공격을 멈추었다. 간간히 번개가 내리칠 때마다 눈앞에 거대한 토산이 드러났다가 우레 소리와 함께 어둠 속에 묻혔다. 까막쇠가 이끄는 선봉 제1 백인대(百人隊) 돌격조 대원은 다시 한 번 어깨에 멘 밧줄과 줄사다리를 살펴보았다.

그때 생각지도 못한 엄청난 일이 벌어졌다. '우르르르, 우르르르' 땅울림이 몇 번 일어나더니, 무섭게 퍼붓는 비로 성벽 쪽 토산 모퉁이가 산사태가 나듯 무너지며 성벽으로 흙더미가 쏟아졌다.

눈 깜짝할 사이 흙더미는 토산과 안시성 사이 골짜기를 평평하게 메워버렸고, 떠밀린 흙의 힘에 밀려 안시성 동쪽 성벽 일부가 무너져 토산과 맞닿았다.

양만춘이 깜짝 놀라 급히 달려갔으나, 다행히 안시성 수호대 병사들은 성벽 목책 안쪽에 천막을 쳤기에 별다른 피해가 없었다. 뜻밖의 사태로 예정시간을 앞당겨 공격명령을 내렸다.


갑자기 쏟아지는 폭우를 피하던 당나라 토산 경비대는 "우지직" 하는 소리에 뒤이어 "우르르르 우르르르" 토산 바닥이 흔들리더니 성벽 쪽 토산 모퉁이가 무너져 내리자 넋을 잃었다.

겁에 질린 병사들은 토산 위에 설치한 포차와 공성무기를 내팽겨 둔 채 뿔뿔이 흩어져 경사로(傾斜路)를 따라 도망쳤고, 성벽 쪽을 지키던 경비대 수천 명이 흙속에 파묻혀 버렸다.

토산이 무너진 것은 안시성 군에게 전화위복(轉禍爲福)이었다. 수호대 선봉 돌격조의 밧줄과 줄사다리는 이제 쓸모가 없어지고, 토산을 점령하면 성벽과 토산을 연결하려던 부교(浮橋)가 크게 도움이 되어 양수봉의 제7 백인대가 선봉을 맡았다.

"양수봉은 즉시 부교를 놓고 토산을 빼앗으라! 까막쇠는 선봉대를 도와 적의 반격을 막고, 나머지 백인대는 토산 경사로를 깎아내어 적군이 타오르지 못하게 방어진을 펴라."

두터운 도롱이를 입은 수호대 병사들이 쏟아지는 빗속으로 사라지자 양만춘은 성벽 수비대 장수들을 불러 모았다.

"오늘 밤 우리 운명이 결정된다. 모두 결전을 준비하고 '우소 부대'를 동문에 대기시켜라!"

제7 백인대는 허리까지 빠지는 진흙탕 위에 통나무를 깔아 부교를 놓고 토산으로 올라가서 텅 빈 토산 꼭대기를 피 한 방울 흘리지 않고 점령했다. 뒤이어 부교를 건너온 수호대의 다른 백인대들은 토산 위에 있던 공성무기를 부숴 성벽에 잇는 다리를 놓고, 토산과 당나라 본진을 잇는 경사로를 파서 무너뜨렸다.

양만춘은 토산을 점령하고 토산과 성을 연결하는 다리가 놓이자 가슴을 쓸어내렸다. 즉시 동문 앞에 모인 '우소 부대'에게 괭이와 삽을 지니게 하고, 이들을 이끌고 토산으로 달려갔다.

진흙투성이가 된 양만춘이 쏟아지는 비를 맞으며 몸소 '우소 부대'를 이끌고 오자, 안시성 수호대 병사들은 용기백배하여 승리의 환호성을 지르며 창과 칼을 흔들었다.

"장하다, 수호대 용사들이여. 적의 반격이 곧 시작될 것이다. 끝까지 토산을 지켜 성을 구하라!"

수호대는 '우소 부대'의 도움을 받아 토산의 당나라 쪽 경사로를 깎아 낭떠러지로 만들었다. 성에서 옮겨온 바리스타를 배치하고 빼앗은 당나라 군 포차의 방향을 적에게 돌렸다.


'결전의 밤', 토산 경비대장 부복애는 술집에 머물고 있었다. 연사흘 황제가 토산에 올라 병사를 격려했기에 꼼짝없이 토산에 발이 묶였던 부복애는 '오늘은 황제의 행차가 없다'는 연락을 받자 오랜만에 성하촌(城下村) 술집으로 달려갔다. 어둠이 내리니 갑자기 날씨가 변해 비바람이 몰아쳤지만, 눈독을 들였던 술집여인이 슬그머니 옷깃을 붙잡자 눌러앉았다.

경비대 총사령관 이도종도 며칠 전 화살에 맞은 상처가 몹시 쓰라려서 저녁 무렵 본진에 돌아와 뜨거운 물에 발을 담갔다가 일찍 잠자리에 들었다.

토산이 무너져 비상사태가 벌어졌으나 지휘관 두 사람이 모두 자리를 비웠으므로 경비대 하급 지휘관들은 대장군 이도종을 감히 깨울 엄두도 못 내고, 갈팡질팡하며 경비대장 부복애를 찾아다녔다. 새벽녘에 연락을 받고 달려온 부복애는 흩어진 경비대 병사를 모아 토산을 되찾으려 공격을 서둘렀다. 하지만 토산 중턱에 갔을 때 이미 경사로는 끊어져 있었고, 어설픈 반격 끝에 많은 희생자만 낸 채 격퇴당하고 말았다.

태종은 날이 밝아서야 토산을 고구려 군에게 빼앗겼다는 보고를 받고 불같이 노해 길길이 뛰었다. 즉시 탈환군을 조직해 토산을 되찾도록 명령하고 이도종과 부복애를 불러들였다. 이도종은 맨발로 꿇어 엎드려 잘못을 빌고 죄를 청했다.

"네 죄는 죽어 마땅하나 개모성과 요동성을 깨뜨린 공이 있으므로 특별히 용서한다."

부복애는 제멋대로 토산을 비웠음이 밝혀져 목을 베었다.

날이 밝아도 비바람은 그치지 않았다. 수호대 용사는 급히 끓여 온 뜨거운 국과 비상식량으로 든든하게 아침 식사를 마쳤다.

비옷도 변변히 갖추어 입지 못한 당나라 군은 허리까지 빠지는 진흙탕에서 허우적거리며 개미떼같이 몰려왔으나 토산 중턱도 올라오기 전에 기진맥진하여 물러갔다.

한낮이 지나서야 비바람이 그치고 쨍하니 해가 나왔다. 날이 활짝 개자 당나라 군의 반격이 활기를 띠었으나, 고구려 군도 빗속에서는 쓸모없었던 활을 쏠 수 있어 그리 나쁘지 않았다. 더구나 당나라 군은 빗물을 흠뻑 머금은 진흙이 미끄러워 움직이기 어려웠다. 그들은 진흙탕에 널빤지와 나무를 깔아 끊어진 경사로 길을 연결하려고 애쓰면서 황토 진흙탕이 마르기를 초조하게 기다렸다.

9월 보름날. 달빛은 대낮처럼 밝았다.

한밤중에 양군의 운명을 건 혈전의 막이 올랐다. 성난 태종의 총공격 명령에 따라 당나라 군의 공격은 어느 때보다 매서웠지만 안시성 수호대의 방어도 그에 못지않게 끈질겼다. 안국사 종소리가 모처럼 규칙을 깨뜨리고 밤새도록 쉬지 않고 울려 수호대 용사의 용기를 북돋웠다.

수호대 궁수부대는 달그림자에 숨어 기어오는 적병을 빠뜨리지 않고 쏘아 죽였고, 토산 중턱에 웅크린 수호대 용사들은 진흙덩어리가 되어 거북이처럼 무거운 몸으로 미끄러운 낭떠러지를 기어 올라온 적군을 창칼로 베어 죽였다.

당나라 군의 결사적인 공격은 날이 밝자 멎었고 안국사 종소리도 그쳤다. 그러나 싸움이 끝난 게 아니라 더 큰 전투를 위한 잠깐의 휴식일 뿐이었다. 양만춘은 연이틀 격전으로 피로에 지친 수호대 중 4개 백인대를 성벽 막사에서 쉬게 하고 '우소 부대'를 대신 보냈다.

토산은 급히 쌓은 부실공사(不實工事)였다. 지난번 지진(地震)으로 기초가 흔들리고 세찬 비바람에 무너진 데다, 고구려 군사가 경사로를 깎아내 본래의 모습을 잃어 흉측하게 변했고, 접근하기 어렵게 가팔랐다. 이런 전쟁터엔 보통 병사는 별로 쓸모가 없기에 병력 숫자보다 그 능력에 따라 승패가 결정된다. 태종은 새삼스럽게 일당백(一當百)의 용사였던 우위영 백기(百騎)의 용맹이 아쉬웠다.

당나라 군은 다섯 가닥의 봉홧불을 보고서 이미 마음이 흔들렸다. 본국에 위급한 일이 생겼음이 틀림없다고 수군거렸고, 온갖 유언비어가 떠돌았다. 지휘관들은 아무 일도 아니라며 병사의 불안한 마음을 진정시키려 애썼으나 눈에 띄게 사기가 떨어졌다.

　태종은 다음 날 전투부터 친위군에게 토산을 빼앗으라고 명령했다. 황제 친위군이란 귀족과 부호의 자제들로 구성되어 허우대만 멀쩡할 뿐 전투력은 시원치 않은 게 보통이지만, 유난히 무예를 숭상했던 당태종 친위군은 용맹한 정예군이었다. 당태종은 친위군을 이끌고 토산으로 오르는 진입로를 수리하고 진흙탕에 널빤지를 깔아 진격하는 데 지장이 없도록 손을 본 후, 몸소 진두(陣頭)에 나서 지휘했다.

　"토산을 되찾는 자는 만호후(萬戶侯)에 봉(封)하고, 장군으로 임명하겠다. 부귀와 영예를 얻고 싶지 않은가!"

　황제가 지켜보고 있음을 안 친위군 병사들은 용기를 뽐내며 빗발치듯 쏟아지는 안시성 수비대의 화살을 뚫고 치열한 격전을 치르면서 토산 봉우리로 돌진했다.

　오후가 되자 친위군 선봉대가 안시성 군이 깎은 험한 낭떠러지를 타고 올라가 산봉우리 수호대 진지로 돌격했다. 죽고 죽이는 피비린내 나는 백병전이 벌어져, 마침내 산봉우리 위에 황제 친위대의 깃발을 내걸었다. 그리고 공병대가 끊어진 경사로와 낭떠러지 사이를 잇는 다리를 급히 놓아 후속부대가 뒤따라 올라갈 수 있도록 길을 닦았다.

　황제 친위군의 맹렬한 반격에 깜짝 놀란 양만춘은 휴식하던 안시성 수호대를 이끌고 토산으로 달려갔다.

까막쇠가 이끄는 제 1 백인대는 토산 동쪽 모서리를 점령한 친위군 선봉대의 옆구리를 찔렀고, 모두리의 제 2 백인대는 힘겹게 버티던 우소 부대를 도와 적에게 반격을 퍼부었다. 양만춘은 몸소 제 3 백인대를 이끌고 토산 봉우리로 돌진했다. 3면에서 협공을 받아 고전하던 친위군 선봉대는 억새가 이끄는 수호대까지 공격에 가담하자 더 버티지 못하고 쫓겨 갔다.

양만춘은 수호대 병사들이 토산을 다시 찾은 기쁨에 얼싸안고 기뻐하는 모습을 바라보다가, 눈길을 돌려 당태종이 산기슭에서 친위군을 지휘하는 것을 내려다보았다.

양만춘은 어이없다는 듯 올려다보는 태종과 눈이 마주쳤다.

지난 7월 1일 황금 투구와 갑옷을 입고 백마를 탄 채 온 세상이 제 것인 양 의기양양하게 뽐내던 당태종의 모습은 온데간데없고, 초췌(憔悴)한 얼굴에 등까지 굽어 있었다.

토산 중턱으로 내려가 적 공병대가 놓은 다리를 끊으라는 명령을 받은 제 7 백인대장 양수봉이 간청했다.

"성주님, 저 흉악한 적의 원흉(元兇)을 처치하려 하오니 부디 허락해 주십시오."

"그러려무나. 다만 너무 위험하니 가까이 다가가지 말라. 죽을 자는 죽겠지만 살 자는 살게 되어 있다."

양수봉은 부장(副將)에게 다리를 습격해 불사르도록 명령을 내리고, 몇몇 부하와 함께 빗물에 움푹 패여 나간 골짜기를 따라 토산 아래로 숨어 내려갔다.

뉘엿뉘엿 해가 지고 토산 그림자가 짙어갈 무렵, 태종과 거리는 불과 250보. 양수봉은 어깨에 멘 철궁(鐵弓)을 가만히 내려 숨을 깊이 들이마시며 화살을 메우고 힘껏 시위를 당겼다.

화살은 날카로운 휘파람 소리를 내며 공기를 갈랐다. 태종은 토산으로 올라가는 다리가 불타는 걸 보고 주위에 둘러선 친위대 장수에게 호통을 치다가 뜻밖에 저격(狙擊)을 당했다. 태종이 말에서 떨어지자 주위에 있던 친위대 장수들이 황급히 에워싸는 모습이 내려다보였다(356쪽 참조).

"화살촉이 폐하의 갑옷을 꿰뚫었으나 다행히 목에 걸고 계셨던 옥(玉)으로 만든 호심경(護心鏡)이 이를 막아 가벼운 상처만 입었을 뿐 생명에는 지장이 없겠습니다."

의원의 말이 끝나기도 전에 장손무기가 황급히 물었다.

"화살촉에 혹시 독(毒)이라도 칠하지 않았던가?"

"독화살은 아닌 듯합니다. 이 약을 드시고 잠시 휴식하시면 원기를 되찾을 수 있을 것입니다."

태종은 화살에 맞아 두 토막이 난 호심경을 보며 탄식했다.

"천우신조(天佑神助)라더니 부처님의 가호를 입었구나. 삼장법사가 짐에게 선물한 천축(天竺)의 옥이 내 생명을 구하다니!"


바깥이 수런거리더니 바싹 여윈 군관(軍官)이 들어왔다.

"9월 초 설연타가 하주(夏州, 내몽골 오르도스 초원지대)를 침입했다고 합니다."

파발꾼은 황제 앞에 꿇어 엎드려 하주 자사(刺史)가 보낸 장계(狀啓)를 바치면서 설연타의 다미 카간〔多彌可汗〕이 수십만 기병을 이끌고 침입해 하주가 위태롭다고 보고했다.

장손무기가 얼굴빛이 변하여 물었다.

"아니 하주라니. 여기서 4천 리가 넘는 먼 곳이거늘 너는 언제 그곳을 떠났더냐."

"설연타 군이 몰려오자 초사흘에 떠나 밤낮을 가리지 않고 말을 바꾸어 타며 달려왔습니다. 벌써 10여 일이 지났으니 지금쯤 하주가 어찌되었는지 알 수 없습니다."

고구려는 당나라 심장부에서 멀리 떨어져 있지만 설연타는 장안과 낙양을 침공할 수 있는 가까운 곳에 있어 신경이 쓰였다.

이적이 심각한 얼굴로 태종을 쳐다보았다.

"폐하, 이정(李靖) 대장군께서 잘 대비할 줄 믿사오나 기병이 부족할 겁니다. 우선 돌궐 기병대를 본국으로 보내야겠습니다."

태종이 자리에서 벌떡 일어나며 장손무기에게 지시했다.

"요동성에 있는 아사나사이에게 즉시 하주로 출동해 장안을 지키도록 명령하고, 계필하력 장군은 기병대를 이끌고 가서 아사나사이를 대신하여 울지경덕을 도우라."

장손무기가 태종에게 다가와 목소리를 낮추어 고구려 군의 움직임을 알렸다.

"어제 막리지 중앙군이 요하 쪽으로 이동하고 있다고 세작이 보고했습니다. 고구려인도 다미 카간의 움직임을 알고 있는 게 아닐까요? 그렇다면 늦기 전에 철군(撤軍) 하심이 … ."

태종이 안시성을 노려보다가 좌우를 둘러보며 부르짖었다.

"이 많은 장수 중에 저 작은 성 하나 바칠 장수가 없단 말인가!"

이적이 머리를 조아리며 간곡히 달래었다.

"승패는 본래 기약할 수 없고 수치를 참는 자가 참된 사나이라 하였사옵니다. 폐하, 오늘만 날이 아니고 올해만 해가 아닙니다. 이번에는 그냥 돌아가셨다가 권토중래(捲土重來, 흙먼지 날리며 다시 쳐들어 옴) 하심이 어떻겠습니까."

태종은 말없이 장막 밖으로 걸어 나갔다. 황제 본진에서 친위군이 대열을 지어 공격명령이 떨어지기를 기다리고 있었다. 그는 안시성과 토산을 바라보며 한참동안 생각에 잠겨 있더니 돌연 하늘을 바라보며 껄껄 웃었다.

'저 밉살스러운 사나이를 끝내 꺾지 못하는구나.'

이윽고 입술을 깨물더니 무겁게 입을 열었다.

"회군(回軍) 한다. 돌아갈 준비를 서둘러라!"

# 끝없이 펼쳐진 진흙 펄이여

遼澤

　전쟁터에서 차마 눈을 뜨고 볼 수 없는 참혹한 짓이 저질러지기에 하늘이 노하기 때문인지, 변덕스러운 날씨 탓에 인간 속에 숨어 있던 마성(魔性)이 미쳐 날뛰어 전쟁이 터지는지는 알 수 없지만, 큰 전쟁이 일어나는 해에는 날씨도 유달리 고약해졌다.

　645년(乙巳年) 요동 지역 날씨는 변덕스러웠다. 고구려 군이 천산에서 패전한 날(6월 22일) 쏟아진 폭우야 계절 탓이라 치더라도, 가을도 깊어가던 무렵 폭풍우가 몰아쳐 토산이 무너진 것은 분명 하늘의 조화(調和)였다.

　비가 그치면서 때 이른 겨울 추위가 닥쳤다. 5월 원정길에 나서면서 여름옷을 입었던 당태종 본부군 병졸들은 비에 젖고 추위에 떨면서도 고향에 돌아간다는 기쁨을 안고 귀국길에 올랐다. 그러나 그들 앞에 가로놓인 진흙 펄 4백 리는 고구려 군 화살과 칼날 못지않게 무서운 재난이었다.

# 회군 回軍

태종은 비록 패전했지만 살아오는 동안 처음 만난 호적수(好敵手)에게 흉한 꼴을 보이기 싫어 마치 승리한 군대처럼 성대하게 열병식(閱兵式)을 거행했다.

9월 18일 계미일(癸未日) 아침. 군악대를 앞세운 당나라 군은 흑기군을 선두로 깃발을 휘날리며 대오(隊伍)도 당당하게 동문 앞을 지나 북으로 뻗은 길로 행진해 갔다. 안시성 성가퀴마다 수비대 병사들이 얼굴을 내밀고 당나라 군 행렬을 지켜보았다.

양만춘은 동문 문루(門樓)에 우뚝 서서 적의 본진이 불타는 것을 보고서야 적군이 퇴각함을 믿었다. 이윽고 황제 친위군이 나타났다. 태종이 동문 앞에 말을 멈추더니 고개를 뒤로 젖히고 호탕하게 웃었다.

석 달 동안 자웅(雌雄)을 겨루며 불꽃 튀는 싸움을 벌였던 두 적수(敵手)의 눈길이 마주쳤다. 그는 근신(近臣)을 동문 앞으로 보내 "그동안 용맹하게 싸워 성을 굳게 지켰으니 나라와 임금에 대한 충성심이 갸륵하도다" 라는 공치사(空致辭)를 하고 비단 1백 필을 선물로 보냈다.

양만춘은 빙그레 웃으면서 허리를 굽혀 적장에게 예의를 갖추고 손을 흔들어 작별인사를 했다. ●

당나라 군이 포위를 풀고 물러가자 부하장수가 적을 추격하자고

---

● 《삼국사기》, 고구려본기, '보장왕 편'에서.

266

간청했으나, 양만춘은 고개를 흔들었다.

"태종은 대단한 싸움꾼이야. 추격을 예상하고 함정을 파놓았을 게다. 비록 적군이 패하였다 하나 아직 맞부딪치기에 너무 강하니 가볍게 움직이지 말라."

그는 금모루를 가까이 불러 귓속말로 명령했다.

"날랜 병사를 이끌고 샛길로 해성포구에 달려가라. 그들은 수군(水軍) 소속이고 외따로 떨어져 있으니 운이 좋으면 무엇인가 건질 게 있을 게야."


어둠이 깔리기도 전에 정찰병이 돌아와 보고했다.

"흑기군과 이도종의 정예병이 후군(後軍)이 되어 갈대고개 북쪽 산기슭에 숨어 아군의 추격을 기다리고 있더군요."

고개를 끄떡이던 양만춘이 토산 쌓는 데 끌려왔다가 얼마 전에 탈출한 요동성 니루 돌배에게 물었다.

"토산 쌓기에 동원된 백성과 포로들은 어찌 되었나?"

"옛 동료들이 적 수송대에 끌려가는 걸 발견하고 지금 제 부하가 뒤따르고 있습니다."

양만춘은 흑수말갈 추장 가루다를 쳐다보았다.

"안산(鞍山)을 지나면 적의 경계심도 누그러질 게요. 추장께서 돌배를 데리고 가서 수송대를 한 번 흔들어 주시겠소? 아마도 소득이 꽤 많을 것이오!"

그는 온사문에게 명령했다.

"수비대에서 날랜 병사들을 뽑고, 요하 하류 늪지대에 흩어져 있는 어선과 어부를 모으라."

아사나사이는 설연타 토벌 명령을 받자 우넨을 불렀다. 그는 때
때로 말썽을 부리고 거침없이 말을 뱉어 속을 썩이기도 했으나,
생각이 깊고 올곧아 어려운 때 믿을 수 있는 부하였다.

"오늘 설연타를 토벌하라는 명령을 받았네. 준비하는 데 얼마나
걸리겠나?"

"봉홧불이 타오를 때부터 언제든지 출동할 수 있게 명령해 두었
으니, 내일이라도 떠날 수 있습니다."

"어느 길로 가는 게 좋을까?"

"며칠 전 내린 비로 요동성 서쪽으로 가는 길은 진흙탕이 되었습
니다. 차라리 북쪽 요하 중류를 건너 거란인이 사는 '초원의 길'로
가는 게 좋을 듯합니다."

"그쪽은 낯선 곳인데 제대로 길을 아는 자를 찾을 수 있을까. 게
다가 둘러가는 길이어서 훨씬 더 멀 테고."

"'태왕 여울' 마을에 살았던 뵈클리(고구려) 사냥꾼이 있는데, 요
하 중류 지리를 훤히 꿰뚫고 있습니다."

"아하! 흑기군이 건넜다는 그 여울 말이로군. 그리로 가면 바로
초원이니 거리가 문제되지 않겠군."

"그런데 문제가 하나 있습니다. 그 뵈클리 사람을 길잡이로 삼으
려면 요동성에 사로잡힌 그의 친척과 친구들을 풀어줘야 합니다."

아사나사이가 이마를 찌푸렸다.

"돈이나 다른 것으로는 안 될까? 타브가치(당나라 사람)에게 청탁

하기는 정말 싫거든."

"안 됩니다. 처음 그자를 부릴 때도 돈을 거절하고 포로가 된 친구 몇을 같이 데려가는 조건을 내걸었으니까요."

아사나사이는 그런 사내라면 길잡이로 믿을 수 있다는 듯 빙그레 웃으며 고개를 끄떡였다.

"우리 군의 안전을 위해서라면 할 수 없군. 고집쟁이 울지경덕 영감에게 고개를 숙이겠네."

우녠이 한참 주저하다 아사나사이 옷깃을 붙잡았다.

"왕자님, 가슴에 간직한 진심을 말씀 드려도 되겠습니까?"

아사나사이는 뜻밖에 '왕자님'이라 부르자 의아한 얼굴로 내려다보았다. 우녠 얼굴이 붉게 달아오르고 눈은 불타올랐다.

"제 아버님 때만 해도 돌궐인은 자유롭고 자랑스러운 초원의 늑대였지만, 이제 우리는 당나라 번견(番犬, 집 지키는 개)이 되어 설연타를 사냥하러 가는 신세입니다. 황제는 지금 뵈클리 작은 성도 빼앗지 못하고 돌아갈 길도 막막합니다. 왕자님, 지금이야말로 아사나 가문의 영광을 되찾고, 돌궐인을 위대한 늑대로 거듭 태어나게 할 때가 아니겠습니까!"

깜짝 놀란 아사나사이가 자기도 모르게 벌떡 일어나 주위를 둘러보더니 손을 들어 우녠의 말을 막았다.

"우리 두 사람 사이에 나눈 이야기니 못 들은 걸로 하겠네. 다시 그따위 말을 꺼낸다면 목을 베겠네."

아사나사이는 눈물을 흘리며 슬퍼하는 우녠을 말없이 지켜보다가 가슴이 쓰려 갈라진 목소리로 달랬다.

"강력하던 투르크(돌궐) 제국이 왜 멸망했는지 잊었는가. 서로 분열해 싸웠기 때문이야. 이제 내가 투르크 깃발을 휘날린다 해서 투르크인의 마음이 하나로 뭉쳐지겠는가? 지금 우리는 당나라 개가 되어서라도 엎드려 힘을 기를 때야. 먼 훗날 우리 아들이나 손자 때 투르크인을 하나로 묶을 영웅이 나와 제2의 투르크제국을 세우게 될 날이 오겠지. 지금 우리가 해야 할 일은 설연타를 조상의 땅 몽골고원에서 쫓아내는 거야."

적의 앞잡이로 요동성에서 서슬 푸르게 설치던 '미친개 지루'가 친당협회 우두머리인 아버지 죽음을 듣고서야 꿈에서 깨어났다.
'그토록 충성을 바쳤던 아버지가 요하 나루터에서 당나라 군졸에게 복날 개 잡듯 무참하게 얻어맞아 돌아가시다니.'
원한에 찬 지루는 복수를 맹세하고 요동성을 탈출해 천산 국선도 분원으로 달려갔다.
"저는 조국을 배반하고 온갖 나쁜 짓을 저질렀던 당나라 개지만, 원수를 갚을 수 있다면 무슨 짓이라도 하겠습니다. 요동성에는 저처럼 치를 떠는 친당협회원 수십 명이 있습니다."
그림자 마리치는 조의선인 특공대를 이끌고 요동성 안에 있는 당나라 보급창고를 습격해 불태우려던 참이었다. 그러나 반역자 지루가 미덥지 않아 그의 제안을 거절하자 태을상인이 권했다.
"저 사내 태도를 살펴보니 거짓이 아니다. 한 번 잘못된 길을 걸었다고 진심 어린 협조를 거절하지 말라."
다섯 가닥 봉홧불을 본 요동성 주둔 당나라 병사들은 본국에서 큰일이 벌어진 것을 눈치 채고 크게 술렁거렸는데, 돌궐 기병대조 차 서둘러 떠나니 사기가 땅에 떨어졌다.

백암성을 되찾은 고구려 남부군과 개모성을 함락시킨 북부군이 요동성으로 밀려오자 울지경덕은 계필하력의 증원군이 곧 도착한 다고 병사를 안심시키면서 요동성 바깥 방어를 한층 강화시켰다. 그러나 주민의 강제이주로 흔들린 성안 협력자의 심상찮은 움직임 때문에 골머리를 앓았다.

요동성 안 불타버린 내성(內城) 빈터는 당나라 군 보급기지로 백여 개 창고가 있었다. 조의선인 특공대는 어두운 밤 지루의 안 내를 받아 수구문(水口門)을 통해 내성으로 숨어들어 갔다.

검은 옷으로 온몸을 감싼 특공대가 불쏘시개를 짊어지고 보급창 고 뒤쪽 어두운 그늘로 스며들어, 마리치의 "까악, 까악" 까치 울 음소리 신호에 따라 불을 질렀다.

불길이 맹렬히 타오르자 조의선인들은 새벽잠에 빠진 창고지기 를 습격하고, 마리치가 이끄는 돌격조는 재빨리 내성에서 외성(外 城)으로 통하는 성문을 점령했다. 외성에 주둔하던 당나라 경비대 는 깜짝 놀라 내성으로 달려갔으나 성문은 굳게 닫혀 있었다.

'미친개 지루'는 "저희 친당협회 무리는 이제 하늘 아래 발붙일 곳 없는 들개 떼가 되어버렸군요"라고 입술을 깨물고 탄식하더니, 동료와 더불어 원수와 싸우다 죽겠다고 마리치에게 간청했다. 지 루는 성벽을 넘어 협회 본부로 달려가 원한을 품은 동료와 함께 당 나라 경비대를 습격했다.

임무를 마친 특공대가 재빨리 수구문 밖으로 빠져나가자, 대량수 강변 갈대숲에 숨어 있던 고기잡이배가 소리 없이 다가왔다.

찬바람이 불자 막리지도 원기를 되찾았다. 9월 초순 오족루로부터 설연타 다미 카간이 곧 당나라 본국을 침공하리란 눈이 번쩍 띄는 보고를 받았다. 전쟁의 형세는 유리하게 돌아갔지만, 토산에서 계속되는 혈전(血戰)으로 마음을 놓을 수 없었는데, 드디어 9월 18일 안시성 포위전이 끝났다.

당태종의 안시성 철수는 전쟁의 승패를 가르는 분기점이었다. 더구나 요동성 안의 보급창고가 모조리 불타버려 당나라 군은 더 이상 요동에서 버틸 수 없었다. 연개소문은 오랫동안 기다려온 반격의 기회가 왔음을 깨닫고, 적군의 보급기지인 요동성을 빼앗으라고 명령했다.

백암성에 머물던 요동 방어군 총사령관 고정의는 북부군도 함께 요동성 포위에 참가하도록 전령을 보냈다. 다음 날 고정의 남부군은 요동성 동쪽 10리까지 진출했고, 개모성을 함락시킨 북부군도 남으로 진격했다.

안시성에서 요동성은 백수십 리밖에 떨어지지 않았지만 오로지 요동남로(遼東南路) 한 가닥 외길로 이어져 있었는데, 며칠 전 쏟아진 비로 곳곳에 웅덩이가 파이고 미끄러운 흙탕길이어서 30만 대군이 한꺼번에 이동하기가 쉽지 않았다.

그런 길조차 부상병이나 무거운 짐을 싣고 운반하는 수송대와 긴급한 임무를 띤 기병대 차지였다. 길이 미어터지다 보니 보병은 풀만 무성한 벌판을 가로질러 행군할 수밖에 없었다. 따라서 질서 있게 대형(隊形)을 유지하기란 불가능했고, 이동속도도 굼벵이처럼 느렸다. 누가 퍼뜨렸는지 고구려 군이 요동성으로 몰려왔다는 흉흉한 소문이 퍼졌다.

후군(後軍)에 있던 이도종 정예군은 하루가 지나도 안시성 군사의 추격이 없자 요동성을 지키려 이들 행렬을 앞질러 달려갔다.


흑수말갈 기병대는 산속 지름길로 달려가 안산 못 미쳐 길가 숲에 매복해 적 수송대가 나타나기를 기다렸다. 산기슭에 자리 잡은 가루다는 길과 벌판을 가득 메우고 굼벵이처럼 느리게 움직이는 거대한 사람의 물결을 내려다보고 눈이 휘둥그레졌다.

적의 땅에서 이동할 때는 길 좌우로 정찰병을 보내어 경계를 철저히 함이 원칙인데, 당나라 군은 대군의 힘을 믿는 것인지 신속히 철수하는 데만 정신이 팔려 길가 숲을 살펴보지도 않았다.

정탐하고 돌아온 돌배가 보고했다.

"수송대와 포로는 한낮이 지나야 도착할 겝니다. 그들을 뒤따르는 정찰병이 신호를 보내기로 약속했습니다."

"수송대를 호위하는 경비 병력은 어느 정도요?"

"친위군은 이미 안산을 지났고 흑기병은 수송대보다 20리쯤 뒤처져 맨 뒤에 따라옵니다. 행렬 가운데는 후퇴하는 부대가 뒤죽박죽 뒤섞여 제대로 전투대형조차 갖추지 못하고 있습니다."

숲 우듬지의 높은 가지 위로 누른 깃발이 나부꼈다. 수송대가 가까이 다가왔음을 알리는 신호였다. 말에 재갈을 채운 흑수말갈 기병 3개 천인대가 숲 그늘에서 나와 소리 없이 수송대에 접근하더니 닥치는 대로 적병을 베고 마차와 수레에 불을 질렀다. 뒤이어 고구려 보병이 풀숲에서 나타나 수송대가 끌고 가던 수천 명 백성과 포로 행렬로 달려가서 포승줄을 칼로 끊으며 외쳤다.

"꾸물거리지 말고 숲속으로 달아나라!"

숲에서 갑자기 나타나 성난 이리떼처럼 창칼을 휘두르는 흑수말갈 기병대 습격에 수송대는 맞설 엄두도 못 내고 어지럽게 흩어져 도망치기 바빴다. 수송대열 앞뒤를 호위하던 전투부대조차 눈사태처럼 쫓겨 오는 도망병에 가로막혀 반격할 틈을 얻지 못하고, 걷잡을 수 없는 혼란에 빠졌다.

가루다는 조금 떨어진 안산고개 어귀에서 2개 천인대를 예비대로 삼아 혹시나 적의 구원군이 반격하는지 살펴보다가, 고구려 포로를 무사히 구출하자 징을 쳐 후퇴 명령을 내렸다.

흑기병이 급히 연락을 받고 습격현장에 달려왔을 때는 불타버린 수송대 수레들과 수많은 시체만 널려있을 뿐 흑수말갈 기병대의 그림자조차 찾을 수 없었다.

이적은 도망친 흑수말갈 군을 뒤쫓으려는 부하장수를 막았다.

"내버려 둬라. 길도 없는 숲속을 쫓아간들 따라잡을 수 없다."

흑수말갈 기병대의 습격으로 그나마 남아 있던 후퇴행렬의 질서는 완전히 무너졌다. 이제 공포에 젖어 밤에도 쉬지 않고 요동성을 향해 어지럽게 도망치는 병사의 물결을 누구도 막을 수 없었다.

9월 20일 요동성을 둘러본 태종은 기가 막혔다. 성안은 폐허로 변하고, 군량을 가득 쌓아둔 보급창고는 잿더미가 되어 여기서 며칠 머물며 병사를 재편성하려던 계획은 부질없는 꿈이 되었다.

울지경덕이 어두운 얼굴로 보고했다.

"고구려 군이 모두 요동성으로 몰려오고 있습니다. 막리지의 중앙군도 출동했다 합니다."

이도종이 후퇴할 길에 대해 보고했다.

"엿새 전, 큰 비로 강물이 넘쳐흘러 요동성 서쪽은 온통 진흙탕으로 변해 곳곳에 늪이 생기고 길이 끊겨 지나기 어렵습니다."

"그렇다면 요동성 북쪽 길을 택해 태왕여울을 건너면 어떻겠습니까? 지난번 그곳을 지날 때 지대가 높아 행군하기 편했습니다."

이적의 말이 끝나기도 전에 장손무기가 고개를 흔들었다.

"요동성에 충분한 군량이 남아 있다면 모르겠거니와 그쪽 길은 너무 멀어 군사를 먹일 만한 양식이 없습니다."

여러 장수의 의견을 듣고 태종이 결론을 내렸다.

"군량이 부족하다면 진흙탕이라도 짧은 거리를 돌파해야겠지. 우리 군사들이 무사히 강을 건널 때까지 울지 장군은 요동성을 굳게 지키고, 정예군도 여기 남아 막리지에게 따끔한 맛을 보여 주어라. 야전(野戰)에서라면 우리를 당할 자 없을 테니."

이적이 벌떡 일어나 용기를 뿜어냈다.

"흑기군과 이도종 정예병이 고구려 군을 격파하고 막리지를 사로잡겠습니다. 폐하께서는 염려 마시고 먼저 요하를 건너소서."

"군사가 강을 건너기 전에 먼저 갈 수 없다. 짐이 서둘러 강을 건너면 남은 군사들은 산산이 흩어질 게다(357쪽 참조)."

당태종은 여러 장수들의 권유를 물리치고, 이적과 이도종의 반격을 돕기 위해 친위군과 함께 남았다.

흑기군과 이도종 군은 요하를 건너 후퇴하는 당나라 군을 고구려 군의 공격으로부터 보호하기 위해 사하(沙河) 건너편 언덕에 포진(布陣)했고, 당태종 친위군이 헌우락(軒芋樂) 동산에 본진을 세웠다.


연개소문의 중앙군은 요동성을 내버려둔 채 안시성에서 철수하던 당나라 후군(後軍)을 덮쳤다. 후군은 이리에 쫓긴 양떼처럼 수천 명이 사로잡히고 죽었으나, 눈앞에 벌어지는 참혹한 광경을 지켜볼 수밖에 없었다.

오후가 되자 막리지의 중앙군과 북부군이 사하를 건너 당나라 방어진에 돌진해 격렬한 전투가 벌어졌다. 흑기군과 이도종 군은 야전(野戰)에 자신만만했으나 복수심에 불타는 고구려 군의 용맹을 당할 수 없는 데다, 건조한 고원지대에서 자란 흑기군 말들이 진흙탕 속 전투에 익숙한 고구려 말에 맞서기 어려웠다.

저녁 무렵, 친위군 기병대의 도움을 받고서야 간신히 사하 방어선을 지킬 수 있었다.

새벽녘 고정의 남부군과 흑수말갈 기병대가 사하 방어선의 뒤쪽 틈새로 파고들어 헌우락 언덕에 있던 당태종 본진을 습격했다. 뜻밖의 기습에 본진의 친위대가 뿔뿔이 흩어졌고, 놀라 도망치던 당태종의 말이 헌우락의 진흙탕에 빠져버렸다. 남부군의 두방루가 이끌던 기병대가 태종을 사로잡을 천재일우(千載一遇)의 기회가 왔다. 선봉대가 태종에게 돌진했다.

설인귀가 이를 보고 달려가 앞을 가로막고 황급히 팔을 뻗어 태종을 끌어당겼다. 이를 본 두방루가 설인귀를 뒤쫓았으나 한 번 놓친 기회를 되찾을 수 없었다.

뒤늦게 소식을 전해들은 이적과 이도종은 더 이상 사하방어선을 지킬 수 없어 요하 나루터를 향해 후퇴하고, 태종을 호위해 서둘러 요하(遼河)를 건넜다. 그때까지 요하를 건너지 못한 수만 명 당나라 군은 고구려 군에게 죽거나 사로잡혔다.


## 진흙 펄 4백 리

요하를 건너자 고구려 군의 추격을 피할 수 있어 당태종은 한숨 돌렸지만, 추적추적 내리던 가을비가 진눈깨비로 변했다.

더구나 돌아갈 길은 지난여름 홍수로 강물이 넘쳐 온통 펄에 덮여 흔적도 찾기 어려운 데다, 끝없이 펼쳐진 늪지대가 앞을 가로막았다. 수많은 물길[水路]과 깊이를 알 수 없는 수렁이 여기저기 널렸고, 무성한 갈대숲과 진흙 펄만 아득히 뻗어있었다.

수레와 말이 지날 수 없자 장손무기에게 새로 길을 닦도록 명령했다. 정찰병을 사방으로 보내 그런대로 마른 땅을 찾아 깊은 물에는 수레를 가라앉히거나 다리를 놓고, 얕은 물길엔 나무와 풀을 베어 메웠다.

태종도 몸소 나무를 베어 말안장에 묶어 그들을 도왔다. 그는 이 지긋지긋한 늪길을 처음 건너는 건 아니었다. 지난여름 이곳을 지나 요동성으로 진격할 때 더위와 모기에 시달리며 무척 힘들게 이 늪지대를 건넜지만 그 당시 고생은 약과였다.

원정 초기에 병사들은 고구려 정복의 꿈에 부풀어 공명심(功名心)에 불타올랐고, 수나라 때 원한을 앙갚음하겠다는 복수심으로 원기 왕성했었다. 그러나 이제 싸움에 패해 낡고 해진 여름옷을 걸치고 추위와 굶주림에 시달리면서 쉴 데도 잠잘 곳도 없는 늪지대를 건너야 하는 병사의 마음은 이루 말할 수 없이 비참했다.


요하 하류 늪지대의 수많은 지류(支流)와 그물망처럼 촘촘히 얽힌 물길은 해성포구 어부들에게 삶의 터전이었다. 어떤 지류는 큰 배가 다닐 만큼 넓고 깊었으나, 작은 물길은 거룻배도 드나들기 어렵게 얕아지거나 막히기도 했고, 큰 홍수가 나면 물길이 변하기도 했다.

안시성 포위가 풀린 날, 요하 하구 삼각주(三角洲) 물길로 피란 갔던 어선들이 해성포구에 모여들었다. 이곳 어부들은 손바닥 보듯 수로를 잘 알았고, 여기는 그들의 왕국이고 일터였다.

양만춘은 앞에 모인 어부들이 그동안 쌓인 빚을 이자까지 보태어 돌려주자고 외치자 출정군 대장 온사문에게 지시했다.

"적을 죽이기보다 되도록 많이 사로잡으라."

뱃사람의 우두머리인 검은쇠가 정찰대장을 맡아 젊은 어부들을 이끌고 앞장섰다. 정찰대는 태종이 요하를 건너기도 전에 그들이

278

지나갈 길목마다 숨어 살피다가, 가장 큰 지류에서 함정을 파고 있던 온사문에게 적군의 움직임을 샅샅이 보고했다.

당나라 군은 늪지대에 들어서자 마른 땅을 따라 3개 길로 나뉘어 돌아갔다. 그중 바다에 가까운 남쪽으로 가던 중앙군 부대가 안시성 군의 공격목표였다.

늪지대에 닿은 지 사흘째 되던 날, 북쪽 길을 가던 흑기군과 이도종 군의 뒤처진 부대는 치우가 이끌던 유격대 습격을 받아 적지 않은 피해를 입었으나, 가운데 길의 태종 친위군과 남쪽 길을 가던 중앙군은 시달림을 받지 않았다.

닷새째 날 친위군은 강폭이 무척 넓은 요하 지류에 닿자 나무를 베어 서둘러 다리를 놓았다. 다음 날 강을 건너기 시작하자, 온사문의 유격대가 거룻배를 타고 서쪽 물길에 나타나 마른 갈대숲 여기저기에 불을 놓았다. 늦가을 북서풍을 타고 맹렬한 불길이 당나라 군을 덮쳤다. 황급히 강변 진흙탕으로 피한 친위군은 방화벽(防火壁)을 쌓고 다리가 불에 타지 않게 지키느라 정신이 없었다.

한낮이 지나면서 서풍이 약해지고 바닷바람이 불어오자, 이번엔 남쪽 물길 갈대숲에서 일제히 유격대의 화공(火攻)이 시작되었다. 친위군 후미는 간신히 불길을 피해 다리를 건너 아직도 불티가 남은 서쪽 갈대밭으로 도망쳤다. 바람의 방향이 언제 변할지 몰라 수많은 사상자를 내버려두고 불길에서 벗어나려 애쓰면서 서쪽으로, 서쪽으로 달아났다.

노림의 표적이던 바닷가 쪽 중앙군에게는 친위군 같은 행운이 없었다. 수많은 유격대가 물길을 따라 겹겹이 함정을 파고 기다리다가 중앙군이 다리를 반도 건너기 전에 우거진 갈대숲 여기저기에 불을 질러 미리 준비한 그물 속으로 몰아넣었다.

중앙군 후미 패잔병들은 바람을 타고 밀려오는 무시무시한 불길과 유격대의 꽹과리 소리를 피해 허둥지둥 남서쪽으로 쫓겨 갔다. 갈대를 베어 눕힌 오솔길을 따라 몇 개의 작은 물목을 건너 허겁지겁 도망치다 보니, 어느 틈에 가려던 길에서 멀리 떨어진 낯선 곳으로 쫓겨 들어갔다. 이윽고 그들은 사방이 큰 강물로 둘러싸인 요하 하구의 오이같이 기다란 섬에 갇혀버렸다.


10월 1일. 당태종은 포구(浦口)에 닿아 가까스로 발착수를 건넜다. 때마침 폭풍 속에 눈보라까지 쏟아져 헐벗고 굶주린 군사의 옷이 젖어 수없이 얼어 죽자 길가에 불을 피우고 뒤처진 군사를 기다렸다. 요하 늪지대 4백 리를 건너 죽음의 행진 끝에 간신히 요서(遼西) 땅에 이르니 의기양양하게 출정했던 당나라 원정군 40만 중 돌아온 자가 10만도 되지 않았다.

'막리지 반정으로 천시(天時)를 얻었건만, 위기를 당하면 굳게 뭉치는 고구려인의 끈질긴 저력(底力)을 알지 못했구나.'

태종은 하늘을 우러러보며 탄식했다.

"위징이 살아있다면 요동 원정을 못 하도록 말렸을 것을…."

10월 11일. 당태종은 당나라 통치권이 미치는 동쪽 끝 거란 땅 영주(營州)에 닿았다. 그는 넘어져도 맨손으로 일어나지 않는 뛰어난 정치적 감각을 보여 주었다. 추장 굴가(窟哥)에게 관직을 내

려 좌무위(左武衛) 장군으로 삼고 거란 군장(軍長)과 노인들에게 하사품을 주어 환심을 얻었다. •

그리고 본국에 역마(驛馬)를 보내 위징의 무덤에 제사드리고 그 유족을 위로하며 상을 내렸다. 한편 전사자의 해골을 영주 남동쪽에 모아 제사를 지내면서 손수 제문(祭文)을 짓고 크게 통곡해 민심을 수습했다.

"비록 자식은 죽었지만 천자(天子)가 슬퍼하며 통곡했다 하니, 어찌 내 아이가 원정에서 죽었다고 한(恨)스러워 하겠는가."

10월 21일. 임유관에서 태자의 마중을 받자 비로소 새 옷으로 갈아입고 11월 7일 유주(북경 부근)에 이르렀다. 당시 유주엔 병사에게 상(賞)으로 나눠주려고 포로로 잡은 고구려 백성 1만 4천 명을 모아 두었는데, 태종은 부부와 자식이 서로 흩어지는 것이 불쌍하다면서 그 값어치만큼 돈으로 나눠주고 풀어 주니, 포로가 되었던 고구려 백성이 감격해 황제를 영접하고 춤추며 환호했다. ••

고연수는 천산싸움에서 어이없게 패전하고서야 자신이 얼마나 어리석고 못난 인간인지 깨달았다. 때로는 부하 잘못이나 운수 탓

---

• 《구당서》 북적전(北狄傳) 참고. 3년 뒤(정관 22년) 당태종은 거란 땅에 송막도독부를 설치해 굴가를 도독으로 임명하고 이(李)씨 성을 하사했다. 이 무렵 해부족 추장 가도자(可度者)도 부족민을 이끌고 항복해 왔다.
•• 《자치통감》에는 당태종의 관대함과 덕스러움을 칭송하는 장면이 수없이 많은데 이 기록이 진실이든 거짓이든 한 가지 묻고 싶다. 사로잡아 간 고구려 백성은 7만인데 나머지 5만 6천 명의 운명은 어찌 되었는가?

으로 돌려 보았으나 밀려오는 번뇌를 떨쳐버릴 수 없었다. 연개소문이 적에게 항복한 반역자 가족으로 그의 처자식을 모조리 처형했다는 소식을 듣자 억장이 무너졌다.

'눈이 삐어가지고 나같이 못난 놈을 대장으로 임명한 건 바로 네 놈 아닌가. 제 잘못은 제쳐두고 누구보다 앞장서서 반정(反正)을 도왔던 내 가족을 그렇게 무참하게 죽이다니.'

복수심에 불탄 고연수는 조국이야 어떻게 되건 연개소문이 망하는 꼴을 보고 싶어 태종을 찾아가 고구려 방어망의 약점을 알려주면서 평양성을 바로 공격하라고 권하기까지 했었다.

고연수는 미련한 자였지만, 그릇에 걸맞지 않은 감투를 씌워준 게 비극일 뿐 악인(惡人)이 되기엔 손톱만큼 양심이 남아 있던 탓으로, 밤마다 잠을 이루지 못하고 머리를 쥐어뜯으며 후회했다.

'차라리 출세를 못 하고 평범한 싸울아비로 싸우다 명예롭게 전사했더라면….'

며칠 견디지 못하리라 여겼던 안시성이 당나라 대군의 공격에 맞서 당당히 버텨내자, 그렇게 시기했던 양만춘을 다시 보게 되었고, 그처럼 뛰어난 거인(巨人)을 알아보지 못한 자신이 무척 부끄러웠다.

당나라 군이 안시성에서 물러나던 날 고연수도 마지못해 열병식 행렬에 참가했다. 양만춘이 동문 문루에 우뚝 서서 패장(敗將) 태종을 의젓하게 전송하는 것을 보고, 그는 당나라 벼슬아치 옷을 입은 자기 꼴이 너무 초라해 쥐구멍에라도 들어가고 싶어 고개를 떨구었다.

문득 3년 전 철없던 시절 온문의 아들 온사문을 체포하러 갔을 때, "아비 잘못으로 왜 죄 없는 자식까지 처벌해야 하는가?"라며 부하의 목숨을 구하려고 간곡히 부탁하던 얼굴이 머리에 떠올라 자기도 모르게 눈물이 쏟아졌다.

11월 7일. 유주에서 황제의 행렬을 뒤따라가던 고연수는 사로잡힌 백성 중에서 자신을 뚫어지게 쳐다보는 노인을 발견했다. 낯익은 얼굴이었다. 모닥불을 끼얹은 듯 부끄러워 고개를 들 수 없었다. 피가 머리로 솟구쳐 올라 "억" 하고 신음소리를 뱉더니 피를 토하고 말에서 떨어져 죽었다.

파렴치하고 신경 무딘 것도 복일까? 고혜진은 하늘같이 떠받들던 고연수의 죽음이나 백성의 원한에 찬 눈길에도 아랑곳하지 않고 죽음의 행진에서 살아남은 것만 즐거웠다.


## 돌아온 황제

무조(武照)는 영리한 여인이었다. 안시성 싸움이 신통치 않은 데다, 설연타가 장안 가까운 하주를 침범했다는 소식을 듣자, 머잖아 황제가 돌아오고 위험한 불장난도 끝나게 되리란 걸 깨달았다. 황제가 장안으로 돌아오면 황태자와 만날 기회는 드물 것이고, 많은 눈이 있어 두 사람의 만남도 위험하기 짝이 없을 터였다.

그녀에게 찬란한 봄날과 온 세상을 쥐고 흔들 권력을 가져다 줄 유일한 희망은 지금 품속에 매달려 쾌락의 단 꿀을 남김없이 빨아들이려 넋을 잃고 몸부림치는 이 귀여운 사내였다. 여인은 머릿속부터 발끝까지 속속들이 잘 알고 있고, 오랫동안 정성껏 길들여온 애완견(愛玩犬)을 결코 놓칠 수 없었다.

세월이 흘러 그녀의 젊음이 시들어도, 서로 만나지 못하는 동안 다른 여인 치마폭에서 방황하더라도, 갈대처럼 나약한 이 사내가 그녀와 나눈 황홀한 쾌락을 잊지 못하고 다시 찾아오게 만들어야 했다. 그러려면 그녀만이 베풀 수 있는 사랑의 마법으로 황태자 치(治)의 머릿속 깊이 화인(火印)을 새겨두어야 했다.

얼마 남지 않은 짧은 기간 동안 사내를 길들이고 단단히 묶어둘 굴레를 씌우느라 온갖 정성을 쏟아부으면서도 때때로 고개를 갸우뚱거렸다. '내가 씌운 굴레가 금강석처럼 튼튼할까?'

무조가 다시 본 황제는 1년 전 당당하고 너그럽던 모습이 아니라 화를 잘 내고 의심에 가득 찬 늙은 병자였다. 그 얼굴을 보는 순간 한때 그렇게 사랑했던 옛 사나이에게 정나미가 떨어지고, 새로 택한 어린 애인에게 더욱 마음이 기울었다.

태종이 돌아오자 치는 사람이 변하기라도 한 듯 그녀를 멀리했다. 무조는 '치는 결코 내 굴레를 벗어나지 못해' 싶다가도, 때때로 모든 노력이 헛되이 사라져 버리고 가슴을 부풀게 했던 짧은 봄도 물거품이 되는 게 아닐까 싶어 잠을 이루지 못했다.

황제란 화산(火山)의 불길 같아 조금만 거슬리면 주위 모든 것을 불살라 버린다. 이미 치의 큰형 승건은 죽었고, 작은형도 귀양 보내지 않았던가. 무조는 이런 사정을 누구보다 잘 알고 있었기에 그의 서운한 행동을 애써 이해했지만, 그녀를 두렵게 하는 것은 장손무기의 눈길이었다.

그는 권세를 굳건히 유지하기 위해 자기가 없는 동안 황태자를 가까이한 자가 없었는지 감시의 눈초리를 번뜩였다. 이제 무기야 말로 그녀가 뛰어넘어야 할 가장 큰 장애물이었다.

황태자 치는 지극한 효자였으므로 병든 아버지를 정성껏 간호했다. 태종은 11월 28일 휴양을 겸해 설연타 정벌을 감독하고자 정주(定州)를 떠나 고향 땅인 병주(幷州)로 향했는데, 요동 전쟁터에서 생긴 종기(腫氣)로 말을 타지 못하고, 보연(步輦, 가마)으로 이동했다. 황태자는 여러 날 동안 이를 따라가며 아버지 종기를 입으로 빨아 병환을 보살폈다.

태종이 고구려 원정에서 돌아온 후 당나라 조정에는 한바탕 피바람이 불었다. 그가 원정을 떠날 때 군사(軍事)는 이정에게, 국내통치(統治)는 시중(재상) 유기에게 맡겨 황태자를 보필하게 했는데, 돌아온 황제의 병든 모습을 보고 유기가 옆에 있던 대신에게 "폐하의 병환이 이렇듯 위중하니 심히 걱정스럽소"라고 말했다.

어떤 사람이 악한 마음을 품고 황제에게 유기를 헐뜯었다.

"'나라 일은 전혀 걱정할 게 없다. 마땅히 어린 주군(主君)을 잘 보필해 이윤과 곽광•처럼 돌보면 될 테고, 다른 뜻을 가진 대신이 있으면 쫓아내자'고 유기가 말했습니다."

원정에서 돌아온 당태종은 지난날 현명하고 너그러웠던 군주가

---

• 이윤은 춘추시대, 곽광은 전한(前漢) 시대의 대신으로 못난 제왕을 내쫓고 새로 황제를 옹립하여 나라를 잘 다스린 명재상들임.

아니라 의심 많은 성격으로 변해 그 말을 듣고 크게 노했다.

"유기는 교만해져 다른 대신을 시기하고 죽이려 했으니 마땅히 스스로 목숨을 끊게 하라."

이듬해(646년) 정월 태종은 대리경 손복가를 앞세워 대숙청을 행하니, 자사(刺史)와 현령 중 많은 사람이 쫓겨나고, 사형된 벼슬아치가 7명이고, 귀양 가거나 파면된 사람이 천 명이나 되었다.

이 무렵 수나라 이래 조정의 중신(重臣)이었던 소우도 트집을 잡혀 물러났고, 고구려 원정 때 수군대총관을 맡았던 형부상서 장량도 반역의 혐의를 받아 저자에서 목이 베였고 그 가족은 노비가 되었다.

한편 당태종이 걱정했던 일이 일어났다. 설연타의 다미 카간은 당나라 대군이 안시성에 묶여 있어 국내는 텅 비었다고 판단하고 하주를 침공했다. 하주는 장안에서 얼마 떨어지지 않은 곳이어서 태종도 침공 소식을 듣자 불안했고, 서둘러 원정군을 철수하게 된 원인 중 하나였다.

다미 카간은 난폭하고 포용력이 없었다. 카간에 오를 때 반대파의 많은 사람을 죽이자 내분(內紛)이 일어나 동맹부족들이 흩어진 데다가 당나라 수비군이 용감하게 싸워 잘 막았다. 그러나 설연타는 군사를 이끌고 하남(河南)으로 쳐들어와 끊임없이 노략질했다.

태종은 12월 25일 칙령(勅令)을 내려 이도종에게 산서 지역 9주(州) 병사를 징발하게 하고, 설만철(薛萬徹)과 아사나사이에게도 전국 각처에서 군사를 모아 설연타의 침략을 방어하게 했다.

해가 바뀌어 646년(정관 20년)이 되자, 고구려 원정 때 등 뒤에서 칼을 휘둘렀던 설연타에 대한 매서운 복수가 시작되었다. 하북 24개 주(州) 병력을 총동원하고, 설연타와 사이가 좋지 않은 북방 초원의 여러 부족까지 끌어들여 공격하자, 6월 설연타가 크게 패했다. 다미 카간은 수천 명 기병을 이끌고 운주(내몽골 허린걸 지역)로 달아나다가 위구르 사람에 붙들려 죽었고, 조카 설돌마지(薛咄摩之)가 나머지 무리 7만을 이끌고 서쪽으로 도망쳤으나, 이해 7월 이적에게 토벌당하여 항복하니 고구려 동맹국이던 설연타는 허무하게 멸망하고 말았다.

9월 태종은 황하의 상류 영주(靈州)로 행차해 초원 민족들에게 또다시 천가한(天可汗)으로 추대되었다. 9월 15일 "치욕을 씻어 백왕(百王)에게 갚아주고 흉악한 것을 제거해 천고의 역사에 보답한다"는 비석을 세워 설연타 평정을 선포했다.

# 평화의 길 찾아서

戰 後

## 폐 허

목숨 걸고 싸웠던 전투보다 더 어려운 싸움이 기다리고 있었다. 9월 18일. 적군이 물러가자 양만춘은 안시성 주위를 둘러보았다. 추위는 닥쳐오는데 해성고을을 비롯한 마을들은 불타 잿더미가 되었고, 석 달 동안 버려진 논밭에는 잡초만 무성했다. 곡식 한 톨도 거둘 수 없어 군량을 보충하기는커녕 다가오는 한 해 동안 무엇으로 백성을 먹여 살려야 할지 막막했다. 더 기막힌 건 적군이 머물렀던 안시성 주위 30리에 나무라는 나무는 모조리 베어버려 집 지을 목재는커녕 땔감조차 구하기 어려웠다.

논밭에 흉년이 들면 하늘은 숲의 열매를 넉넉히 준다고 했건만, 올해는 워낙 변덕스러웠던 날씨 탓에 산짐승이 먹을 열매조차 시원치 않았다. 그러나 어이하리. 성주에게 주어진 가장 큰 사명은 백성을 굶주리지 않게 하는 것이니, 다음 해 추수 때까지 백성을

289

먹여 살릴 양식을 구하는 일이 눈앞에 다가온 큰 고민거리였다.

한 가지 위안이 있다면 전쟁을 피해 요하 하구 늪지대로 피란시켰던 배와 어부들, 이들이야말로 눈앞에 닥친 어려움을 헤쳐 나가는 데 도움이 될 얼마 남지 않은 종잣돈이었다.

양만춘은 압록진에 피란보냈던 주민을 서둘러 돌아오게 하는 한편, 안시성을 지키다 전사한 용사들의 위령탑과 우소를 비롯한 영웅들의 묘와 비석을 세웠다.


양만춘은 병사들이 성주 저택을 짓겠다고 서두르는 것을 말렸다.

"백성이 움막에서 지내거늘 내 집부터 짓다니. 경당과 대장간을 먼저 세우라. 노인과 어린애는 안시성에서 겨울을 지나게 하고."

삶의 터전을 다시 세우느라 눈코 뜰 새 없이 바쁜 나날을 보낸 어느 날 돌고가 피란 갔던 백성을 이끌고 돌아왔다. 반년도 지나지 않은 사이 돌고 얼굴에 검버섯이 많이 늘었다.

"감사합니다. 피란 갔던 백성을 무사히 데리고 와 주셔서."

"성주님 모습 다시 뵈오니 반갑기 그지없구려. 누구도 꿈꿀 수 없었던 큰 승리를 거두어 진심으로 축하합니다. 그런데 전쟁 피해가 너무 심하군요. 당장 이번 겨울을 어떻게 넘기렵니까?"

"요동성에 비하면 형편이 낫지만, 젊은이가 많이 죽고 마을이 잿더미가 되었구려. 백성의 삶이 빨리 안정되게 도와주시오."


요하 강변까지 패잔병을 추격했던 연개소문은 개선장군이 되어 요동성에 들어왔으나, 반갑게 맞아주는 사람이 없었다. 요동에서 가장 번화했던 큰 고을은 깡그리 불타 잿더미가 되었다. 주민들은 모조리 적군에게 끌려가 등이 굽은 늙은이와 깡마른 어린애만 먹을 것을 찾아 이리저리 헤매고 있었다.

그의 가슴에도 안타까운 마음이 치밀어 올라 병사에게 불탄 집과 길을 치우고, 무너진 성벽을 손보고, 수레에 싣고 왔던 군량을 나누어 주며 피란 간 백성을 모으게 했다.

시월 상달이 되니 며칠 후 동맹축제였다. 연개소문은 올해 동맹은 요동성에서 지내기로 마음먹고 요동 지역 성주들을 초청했다.


안시성에도 가장 큰 명절 동맹(東盟)이 다가왔으나, 새로 거둔 곡식이 없으니 축제 음식을 만들 수 없어, 올해는 전사한 용사를 추모하는 위령제(慰靈祭)로 축제를 대신했다.

위령제를 지내는 동안 기쁜 소식이 왔다. 요택(遼澤)으로 출정 (出征)시켰던 온사문 장군이 당나라 중앙군 패잔병을 오이섬으로 몰아넣어 수만 명 포로를 사로잡았다는 승리의 보고였다.

'어쩌면 이것이 곤란한 처지를 벗어나게 해줄 좋은 밑천이 될지도 모르겠구나.'

양만춘은 도움이 될 만한 사람들에게 보내는 간곡한 편지를 써서 당나라로 보냈다.


축제 다음 날 양만춘이 나타나자, 백성은 물론 중앙군 병사까지 우레 같은 함성으로 '구세주 양만춘'을 환영했다. '막리지 천세'(千歲)라고 부르는 것보다 몇 배나 더 크고 뜨거운 환호성이 울렸다.

그 순간 막리지 연개소문의 부리부리한 눈이 길게 찢어지며 치켜 올라갔다.

머릿속에는 위대한 전쟁영웅에게 그처럼 열광적으로 환호를 보내는 게 당연하다는 생각이 들었지만, 가슴속에 치미는 시기심을 감출 수 없었다. 부하장수들이 그 낯빛을 보고 잠잠해졌다.

연개소문이 일어나 양만춘에게 다가가서 끌어안고 승리를 축하하더니 가볍게 핀잔을 주었다.

"가까운 곳에 사는 성주가 먼 곳 성주보다 늦게 도착했구려."

"대인, 죄송합니다. 이미 말씀드렸듯 전사한 용사의 위령제를 지내느라 늦었습니다."

성주 모임에서 전쟁터가 되어 농사를 짓지 못한 고을 백성의 구호문제와 함께 천산방벽을 수리하는 문제가 논의되었다.

연개소문은 이듬해 당태종이 다시 쳐들어오면 큰일이니 천산방벽을 급히 보강해야 한다고 서둘렀다. 요동 지역 성주들은 백성의 곤란한 사정을 조금도 생각지 않는 그의 고집에 어처구니가 없었지만 그 기세가 두려워 입을 다물었다.

"대인! 점령당했던 고을 백성은 모조리 끌려갔고, 요동땅 다른 곳도 형편이 어려우니 내년 농사까지 망치면 백성의 괴로움이 너무 클 것입니다. 당태종은 수양제처럼 무모하지 않을 테고, 눈앞에 닥친 설연타의 뒤처리로 내년 원정은 어렵지 않을까요?"

양만춘의 말을 듣고 그의 얼굴색이 변하자 고정의가 달랬다.

"두 분 모두 일리가 있으니 천산방벽을 보강하되, 전쟁 피해를 보지 않은 남쪽 고을 백성에게 부역을 시키는 게 어떻겠는가?"

성주 회의에서 천산방벽을 수축(修築)하는 인부는 남쪽 지역의 백성이 맡고, 성을 쌓는 데 경험 많은 요동 지역 기술자에게 충분한 품삯을 주기로 타협이 되었다.

전쟁이 휩쓸고 간 땅에 가장 먼저 찾아오는 반갑잖은 손님은 굶주림이었다. 추수(秋收)를 하지 못했으니 어디서 곡식을 구하랴.

644년(정관 18년) 11월 당태종이 고구려 원정 조서(詔書)를 내린 후부터 해성포구에는 당나라 무역선의 왕래가 끊어졌고, 왜(倭)와 백제, 멀리 유구(오키나와)의 무역선도 전쟁 전에 비해 많이 줄었다. 고구려에 귀화(歸化)한 무역상 악운학의 고기잡이배로 꾸민 염방(塩幇)● 소형 쾌속선이 이따금 드나들며 곡식을 싣고 와 소금과 모피를 사갔으므로 아쉬운 대로 당나라 사정은 알 수 있었으나, 백성의 먹을거리를 확보하는 데는 그리 도움이 되지 않았다.

양만춘은 전쟁 피해를 입지 않은 이웃고을 성주에게 구호양곡을 보내달라고 간청하고, 날씨가 더 추워지기 전에 백성과 포로를 총동원해 피해 복구를 서둘렀다. 무너진 제방과 농토를 손질하고 잿더미가 된 마을과 길을 수리하며, 염전을 복구하는 한편 고기잡이에 힘쓰고, 천산에서 쇠를 캐며 전쟁터에서 고철을 모으게 했다.

구호양곡은 기대보다 훨씬 적었다. 전쟁터가 되지 않은 고을이라 해도 식량에 그리 여유가 없겠지만 외적으로부터 구해 주었던

---

● 방(幇)이란 비밀결사 단체로, 역대 중국 정부가 재정을 충당하기 위해 백성의 삶에 가장 요긴한 소금의 판매를 통제하고 무거운 세금을 부과하자 불법으로 소금을 밀매(密賣)하는 전국적 비밀조직인 '염방'이 생겼음.

보답치곤 섭섭했다. 너털웃음을 터뜨리며 장담했던 연개소문의
지원도 너무 인색했다.

하늘은 스스로 노력하는 자를 버리지 않는다더니, 뜻밖에 풍어
(豊漁)가 계속되었다. 요하는 얼어붙었으나 한겨울이 되어도 바다
는 얼지 않고 고기잡이배마다 만선(滿船)의 기쁨으로 가득 찼다.
양만춘은 남아 있던 군량을 풀어 백성에게 하루 한 끼 식사라도 먹
이고, 풀잎과 나무뿌리에 물고기를 넣어 끓인 어죽(魚粥)으로 저
녁을 대신하게 했다.

외적과 싸울 때는 안시성 백성이 모두 한마음으로 굳게 뭉쳤으
나, 평화가 돌아오니 각자 제 몫을 더 차지하려고 서로 다투어 이
들을 달래고 바로잡는 것도 무척 피곤한 일이었다. 양만춘은 이번
겨울을 어떻게 보내야 할지 잠을 이룰 수 없었다. 움막집을 찾아
온 법인 스님이 우스갯소리를 했다.

"천하를 떵떵 울리던 영웅께서 사흘 굶은 중놈처럼 우거지상을
하고 앉아 있는 처량한 모습이라니. 행여 백성이 그 꼴을 볼까 두
려우니 얼굴을 활짝 펴고 원기를 내시구려."

"먹여 살릴 처자식 없는 땡초 팔자가 정말 부럽구먼. 하루하루
어떻게 버틸지 걱정이 태산인데 어찌 웃을 수 있겠소."

"쓸모없이 양식만 축내는 포로를 부둥켜안고 있지 말고, 남쪽
고을에 내다팔아 곡식과 바꾸는 게 어떻겠습니까?"

"잡혀간 백성과 맞바꿀 수 있을 포로를 어찌 함부로 흩어버릴 수
있겠소. 불타 버린 고을을 복구하는 데 도움이 되고요."

법인 스님이 고개를 끄떡이며 위로했다.

"옛말에 하늘이 무너져도 솟아날 구멍이 있다고 했소. 어렵사리 안시성을 지켜주셨으니 살아갈 길도 열어주실 테지요."

646년(보장태왕 5년) 봄, 지긋지긋하게 길던 겨울이 지나자 눈에 덮였던 땅에 새싹이 솟고, 베어진 나무 그루터기에도 새로운 가지가 뻗어 올랐다. 생명의 신비는 정말 놀라웠다.

불에 그을린 나무에도 움이 돋고, 어디서 날아온 씨앗인지 싹이 터서 안시성 주변 민둥산에도 온갖 어린 나무가 서로 햇빛을 많이 받으려 앞다퉈 머리를 치켜들었다. 하지만 저 어린 게 언제 울창한 숲이 될지 생각하면 한숨이 절로 나왔다. 주민들이 나무 베는 걸 금지하고 목재나 땔감을 다른 고장에서 가져오도록 명령했다.

봄이 오면서 양만춘은 새로운 걱정으로 잠을 설쳤다. 30년 전 수양제가 살수에서 크게 패배한 이듬해 곧바로 쳐들어왔던 악몽(惡夢)처럼 당태종도 또다시 침략하지 않을까 두려웠다. 그렇다면 첫 공격목표는 안시성일 게 분명했다. 당나라 군이 지난해 패배를 앙갚음하려 이곳으로 몰려오면, 백성을 먹여 살리느라 군량이 바닥나 버린 터라 얼마나 버텨낼지 눈앞이 캄캄했다. 그는 적의 움직임을 하루라도 빨리 알기 위해 정찰병을 멀리 요서땅 거란 부족에까지 보냈다.

걱정스러운 일은 그뿐만이 아니었다. 보우가 심각한 얼굴로 찾아와 입을 열었다.

"성주님, 나쁜 소식입니다. 올봄에 심한 가뭄이 들겠습니다."

"정월 대보름달을 보고 올해 풍년이 들 것이라고들 하던데?"

"좋지 않은 소식을 전하고 싶지 않아 망설이다 어제 배를 타고 바다에 다녀왔습니다. 늙은 어부도 바닷물 흐름이 십여 년 전 혹독했던 가뭄 때와 비슷하다며 걱정하더군요. 제 예측이 틀리기를 바랍니다만 말씀드리지 않을 수 없군요."

지난날 경험으로 미루어 보아 보우의 날씨 예측은 틀림없었기에 늙은 농사꾼들을 불러 모았다. 뜻밖에 사람마다 의견이 달라 결론이 나지 않았다. 양만춘이 일어나 결단을 내렸다.

"우리는 그동안 많은 어려움을 겪었고 이를 헤쳐 왔소. 거기에서 얻은 지혜가 있다면 어떤 사태가 벌어져도 놀라지 않고 이를 잘 헤쳐 나갈 준비를 해야 한다는 것일 게요. 즉시 요하 물웅덩이 갈대밭에 불을 놓아 메밀과 콩을 뿌리도록 하시오. 다행히 가뭄이 들지 않아 헛된 짓이 된다면 그건 내 잘못이지 보우 탓은 아니오."


어느 날 상인 차림의 젊은이가 양만춘을 찾아와 두루마기 솔기를 뜯더니 편지를 꺼냈다.

"아버님께서 병으로 오실 수 없어 대신 왔습니다."

오랫동안 장안에서 숨어사는 세작(細作) 비룡의 편지에는 그동안 병주에 머물면서 몸조리하던 태종이 3월 7일 장안에 돌아와 황태자에게 국사(國事)를 맡긴다는 조서를 내렸다고 했다. 아울러 지난해 겨울부터 시작된 설연타 토벌에 대해 자세히 적혀 있었다. 먹구름 사이에서 햇살이 내려쬐듯 반가운 소식이었다. 자기도 모르게 펄쩍 뛰어올라 젊은이를 부둥켜안았다.

"태종 건강이 좋지 않은 데다 대대적으로 설연타 토벌 작전을 시작했다면 올해는 전쟁이 없겠구려. 좋은 사람은 희망을 가져다준다더니 정말 기쁜 소식이오."

즉시 병사를 일터로 돌려보내고, 안시성 수리 공사도 멈추었다.


## 활인검 活人劍

장안의 유명한 자선사업가인 정거이가 고구려 원정에서 돌아온 이적을 찾아갔다.

"정수이 영감님이 많이 아프다고 들었네만 요즘 어떠신가?"

"거동이 불편하시어 제가 대신 문안인사를 올리려 왔습니다. 여기 형님의 서신(書信)이 있습니다."

편지를 읽은 이적이 고개를 갸우뚱거렸다.

"안시성에서 많은 병사가 죽었지만 포로는 그리 없을 텐데."

"대장군님, 요하 늪지대에서 길을 잃은 중앙군이 안시성 군에 사로잡혔답니다. 그중 다치거나 병든 포로를 우선 보내겠답니다."

"뭐라고, 요택(遼澤)에서 우리 뒤통수를 친 놈이 바로 안시성 성주란 말인가! 그래 요구조건은 무엇이라던가?"

"천수백 명 목숨값으로 보리 2만 석을 요구했습니다. 그리고 포로 2천 명을 마음대로 골라가는 대신 5만 석을 더 달라더군요. 보내온 명단에는 중랑장 같은 높은 장수도 여럿 있었습니다."

"폐하께서 요동에서 얻으신 병으로 편찮으셔서 만나 뵙기 쉽지 않아. 더구나 그런 일이라면 장손무기를 찾아가서 부탁해야지. ”

정거이는 한참 동안 머뭇거리다 목소리를 낮추었다.

“형님께서 이 일을 이루려면 대장군님을 찾으라고 했습니다. ”

이적은 큰 병에 걸려 죽어가는 장안 최고 부자가 적의 나라 성주에게 지나치게 관심을 갖는 게 궁금해 물었다.

“자네 형은 장사치거늘 그자에게 어찌 그리 관심이 많은가?”

“형님은 작년에 돌아가신 대협(大俠) 진무(陳武) 두령님 소개로 십여 년 전에 빨간물레방아 집에서 처음 만났었는데, 활인검(活人劍) 이야기를 하더랍니다. 검(劍)이란 사람을 죽이는 흉기인데 활인검이 무슨 소린지 이해할 수 없었지만 여러 차례 만나보니 참으로 성실한 진인군자(眞人君子)였답니다. 옛날 고조(당태종의 아버지 이연)께서 수나라 포로를 고구려에서 송환해 오셨을 때도 그분은 많은 포로를 돌려보내 가장 잘 협조했고, 그 후 고구려 사절로 장안에 왔을 때에는 포로 중 수나라 중랑장이었던 관평 장군의 유족을 찾아 위로하고 큰돈을 베푼 의기남아(義氣男兒)였다더군요. ”

이적은 옛 일이 기억나서 고개를 끄떡이며 탄식하였다.

“뭐라고, 사람 살리는 칼〔活人劍〕이라고? 그러면 장손무기가 그렇게 죽이려 애썼던 사신의 호위대장이 바로 그자였단 말인가! 무기가 하는 짓은 별로 탐탁지 않지만 눈이 삐지는 않았었군. ”

생각에 잠겼던 이적이 얼굴을 들면서 약속했다.

“폐하를 만나 뵙겠네. 다만 이 일이 알려지면 자네는 장손무기에게 미움을 받을 테니 마음의 준비를 단단히 해야 할 게야. ”

정거이 이마에 굳은 결심이 떠올랐다.

"활인검의 참뜻은 모르지만, 저는 살수싸움에서 고구려에 포로로 붙잡혔다가 부처님 은덕으로 구사일생 살아 돌아왔습니다. 그때 빚을 갚기 위해서 이번 일에 기꺼이 목숨을 걸겠습니다, 다만 이 일은 저 혼자 꾸민 일로 해주시어 형님 본가(本家) 자손에 누(累)가 미치지 않기 바랍니다. 지난날 경험으로 미루어 보면 고구려는 백성을 먹여 살릴 양식조차 부족해 포로에게 먹일 건 없을 겁니다. 이대로 내버려두면 병든 포로 중에 살아남는 자가 없을 것이오니, 우선 제 사재(私財)를 털어서라도 2만 석을 보내어 이들을 송환코자 합니다. 아무쪼록 대장군님께서 폐하의 마음을 움직이시어 불쌍한 포로 목숨을 하나라도 더 구할 수 있기를 바랄 뿐입니다."

"폐하께서 허락하시기 전에 함부로 움직이지 말라. 자칫하면 자네 행동은 이적행위(利敵行爲)로 몰릴 거야."

이적은 굵은 눈썹을 찌푸리며 엄포를 놓았으나 목소리에는 따뜻함이 배어 있었다.

'저 사나이 얼굴을 보니 말려도 위험을 무릅쓰겠군. 무엇 하나 부러울 게 없는 부유한 장사꾼이 목숨을 걸고 천하의 의기남아도 하기 어려운 모험을 하겠다니. 의인(義人)이 분명하지만, 까딱 잘못하다가 멸문지화(滅門之禍)를 면하기 어려울 텐데 ….'

곡식을 가득 실은 당나라 화물선 다섯 척이 해성포구에 닿았다는 소식이 왔다. 양만춘은 포구로 달려가 정거이를 부둥켜안았다.

"이렇게 기쁠 수가! 기대했지만 어려우리라 생각했는데 …."

"믿음 때문이지요. 성주님이 약속을 반드시 지키시리라는 믿음이 없었다면 어찌 이런 일을 할 수 있겠습니까."

"그래도 황제께서 허락하신 모양이구려. 이 작은 일로 평화의 싹이라도 움틀 수만 있다면…."

정거이는 어두운 얼굴로 고개를 저었다.

"아니올시다. 어리석고 힘없는 백성이지만, 병든 포로 목숨을 구하고 싶은 제 작은 성의 표시일 뿐입니다."

깜짝 놀란 양만춘이 걱정스럽게 물었다.

"그렇다면 정 대인께서는…."

"저는 수나라 원정 때 포로로 잡혀 죽었다가 살아났던 몸. 이 늙은이가 목숨을 잃는다 해도 한은 없소이다. 바라기는 이 곡식 얼마라도 불쌍한 포로 목숨을 살리는 데 쓰이길 바랄 뿐이오."

양만춘이 허리를 깊이 숙이고 그의 손을 굳게 잡았다.

"정 대인, 약속하리다. 어떤 일이 있어도 이 곡식 절반은 그들의 양식으로 쓰일 것이오."

정거이가 천수백 명 병든 포로를 데리고 귀국한다는 소문이 돌자, 멀쩡하던 포로 수십 명이 갑자기 꾀병을 앓았다.

양만춘이 정거이를 쳐다보고 껄껄 웃다가 겉으로 보아도 꾀병이 분명한 자만 제외하고 같이 보내기를 허락했다. 정거이의 소문이 당나라에 퍼지자, 포로의 부모 형제와 친구가 이들을 데려가려고, 곡식을 실은 당나라 어선들이 해성포구에 연이어 나타났다.


요동성에 머무르며 전쟁 뒤처리를 하고 있던 고정의가 안시성을 찾아왔다.

"대대로님, 폐허가 된 요동성 주민을 보살피느라 고생이 많으십니다. 덕분에 의지할 데 없는 민초(民草)들이 희망을 잃지 않고 새 삶을 찾게 되었군요."

"이곳을 둘러보고 감탄했네. 자네가 애쓴 덕분에 불탄 곳이 복구되고 제대로 질서가 잡혔더군."

"우리 고을 백성의 굳센 힘과 끈질긴 단결심 때문이지요. 우리 민족은 밟히고 밟혀도 힘차게 돋아나는 잡초처럼 끈질긴 생명력을 갖고 있지 않습니까. 저는 고구려의 미래에 밝은 희망의 빛을 봅니다."

"내가 요동에 머문 지도 벌써 두 해가 지났군. 이제 급한 불은 껐으니 평양성으로 돌아가야겠네. 백암성은 추정국 성주에게, 개모성은 신성 성주에게 뒤처리를 맡기려 하나, 요동성이 문제일세. 그곳은 요동의 심장인데 주민이 전쟁 전의 절반도 남아있지 않고, 부모 잃은 아이와 의지할 데 없는 늙은이만 길거리를 헤매고 있네. '성실하게 산 사람(義人) 자식은 결코 걸식(乞食) 하지 않는다'지만, 요동성 백성은 삶의 터전을 모두 잃어 버렸네. 지금처럼 황폐한 채로 내버려 둔다면 나라의 서쪽 방벽(防壁)이 무너질까 염려되니, 자네가 다시 일으켜 주게."

"대대로 대인, 지금 제 코가 석 자나 빠졌는데 이웃고을 백성까지 돌볼 힘이 어디 있겠습니까?"

"지난 전쟁에서 안시성이 가장 큰 피해를 입었음에도 이곳만큼 백성들의 삶이 안정된 고을도 없더군. 요동성을 맡아 말썽 없이 다스릴 사람은 자네뿐이야. 더구나 인연이 깊은 곳 아닌가. 내가 힘껏 뒷받침해줄 테니 제발 맡아 주게.”

고정의가 손을 붙잡으며 간곡히 양만춘을 달랬다.

“그렇다면 조건이 있습니다. 돌아가신 해부루 성주의 어린 아들을 요동성 성주로 임명해 주시고, 저에게 3년간 성주 대행(代行)을 맡도록 태왕폐하께서 어명을 내려주셔야겠습니다.”

“옛날 해부루 성주에게 입었던 은혜를 갚으려 하는군. 그것뿐인가? 요동성에 대해 조금도 흑심(黑心)을 갖지 않는 마음이 담겨 있고, 명분(名分)도 서니 막리지도 반대하지 않겠군.”

“또한 3년 동안 세금과 부역을 면제해 주시고, 지난 전쟁 때 점령당했던 지역의 싸울아비에게 주었던 ‘전쟁부역자에 대한 즉결처분’ 권한을 폐지시켜 주십시오. 그러면 3년 안에 요동성을 살 만한 고을로 만들겠습니다.”

“다른 것은 내 힘으로 약속할 수 있으나 싸울아비 특권의 폐지는 막리지와 상의해야 할 걸세.”

“우리는 태왕께서 다스리는 하늘백성(天孫)이지 싸울아비 나라가 아닙니다. 싸울아비란 백성을 지키는 양치기 개일 뿐입니다. 저에게 요동성의 법과 질서를 바로잡을 권한을 주지 않으신다면, 흩어진 백성을 모으고 살기 좋은 고장을 만들 수 없을 테니 이 일을 맡을 수 없습니다.”

한참 동안 주저하던 고정의가 고개를 끄떡였다.

“요동성만은 자네 요구대로 하도록 막리지를 설득하겠네.”

양만춘은 돌고를 요동성의 장사(長史)로 임명했다. 뒤이어 요동성 경비대장을 안시성 수비군에서 뽑으려 하자 말썽이 생겼다. 지난 전쟁 때 큰 공을 세워 양씨(楊氏)로 삼았던 몇 사람 싸울아비가 이 자리를 탐내어 서로 헐뜯고 다투었기 때문이었다.

양만춘은 이들을 희망의 땅 흑수말갈 개척대로 보내 제2의 안시성을 건설하려는 큰 꿈을 꾸고 있었기에 몹시 실망하고, 양씨 성(姓)을 주었던 용사 72명을 모두 불렀다.

"성공한 지도자가 되려면 겸손한 마음으로 사람을 끌어안고 백성을 섬길 줄 알아야 하거늘, 어찌하여 이까짓 하찮은 자리 때문에 생사를 함께한 동료끼리 얼굴을 붉히는가? 가슴에 품은 꿈이 사람의 크기를 결정하지만, 고구려인의 가장 큰 결점은 '조급함'이다. 바람 불고 구름 일면 용(龍)이라도 될 법한 아까운 인재가 안타깝게도 눈앞에 어른거리는 탐욕에 눈이 멀어 고작 몇 년도 참지 못하고 조바심을 내어, 미꾸라지같이 이전투구(泥田鬪狗)의 늪에 빠져 흙탕물을 일으키는가. 기회는 온다. 이무기처럼 묵묵히 엎드려 기다림이 어떨까. 어찌하여 때가 무르익기를 느긋하게 기다리지 못하고 촐랑거리나. 강태공(姜太公)은 곧은 낚시를 드리우고 70까지도 버티었거늘!"


요동성 서문에 포고문(布告文)을 내걸었다.

"영양태왕의 신법에 따라 부역자 가족들에게 일체 그 책임을 묻지 않고 부역자라 하더라도 죄가 가벼운 자는 용서하겠다. 경비대 병사 외 누구도 성내(城內)에서 무기를 가지고 다니지 말라. 이를 어기는 자는 싸울아비 자격을 빼앗을 것이며, 성주 허락을 받지 않고 함부로 주민을 체포하는 짓은 금지한다."

양만춘은 당나라에 끌려간 주민의 땅을 조사해 임자 없는 땅을 소작인과 다른 곳에서 이주한 백성에게 나눠주고, 안시성에 사는 소작농에게도 요동성 이주를 권했다.

사방으로 뚫린 도로를 수리하고 시장을 열게 한 데다 치안(治安)까지 자리 잡히자 저절로 장사꾼과 농사꾼이 모여들었고, 장인(匠人)들이 자리를 잡았다. 워낙 위치가 좋은 요동성인지라, 그 옛날 번화하던 때에 비하면 초라했으나, 제법 활기 있는 고을로 되살아 나기 시작했다.


646년 봄이 되자 조정(朝廷)에서 당나라에 평화사절단을 보낸 다는 소식을 듣고 양만춘은 희망으로 가슴이 부풀었다.

그동안 양국이 전쟁상태여서 부득이 장사꾼 정거이를 통해 포로 교환을 해결해 보려고 애썼지만, 이제 평화가 돌아온다면 나라에 서 공식적으로 이 문제를 다룰 수 있을 뿐만 아니라 어쩌면 평화를 되찾을 디딤돌이 될 수 있을 터였다.

5월 23일. 고구려 사신은 태종을 만나 지난 일을 사죄하고 미녀 2명을 바쳤으나 황제는 여인들을 돌려보냈다. ●

---

● 《자치통감》, 198권. 당나라 입장에서는 고구려 평화사절을 사죄사절단으로 표현한 것이나, 그 당시 풍속으로 여인을 보냈다고 기록하였음도 이해가 되나, 이때 고구려의 가장 큰 호의 표시는 전쟁의 불씨가 되었던 당나라 사신 장엄을 돌려보낸 것임이 틀림없다.

당나라 사신이 그 답례로 요동성에 나타났는데, 건장한 체격을 가진 거만한 사나이였다. 요동성 성주 대행을 맡은 양만춘은 양국 간의 평화를 간절히 바랐기 때문에 검소하지만 정성껏 대접했다.

연개소문은 적에게 천산방벽의 방어시설을 보여줄 수 없으니 고구려 제1번 국도는 연산관 고갯길이 무너져 통행하지 못한다고 핑계 대고, 안시성을 거쳐 평양성으로 안내하라고 지시했다. 이 길은 멀리 둘러가는 길이었으나 사신은 불평 한마디 하지 않았다.

사신이 안시성 가는 길가 메마른 논밭을 유심히 살펴보다가 포로들이 어떻게 지내는지 꼬치꼬치 캐묻자 양만춘은 무척 당황했다. 더구나 요동성에는 고정의가 머물렀던 숙소가 있어 접대에 어려움이 없었으나, 해성고을엔 성주 저택을 다시 짓지 않아 머물 곳이 마땅치 않았다. 양만춘은 급히 수리한 해성고을 병원의 숙소로 안내하면서 거듭 변명했다.

"전쟁으로 고을이 불탄 데다 올해 가뭄이 심해 변변찮은 곳에 모실 수밖에 없군요. 너그럽게 이해하여 주시오."

사신은 불만스러운 빛을 드러내며 건방진 목소리로 말했다.

"그동안 성주의 대접만 받았으니 댁을 찾아가 답례할까 하오."

양만춘은 크게 놀라 말을 더듬었다.

"귀한 분께서 어찌 누추한 저의 집을 … ."

그는 능글맞게 웃으며 이죽거렸다.

"성주 저택이 군사기밀이라도 된단 말씀이오? 어찌하여 집 구경조차 거절하시오."

양만춘은 하는 수 없이 저택으로 안내했다. 넓은 터에 썰렁하게 움막 하나만 서 있자 깜짝 놀라 외쳤다.

"아니 여기가 성주 저택이란 말씀이오?"

"백성이 움집에 살면서 밤낮없이 가뭄과 싸우고 있는데, 어찌 제 집만 덩그렇게 세울 수 있겠습니까."

"이처럼 어려운데 그동안 너무 과분한 대접을 받았구려."

그때부터 당나라 사신의 태도가 공손해지고 걸핏하면 심부름꾼에게 트집을 잡던 그의 부하들도 고분고분해졌다.

저녁 식사 때 사신의 고향마을 출신 포로 다섯 명을 찾아내 오붓한 식사자리를 마련해 주었더니, 다음 날 아침 양만춘을 찾아와 머뭇거리다가 비단 50필을 내놓으며 머리를 숙였다.

"죄송한 부탁이오만, 저 포로들을 데려갈 수 없겠습니까. 고향에 돌아갈 때 제 낯이 서겠습니다."

"그렇게 하십시오."

그는 선선히 허락하고 비단을 되돌려주었다.

"성주님, 고구려에 와서 가장 귀한 선물을 얻었사온데, 제 체면을 생각하시어 조그만 성의만은 거절하지 마십시오."

다음 날 아침 사신이 넌지시 요청했다.

"안시성에 가볼 수 없을까요?"

양만춘은 빙그레 웃으며 기분 나쁘지 않게 거절했다.

"무너진 성 황폐한 싸움터를 무엇 하러 보시려 합니까. 그곳으로 가는 길이 허물어졌으나 아직 고치지 못했습니다."

"저는 지난 전쟁 때 안시성 동문 앞에서 성주님과 싸웠습니다.

지금 성안을 보자는 게 아니라, 싸움터에서 죽은 죽마고우(竹馬故友) 묘를 찾아가 술 한 잔 따라주려는 것뿐입니다."

양만춘은 가만히 고개를 끄떡이고 밝은 목소리로 승낙했다.

"묘지의 위치를 알려주십시오. 돌아오는 길에 들르시면 묘 앞에 세울 비석과 제물(祭物)을 갖추어 놓겠습니다."

간절한 소망에도 불구하고 평화의 길은 끝내 열리지 않았다. 이해 가을 평양성 동명성왕(東明聖王) 어머니(柳花夫人)의 소상(塑像)에서 사흘 동안 피눈물이 흘렀다는 이야기가 떠돌았다.

태종은 9월 설연타 정복이 끝나 북방 초원이 평정되고 후방 걱정이 없어진 데다, 고구려에 보냈던 사신이 빈손으로 돌아오자 고구려 침략의 뜻을 내비치기 시작했다.

"고구려 원정에서 돌아올 때 막리지에게 궁복(弓服)을 주었으나 이를 받고서 사례(謝禮)도 하지 않고 더욱 교만 방자했으며, 5월 사신을 보내어 표(表, 국서)를 올렸으나 그 말이 다 허황했다. 또 우리 사신을 푸대접하고, 신라를 치지 말라고 칙령을 내렸으나 침략을 그치지 않으니 앞으로 조공을 받지 말라."●

연개소문은 당태종의 고구려 원정으로 잃은 것보다 얻은 게 더 많았다. 천산패전으로 중앙군도 많은 피해를 입기는 했으나, 그에게 두려움을 주던 경쟁자들이 받은 타격이 훨씬 컸다.

---

● 당태종이 이 조서를 내린 것은 《자치통감》에 의하면 이해 9월 14일임.

양만춘은 안시성을 지켜 나라를 구했다는 명예를 얻었지만 많은 용사를 잃었고, 전쟁터가 되었던 요동 지역은 폐허가 되어 강력했던 성주들이 힘을 잃었다.

고구려 사람은 하늘백성이고, 천손(天孫)의 후예인 태왕(太王)은 하늘이 내려준 나라님이라는 믿음이 워낙 굳기 때문에 그도 감히 태왕 자리를 넘보지는 못했다. 그 대신 옛날 조조라는 괴걸(怪傑)이 승상부(承相府)를 세워 나라의 실권을 쥐고 흔들던 것처럼 막부[幕府, 연씨 가문이 설치한 군부(軍部) 통치기구]를 만들어 모든 권력을 손아귀에 거머쥐었다(357쪽 참조).

본래 고구려는 대대로부터 위두대형(5위 관직)까지 벼슬이 높은 귀족들로 귀족회의를 구성하고, 여기서 서로 의논해 그 합의(合議)에 따라 나라의 중요한 일을 결정하고 관리의 임면(任免)이 행해졌으므로, 귀족 사이에 권력이 분산되고 서로 간에 견제가 이루어졌다. 그러나 막부를 세우면서 귀족회의는 빈껍데기가 되었고, 3년마다 선출했던 최고관직인 대대로는 명예직에 불과하게 되었다.

이듬해 정월 억장이 무너지는 소식이 들려왔다. 고정의는 이미 칠십 노인이므로 그의 죽음이 뜻밖은 아니었으나, 언제나 큰형님처럼 양만춘을 보살펴 준 후원자였고, 가장 잘 이해해 주던 지기(知己)였다. 그리고 어디로 튈지 모르는 연개소문의 지나친 행동을 막아주는 유일한 버팀목이었기에 나라 앞날이 걱정스러웠다.

양만춘은 여러 차례 평양성에 갔었다. 영양태왕께서 다스렸던 시절 백성은 희망에 가득 차 얼굴이 밝게 빛났고, 영류태왕 때는 이웃나라와 교역(交易)이 활발해 나성〔羅城, 평민들이 사는 외성(外城)〕저잣거리에는 외국 상인이 북적거렸다. 여러 해 계속된 전쟁 탓일까. 떠들썩하고 사람 사는 냄새가 물씬 풍겼던 평양 거리는 불안한 기운이 짙게 드리웠고, 주민의 얼굴도 활기를 잃었다.

장례식장에서 만난 연개소문이 집으로 초대했다. 막리지 저택을 방문한 양만춘은 눈살을 찌푸렸다. 왕궁 못지않게 화려하고 웅장한 규모도 못마땅했지만 수백 명 병사가 저택을 철통같이 경비했고, 그에게는 그런대로 예의를 갖추었으나 수행원은 샅샅이 몸을 뒤져 무기를 지니지 못하게 했다.

양만춘이 저택에 닿았을 때 마침 연개소문은 태왕을 알현하려 집을 나서고 있었다. 뒤에서 모시던 싸울아비가 쏜살같이 달려가 황금 안장을 얹은 백마 옆에 꿇어 엎드리자, 그는 당연하다는 듯 부하의 등짝을 발판삼아 밟고 말에 올라탔다.

'싸울아비란 노예가 아니라 나라를 지키는 자랑스러운 사나이다. 나라님이라 해도 목숨을 빼앗을 수 있을지언정 모욕할 수 없거늘, 이 무슨 시건방진 짓인가!'

얼굴에 힘줄이 곤두선 다로의 손이 허리춤 수리검(鏢槍)으로 내려가는 것을 양만춘은 눈짓으로 말리고 사랑방으로 들어갔다.


저녁 무렵 연개소문이 얼근히 술에 취해 들어왔기에 내일 다시 찾아뵙겠다고 인사하고 일어서자 옷소매를 붙잡았다.

"이까짓 술에 취한 줄 아는가. 천 리 길을 멀다하지 않고 찾아왔으니 할 말이 있으면 속 시원하게 털어 놓게나."

호위대장에게 눈짓하여 술상을 차리게 하더니 못마땅하다는 듯 노려보았다.

"폐하께 올린 상소문을 읽어보았더니 자세를 낮추어서라도 당나라와 화평을 추진하고, 신라 정벌을 당장 멈추는 한편, 도탄에 빠진 백성부터 잘 보살펴야 한다고 써 놓았더군. 더구나 언제 적이 쳐들어올지 모르는데 요동에 새로 성을 쌓는 것조차 미루어 달라니 어찌 이따위 한가한 소리를 한단 말인가?"

"오랫동안 계속된 전쟁으로 백성의 삶이 비참하기 이를 데 없으니 지금은 먼저 이들을 안정시킬 때요."

그는 너털웃음을 터뜨리다가 화제를 바꾸었다.

"젊은 날 여러 해 동안 수나라와 돌궐을 둘러보았고, 십여 년 전에도 당나라에 사신 호위대장으로 갔다 왔으니 누가 그대만큼 그네 사정을 잘 알겠는가. 중국인을 어떻게 다루면 좋을까?"

"그들은 다른 민족을 오랑캐라 부르며 오만하게 콧대를 세우지만 여간해서는 속내를 드러내지 않고 이해타산에 따라 행동하는 냉철한 현실주의자이지요. 궁지에 몰리면 비굴한 웃음을 지으며 원칙을 내세우고 인의(仁義)를 들먹거리다가도, 빈틈만 보이면 원칙과 인의를 헌신짝처럼 팽개치고 가차 없이 상대방을 깔아뭉개더군요. 그러니 만만하게 보여서도 안 되겠지만 허장성세(虛張聲勢)로 협박하는 것도 현명하지 않은 짓이지요.

진정 중국인을 움직이려면 헛웃음 지으며 굽실거리거나 설익은 위협은 부질없는 짓. 차라리 당당한 자세로 냉정하게 이해득실을 따져 우리와 싸우는 게 손해라는 걸 깨닫게 하고, 그들의 체면을 살려주는 한편, 동맹국과 긴밀한 관계를 맺고 물샐틈없는 방어력을 갖추는 것이 평화를 가져오는 지름길일 겝니다."

양만춘은 가슴이 답답해서 흥국사에 들러 나라의 안녕(安寧)을 기도하고 나성의 동서대로(東西大路)로 나섰다. 다경문 쪽에서 요란한 벽제(僻除, 지위 높은 사람이 행차할 때 하인이 백성들의 통행을 막던 일) 소리가 울려 퍼지더니, 한 떼 기병이 달려와 길가 난전(亂廛, 노점상)을 두들겨 부수고 지나가던 행인을 내쫓았다. 위세당당한 병사의 행패에 겁을 먹은 백성 중에는 급히 길가 시궁창에 뛰어들어 엎드리는 사람조차 있었다.

어처구니가 없어 벽제 소리가 나는 쪽으로 고개를 돌리니 사냥을 마치고 돌아오는 막리지 행차였다. 양만춘은 얼마 전 연개소문의 집에 갔을 때 엎드린 부하 싸울아비의 등짝을 밟고 말을 타던 건방진 모습과 겹쳐져 얼굴이 저절로 찌푸려졌다.

'나라님 행차라 해도 이따위 행패를 부릴 수 없거늘, 한갓 신하 된 자가 너무 지나치구나.'•

연개소문은 양만춘을 바라보고 거들먹거리며 손을 흔들더니 내성(內城) 정양문 쪽으로 방향을 바꾸었다(360쪽 참조).

---

• 김부식이 과장했는지 알 수 없으나, 《삼국사기》에 기록된 위풍당당한(?) 연개소문의 행동에서 나라를 망하게 한 독재자의 혐오스런 모습이 잘 그려져 있다.

## 치고 빠지기

647년(정관 21년) 2월 태종이 고구려 정벌을 의논했으나 조정 대신들은 한결같이 황제 친정(親征)을 반대했다.

"고구려는 산에 의지하여 성을 쌓았으니 공격해도 빨리 빼앗을 수 없습니다. 지난 번 황제께서 친히 원정에 나서자 그들은 밭 갈고 씨 뿌릴 수 없었고, 그 후 계속 가뭄이 들어 백성이 굶주리고 있습니다. 지금 소수의 군사를 보내 고구려 영토 이곳저곳을 시끄럽게 한다면 성안으로 들어가 방어해야 할 테니, 농사를 짓지 못해 몇 년 지나지 않아 요동 천 리 땅은 인적이 드물어지고 민심도 흩어져 압록강 북쪽은 싸우지 않고도 빼앗을 수 있을 것입니다."

그는 대신의 의견에 따라 소규모 날쌘 정예병력을 파견해 고구려를 괴롭히는 작전을 펼쳤다.

3월 좌무위대장군 우진달(牛進達)을 청구도(靑丘道) 행군대총관으로 삼고 우무후장군(右武侯將軍) 이해안이 그를 보좌해 군사 1만여 명과 전함을 이끌고 바다를 건너 고구려로 쳐들어가게 했다.

한편 이적을 요동도 행군대총관으로 삼고 우무위장군(右武衛將軍) 손이랑이 그를 돕게 하여 기병 3천 명•을 거느리고 영주도독부 군사까지 보태어 신성도(新城道)로 진격하게 했다.

태종은 이적을 요동도 행군대총관으로 임명하면서 물었다.

---

• 고구려 침공군 숫자가 적었다는 걸 강조하다 보니 동원한 군사 숫자가 상식 밖이다. 지휘하는 장수 지위로 보아 3천이 아니라 3만 이상이 옳을 것 같다.

"경은 어디를 공격하려는가?"

"신성(新城) 방향으로 나아가려 합니다."

태종은 뜻밖이라는 듯 고개를 갸우뚱거렸다. 이적이 양만춘에게 원한이 깊은 걸 잘 알고 있었기 때문이었다.

"안시성이 아니고? 거기라면 포로를 구출할 수도 있을 텐데."

"모름지기 장수가 싸움터에 나가면 싸움에 이겨 황제폐하의 위엄을 온 세상에 떨쳐야 하지 않겠습니까. 소장도 처음에는 그곳으로 쳐들어가려고 지난번 사신을 불러 물어보았습니다. 그런데 놀랍게도 전쟁이 끝난 지 한 해가 지나도록 성주란 자가 백성과 똑같이 움막에 살고 있더랍니다. 설혹 위선(僞善)이라 할지라도 얼마나 대단한 사내입니까. 더구나 어느 곳보다 참혹한 전쟁 피해를 입었음에도 다른 고을과 달리 주민 얼굴이 밝게 빛나고, 사신을 바라보는 눈길이 의젓하더랍니다. 폐하, 실수는 한 번으로 충분합니다. 소장이 그런 곳에 가서 무엇을 얻을 수 있겠습니까?"

문득 당태종은 안시성 철수 때 허장성세로 거창하게 열병식을 거행하면서 물러나자, 패배한 적수(敵手)를 비웃기는커녕 얼굴 가득 미소를 머금고 허리를 굽혀 예의를 갖추면서 손을 흔들던 양만춘의 의연하던 모습이 떠올랐다.

"승리했음에도 교만치 않고, 여유롭고 자신만만한 태도로 짐을 전별(餞別)했지. 그렇고말고. 옛날 중원 땅의 전설적인 영웅 못지않게 멋진 풍모(風貌)였어."

태종은 빙그레 미소 지으며 고개를 끄떡였다.

양국 사신이 오갔으나 평화의 기틀은커녕 포로 교환조차 틀어지자, 양만춘은 오래지 않아 싸움이 벌어지리라 짐작했다.

당나라 군이 다시 쳐들어온다면 지난번 쓰라린 패배를 앙갚음하기 위해서라도 첫 번째 목표가 될 곳은 안시성이고, 그동안 튼튼한 방파제가 되었던 요동성이 폐허가 된 지금 적군은 바로 이곳으로 밀어 닥치지 않을까?

그는 고구려의 동맹국 설연타가 1년도 되지 않아 그처럼 빨리 정복당했다는 소식을 믿을 수 없었다. 설연타가 그들의 근거지인 막북(漠北, 고비사막 북쪽)으로 물러가 버렸다면 쉽사리 정복당하지 않았을 텐데, 내분(內紛)으로 쪼개지고 당나라의 이이제이(以夷制夷) 정책으로 이웃부족에게 협공(協攻) 당한 데다가, 미련하게 막남(漠南)에서 얼쩡거리다가 허무하게 멸망당하다니. 다만 몇 해라도 설연타가 굳건히 버티어 주었더라면 고구려가 전쟁의 피해를 회복할 충분한 시간을 얻을 수 있었을 것이라 생각하니 무척 안타까웠다.

양만춘은 봄부터 적의 재침(再侵)을 염려해 잠을 설쳤는데 당나라 기병대가 뜻밖에 신성 쪽으로 향하고 있다는 소식에 자기 귀를 의심했다. 한숨 돌리고서 백성에게 한 손엔 무기를, 다른 손에는 쟁기를 잡으라고 명령했다.

이해 5월 이적의 기병대는 요하를 건너 농성(籠城) 중인 신성은 거들떠보지도 않고 무방비 상태인 신성 뒤쪽 야래강〔渾河〕 일대와 남소성(南蘇城) 주변을 메뚜기 떼처럼 휩쓸고 다니며 마을과 농토를 불태웠다. 이들은 할 수 없이 성 밖으로 나와 싸운 고구려 군을 물리친 후 남소성의 나성을 불태웠다. 이적은 고구려 후방을 한바탕 휘저은 후 북부군이 반격 태세를 갖추기도 전에 쏜살같이 요하를 건너 물러가 버렸다.

한편, 7월 우진달이 이끄는 수군 육전대(陸戰隊)는 내주[萊州, 현재 산동성(山東城) 북쪽 항구]를 출발해 요동반도에 상륙했다. 이들은 천산방벽의 악어 등껍질같이 강력한 방어선을 피해 연약한 배[腹部] 쪽인 석성(石城)을 점령하고, 적리성(積利城)에서 고구려 군에게 가로막힐 때까지 요동반도 남쪽 지역 마을과 수확기를 앞둔 논밭을 불태우며 휘젓고 다녔다.

당나라 군이 뜻밖에 전선(前線) 후방에 나타나 초토화(焦土化) 작전을 벌이자, 고구려는 골머리를 앓았다. 이를 막으려면 부득이 방어에 유리한 성(城)을 나와 벌판에서 싸울 수밖에 없었다.

태종은 이적과 우진달 군사의 소규모 기습작전이 큰 성과를 거두자 신이 났다. 특히 수군(水軍) 육전대 활약이 흐뭇했다.

이듬해(648년) 당태종은 묘도열도의 오호도(烏湖島)에 전초기지를 설치하여 수군을 끌어모으고, 3만 정예군을 가려 뽑아 대대적으로 상륙훈련을 시켰다.

4월이 되자 오호진(烏湖鎭)을 지키던 장수 고신감이 요동반도 역산(易山)에 상륙하여 주민을 사로잡고 마을과 논밭을 분탕질하다가 고구려 군과 충돌했다. 고구려 수군은 적의 상륙지점을 습격해 당나라 함대를 불사르려 했으나, 고신감이 미리 숨겨두었던 복병(伏兵)의 반격을 받고 뜻을 이루지 못했다.

9월 당태종은 이제까지 변두리 기습작전과 달리 고구려 중심부를 본격적으로 침공하려고 설만철(薛萬徹)을 총사령관으로 삼아 후방 깊숙이 상륙하게 했다. 그는 북방 유목민과 싸움에서 용맹을 떨친 기병 전술에 뛰어난 장수였는데, 그의 목표는 마자수(압록강) 하구(河口)에 있는 박작성(泊灼城)이었다.

박작성은 험준한 호산(虎山) 두 봉우리를 감싸 안은 산성으로, 남으로 마자수를 끼고 서로 애하 물줄기로 둘러싸인 방어하기 좋은 지형이었다. 이곳은 마자수를 거슬러 올라오는 적군을 막는 요새일 뿐만 아니라, 강을 건너는 나루터로 평양성과 요동 지역을 잇는 고구려 제1번 국도의 목구멍에 해당하는 요충지였다.

설만철은 정예군 3만을 이끌고 박작성 남서쪽 40리 바닷가에 상륙해 닥치는 대로 주변 마을과 논밭을 불태우고 백성을 사로잡으며 박작성으로 진격했다.

박작성 성주 소부손(所夫孫)은 용감한 싸울아비고 백성을 사랑하는 성주였다. 불타는 마을과 백성을 그대로 두고 볼 수 없는 데다 요동 여러 성에서 구원군을 보낸다는 소식에 용기를 얻어 수비군 1만을 이끌고 성을 나와 설만철 군에 맞섰다.

설만철은 고구려 구원군이 모두 모이기 전에 먼저 소부손 군을 격파했다. 승리한 기세를 타 성을 포위했으나 박작성은 험준한 요새여서 군민이 힘을 합쳐 굳게 지키니 쉽사리 함락되지 않았다.

연개소문은 박작성을 구원하려 고문(高文)을 총사령관으로 삼고 오골성을 비롯한 요동 지역에서 3만여 명 군사를 동원했는데,

안시성도 3천 명 구원병을 보냈다.

　양만춘은 온사문을 파견하면서 물었다.

"적의 대장은 누구라던가?"

"설만철이라고 들었습니다."

"설만철이라? 지난번 원정 때는 오지 않았던 장수인 것 같구먼."

　고개를 갸우뚱거리며 기억을 더듬던 양만춘이 지난 날 사신으로 장안에 갔던 때 들었던 이야기가 머리에 떠올랐다.

"태종이 부하장수 세 명의 성품을 비교하면서, 이적과 이도종은 신중한 성격이라 큰 실수를 저지르지 않겠지만, 설만철은 용맹이 지나쳐 큰 승리를 얻거나 아니면 크게 패배할 것이라던 바로 그 자로군. 그는 앞뒤 가리지 않고 성난 멧돼지처럼 돌진할 테니, 정면으로 맞부딪치기보다 꾀를 써서 사로잡아야 할 거야."

"성주님 충고를 고문 장군께 말씀드리겠습니다."

　온사문은 이번 싸움에서 지나친 모험을 하지 않기로 마음먹었다.


　당나라 군이 박작성 포위작전에서 고전(苦戰)하는 사이에 고문이 이끄는 고구려 구원군이 도착했다. 설만철은 앞뒤로 고구려 군을 맞았지만 대담하게 군을 나누어 고문을 습격했다. 고문은 매서운 설만철 군의 공격에 큰 피해를 입었으나, 후방에서 방어진지를 굳게 지키던 온사문의 붉은 깃발 기병대의 반격에 힘입어 적군을 격퇴했다.

　당태종에게 적 후방 깊숙이 진격하여 고구려인의 간담을 서늘하게 하고, 초토작전을 펼쳐 민심을 교란시키라는 명령을 받았기에 설만철은 싸움이 장기전(長期戰)에 빠져들 기미가 보이자 미련 없이 물러갔다.

양만춘은 온사문에게 박작성 싸움을 자세히 물어보고 나서, 지금까지와 다른 새로운 방식의 전쟁이 시작되었음을 깨달았다. 이제 적은 앞을 가로막는 성을 하나하나 공격해 함락시키고 나서 평양성으로 향하던 옛 작전을 바꾸어, 기병대와 수군을 함께 활용해 빠르게 기동(機動)하는 수륙병진(水陸竝進) 작전을 개발했다.

'그렇다면 다음 전쟁에서 적은 강력한 천산방벽(千山防壁)을 피하여 우리의 약한 곳을 뚫고 평양성으로 몰려갈 게 틀림없다.'

이러한 당나라 군을 제대로 막으려면 고구려 군은 성을 나와 강력한 기병대로 야전(野戰)에서 적을 막아 깨뜨려야 할 것이나, 강력한 기병전력(騎兵戰力)은 하루 이틀에 만들어지는 것이 아니었다. 더구나 가장 걱정스러운 건 터무니없는 자만심(自慢心)에 빠져 우쭐대는 고구려 싸울아비였다.

'못난 것들, 어떻게 싸울 때마다 승리했다고 떠들고 다니는가? 너희 눈에는 황폐한 땅과 굶주린 백성이 보이지 않는가. 우리 땅이 전쟁터가 되어 삶의 터전이 망가지고 있거늘, 새로운 작전을 연구하지 않고 적을 물리친 것만 가지고 뽐낸단 말인가!'

태종은 지난 2년간 '치고 빠지기 작전' 성과에 만족했고, 우진달과 설만철이 보여 주었던 바닷길을 통한 고구려 배후 습격작전의 성공에 깊은 인상을 받았다. 당나라 군사력의 핵심은 지금까지 기병(騎兵)이었지만, 이제 이에 더해 수군(水軍)의 기습(奇襲)이란

새로운 가능성에 눈을 뜨고 수군 확장을 서둘렀다.•

이즈음 사공(司空, 재상) 방현령이 병들어 죽으면서 황제에게 간곡하게 글을 올렸다.

"노자(老子)께서 '만족할 줄 알면 욕되지 않고, 그칠 줄 알면 위험하지 않다'고 말씀했습니다. 폐하의 위엄과 공덕(功德)은 이미 만족할 만큼 크고 영토 확장도 그만둘 때가 되었습니다. 폐하께서는 사람 목숨을 무척 귀하게 여기는 어진 분이시온데, 죄 없는 병졸을 칼날 아래 몰아넣어 간(肝)과 뇌(腦)로 땅을 덮게 하는 것이 불쌍하지 않습니까. 고구려가 신하의 직분을 어겼다면 벌을 주어도 마땅하고, 우리 백성을 침해하거나 훗날 중국의 걱정거리가 된다면 미리 제거하는 것도 옳겠습니다만, 안으로 전대(前代, 수나라 양제의 고구려 침공)의 부끄러움을 씻고 밖으로 신라를 위해 원수를 갚는 게 목적이라면, 어찌 이익은 적고 손해가 크다고 아니할 수 있겠습니까. 원컨대 폐하께서 고구려가 스스로 새롭게 거듭날 길을 열어 주십시오. 파도를 헤치고 갈 전선(戰船)을 불태우고 모집에 응한 군사를 해산하면, 자연히 화이(華夷, 고구려·신라·백제)가

---

• 647년과 648년 당나라 군의 소규모 침입에 대한 기록에서 '치고 빠지기' 작전은 한결같이 당나라 군의 승리와 고구려 군의 연이은 일방적 패배만을 기록하고 있다. 당나라 군의 야전(野戰) 실력이 아무리 뛰어났다고 하더라도 소규모 군의 적지(敵地) 침입은 엄청난 위험을 안고 있기에 당연히 심각한 패전이 있었을 것임에도 이를 기록한 우리 역사서는 없고 중국 측의 일방적 사료(史料) 뿐이니 어이하리. 《자치통감》은 설만철 군에 의해 박작성 성주 소부손이 전사하고 박작성도 함락되었다고 하나, 《삼국사기》 고구려본기에는 소부손의 전사 사실이 기록되지 않았고, 성을 지킨 것으로 되어 있어 그에 따름.

기꺼이 의지하고, 먼 곳은 자숙(自肅)하고 가까운 데는 편안해 질 것입니다."

태종은 충성스러운 신하의 간절한 호소에 귀 기울이지 않았다.

"그동안 계속된 공격으로 고구려가 비틀거린다. 한번 힘껏 밀면 쓰러질 게다. 내년에 50만 대군을 일으켜 모조리 쓸어버리자."

"폐하, 대군이 동정(東征)하려면 한 해를 지낼 만한 군량의 준비가 필요한데 마차로 실어 나를 수 없고, 큰 배를 만들어 운반할 수밖에 없습니다. 검남(劍南)에는 수나라 말 난리 때도 도적이 없었고, 요동 싸움에도 참여하지 않아 백성의 살림살이가 풍족하니 마땅히 그들에게 배를 만들게 해야 할 것입니다."

태종은 그 말을 옳게 여겨 강남(江南)● 12개 주에 칙령을 내려 큰 배 수백 척을 만들게 하고, 내주 자사 이도유에게 군량과 공성 장비를 운반하여 오호도에 저장하도록 명령했다.


선덕여왕(善德女王, 재위 632~647년)은 우리 역사상 최초의 여왕이다. 진평왕이 죽고 아들이 없자 혈통(血統)을 중하게 여기던 신라인이 최후의 성골(聖骨)인 왕의 장녀를 추대했다.

여왕은 성품이 너그럽고 지혜로웠으나 그녀가 왕위에 올랐을 때 동북아에 거센 풍랑이 몰아쳤기에, 재위기간 동안 밖으로 고구려와 백제의 침략, 안으로 자연재해와 귀족 간 세력다툼으로 하루도 편안한 날이 없었다. 특히 여왕 후반기에 김춘추와 그를 지지하던

---

● 양자강 남쪽에 있는 선주, 소주, 호주, 항주 등 12개 주로 사천성의 검남 지역도 여기에 포함됨.

가야계 군벌(軍閥) 김유신의 신진(新進) 귀족 친당파와 알천을 중심으로 뭉친 토착(土着) 귀족 수구파 사이의 암투(暗鬪)가 그치지 않았다.

645년(선덕여왕 14년) 5월 당태종 고구려 원정 때 친당파는 이에 호응하여 군사 3만 명을 동원해 당나라를 은근히 도왔는데, 원정이 실패하자 뒤탈이 만만치 않아 고구려의 강력한 반격은 물론 백제도 그 틈을 타 신라 서쪽 7개 성을 빼앗았다.

친당파는 위험하기 짝이 없는 모험주의자로 비판을 받았고, 토착귀족의 많은 사람들이 이에 호응하자 그때까지 친당파를 밀어주던 선덕여왕조차 태도를 바꾸어 수구파의 손을 들어주었다.

이에 김춘추를 비롯한 친당파 신진귀족은 책임을 지고 물러나고, 11월 수구파인 이찬 비담이 상대등(上大等, 신라 최고위관직)에 올라 정권을 잡았다.

고구려와 당나라가 운명적인 재대결(再對決)을 앞두고 있던 때 신라에서 엄청난 변혁이 일어났다. 647년(선덕여왕 16년) 정월 여왕이 병들어 눕자 그 후계(後繼) 문제를 둘러싸고 수구파와 친당파 간에 내란이 벌어졌다(368쪽 참조).

재빠르게 선수를 친 쪽은 정권을 잃었던 신진귀족이었다. 친당파가 먼저 왕궁인 반월성을 기습해 점령하자 깜짝 놀란 상대등 비담과 염종 등 수구파 무리도 왕궁을 되찾으려 군사를 동원했으나, 친당파 정예병을 이기지 못하고 명활산성으로 물러났다.

내란이 한창이었던 정월 8일 여왕이 죽고 17일 비담의 반란은 평정되었다. 내란에서 승리한 김춘추는 민심수습용 꼭두각시로 진덕여왕을 왕위에 앉히고 수구파 우두머리 알천을 상대등으로 추대했지만, 신라의 실질적 지배권은 친당파(親唐派) 김춘추가 움켜쥐었다.

648년(진덕여왕 2년) 겨울, 신라 실권자 김춘추는 아들 문왕(文王)을 데리고 당나라를 찾아갔다. 태종은 고구려에 대한 복수전을 준비하던 때였으므로 신라의 이용 가치를 저울질하고 있었다.

태종은 마치 조공(朝貢)하러 온 왕이라도 맞듯 장안성 밖까지 광록경 유형을 보내어 마중하고 성대한 공식행사에 이어, 어느 날 밤 김춘추를 내전(內殿)으로 초청했다. 그는 5년 전(643년) 신라 사신으로 왔던 김춘추를 기억했다. ● 더구나 고구려 원정(645년) 때 당나라 군이 평양성을 에워싸면 이를 도우려고 신라가 3만 대군을 고구려 남쪽 국경선에 집결시켰던 것도 잘 알고 있었다.

"짐은 그대가 우리를 도우려 애쓴 일에 깊이 감사하는 바이오. 또한 수구(守舊)세력을 몰아내고 신라의 주인이 된 것을 진심으로 축하하오. 짐에게 바라는 게 있다면 서슴지 말고 털어놓구려."

태종은 지난날과 달리 김춘추에게 마음을 열고 은근하게 말했다. 지금이야말로 김춘추가 오랫동안 가슴에 품어왔던 꿈을 이룰 좋은 기회여서 체면불구하고 무릎을 꿇었다.

---

● 《삼국사기》, 신라본기. 643년(선덕여왕 12년) 9월 신라가 고구려와 백제의 침략을 하소연하고 당나라에 구원병을 청하였던 때의 사신 이름이 누구였는지 기록에 없으나, 그 당시 위험을 무릅쓰고 적국인 고구려에까지 갔었던 김춘추였으므로 그때의 신라 사신도 김춘추로 추정됨.

"신의 본국이 바다 한구석에 떨어져 있으나 천조(天朝, 당나라)를 섬긴 지 오래이온데, 백제가 강성하고 교활하여 침략만 일삼으며, 지난해에는 대군을 거느리고 깊숙이 들어와 수십 성을 무너뜨리고 대국으로 입조(入朝) 길조차 막았습니다. 폐하께서 군사를 내 악한 무리를 제거하지 않으시면 우리 백성은 모두 포로가 되고 말 것이며, 산 넘고 바다 건너 조공 바치는 일도 바랄 수 없는 일입니다."

태종은 한 번 더 고구려를 원정할 텐데 신라도 출병(出兵) 하면, 그 후에 신라를 도와 백제를 꺼꾸러뜨리겠다고 약속했다.● 그의 동맹(同盟) 약속에 기쁨을 참지 못한 김춘추는 당나라 연호(年號)를 쓰고 관리 예복을 중국에 따르겠노라고 했다.

김춘추가 귀국길에 오르자 태종은 3품 이상 조정대신에게 성대한 송별연을 열게 하고, 그의 요청을 받아들여 아들 문왕을 황제 곁에 숙위(宿衛) 하도록 허락했다.

꿈에 부풀었던 김춘추의 귀국길에는 무서운 재난이 기다렸다. 멀리 수평선에 까만 점이 보이더니 빠른 속도로 달려왔다. 가까이 다가온 쾌속선을 살피던 선장은 얼굴이 새파랗게 변해 외쳤다.

"고구려 순찰선이다!"

운 나쁘게 순찰선에 걸려들어 배에 탄 사람이 놀라 웅성거리자,

---

● 당태종과 김춘추의 밀담(密談)에 대한 기록은 우리 자존심을 무척 상하게 하는 낯 뜨거운 장면이지만, 강한 나라와 약한 나라의 외교현실이었다고 애써 이해하면서, 《삼국사기》 신라본기에 기록된 그대로 옮겨 적었음. 두 사람은 이때 나당동맹(羅唐同盟)을 맺고 고구려 멸망 때 대동강 남쪽 땅을 신라에 주기로 밀약(密約)했다고 주장하는 학자도 있음.

김춘추를 수행하던 온군해(溫君解)가 다가와 속삭였다.

"심상치 않은 일이 생긴 것 같습니다. 황송하오나 대인(大人)의 옷을 제게 주시고, 당나라 배꾼의 낡은 옷을 걸치십시오."

온군해가 김춘추의 관(冠)과 화려한 옷으로 바꾸어 입고 태연히 자리에 앉을 즈음, 장산도 수군 장수 살쾡이가 당나라 상선을 멈추어 세우고 부하를 이끌고 배에 올랐다.

수군 사령관 아사노는 신라 사신을 사로잡으라는 연개소문의 명령을 받자 상선이 지나갈 뱃길 길목마다 순찰선을 파견했는데, 당나라에게 침략의 빌미를 주지 않으려고 신라 사신과 수상한 자들만 체포하도록 명령했다.

살쾡이는 온군해와 신라 사신 일행을 묶도록 지시하고 배를 샅샅이 수색했다. 그는 배 밑창에서 낡은 배꾼 옷을 입은 중년 사내가 누워 있는 걸 보고 발길로 걷어차 일으켜 세웠다.

검정으로 얼룩졌지만 뜻밖에 사나이 얼굴 생김새가 반듯한 데다 눈빛이 맑고 체구도 당당하여 왠지 천한 뱃사람 같지 않았다. 살쾡이는 이상한 생각이 들어 한동안 멈칫하며 고개를 갸우뚱거리다가 '당나라 놈을 지나치게 자극해 말썽 피우지 말라'던 아사노의 말이 생각나서 머리를 흔들고 선창(船倉)을 나갔다. 이 장면이야말로 한반도 삼국(三國)의 역사가 뒤바뀔 뻔한 운명적 순간이었다.

간이 떨어진 김춘추는 당나라 상선이 신라 영토로 들어오자 즉시 작은 배로 갈아타고 상륙해 서라벌로 달려갔다. •

---

• 김춘추는 자기를 대신하여 죽은 온군해에게 후일 대아찬을 추증(追贈)하고 그 자손에게 상을 후하게 주었다.

## 당태종의 유조

태종은 고구려 원정에서 돌아온 후 병에 시달렸는데 649년(정관 23년) 3월 이질로 고통스러워했고 머리가 백발로 변했다. 태자가 여러 날 끼니를 거르며 밤낮 곁에서 간호하자 눈물을 흘렸다.

"네가 효성스럽고 나를 사랑하니 죽어도 무엇이 한스럽겠는가."

3월 23일 태종은 회복하기 어려움을 느끼고 칙령(勅令)을 내려 태자에게 청정(聽政, 정치를 맡김)을 하도록 했다. 그는 죽음을 앞두고 마음에 걸리는 신하(臣下)가 하나 있었다.

"야심이 큰 인물이란 잘 다루면 나라의 기둥이 되나 잘못하면 위험한 역신(逆臣)이 된다. 이적은 재주와 지혜가 뛰어나지만 다루기 쉽지 않을 게다. 네가 아직 아무런 은혜도 입힌 적이 없으니 마음속으로 너에게 복종하지 않을까 걱정되는구나. 지금 그를 내쫓을 터인즉, 군소리 없이 명령을 따른다면, 황제에 오르는 즉시 벼슬을 높여주고 중요한 직책을 맡겨라. 그러나 조금이라도 불평하거나 머뭇거리면 반드시 죽여야 한다."

5월 15일 이적의 벼슬을 낮춰 먼 산골 첩주 도독으로 내쫓았다. 그는 황제의 조서를 받자 집에 들르지 않고 바로 첩주로 떠났다.

일세의 영걸 당태종은 이렇듯 빈틈없이 나라의 앞날에 걸림돌이 될 모든 걸 제거하여 허약한 황태자 치의 앞날에 한 점 먹구름도 없는 태평천하를 물려주려 했다. 오호라, 인간이 하늘의 뜻을 어이 알 수 있으랴. 눈앞에 있는 요화(妖化) 무조(武照)의 엄청난 야심을 끝내 눈치 채지 못했으니.

5월 24일 병이 심하여 장손무기를 불렀으나 말을 못 했고, 드디어 5월 26일 촛불이 꺼지기 전 잠깐 밝게 타오르듯 의식이 회복되자 장손무기와 저수량을 침실로 불러 유언(遺言)하였다.

"모든 걸 공(公)에게 맡기오. 태자가 현명하니 잘 이끄시오."

그리고 태자를 돌아보았다.

"장손무기와 저수량이 잘 보필할 터이니 천하를 다스리는 일은 너무 걱정하지 말라. 외삼촌 무기는 충성스러워 내가 천하를 갖게 된 데는 그의 힘이 컸다. 내가 죽고 나면 그를 헐뜯고 이간(離間) 시키려는 자가 생기겠지만 속아 넘어가지 말라."

이어서 저수량에게 유조(유언)를 쓰게 하고 죽으니 나이 53세밖에 되지 않았다.

태자가 장손무기의 목을 끌어안고 울부짖자 부드럽게 달랬다.

"주상(主上)께서 종묘와 사직을 전하께 부탁하셨는데, 어찌 필부(匹夫)처럼 울기만 하십니까?"


태종의 죽음을 비밀에 부쳤다가 시신을 장안으로 옮긴 후 29일 황궁 태극전에서 그의 죽음과 유조(遺詔)를 선포했다.

6월 초하루 태자 이치(李治)가 황제(皇帝)에 올라 천하의 죄인을 풀어 주고 태종의 유조에 따라 고구려 정벌을 중지시켰다.

장례식 날 아사나사이와 계필하력은 스스로 죽어 순장(殉葬) 되기를 청했으나, 돌아가신 황제의 뜻이라며 허락하지 않았다.

고종(이치)은 황제에 오른 지 나흘 만에 첩주 도독 이적의 벼슬을 크게 높여 낙양 유수(留守)로 승진시키고, 10일에 장손무기를 태위(太尉, 군사에 대한 최고관직)로 삼고, 검교중서령과 지상서 문하이성사(행정을 맡는 최고관직)를 겸하게 하니 인신(人臣)으로 최고 자리에 앉게 되었다. 이때가 장손무기 일생의 최고 절정(絶頂)이었다. 그러나 달(月)이 가득 차면 기울듯 신하의 지위가 너무 높아지면 떨어지는 내리막도 가팔라지는 법이다.

고종은 태종이 태자로 삼을 때 이미 예측했듯 인자한 성품의 사내였다. 형님이고 제위계승 다툼 때 경쟁자였던 이태(李泰)는 아버지 장례식에조차 참석할 수 없는 처량한 신세였는데, 이치가 황제에 오르자 그해 12월 조서를 내려 관부(官府)를 열고 신하를 둘수 있게 허락했고, 수레와 옷, 진기한 음식을 내려주며 특별히 우대하여 따뜻한 형제애를 보여 주었다.


당태종의 죽음은 이웃나라에도 큰 파문(波紋)을 일으켰다. 신라는 김춘추가 태종과 밀약(密約)을 맺은 이듬해 3월 관리의 복장을 당나라식으로 바꾸었다. 진덕여왕 4년 6월에는 이른바 '태평송'(太平頌, 당나라를 높이 칭송하고 아첨하는 글)을 지어 비단에 써서 자신의 큰아들 법민(法敏, 후일 문무왕)을 보내 황제에게 올렸다. 그러나 법민이 장안에 닿았을 때 이미 태종은 죽고 그 아들 고종이 황제에 오른 후였다. 김춘추는 태종이 죽고 고구려 원정계획까지 중지시켰음을 듣고 큰 충격을 받았으나 이에 실망하지 않고, 이듬해 여러 대신들의 반대를 무릅쓰고 중국의 연호를 따르면서 친당정책의 고삐를 조금도 늦추지 않았다. •

태종의 죽음은 무조(武照)에게 큰 시련을 가져왔다. 이미 예상했지만 궁정 법도(法度)에 따라 죽은 황제의 은총(恩寵)을 입은 다른 궁녀들과 함께 외딴 절에 갇혀 머리를 깎고 명복(冥福)을 빌어야 하는 신세가 되자 눈앞이 캄캄했다. 그러나 무조는 중국 역사상 유일하게 여자 황제에 오른 여걸답게 궁지에 몰려서도 과감하게 도박을 벌였다. 아직도 그녀에겐 판을 뒤엎을 마지막 패(牌)가 남아 있었다.

태종의 원정이 끝나갈 무렵, 무조는 두 사람의 불장난도 오래지 않아 끝나리라는 걸 깨닫고 몹시 초조했다. 황태자의 속마음을 손바닥 보듯 꿰뚫고 있던 무조는 자기 손아귀에서 벗어나지 못하게 사로잡으려면 꼼짝달싹 못할 약점을 움켜쥐어야 한다고 결심하고 엄청난 모험을 감행했다.

'존귀한 태자의 몸에 감히 매를 대다니.'

그녀의 허리띠에 묶여 매질을 당하던 태자가 너무 흥분해 성난 말같이 울부짖자 망을 보던 추국이 놀라 뛰어들어 왔으나, 벌거벗은 마녀는 눈도 깜짝하지 않고 비단수건으로 입을 틀어막더니 가느다란 뱀가죽 채찍으로 사정없이 그의 등에 매질을 퍼부었다.

사내는 아픔으로 몸을 뒤틀면서도 더 힘껏 때려 달라고 애원하였다. 매서운 매질을 당하자 그때까지 소심하고 연약하던 모습이

---

● 신라는 법흥왕 이래 진덕여왕 때까지 독자적인 연호를 사용하였다. 친당정책을 쓴 신라가 이러할진대 고구려와 백제가 독자적인 연호를 사용하였음은 의심할 여지가 없으나 《삼국사기》 기록에 두 나라의 연호사용 기록이 나오지 않으니 애석할 뿐이다.

아니라 당당하고 늠름한 수컷으로 변해 여인을 거침없이 공격했고, 교활한 여우는 황홀한 표정과 감미로운 노랫가락으로 끊임없이 사내 불기둥에 기름을 끼얹었다.

이날 밤부터 두 사람의 만남은 채찍질에서 시작되어 격렬한 사랑놀이 끝에, 사내에게 젖을 물린 여인이 정성스럽게 상처에 약을 바르며 다정하게 위로하는 야릇한 축제로 마감되었다.

무조는 자신이 거대한 붉은 암사마귀로 변해 교미(交尾)의 쾌락에 넋이 빠져 흐느적거리는 어린 수컷을 머리부터 몸통까지 서서히 삼키는 환영(幻影)을 보았다.

오래지 않아 무조는 황후가 되고 고종 이치를 대신해 당나라 주인이 되었다(368쪽 참조).

## 서산낙일 西山落日

연개소문이 막부(幕府)를 세우자 큰 충격을 받고 나라의 장래에 대한 근심으로 잠을 이루지 못한 데다가 전쟁 뒤처리에 너무 골몰한 탓이었는지, 649년(보장태왕 8년) 봄이 되면서 양만춘의 건강이 예전 같지 않았다.

의원은 지난 전쟁 때 백기(百騎) 습격으로 입은 부상과 과로로 인한 병환이니 안시성 통치를 아들에게 맡기고 온천(溫泉)에 머물러 휴양하라고 권했다.

6월 말 염방(塩幇)의 쾌속 밀수선을 타고 온 세작이 천산 탕강자 온천으로 달려와 지난 5월 29일 당태종이 죽고 고구려 정벌을 중지하라는 유조를 내렸다고 전했다. 당태종의 죽음은 양만춘이 오랫동안 기다렸던 소식이었고, 고구려 사람에게 뛸 듯이 기쁜 일이었다. 다로가 외쳤다.

"성주님, 이제 전쟁의 먹구름이 사라지고 평화의 햇빛이 밝게 비치겠군요."

"그럼. 하늘이 주신 기회를 놓칠 수 없지. 조문사절단(弔問使節團)을 보내어 당나라와 친선 관계를 회복시키고 평화를 되찾을 기쁜 소식일세."

병석에서 벌떡 일어난 양만춘은 즉시 평양으로 파발마(擺撥馬)를 보내면서, 보장태왕께 평화를 되찾기 바라는 간절한 상소문을 썼다.

"올해 5월 말 태종이 죽고 침략계획도 폐기했다는 반가운 소식을 듣고, 소신 양만춘은 태왕폐하께 상소(上訴) 하나이다.

오랫동안 계속된 수당(隋唐)과 전쟁으로 국토는 황폐하고 백성의 삶이 도탄에 빠졌사오나, 그 싸움으로 어느 누구도 한 치의 이익조차 얻지 못한 무익한 전쟁이었습니다. 왜 이런 어리석고 참담한 비극을 반복해야 하나이까. 지난날 원한을 어찌 잊을 수 있겠습니까만 싸움을 계속하면 백성에게 견디기 어려운 피눈물을 더할 뿐입니다. 다행히 침략의 원흉도 사라지고 그들도 오랜 싸움에 지쳐 있을 테니, 지금이야말로 평화를 되찾을 천재일우(千載一遇)의 기회가 아니겠습니까.

유능제강(柔能制剛, 부드러움이 강한 걸 이김)이라 하니, 소나기가 쏟아질 때 처마 밑에 피하는 건 부끄러운 게 아닙니다. 어둠이 덮이고 나면 돌이키기 어렵사오니 바라옵건대 아직 희망의 불씨가 남아있을 때, 폐하께서 몸을 낮추어서 죽은 황제의 명복을 비는 조문사절을 보내시옵소서. 예로부터 평화를 가져오는 자야말로 하늘의 아들이라 일컬어졌사옵니다. 다시 한 번 살피시고 양국 간에 평화를 이룩하시어 오랜 전란(戰亂)에 찌든 만백성에게 희망의 불빛을 밝게 비쳐 주시기를 간곡히 호소하나이다.”

양만춘의 상소문을 지니고 평양성으로 떠났던 다로가 긴급보고를 보냈다. 연개소문이 당나라에 빌붙은 거란 추장 굴가를 응징하고, 신라를 토벌하려 군사를 모으고 있다는 뜻밖의 소식이었다. 추장 굴가는 당나라가 거란에 세운 송막도독부 도독을 맡고 있으니 그를 공격함은 바로 당나라를 공격하는 것이고, 신라도 당나라와 동맹을 맺고 있음은 누구나 알고 있는 사실이었다.

‘전쟁에서 이기려면 우리 편은 많을수록 좋고 적을 고립시킬수록 유리한데, 수나라와 싸울 때는 돌궐이 우리 편이었으나 이제 당에 복속(服屬)되어 침략군 기병 전력의 주축이 되었고, 설연타와 거란조차 당에 평정된 데다 신라도 당과 동맹을 맺어 우리는 완전히 외톨이가 되었으니 지금은 싸울 때가 아니다.’

조문사절을 보내기는커녕 이들을 정벌하는 일은 당태종의 죽음으로 모처럼 유지되던 평화를 깨뜨리는 것은 물론 전쟁의 문을 활짝 여는 짓이었다. 전쟁과 평화의 갈림길에선 조국을 구하려면 막리지의 행동을 막아야 했다.

양만춘은 가림토에게 명령했다.

"평양성으로 가려 하니 마차를 준비하라. 들것에 실려서라도 막리지를 만나리라."

의원은 물론 법인 스님과 해오름까지 모두들 병든 몸으로 천리가 넘는 길을 가는 건 무리라며 간곡히 만류했으나 그의 뜻을 꺾을 수 없었다. 해오름이 침통한 얼굴로 말했다.

"이제 먼 길을 떠나게 되면 무사히 돌아올지 기약할 수 없으니 후사(後事)를 매듭짓고 가게나."

양만춘은 주위를 둘러보며 농담을 던졌다.

"사흘 굶은 시어머니처럼 죽치고 앉아 있구먼. 곧 죽을 것도 아니니 제발 낯을 펴고 웃게나. 그러고 보니 지난해 돌아가신 돌고님을 제외하고 그리운 얼굴들이 모두 모였구려. 살아오는 동안 뜻대로 되지 않은 일도 많았지만 지금까지 나를 보살펴 주신 하늘에 한없이 감사드리네."

법인 스님이 데리고 온 아들 진(眞)이 무릎을 꿇었다.

"진아, 지난봄 막부가 안시성 성주 대리로 임명하여 그동안 통치 경험을 쌓은 데다 현명한 조력자와 성실한 신하가 있고 네 뛰어난 자질을 믿으니 별다른 걱정은 없다. 항상 마음을 활짝 열고 아랫사람의 의견에 겸손한 마음으로 귀를 기울이면 안시성을 다스리는 데 어려움은 없을 게다. 하늘이 나를 어여삐 여기셨듯이 너를 지켜주시기 바란다. 한 가지 부탁이 있다. 흑수말갈은 희망의 땅이니 안시성 소작농을 보내 농장을 개간시키고 그곳을 개발하는 데 물심양면으로 도와 고구려인의 삶의 터전으로 만들라. 그러면 나라가 어려움에 처할 때 든든한 울타리가 되리라. 또한 안시성은 나라의 서쪽 방벽이니 외적으로부터 굳게 방어해야겠지만, 만약 나라를 지키는 데 큰 보탬이 되지 않는다고 판단되거든 결코 옥쇄(玉碎)하지 말고 주민을 데리고 흑수말갈로 가라. 이는 내 유언이니 명심하고 반드시 지키거라!"

다음으로 양수봉을 가까이 오게 했다.

"너는 최초로 양(楊)씨 성을 받은 내 수양아들이고, 지난 전쟁 때 안시성을 굳게 지켜 명예롭게 양씨로 사성(賜姓) 받은 72명의 용사와 더불어 안시성을 지키는 금성철벽 같은 기둥이다. 내 아들의 안시성 통치가 흔들리지 않게 자리 잡으면 너는 가려 뽑은 젊은 양씨 용사와 그들을 따르는 사람을 이끌고 송화강 변 호랑이촌으로 가서 그곳을 개척하여 고구려인의 보금자리가 될 새로운 안시성을 세우기 바란다. 그리하여 고구려인과 말갈인이 하나로 되는 용광로가 되어 더불어 잘사는 삶의 터전을 일구어라."

마지막으로 대아찬과 그 아들 대중상이 무릎을 꿇었다.

"내 오랜 친구여. 해성포구에 있는 바카투르 상단 본부를 다시 호랑이촌으로 옮기고 모아둔 재물을 그곳으로 옮기게. 자네는 흑수말갈 송화강 변에서 새로 철광산을 찾고 호랑이촌에 쇠가마를 세워 말갈은 물론 실위와 거란까지 쇠를 공급할 기반을 만들게나. 그리하여 자급자족이 가능한 고구려인의 삶의 터전이 제대로 자리 잡게 뒷받침해 주게."

양만춘은 빙그레 미소 지으며 의미심장한 말을 덧붙였다.

"어쩌면 자네가 뿌리는 씨앗이야말로 후손(後孫)들이 새 세상을 만드는 밑거름이 될지도 모르겠네."

병든 몸으로 너무 무리한 탓이었는지 해성을 출발한 지 닷새 후 양만춘은 마자수 나루터에서 쓰러졌다. 그 소식을 들은 법인 스님이 급히 달려왔다. 스님은 양만춘의 임종(臨終)이 멀지 않음을 깨닫고 두 손을 모아 작별인사를 했다.

"인간이란 하늘이 허락한 시간이 지나면 그분 앞에 돌아가 겸손히 꿇어 엎드려야 하는 존재요. 아무리 뛰어난 인간이라도 바라던 모든 걸 다 이룰 수 없는가 보오. 불같은 열정을 품고 꿈을 이루려 하루하루 열심히 살았던 사나이에게 죽음이란 인생의 완성일 뿐, 어찌 슬퍼할 일이겠소. 무거운 짐 벗고 편안히 가십시오!"

양만춘은 빙그레 미소 짓더니 눈물을 흘리는 부하들을 달랬다.

"하늘이 한 고을을 맡기시고, 어진 사람과 좋은 부하들 도움을 받아 마음껏 뜻을 펼치고, 외적의 침략에서 나라를 구하게 해주셨으니 감사할 따름이오. 그러나 천하를 바로잡을 운명은 다른 사람 몫인가 보오! 이제 자리에서 내려올 때가 된 것 같구려."

긴 밤 동안 생사(生死)를 헤매다가 새벽녘에 마지막 생명의 불꽃이 타올랐다. 양만춘은 가뿐한 얼굴로 주위를 둘러보며 간밤의 꿈 이야기를 들려주었다.

"호랑이촌 앞 드넓은 송화강 위로 황금빛 햇살이 쏟아지자 강물이 소용돌이치며 불타오르고, 그 밝은 불꽃 속에서 금관을 쓴 삼족오(三足烏)가 하늘로 날아올랐다네. 그러자 강변에 모여 있던 수많은 군중이 기쁨에 가득 차 노래하고 춤을 추더군."

그는 빙그레 웃으며 대중상을 흘깃 쳐다보았다.

"천기를 누설할 수 없어 자세히 밝히지 못하지만 사실 이 꿈은 처음이 아닐세. 안시성 공방전이 한창이던 때 성안에서 첫 사내애가 태어났는데, 그날 밤 황금빛 삼족오가 먹구름을 뚫고 날아올라 해님 속으로 들어가던 꿈을 꾸었거든. 죽지 않을 사람 그 누구며 불멸(不滅)하는 나라가 어디 있겠소. 내 가슴에 근심이 가득차고 절망적인 순간마다 이처럼 상서(祥瑞)롭고 기이한 꿈을 보여 주는 건 어쩌면 어둠이 천지를 뒤덮어도 고구려 혼(魂)은 영원히 살아남아 구원자(救援者)가 새로운 세상을 열 테니 염려 말라는 하늘의 계시가 아닐까 싶소!"

긴 이야기를 하느라 지쳤는지 양만춘은 창밖 마자수 푸른 강물을 물끄러미 바라보며 가쁜 숨을 진정시켰다. 그리고 가림토에게 연개소문에게 보낼 서신의 초안(草案)을 가져오게 했다.

"이제 내게 남은 마지막 의무를 다해야겠소. 이 편지는 지난 며칠 동안 틈틈이 썼으나 정신이 맑지 않아 두서(頭緖)가 없을 거요. 법인 스님이 잘 마무리해 막리지께 전해주시오. 막리지가 내 충심(衷心)을 받아주기를 간절히 바라지만, 그렇지 않다면 하늘의 뜻에 따를 수밖에 없겠지요."

간신히 말을 마치고 얼굴이 밝게 빛나더니 하늘로 눈을 돌렸다.

"희망을 갖자. 아무리 어둠이 짙어도 새벽이 오듯 고구려 혼은 불사조(不死鳥)처럼 다시 날아오르리."

문득 나친의 노랫소리가 귓가에 들려왔다.

바람 속에 당신 목소리가 있고
그 숨결이 세상 만물에게 생명을 줍니다.
나는 당신의 많은 자식 가운데 작고 연약한 아이.
……

깨끗한 손, 올바른 눈으로
언제라도 당신에게 갈 수 있게 하시어
저 노을이 지듯 내 목숨 사라질 때
내 혼이 부끄럼 없이 당신 앞에 나아가게 하소서.


양만춘은 빙그레 미소를 지었다.

법인 스님이 나직이 아미타불을 부르며 영웅의 눈을 감겨주고서 그의 손에 쥔 서신 초안을 펼쳐 읽었다.

"소장 양만춘, 막리지 대인께 문안드립니다.

당태종이 죽으면서 고구려 재침(再侵) 계획도 포기했다 하니, 나라의 운명이 백척간두(百尺竿頭)에 걸렸다가, 이제 평화를 되찾고 사직(社稷)을 안정시킬 절호의 기회를 맞이했소이다. 그러나 이렇듯 중대한 시기에 소장은 늙고 병들어 지난날 성공과 실패를 곰곰이 되돌아보는 처량한 처지로군요. 죽음을 앞둔 자가 무슨 욕심을 부리며 딴 마음을 갖겠습니까. 오로지 나라를 생각하는 일편단심으로 대인께 충언(忠言)을 드릴 따름입니다.

서로 만난 지 10년도 되지 않았건만 그동안 많은 일들이 일어났구려. 막리지께서 안시성을 공격하던 첫 만남 때, 소장은 예의를 갖추어 모의전투를 제안했고, 황공하게도 대인은 소장이 원하는 한 가지 소원만은 반드시 들어주겠다고 싸울아비 명예를 걸고 맹세하셨소.

이제 소장은 간절히 청하오니, 신라와 거란에 대한 정벌을 즉시 중지하고, 당나라에 조문사절을 파견하시어 평화조약을 맺기 바라오. 당태종 원정 후에 요동 지역을 두루 살펴보셨으니 이곳 백성의 처참한 삶을 잘 아시겠지만, 지난해는 봄 가뭄에 이어 추수를 앞둔 7월 서리와 우박이 내려 많은 백성이 굶어죽었소. 옛사람은 '군대가 머문 곳엔 가시덤불만 우거지고, 큰 전쟁 뒤에는 반드시 흉년이 온다. 그러므로 훌륭한 통치자는 결정적 전과를 거두면 전쟁을 멈추고 군대의 강함을 뽐내지 않는다.'●라고 했소. 병법에도 싸우지 않고 목적을 이루는 게 최상이고, 열 번 싸워 열 번 이기는 자는 나라를 위태롭게 하고 백번 싸우면 반드시 망한다 했습니다. 지난 50년간 신라나 백제와 싸움을 제외하고도 수당(隋唐)과 크고 작은 10여 차례 전쟁으로 전국 백성이 도탄에 빠져 간절히 평화를 바람도 아울러 통촉하십시오.

막리지께서는 아직 연부역강(年富力强, 젊고 기력이 왕성함) 하시지만 오래지 않아 황혼이 찾아올 것이오. 소장 서산낙일(西山落日)로 죽음을 눈앞에 두니 지난 60여 년 영욕(榮辱)이 한갓 뜬구름 같은 일장춘몽이고, 인간의 삶에서 무엇이 가장 귀한 것인지 새삼스레 되돌아보게 되더군요. 인생은 길어도 70년. 짧은 영화와 그까짓 권세보다 만대(萬代)에 길이 빛나는 명예가 더 귀하지 않겠습니까! 힘으로 나라를 손아귀에 넣어 마음대로 주무르고 칼을 휘둘러

---

● 노자(老子)의 《도덕경》에서. '師之所處 荊棘生焉 大軍之後 必有凶年 故
   善者 果而已矣 不敢以取强焉'.

이웃나라를 벌벌 떨게 할지라도, 백성을 고달프게 하고 후세에 아름답지 못한 이름을 남긴다면 무엇이 유익하겠소.

싸울아비야 절망적 상황에도 용감히 싸우다 목숨을 버리면 훌륭한 장수라 일컫겠지만, 통치자는 다릅니다. 망국(亡國)의 통치자는 스스로 목숨을 끊어 속죄하더라도 그 죄를 용서받지 못합니다. 지혜로운 통치자라면 막다른 길에 몰리기 전에 무슨 수를 쓰더라도, 필요하면 적의 가랑이 밑을 기어가는 한이 있어도 나라가 멸망하는 재난만은 피해야 할 것입니다.

대인, 전란(戰亂)의 아귀다툼에서 평화를 되찾는 자가 바로 하늘의 아들이오. 밝고 평화로운 세상을 만들어 자손만대까지 칭송받을 위대한 시대를 열지 않으렵니까. 우리 고구려는 무한한 가능성을 가진 나라올시다. 평화를 되찾아 헛되이 밖으로 쏟아붓던 피와 땀을 안으로 갈무리하고, 풍요로운 요동벌과 그보다 더 넓은 비옥한 송화강 변 벌판을 개척해 백성을 하늘의 별같이 늘리고 말갈인을 우리 품에 끌어안는다면, 한 세대가 지나기 전에 모든 이가 복된 삶을 구가하는 해동성국(海東盛國)이 되고, 당나라도 감히 넘보지 못할 강국이 될 것입니다.

대인, 조바심을 버리고 멀리 내다보십시오. 신라와 백제는 우리와 같은 말을 쓰는 한 핏줄입니다. 무력으로 위협하기보다 스님과 학자들이 교류하고, 상인과 예술가들이 서로 왕래하게 하며, 마음을 터놓고 오간다면 오래지 않아 삼한(三韓)은 싸우지 않고도 중원(中原) 땅처럼 하나가 되는 날이 반드시 올 것이외다.

많은 인구와 넓은 땅을 가진 당나라와 싸워 이기려면 실위뿐만 아니라 거란도 끌어안아야 합니다. 송막도독부 굴가는 야심 많은 사나이니 비록 지금은 당나라 번견(番犬) 노릇을 하지만 머지않아 그 그늘에서 벗어날 테고, 언젠가 돌궐도 우리의 소중한 동맹국이 될 것입니다.

무엇이든 할 수 있는 막강한 통치자가 후세에 자랑할 만한 열매를 내놓지 못한다면 얼마나 헛된 삶이겠습니까. 소장 양만춘은 대인이 욕망의 굴레에 얽매인 권력자가 아니라 훌륭한 통치자로 청사(靑史)에 길이 빛나기를 간절히 바라면서 이제 가벼운 마음으로 하늘나라로 돌아가렵니다."

양만춘의 장례식이 장엄하게 치러졌다. 왕자 임무(任武)를 비롯하여 대대로와 높은 벼슬아치가 평양성에서 내려오고, 흰옷 입은 백성이 구름같이 모였다. 요동 지역 성주들은 물론 멀리 흑수말갈 열두 추장까지 참석해 영웅이 가는 마지막 길을 아쉬워하며 눈물 흘렸고, 방방곡곡에서 노래꾼과 춤꾼들이 몰려들어 으뜸쇠 꽹과리소리에 맞추어 춤과 노래로 고인이 하늘 본향(本鄕)으로 돌아가는 길을 배웅했다.

이듬해 안시성 동산(東山) 기슭 양지바른 언덕에도 봄이 찾아와 하얀 별꽃과 노란 복수초가 흰 눈을 뚫고 꽃망울을 터뜨렸고, 남호(南湖)에서 신나게 물장구질하던 비오리 떼가 사철하 물길을 따라 일제히 동쪽으로 내달리다가 힘찬 날갯짓과 함께 하늘로 날아올랐다.

저녁 무렵 양만춘의 묘에 가녀린 몸집의 비구니가 꿇어앉아 한 그루 꽃나무를 심고, 오랫동안 머리 숙여 명복을 빌더니 어스름한 오솔길로 내려갔다. 지나가던 나무꾼 아이가 보고 뒤따랐으나, 여인은 사라지고 향내만 아련히 감돌았다.

봄이 무르익던 어느 날, '…어둠이 내려도 희망의 끈을 놓지 말라'고 새긴 비석 옆에 한 송이 검붉은 모란이 피어났다.

끝

# 연표 年表

| 시기 | 주요 사건 | 비고 |
|------|-----------|------|
| 622. | 수나라 전쟁 때의 포로 교환, 당 고조 제의. | 영류태왕 5년 |
|  | (고구려와 당나라 평화 정착) | 무덕 5년 |
| 630. 3. | 당태종의 돌궐 정복. | 정관 4년 |
| 9. | 고구려 봉역도(封域圖. 국경을 표시한 지도) 당에 보냄. | 영류태왕 13년 |
| 631. 2. | 당의 사신이 경관(京觀)을 훼손하여 천리장성 건설을 시작. | 영류태왕 14년 |
| 640. 2. | 고구려 태자 환권이 당나라에 입조함. | 영류태왕 23년 |
| 641. | 진대덕이 사신으로 와서 고구려 군사시설을 정탐함. | 정관 15년 |
| 642. 8. | 백제 의자왕이 신라 대야성을 함락시키고 당항성을 공격. | 의자왕 2년 |
| 9. | 연개소문이 반정(쿠데타)을 일으키고 영류태왕을 시해함. | 영류태왕 25년 |
| 겨울 | 신라 김춘추가 평화사절로 고구려를 방문. | 보장왕 원년 |
| 643. 1. | 당나라가 조문사절을 고구려에 파견함. | 보장왕 2년 |
| 9. | 신라가 당나라에 구원을 요청하는 사절단을 파견함. | 선덕여왕 12년 |
| 644. 봄 | 고구려가 당나라 사신 장엄을 토굴에 가둠. | 보장왕 3년 |
| 644. 11. | 당태종이 고구려 원정 조서를 공포. | 정관 18년 |
| 645. 2. | 당태종의 선봉군 이적이 낙양을 출발. | 정관 19년 |
| 4. | 당 선봉군이 현도성과 개모성을 함락시키고 신성을 포위함. | 보장왕 4년 |
| 5. | 당 수군(水軍)이 비사성을 함락시킴. | |
|  | 당태종의 중앙군이 요택 건너 요동성에서 선봉군과 합류. | |
|  | 당을 도우려 신라 군 3만이 한산정(경기도 이천)에 집결. | |
|  | 당 주력군이 요동성을 함락시킴. | |
|  | 천산산맥 방어선(천리장성)에서 고구려 군이 대승을 거둠. | |
| 6. | 백암성이 당에 항복하고 당 주력군이 안시성을 포위함. | |
| 6.22. | 연개소문 군이 천산(주필산) 싸움에서 패전함. | |
| 6. 말 | 본격적인 안시성 공방전을 시작함. | |

| 시기 | 주요 사건 | 비고 |
|---|---|---|
| 645. 7. | 당나라 수군이 건안성을 공격함. | 보장왕 4년 |
| 7. 중순 | 당나라 군이 토산(土山)을 쌓기 시작함. | 정관 19년 |
| 9. 초 | 설연타가 당나라 하주(夏州)를 침입함. | |
| 9. 중순 | 토산 공방전이 벌어짐. | |
| 9.18. | 당태종이 안시성에서 철수함. | |
| 9.21. | 당나라 군이 요하를 건너 패주함. | |
| 10.21. | 당나라 군이 요택(遼澤)을 건너 영주에 도착함. | |
| 12.25. | 당태종이 설연타 정벌 동원령을 내림. | |
| 646. 봄 | 고구려와 당나라가 서로 사신을 교환함. | 보장왕 5년 |
| 646. 7. | 설연타가 멸망함. | 정관 20년 |
| 647. 5. | 당나라 이적의 기병대가 고구려 신성 일대를 분탕질함. | 보장왕 6년 |
| 7. | 당나라 우진달 수군이 요동반도를 약탈함. | 정관 21년 |
| 648. 4. | 당나라 수군이 요동반도를 분탕질함. | 보장왕 7년 |
| 9. | 당나라 설만철이 박작성을 침공함. | |
| 649. 5.26. | 당태종 사망. | 정관 23년 |
| 668. 9. | 고구려 멸망. | 보장왕 27년 |
| 698. | 대조영의 발해 건국. | |

# 《황금삼족오》깊이 읽기

## 천산 싸움(혹은 주필산 전투) (33쪽)

천산 싸움은 흔히 '주필산(駐蹕山) 전투'라 불리는데, 당태종의 주력군이 고연수가 이끈 고구려 군을 맞아 안시성 동쪽 벌판에서 싸운 대회전(大會戰)을 말한다. '주필산 전투'라 이름 붙인 까닭은 당태종이 산 위에 올라이 싸움을 직접 지휘하여 승리하였기에 그 산을 주필산이라 이름 붙이고그 싸움을 주필산 전투라 기록했다는바, 당태종을 너무 미화(美化)한 표현 같아 이 책에서는 '천산 싸움'이라 고쳤다.

북한의 저명한 역사학자 손영종 선생이 《고구려사 제문제》에서 《자치통감》을 인용하면서 당태종 고구려 원정의 3대 전투를 주필산 전투와 신성 전투, 건안성 전투로 꼽았다.

당태종 원정 기록은 중국 측이 남긴 일방적 기록뿐인 데다 자기네 패전은 슬그머니 감추고 원정군 규모나 피해 사실은 상식 밖으로 적게 표시하면서 승리한 기록만 잔뜩 과장했는데, 야사(野史)도 아닌 중국인이 쓴 권위 있는 역사서에서, 우리가 승리했던 신성 전투와 건안성 전투를 3대 전투에 포함(?) 시켰으니 얼마나 신나는 일이랴. 주필산 전투에 슬그머니 괄호를 쳐서 '안시성 전투'라고(주필산 전투와 안시성 싸움은 가까운 곳에서 벌어졌던 전투였을 뿐 전혀 다른 싸움이다. 그러함에도 손 선생은 슬쩍 이를 하나의 싸움으로 묶어버렸다) 괄호 안에 써 넣고 시치미를 떼며 돌아서는 선생의모습이 눈앞에 선히 떠올라 빙그레 미소를 지었다.

그러나 최근 어떤 젊은 역사연구자가 연개소문을 치켜세우려는 속셈 때문인지 한 걸음 더 나아가 '신성 전투와 건안성 전투는 안시성 전투를 능가하는 큰 승리이고, 안시성 성주가 대단한 인물임은 분명하나 신성 성주,

건안성 성주와 동급(同級)의 인물이지 연개소문과 비교할 만한 대상은 아니다'라고 쓴 얼토당토않은 글을 읽고서 어이가 없었다.

연개소문의 사람됨과 역사적 공과(功過)에 대한 평가는 뒤에서 다루겠거니와, 당태종 원정 당시 3대 전투의 선택이 옳고 그름에 대해서만은 역사 해석의 잘못을 바로잡는 뜻에서 나의 소견을 밝히지 않을 수 없다.

역사기록 중 전쟁만큼 합목적적인 건 없다. 따라서 큰 전투라 불리려면 전쟁을 일으킨 자의 침공 목적, 쌍방이 동원한 병력의 규모, 그 전투의 결과가 전쟁의 승패에 어떤 영향을 미쳤는가는 물론, 그 전투가 후세에 끼친 영향까지도 종합적으로 검토하여 판단해야 할 것이다.

먼저 고구려 원정에 대한 당태종의 의도와 행적을 살펴보자. 당태종의 원정 목적은 압도적 군사력을 동원하여 단기간에 평양성을 함락시켜 고구려를 정복하는 것이었다. 이를 위해 당태종이 이끈 주력군(主力軍)은 요하를 건너 요동성-백암성으로 진격하였고, 안시성 동쪽 회전에서 크게 승리한 후 안시성을 포위 공격하다 끝내 실패하여 최종 전략목표인 평양성에는 접근하지도 못한 채 본국으로 돌아간 것이 역사에 나타난 기록의 전부이다. 따라서 당태종의 주력군은 신성이나 건안성에 간 적이 없다.

신성(무순 지역)은 고구려 북부를 지키는 요충지이고, 국내성이 서울이던 초·중기 고구려 때는 국내성 방어를 위한 가장 중요한 전략 거점이었다. 하지만 서울을 평양성으로 옮긴 후부터 수도방어의 전략적 중요성이 요동성과 안시성으로 옮겨갔기 때문에, 평양성이 목표였던 당태종으로서는 거쳐 가야 할 성이 아니었다. 따라서 전쟁 초기에 이적이 이끌던 선봉군 중 일부인 부대총관 이도종 군이 신성을 공격했을 뿐 당나라 주력군 진격로에서 아예 제외되었던 곳이다.

건안성의 전략적 가치에 대해서는 큰 오해가 있는 것 같다. 현재의 만주 지도를 펼쳐놓고 보면 건안성〔요하 하류인 영구(營口)의 동쪽 지역〕은 중국 대륙에서 한반도로 진출하려면 반드시 거쳐 가야 할 전략적 요충지로

보일지 모르겠다. 그러나 그것은 고구려 시대 요동만 해안의 지형〔古代地形, 류제헌의《중국 역사지리》94쪽, "요동만 해안의 변천"을 참조〕을 고려하지 않는 데에서 오는 착각이다.

고구려 시대 해안선은 현재보다 40㎞ 이상 내륙으로 들어와 있어 당시의 해안선은 우장(牛庄)과 사령(沙嶺)을 잇는 선으로 보인다. 따라서 원정군은 안시성을 거치지 않고는 건안성으로 접근할 수 없었고, 중국 중심부와 직접 육로로 연결되어 있지 않았다. 그러므로 원정군이 평양성으로 진격하는 진격로에서 멀리 떨어져 있던 외딴 곳이었으며, 건안성을 공격한 당나라 군은 장량이 이끌었던 수군의 육전대(4만 이하)와 뜬금없이 기록된 장검의 영주군(?)이 있을 뿐이다.

그러나 안시성은 천산산맥 방어선을 돌파하지 못한 당나라 군으로서 평양성으로 진격하기 위해서는 반드시 거쳐 가야 할 길목에 있었다. 이 전략 목표를 점령하기 위해 전략상 어리석은 짓이라 할〔下之下策〕토산까지 쌓으면서 당태종은 전력을 다하여 안시성을 공격하였다.

그렇다면 묻고 싶다. 적의 주 공격로에서 멀리 떨어진 변두리 지역 방어선에서 적 선봉군의 일부 또는 수군의 육전대(陸戰隊)에 의한 조공(助攻)을 막아낸 데 불과한 신성이나 건안성 싸움과, 적의 최대 전략적 목표가 되어 원정군의 거의 모든 병력, 30만 이상의 대군을 맞아 88일간 혈전을 벌여 전쟁의 승패를 결정지은 안시성 싸움을 어찌 감히 같이 놓고 비교하려 하는가!

일찍이 본 적이 없던 엄청난 월척(越尺)을 낚았기에 이를 영구히 기념하고자 탁본(拓本)을 뜨는 흥겨운 잔치마당에, 살찐 잡어(雜魚) 두어 마리를 흔들면서 행패를 부리는 술 취한 낚시꾼을 보는 것 같아 절로 눈살이 찌푸려질 뿐이다.

사마광이《자치통감》에서 열거한 3곳의 전쟁터(그도 3대 전투라고 명시하지 않았음)를 손영종 선생이 군이 3대 전투라고 강조한 것이 과연 타당성이 있는지도 의문이지만, 사마광이 그런 뜻으로 기록한 것으로 볼 수 없다. 중국 사람의 입장에서 보면 요동의 심장인 요동성, 수양제가 그렇게 애썼으나 끝내 빼앗지 못했던 요동성 함락의 대승리를 제쳐두고, 생뚱맞게 당나라 주력군의 진격로 밖에 멀리 떨어져 있어 양군의 주력군이 부딪치지도 않았을 뿐 아니라 심지어 당나라 군이 점령하지도 못했던 두 성에서의 싸움을 왜 엉뚱하게 '3대 전투'에 포함시킨단 말인가?

《자치통감》에 앞서 편찬된 정사(正史)인 《구당서》나 《신당서》 어디에도 기록되지 않았던 3대 전투란 무엇을 근거로 쓴 것일까? 사마광이 살았던 북송(北宋) 시절에는 전쟁터였던 고구려 옛 영토는 적국이던 거란의 요(遼)나라 땅이라 사마광 자신이 현장에 가서 보고 판단하거나 들었던 것도 아니었을 터이거늘.

당태종 원정(645년)에서 어떤 싸움을 '3대 전투'에 포함시켜야 타당한지에 대한 논의는 다른 연구자에게 맡기고자 하거니와, 당나라 침략으로부터 고구려를 지켜낸 전투가 무엇이었느냐고 묻는다면 나는 서슴지 않고 말할 수 있다. 결정적 승리는 단연 안시성 싸움이었고, 그다음은 중국 역사가가 역사기록에서 애써 감추려 했던 큰 승리 연산관 싸움이라고.

굳이 세 번째 싸움을 꼽으라면, 신성 싸움이나 건안성 싸움이 아니라 해전(海戰)에서 승리가 아닐까 싶다. 그러나 고구려 수군이 적 후방 보급기지 오호도를 습격했다는 기록으로 미루어 요동반도에서 고구려 수군이 승리를 거두어 평양성을 넘보지 못할 제해권(制海權)을 가졌음은 짐작되나, 유감스럽게 고구려 수군의 해전 승리를 내세울 만한 근거 있는 기록을 찾을 수 없어 심증(心證)은 있으나 물증이 없는 것이 안타까울 뿐이다.

### 역사에 기록된 천산 싸움의 결과 (46쪽)

전쟁이 일어났을 때 발표되는 전과기록(戰果記錄)이란 터무니없이 과장되기 마련이다. 최근인 제 2차 세계대전 때조차 일본 대본영(大本營)에

346

서 격추 또는 격침하였다고 발표한 항공기와 전함의 수를 모두 합치면 미국이 실제 보유했던 모든 항공기와 전함 숫자보다 몇 갑절 많았다 하고, 미국의 전과 발표 역시 일본처럼 무척 과장했다.

천산대회전은 당나라 측의 큰 승리였기에 그 경과에 대하여 자세히 기록했으나, 그 기록은 당나라 측에서 쓴 것밖에 남아있지 않다. 그 전과에 대한 기록, 특히 고구려 군 포로의 숫자가 너무 과장된 데다, 역사서마다 제각기 다르게 적고 있다(김용만, 《새로 쓰는 연개소문 전》 참조).

《구당서》에선 고구려 군 포로 수를 15만 6,800명, 《신당서》(《자치통감》과 《삼국사기》 포함)에서는 너무 심하다 싶었던지 3만 6,800명으로 줄인 대신 《구당서》에 기록된 전사자 1만을 2만으로 늘려 잡았다. 더욱 의아스러운 것은 포로의 처리 문제이다. 고구려인 포로 3,500명을 당나라 본국으로 끌고 갔고, 말갈인 포로 3,300명은 구덩이에 파묻었다는 것은 모든 기록이 일치하나, 《구당서》에선 15만, 《신당서》 등에선 3만 명 고구려인 포로를 불쌍히 여겨 모두 풀어주었다고 기록한 점이다. 역사서에 기록되었다 해서 그대로 믿고 이를 비판 없이 함부로 인용함은 옳지 않다.

같은 민족끼리 싸우는 내전(內戰)에서조차 전쟁이 끝나기도 전에 포로를 그냥 풀어주는 일이 없거늘, 정복전쟁이 한창 진행되고 있는 상황에서 이민족(異民族)인 적의 포로를 이유 없이 풀어주다니. 동서고금의 어떤 전사(戰史)에서도 들은 적이 없고, 전쟁의 본질과 너무나 어긋나는 터무니없는 기록이다.

그뿐 아니라 당태종은 그리 자비로운 성품이 아니었다. 현무문의 정변[政變, 쿠데타]을 일으켜 황제에 오르면서 후환(後患)을 없애려고 같은 어머니에게 태어난 친형 건성과 아우 원길은 물론 그들의 자녀인 어린 조카 10여 명을, 심지어 젖먹이까지 모조리 죽였던 잔인한 인간이었다. 더구나 안시성에서 패전하여 본국으로 돌아갈 때 점령지에 살던 무고한 요동 지역 주민 7만 명을 강제로 끌고 가는 흉악한 짓을 저질렀다.

《삼국사기》, 고구려본기, '보장왕 편'에 의하면, 요동 지역에서 가장 인구가 많았던 요동성 함락 때 포로가 된 병사가 1만, 남녀 주민이 4만이었다. 그런데 쫓겨 가면서 점령지였던 요동성, 개모성, 백암성에서 강제로 당나라에 끌고 간 주민이 7만이었다니, 끌려가다가 죽거나 도망친 사람을 감안한다면, 포로뿐 아니라 수천 리 강제이주에 견딜 수 없는 늙은이와 어린이를 제외한 나머지 남녀 주민 대부분을 사로잡아 끌고 갔다는 계산이 나온다. 이런 참혹한 짓을 저지른 당태종이 천산싸움에서 사로잡은 고구려 포로를 모두 풀어주었다는 새빨간 거짓기록을 그대로 믿고 역사책에 옮겨 적는 비판정신이 없는 우리 역사학자를 보면 어이가 없다.

따라서 천산전투에서 고구려 군 포로의 실제 숫자는 6,800명이었고, 사망자는 1만에 달하였던 것이 사실과 부합한 것으로 보인다. 그리고 당시 고구려의 호수(戶數)와 요동성과 백암성에 보냈던 구원군의 규모를 감안하여 볼 때, 뜬금없이 과장된 포로 15만과 3만이란 숫자의 정체는 혹시 당나라 전사(戰史) 기록자가 포로가 되었던 고연수로부터 알아낸 요동 지역 고구려 방어군의 수가 15만, 천산싸움에 투입된 고구려 구원군 수가 3~5만 정도였던 것이 아니었을까 추측된다.

한 가지 유감스러운 것은 소설이 아니라 우리나라 어떤 원로 역사가가 쓴 책조차 이러한 점을 제대로 살피지 않고 《신당서》에 기록된 3만도 아닌 《구당서》에 적힌 엉터리 기록을 곧이곧대로 옮겨 적은 것을 본 적이 있다. 그런 점에서 승자(勝者)의 일방적인 기록을 고증(考證)하고 비교 분석한 젊은 학자들의 노력에 경의를 표한다.

### 안시성 싸움의 역사기록 (72쪽)

당나라 군이 승리한 천산 싸움의 경과(經過)에 대하여 마치 눈앞에 보듯 생생하고 자세하게 기록한 중국 측 역사서가 안시성 전투의 구체적 전황(戰況)에 대하여는 입을 굳게 다물어 안시성 싸움의 실제상황은 어둠

속에 묻혀 알 수 없게 되었다. 아마도 내세울 만한 승리가 없는 참담한 패전(敗戰)의 연속이어서 자존심이 상해 기록하지 않은 듯하다.

하긴 어처구니없는 에피소드가 《자치통감》(김부식의 《삼국사기》에도 전재되어 있음)에 기록되어 있긴 하다.

"'성이 포위된 지 오래되었는데 성안의 연기와 불이 날로 미미해져 가고, 지금 닭과 돼지 (잡는) 소리가 매우 시끄러우니, 이는 군사에게 (닭과 돼지를) 잡아 먹이고 밤중에 우리를 습격하려는 듯하니 군사를 엄히 다독거려 이에 대비하시오.' 이날 밤 고구려 군 수백 명이 줄을 타고 성 아래로 내려왔기에 이를 쳐서 수십 명을 목 베고 나머지는 달아났다"라는 기록이 있다. 이 기록은 절망적 상황에서 싸우다가 허무하게 무너진 어느 성의 함락 기록이라면 모를까 안시성 싸움의 기록일 수는 없다. 이 기록대로라면 '그리고 안시성은 함락되었다'라고 끝내야 될 테니까.

역사적 진실은 뛰어난 싸움꾼 당태종이 온갖 지혜와 방법을 동원하여 안시성을 공격했으나 끝내 실패하고, 최후의 수단으로 토산(土山)을 쌓도록 명령했다는 것이다. 공성(攻城)을 함에 있어 토산을 쌓는 것은 중국 국내전쟁에도 그 예(例)를 찾기 어렵다. 오랜 시간과 많은 노동력이 필요한 비효율적 방법이기 때문이다. 그런데 보급(補給)과 시간에 쫓기던 고구려 원정에서 이를 감행했다. 당태종이 얼마나 무서운 집념(執念)을 갖고 안시성을 함락시키려 했는지, 그리고 온갖 공격을 퍼붓고도 끝내 뜻을 이루지 못한 당태종의 절망적 모습을 보여 주는 생생한 증거이다.

따라서 이 책에 나타나는 안시성 전투 이야기는 그 당시 무기와 전술을 유추하여 토산을 쌓게 되기까지 당태종이 온갖 방법으로 성을 함락시키려 몸부림쳤던 공성전을 재구성(再構成)한 가공(架空)의 이야기임을 고백하지 않을 수 없다.

한편 이 책을 쓰면서 항상 머리를 짓누르던 의아심이 있었다. 바로 김부식이 쓴 《삼국사기》 내용이었다.

고려를 건국한 왕건(王建)은 나라 이름을 고려(高麗)라 지을 만큼 고구려 옛 땅을 되찾을 꿈에 부풀어 있었고, 그의 유언(遺言)인 훈요십조(訓要十條)에도 서경(西京, 평양)을 미래의 서울로 예정하였다. 그리고 왕건의 대고려주의(大高麗主義) 이상을 따라 건국 초기 여러 차례 서울을 평양으로 옮기려는 움직임이 있었다.

《삼국사기》가 편찬되었던 인종(仁宗, 재위 1122~1146년) 때는 동북아의 국제 정세가 격동하던 시대였다. 전대(前代)였던 예종 2년(1107년) 고려는 윤관이 여진(女眞, 고구려 시대 말갈)을 정벌하고 함흥 이북 땅에 9성을 쌓았고, 여진 추장 오아속은 빼앗긴 땅을 되돌려주기를 애원하면서 '고려는 부모의 나라'라며 조공(朝貢)을 바치겠다고 머리를 조아렸다.

예종 10년(1115년) 오아속의 아우인 아골타가 금(金)나라를 세워 황제에 올랐고, 인종 3년(1125년) 거란을 멸망시키더니, 이듬해에는 송(宋)나라 서울을 함락시키고 양자강 이북 화북(華北) 지역을 차지하고서 고려에게 군신관계(君臣關係)를 강요했다. 불과 십여 년 전만해도 야인(野人, 오랑캐)이라 부르며 경멸했던 여진족의 눈부신 약진에 고려인이 얼마나 큰 충격을 받았을지 상상하기 어렵지 않다.

이러한 시대상황에서 서경 사람 묘청(妙淸)과 정지상 등 자주파(自主派)가 대고려주의 깃발 아래 서울을 서경으로 옮기고 칭제건원(稱帝建元, 황제에 올라 연호를 제정함)과 고구려 옛 땅의 회복을 주장하였으나, 현실에 안주하여 한반도 지배에 만족하자는 소고려주의(小高麗主義)의 사대파(事大派)였던 개경(開京, 개성, 당시 서울) 귀족들의 반대로 뜻을 이루지 못하자 반란을 일으켰다(인종 13년, 1135년).

사대파 우두머리 김부식이 총사령관이 되어 묘청의 난은 1년 만에 진압되었으나, 이로서 왕건 이래 건국이념을 따르던 자주파는 철저히 탄압되었고, 반란 평정 10년 후인 인종 23년(1145년) 역사학자도 아닌 편협한 소고려주의 정치가인 김부식에 의해 관찬(官撰) 역사서 《삼국사기》가 편찬되었다. 이러한《삼국사기》탄생의 어두운 역사적 배경이 이 책의 내용에도 큰 흠집을 남기지 않을 수 없었으리라.

고구려와 백제의 멸망 당시 많은 사료(史料)가 불타 없어졌다 하나, 고려 초기에 고구려 후예인 발해가 망하자 그 왕족과 지배계급이 많이 망명해 왔고, 고려의 호족(豪族)들 중에는 고구려 옛 땅의 가문들이 많았으니,《삼국사기》가 저술되었던 고려 중기 때에는 많은 고구려 시대 자료(古記)와 전승(傳承)이 남아 있었을 터이고, 조금만 노력했다면 당시 고구려 옛 땅과 중원을 지배했던 말갈(여진족)이 세운 금(金)나라에서도 생생한 자료를 구할 수 있었을 것이다. 그러나 고구려와 수당(隋唐) 70년전쟁에 대한《삼국사기》기록을 살펴보면《구당서》와《신당서》, 특히《자치통감》(《삼국사기》보다 60년 전에 편찬)의 내용을 그대로 옮겨 적은 것뿐, 고래(古來)로부터 전해온 우리 자체의 역사 기록은 거의 흔적조차 찾아볼 수 없다.

《삼국사기》는 우리의 옛 역사를 알려주는 가장 오래된 역사서이기에 귀중한 자료임은 분명하지만, 유감스럽게도 고구려 역사를 쓰기에 가장 좋지 않은 인물에 의해 가장 정치적 상황이 나쁜 시기에 편찬되었다.

사대파 우두머리의 입장으로서는 반대파가 내세웠던 고구려 옛 요동 땅을 다시 찾자는 주장과, 고구려의 영광스러운 승리를 드러나게 쓰는 데 인색할 수밖에 없었을 터이고, 편찬시기도 반란을 토벌한 지 10년도 지나지 않아 이들이 기세등등하던 때였다. 사대파의 비위에 거슬리는 자료를 누가 감히 제출했겠으며, 이 당파의 이익에 어긋나는 기록이 얼마나 제대로 쓰여질 수 있었으랴.

자주파인 정지상 같은 문인에 의해《삼국사기》가 편찬되었다면 그 내용이 보다 정확하고 균형 잡힌 역사책이 되지 않았을까 하는 아쉬움이 남는다. 역사란 그 민족의 혼과 의식을 형성하는 모체(母體)이며, 그 민족의 꿈과 자존심 그리고 정체성(正體性)을 보여 주는 DNA이기도 하다. 따라서 역사기록이란 진실에 바탕을 두어야 마땅하지만, 사실(事實)의 단순한 나열이 아니라 가치추구(價値追求)의 작업이 될 수밖에 없다.

사마천의 《사기》(史記)는 한(漢)족의 자존심과 우월성을 고양(高揚)시키고 그들을 하나로 묶는 위대한 역할을 했다. 그리고 여러 차례 다른 민족들에게 정복당하였던 어두운 시절에도 중화(中華)라는 민족적 긍지를 꿋꿋이 지키고 그들의 정체성을 확립시켜 2천 년이 넘는 오랜 세월 중국인의 정신세계를 지배하는 튼튼한 버팀목이 되어 왔다. 그런데 우리의 첫 역사책은 우리 민족의 위대함을 자랑하고 민족혼을 드날리기는커녕 능히 밝혀 낼 수 있었던 승리의 역사조차 어둠 속에 팽개치다니.

최근 중국 사학계(史學界)에 불고 있는 동북공정(東北工程) 또는 서북(위구르족 신장 지역), 서남(티베트) 공정이란 사마천 이래 오랫동안 지켜 왔던 한족 중심의 옛 사관(史觀)에서 벗어나 자기나라 영토에 살고 있는 모든 민족의 역사를 중국사에 포함시키겠다는 엉터리 주장이다. 이는 청(淸, 말갈족)나라의 정복으로 중국 역사상 가장 넓어진 영토 안에 사는 많은 소수민족을 중국인으로 묶기 위해서 나온 정치적 역사관일 뿐이다.

자기나라 역사를 씀에 있어 다소간 국수주의적(國粹主義的) 경향을 띠는 건 이해할 수 있으나, 동북공정이란 분명히 남의 역사를 도적질하는 짓이기에 옳지 않다. 이에 비하여 현재까지 전해 내려오는 우리나라의 가장 오래된 역사서 《삼국사기》는 어떠한가?

《삼국사기》가 사대주의적 역사관에 의해 쓰였다는 비판은 새삼스러울 것도 없다. 김부식의 편협한 성격에 대한 아쉬움은 고려 말의 문인(文人) 이규보가 쓴 《백운소설》에도 잘 나타난다. 이런 유학자의 개인적 편견 때문에 인간미(人間味) 흐르는 옛 시가(詩歌)와 전설들이 어둠에 파묻혔고, 별전(別傳)을 씀에서도 균형을 잃어 김유신에 대하여는 어느 가문의 족보(族譜)라도 기록하듯 미주알고주알 별전의 1/3 이상 나열하면서, 천 년이 넘는 기간 그 많은 위인(偉人)들에 대하여는 허술하기 짝이 없어 탄생지나 생몰연대(生沒年代)조차 제대로 기록하지 않았다. 더구나 흑치상지처럼 매국노에 가까운 인물을 을지문덕 같은 '구국영웅'들과 대등하게 다룬 것을 보면 어이가 없다.

이 책을 쓰면서 느꼈던 분노는 '안시성 싸움'의 배경이 되는 '고구려와 수당(隋唐)의 70년 전쟁'에 대하여 《삼국사기》가 그의 정치적 입장 때문에 고구려의 영광스러운 승리를 성의 있게 발굴하여 기록하기는커녕 그 당시 있었던 자료조차 감추고 파묻어 고의로 누락시켰던 것이 아닐까 하는 의심을 지울 수 없기 때문이었다.

## 전쟁의 분수령 (103쪽)

전쟁에는 승패를 결정짓는 큰 고비[分水嶺]가 있다. 당태종의 원정에서는 천산싸움에서 승리한 후 곧바로 평양성으로 진격하지 않고 안시성을 공격하기로 결정한 순간이었다.

당태종이 원정에서 돌아와 원정실패를 검토하는 과정에서 당시 당나라 최고의 전략가이고 명장이었던 이정(李靖)이 가장 아쉬워했던 점도, 항복한 장수 고연수가 권유하고 이도종이 주장했던 '평양성 직공'(直攻)을 하지 않고 안시성에서 발목을 잡힌 것이었다.

당태종의 고구려 원정군은 수양제 때와 달리 군량보급에 대한 대비책을 충실히 갖추었고, 요동의 심장인 요동성도 함락시켰다. 더구나 강력한 돌궐 기병 전력(戰力)의 뒷받침을 받고 있었기에, 고구려 영토 깊숙이 진격했더라도 고립되거나 포위될 위험이 적었다고 할 수 있다. 이에 비하여 고구려는 연개소문이 반정(反正)을 한 지 3년도 지나지 않아 내부적인 안정도 제대로 이루어지지 않았다. 더구나 남쪽 국경에서는 수만 명의 신라 군도 동원(動員)되어 호시탐탐 참전 기회를 노리고 있었다.

그런데 수양제와 비교할 수 없이 유리한 점을 갖고 있었을 뿐 아니라, 싸움터에서 승리의 기회를 낚아채는 데 뛰어난 감각을 가졌던 당태종이 왜 그 좋은 기회를 살리지 않았는지 수수께끼라고 아니할 수 없다.

소설과 달리, 역사 서술에서 '만약에 …'라는 가정(假定)은 부질없는 짓이긴 하나, 당시의 역사적 상황을 살펴볼 때 천산싸움에서 중앙군 주력이 전멸당했던 연개소문의 입장으로서는 평양성 직공은 가장 두려운 악몽(惡夢)이었음에 틀림없다.

당태종이 망설이다가 끝내 포기했던 평양성 직공에 대하여 문제제기는 있었지만, 이에 대한 만족할 만한 해명(解明)은 역사서에 기록된 바가 없으므로 유추 해석할 수밖에 없다.

첫째, 뚜렷하게 내세울 기록이 없어 단언하기는 어려우나, 영류태왕〔建武〕은 내호아 수군(水軍)의 평양성 직공에 혼이 났던 분이었기에 당나라 침공을 막기 위해 해군력(海軍力)을 강화했을 터이고, 아마도 당나라 수군은 고구려 함대에 패배하여 고구려 지역에서 제해권(制海權)을 상실했던 게 아닐까 싶다. 그렇다면 당태종 원정군이 고구려 영토 깊숙이 진격하는 건 장손무기의 주장처럼 위험한 모험이라 아니할 수 없다.

둘째, 영류태왕 때부터 16년간에 걸쳐 쌓았던 천산방벽〔千里長城〕이 강력한 저지력(沮止力)을 발휘했던 것 같다. 따라서 요동성을 함락시켰으나 고구려 '제1번 국도'를 장악하지 못했고, 안시성을 그대로 뒤에 둔 채 평양성을 직공하는 모험은 너무 위험하다고 판단했던 게 아닐까.

셋째, 수양제 별동군 30만이 전멸당했던 살수 패전이 수나라 멸망의 원인이 되었던 역사적 사실에서 오는 심리적 두려움(트라우마)과, 북방 유목민 설연타의 위협적 움직임도 이 뛰어난 싸움꾼의 발목을 붙잡는 데 한몫한 것이 아닐까 싶다.

### 당태종의 빌게 카간에 대한 모욕적 행동 (233쪽)

642년(정관 16년) 빌게 카간이 작은아버지를 보내 당나라 공주와 결혼을 청하며 말 3천 필을 바쳤다.

태종은 신하들이 설연타와 화친을 주장하자 빌게 카간(이남, 夷男)에게 신흥공주를 시집보내기로 약속했다〔《구당서》, 북적전(北狄傳) 철륵, 정관 16년 10월〕.

643년(정관 17년) 윤 6월 빌게 카간은 조카 샤드〔設, 왕족이 맡는 고위직책〕 튈리스〔突利〕를 보내 패물을 바치고, 말 5만 필, 소와 낙타 1만 두, 양 10만 마리를 결혼 예물로 바치기로 했다.

태종이 빌게 카간에게 당나라 땅 영주(靈州)로 오라고 하자, 카간의 부하들이 '카간이나 황제나 다 같이 한 나라 임금인데 어찌 스스로 가서 (황제에게) 인사를 드리려고 하십니까? 만약에 (카간을) 잡아가둔다면 그때 가서 후회해도 어쩔 수 없을 것'이라며 말렸다. 빌게 카간은 이 결혼이 얼마나 기뻤던지 '당나라 천자는 성스러운 덕을 가졌다니 몸소 가서 만나보고 싶다. 또 사막의 북쪽에도 임금이 있어야 할 것인데, 천자가 어찌 그런 허튼 짓을 함부로 하겠는가'라며 부하들의 말을 듣지 않고 오히려 꾸짖었다.

태종의 혼인 허락은 진심에서 나온 게 아니었다. 카간이 보낸 혼인예물이 약속보다 적다고 트집 잡아, 자기 입으로 했던 약속을 깨뜨리고 파혼했다. 당시 결혼예물로 도착한 양과 말의 수량이 약속보다 거의 절반으로 줄었다는데, 설연타에서 고비사막을 건너 장안으로 보내는 도중에 많은 동물들이 죽었던 것이 아닐까.

당태종이 빌게 카간에게 혼인을 허락한 사실은 당나라 백성은 물론 이웃나라 토번(티베트)과 돌궐인에게도 알려졌으므로, 그의 식언(食言, 약속을 어김)과 모욕적인 행동은 카간의 마음에 큰 상처를 주었다.

저수량은 설연타가 우리가 약속을 어긴 데 대한 분노를 결코 잊지 않을 테니 국경지대〔邊境〕에 큰 근심거리가 될 것이라고 걱정했고, 다른 대신도 설연타의 신의를 잃는 태종의 결정에 반대했으나, 그는 이치에 맞지 않은 소리만 늘어놓으며 고집을 부렸다.

태종은 주변 나라와 평화를 지키기 위해 정략혼인(政略婚姻) 정책을 택했다. 토번의 송찬간포에게 문성공주를 시집보낸 것을 비롯해, 아사나사이 등 항복한 돌궐 및 철륵의 왕족과 장수에게 무려 9명의 황족을 시집보냈다.

설연타는 돌궐이나 철륵과 별로 다를 바 없는 북쪽 오랑캐이고 당시 몽골고원의 지배자였는데, 유독 그에게만 모욕적으로 결혼약속을 깬 것은 도저히 이해할 수 없는 심술스런 변덕이었다. 당태종의 이와 같이 납득하기 어려운 짓은 《자치통감》을 지은 사마광조차 '설연타에게 (딸을) 시집보낼 수 없음을 알았다면 처음부터 허락하지 말았어야지, 자신의 강함을 믿고 신의를 저버려 거절했으니 수치스러운 일이다'라고 비난했다. 추측일 뿐이지만 당태종의 이런 행위는 '바깥의 굶주린 늑대(설연타)를 그대로 내버려 두는 것이 우리 안에 들어온 양(항복한 돌궐인)을 지배하는 데 더 효과적일 것이다'라고 판단해 중국의 전통적 전략인 '서로 분열시켜 통치하자'는 속셈에서 나온 게 아닐까?

### 당태종 부상에 관한 기록 (261쪽)

역사서에 안시성에서 태종이 부상을 입었다는 기록은 없고, 요동 원정 중 피부병을 얻었다거나 등창이 생겨 귀국 후 황태자가 고름을 빨았다는 기록만 있을 뿐이다.

그 후 600년이 지난 고려 말 이색이 그의 시(詩) 〈정관음〉(貞觀吟)에서 '검은 눈동자 흰 깃(화살)에 떨어질 줄을…'이란 구절로 '태종이 화살에 맞아 눈이 빠졌다'고 암시하면서부터 사람들 입에 오르내렸다. 화살을 쏜 사람은 양만춘 성주 혹은 양수봉이라고 전하나 야담(野談)일 뿐 그리 믿을 바 못 된다. 이색이 살았던 때는 고려가 1백 년이나 계속된 원나라 속박에서 벗어난 때였음을 미루어보아, 외적에게 설욕한 통쾌한 순간을 문학적 상상력으로 재구성한 표현이 아닐까 싶다.

### 당태종 철군의 허실 (276쪽)

역사서에 당태종이 요동성에서 요하를 건너 철군할 때 고구려 군의 추격이 있었다는 기록은 없고, 다만 신채호 선생의 《조선상고사》에서만 고구려 군의 추격을 받아 당태종이 목숨을 잃을 뻔한 사실을 기록하고 있으며, 요동 지역에 '당태종의 말이 빠졌던 곳' 같은 전승(傳承)이 전해 내려왔던 것 같다.

《자치통감》에 의하면 당태종은 9월 18일 안시성에서 철수해 9월 20일에 요동성에 도착하고, 9월 21일 요하를 건너 요택(遼澤, 요하 서쪽 늪지대)에 이르렀으며, 10월 1일 포구(浦溝, 요택의 늪지대)에 닿아 발착수(渤錯水, 요택을 가로지르는 강물)를 건넜고, 10월 11일 영주에 닿았다고 했는데, 이토록 자세하게(?) 기록한 《자치통감》의 날짜는 오히려 믿을 수 없다. 안시성에서 물러나 3일 만에 요하를 건넌 당태종이 요하에서 영주까지 가는 데 걸린 날짜가 무려 20일이라 함은 요택의 길이 아무리 험했다 하여도 이치에 맞지 않고, 특히 《자치통감》 기록대로 안시성에서 요하까지 2백 리가 넘는 외길로 30만이 넘는 대군이 겨우 사흘 만에 철수를 완료하기는 불가능하다.

만약 그 기록이 사실이라면 당태종은 당나라 군 최선두에서 가장 먼저 강을 건너 도망친 셈이다. 영웅 중의 영웅으로 뽐내던 당태종이 적지(敵地)에 수십만 부하 병사들을 내팽개쳐 둔 채 가장 먼저 강을 건넜다는 것은 도저히 믿을 수 없는 기록이기에 《조선상고사》에 나온 전투 사실이 진실에 가까울 듯하다.

### 연개소문의 막부와 막리지 (308쪽)

연개소문이 반정(反正, 쿠데타)을 일으켜 취임한 벼슬이 막리지(莫離支)이다. 막리지란 벼슬의 실체는 아직 분명히 밝혀진 바 없으나, 당나라의 병부상서(兵部尙書)와 중서령(中書令)을 겸한 권력을 가졌다 하니 일체의 병권(兵權)과, 벼슬아치의 인사권을 아울러 거머쥔 막강한 벼슬임은 분명하다.

고구려 관직(官職)은 초기〔《삼국지》위지동이전〕와 다르게 후기〔《주서》(周書), 《수서》(隋書), 《신당서》(新唐書) 등〕에 큰 변화가 있었지만, 막리지란 벼슬이름이 반정(쿠데타) 이전에는 나타나지 않은 점을 미루어 볼 때 연개소문이 반정 후 새로 만들었던 벼슬인 듯하다. 반정 당시까지 고구려 후기의 가장 높은 벼슬자리는 대대로(大對盧)였지만, 이 자리는 5부 귀족회의(五部貴族會義)의 합의에 따라 태왕이 임명하는 임기 3년의 선출직에 불과했다.

막리지가 대대로보다 아래 서열(序列)이었다는 주장도 있으나, 왕을 시해하고 반대파 대신과 장군 180명을 죽이고 공포정치로 권력을 쥐었던 자가 무력을 앞세워 막리지에 스스로 올랐다고 하였으니, 허수아비 왕을 내세우고 절대적인 독재권력을 쥔 벼슬임이 분명하다. 이는 반정 후에 대대로 벼슬을 가진 이의 대외활동이 역사기록에 나타나지 않은 점이나, 연개소문이 절대권력을 휘두르고 자식에게 권력을 세습하였던 오랜 기간 동안 그가 막리지 또는 대막리지 혹은 태대(太大) 막리지로 호칭되었던 것만 보아도 종신독재자(終身獨裁者)의 칭호였음을 알 수 있다.

고구려인은 하늘백성이고, 태왕은 천손(天孫)의 후예이며 나라님(임금)이란 신앙이 워낙 강했기에 연개소문이 절대적 독재권력을 휘둘렀으나, 감히 태왕의 자리를 넘볼 수는 없었다. 그러나 왕권(王權)을 약화시키고 자신의 권력기반을 강화시킨 흔적은 많이 보인다.

첫째, 고구려는 귀족연합국가였고, 요동 지역의 성주(城主)들이 그 축(軸)의 한 부분을 차지했다. 당태종의 침략 전쟁(645년)은 요동성을 비롯한 요동 지역을 쑥대밭으로 만들고 그 주민 7만을 당나라에 끌고 감으로써 이 지역 성주들은 힘을 잃었고, 연개소문이 그 권력을 강화시키는 계기가 되었다.

둘째, 연개소문은 왕실(王室)의 큰 울타리였던 호국불교(護國佛敎)를 억누르고 도교[道敎, 오두미교(五斗米敎)]를 장려했다. 노자(老子)의 사상은 고구려 고분벽화에도 영향을 미칠 만큼 일찍부터 고구려 지식인에게 알려졌으나, 중국 민중의 민속종교인 도교는 영류태왕 7년에 당나라와 화해의 상징으로 들어왔다. 그리고 연개소문의 반정 후인 보장태왕 2년에 국서를 보내 당나라에서 숙달 등 8인의 도사를 보냈다고 한다.

당태종 원정 후인 650년 절을 도교사원으로 바꾸고, 도교를 우대하고 불교를 소홀히 여김에 따라, 이에 불만을 품은 보덕(普德) 화상이 고구려를 떠나 백제의 완산주 고대사로 옮겼다는《삼국유사》의 기록도 이러한 사정을 잘 보여준다.

셋째, 귀족연합국가인 고구려 국정(國政)의 최고의결기구인 5부 귀족회의를 무력화(無力化)시키고, 맹목적인 추종세력인 싸울아비 집단을 중심으로 막부(幕府, 무인으로 구성된 최고통치기구)를 설립하여 나라를 통치한 듯하다.

고구려 건국 초기에 고구려 5부는 제각기 독립하여 벼슬아치를 임명하는 행정체제를 갖추고 있었고, 유력 부족장은 고추대가(古鄒大加)라 하여 왕과 같은 지위를 누렸다. 그렇다면 종신독재자로 막리지에 앉았던 동부대인(東部大人) 연개소문이 그 아래 막부(幕府)라는 통치기구를 만들고 태왕의 조정(朝廷)을 무력화시켰을 것으로 유추함이 그리 어렵지 않다.

막부의 실권자(實權者)들은 무인(武人, 싸울아비), 그것도 무지막지한 무인들로 구성되었을 것으로 추정된다. 그 까닭은 당태종이 죽은 후 짧은 동안 계속되었던 평화를 깨뜨리고 고종의 대원정을 초래한 전쟁도발 과정을 살펴보면, 나라와 백성의 삶을 귀하게 여기는 정상적인 정치가의 결정으로 볼 수 없기 때문이다. 계속된 전쟁, 그것도 싸움터가 나라 안에서 벌어져 국민이 비참하게 어육(漁肉)이 되었음에도, 이에 개의치 않고 불필요하게 계속 적을 도발한 짓은 집단 광기(狂氣)에 사로잡힌 무부(武夫)의 어리석음으로밖에는 설명할 수 없기 때문이다.

연개소문의 막부는 후세에도 영향을 미친 듯하다. 고구려 망명 유민(遺民)에 의해 개척되었던 왜의 관동(關東, 현재 도쿄 일대) 지역에서 일본 최초의 가마쿠라 막부(幕府)가 성립되었던 것도 우연이 아닌 듯하다.

## 연개소문에 대한 역사적 평가 (311쪽)

역사적 인물의 평가는 사람에 따라 다를 수 있지만 연개소문만큼 평가가 극단적으로 엇갈리는 경우는 드물다.

연개소문에 대한 전통적 평가는 난신적자(亂臣賊子)요, 고구려를 망친 흉악한 악인이었다. 이는 《삼국사기》를 지은 김부식 같은 사대주의(事大主義) 유학자(儒學者)들의 시각이 한몫한 것 같고, 그 바탕은 고구려의 역사를 기록한 《구당서》, 《신당서》, 《자치통감》 같은 중국 측 역사기록에서 비롯된 듯하다.

20세기 초 독립운동을 하던 애국지사, 특히 신채호 선생이 지은 《조선상고사》에서 연개소문에 대하여 전혀 다른 재평가(再評價)가 이루어졌다. 이 책에서 연개소문을 당시 세계제국이었던 당나라에 용감히 맞서 고구려의 자주와 독립을 지키려 애쓴 '구국(救國)의 영웅'으로 보았다.

풍찬노숙(風餐露宿) 하며 고구려 옛 땅에서 잃어버린 나라를 다시 찾으려 왜적과 싸우던 신채호 선생의 뜨거운 감성적 애국주의 역사인식은 가슴에 뭉클하게 와 닿는다. 또한 근래 젊은 역사가 중에도 《새로 쓰는 연개소문전》과 같이 연개소문을 재평가하려는 움직임이 있다.

과연 연개소문은 악한(惡漢)이고 난신적자인가, 아니면 불운(不運) 했던 영웅이었을까? 우선 고려해야 할 점이 하나 있다. 연개소문에 대해 고구려 입장에서 쓴 믿을 만한 역사기록은 전혀 남아 있지 않고, 적국이었던 중국 측 기록뿐이므로 부정적 기록투성이다. 그런 점은 연개소문의 입장에서 보면 억울하리라는 동정심도 들지만(이는 제대로 기록을 남기지 못한

나라와 민족이 겪는 어쩔 수 없는 억울함이 아니겠는가), 당시 고구려인으로서 연개소문만큼 역사기록이 많이 남아있는 인물도 없다. 다소 안타깝고 미흡하지만 '사료(史料)의 뒷면에 감춰진 진실'을 찾으려 나름대로 노력하면서 연개소문을 평가하려 한다.

연개소문은 과연 뛰어난 군사 지도자였던가?

전통적 역사가들은 연개소문의 잔혹한 반정(反正)에만 초점을 맞출 뿐 군사 지도자로서 능력에 대하여는 정면으로 다룬 적이 없는 듯하고, 다만 위엄 있고 당당한 외모(外貌)를 묘사하고 있을 뿐이다.

《이위공문대》(李衛公問對)에 당대 최고 병법가(兵法家)이고 명장이던 이정이 태종과 문답(問答)하면서 칭찬인지 비아냥거림인지 알 수 없으나 "막리지란 자가 자못 병법(兵法)을 안다고 …"라고 언급하는 구절이 있어, 어떤 이는 이를 근거로 뛰어난 병법가로 여기기도 한다. 특히 최근 들어와서 연개소문을 위인(偉人)으로 재평가하는 이들 중에 역사기록에 대한 객관적인 근거도 없이 지나치게 군사적 천재로 치켜세우는 경향조차 있다.

고구려의 전통적 방어전략은 적의 대군과 싸울 때 수성전(守城戰)과 청야작전(淸野作戰)이었다. 그리고 싸움에 지쳐서 적 대군이 물러갈 때 이를 추격해 섬멸시켰다. 그런데 당태종 원정 초기에 연개소문은 기세당당하게 이 전통적 방어전략과 어긋나게 적군과 두 차례에 걸쳐 대회전(大會戰)을 벌였다.

젊은 연개소문(당시 나이가 30세 초반을 넘지 않았음)은 고구려의 전통적 방어전략을 우습게 여기고, 당나라 대군과 정면으로 맞겨루어 대회전을 벌여도 쉽게 승리할 수 있다고 믿었던 것 같다. 그러나 현실은 그의 생각과 너무나 달랐다.

고구려 북부군(地方軍)이 비슷한 규모의 병력인 이적의 선봉군(先鋒軍)과 맞겨루었던 요동성 앞 벌판의 회전에서 패배한 것은 그래도 변명할 여지라도 있지만, 연개소문의 중앙군이 안시성 동쪽 벌판에서 벌였던 천산대회전(千山大會戰, 주필산 전투)에서 당태종의 주력군(主力軍)에게 섬멸적인 타격을 입었던 패전은 변명의 여지가 없다.

당태종의 원정군은 수양제 원정군과 달라 북방초원의 용맹한 돌궐 기병 10만이 포함되어 있었기에 들판에서의 대회전은 고구려가 반드시 피해야 할 일이었다. '지피지기 백전불태'(知彼知己 百戰不殆)라는 전략의 기본조차 모르는 자가 어찌 대단한 병법가란 말인가? 눈앞에 닥친 현실을 제대로 판단하지 못한 어리석은 자일 뿐이다.

연개소문을 재평가하려는 분들은 천산싸움의 패전은 연개소문의 뜻이 아니라 고연수 개인의 어리석음 탓으로 돌리려 한다. 과연 그럴까. 수당(隋唐)과의 70년 전쟁사에서 적의 기세가 등등하였던 전쟁 초기에 적 대군과 맞서 정면으로 대회전을 벌였던 적은 한 번도 없었다. 총사령관(연개소문)의 전략지침에 변화가 없었는데도 일개 지휘관(고연수)이 압도적으로 우세한 적 대군, 더구나 요동성까지 빼앗아 기세등등한 당태종의 주력군과 대회전을 제멋대로 벌였다는 게 말이 되는 소린가! 아마도 천산싸움 패전으로 연개소문은 자기가 얼마나 우물 안 개구리였고, 자신의 병법이 얼마나 하잘것없는 것이었는지 깨달았으리라.

병법(兵法)이란 얄팍한 싸움기술(戰術)이 아니라 나라를 지키는 전략(戰略)을 의미하고, 승리할 가능성이 없을 때에는 싸움을 피하거나 때가 올 때까지 기다릴 줄 아는 지혜와 인내를 말한다. 그러기에 《이위공문대》의 해당 내용 전체를 살펴보면 이정이 연개소문을 칭찬한 것이 아니라 '(젊은 오랑캐 장수가) 조금 병법을 안다고 우쭐거리지만 …'이라고 비아냥거린 것으로 해석할 수밖에 없다.

따라서 연개소문은 뛰어난 병법가는커녕 젊은 혈기(血氣)로 현실을 제대로 보지 못하고 자만심에 가득 찼던 얼치기 지휘관으로밖에 보이지 않고, 오히려 "반풍수(半風水) 집안 망친다"는 속담이 떠오른다. 이 패전으로 고구려는 멸망할 뻔했다. 다행히 당태종이 안시성에 발목이 잡혀 결정적 승리를 놓치게 된 것은 오로지 하늘의 가호하심일 뿐이다.

역사서에는 당태종 원정 기간에 연개소문이 전쟁터에서 활약한 기록은 전혀 보이지 않는다. 다만 신채호 선생의 《조선상고사》에서만 어느 역사서에도 없는 독창적인 견해를 기록하여 명장이라고 치켜세우고 있다.

즉, 태종이 원정에 실패하고 물러갈 때 연개소문이 고구려 군(기병대)을 파견하여 (요하 상류 시라무렌과 대흥안령을 거쳐 만리장성을 넘어) 중국 본토 상곡(上谷, 산서성 북쪽)까지 추격해 당나라 군을 격멸하고 승리를 매듭지었다고 쓰고 있다. 한 걸음 더 나아가 역사서는 아니지만 근래에 어느 대중 매체에서 당시 중국 본토 유주(幽州, 북경 일대)까지 고구려 군이 점령했었다는 터무니없는 이야기를 방영(放映)하기도 했다.

지금까지 역사기록에 없었던 사실을 소설(小說)이 아니라 역사적 사실로 인정받으려면, 금석문〔金石文, 광개토태왕의 비문(碑文)의 발견 같은 고고학적 방법〕같은 객관적으로 인정되는 방법으로 고증해야 한다. 역사적 사실이 발생한 후 천 년도 더 지난 시점에서 쓰여진 근거가 분명치 않은 서적〔偽書〕, 또는 1천 3백 년이 지난 후 채집된 현지의 전설(고려해야 할 사실은 요동 땅의 민족 분포는 변화가 매우 심했으므로 20세기 초·중반 만주 땅에 살았던 주민은 주로 한족이지 고구려 후손이 아님)을 역사적 사실로 받아들이기는 어렵고, 역사기록이나 금석문 같은 객관적 사실에 대한 보충자료로서의 가치만 인정할 수 있을 뿐이다.

신채호 선생은 훌륭한 애국지사이지만 체계 있게 학문적으로 역사를 연구한 분은 아니다. 유감스럽지만 그분이 주장하는 '연개소문의 고구려 군 중국 본토 추격설'이 역사적 사실로 인정받기 위해서는 보다 객관적 증거가 있어야 한다.

그러면 과연 고구려 기병대가 중국 본토까지 추격할 수 있었을까?

첫째, 그 당시 안시성 공방전에서 성을 방어한 것 자체가 기적이므로,

언제 성이 함락되고 적의 대군이 압록강을 넘어 평양성으로 몰려올지 알수 없는 형편이었다. 더구나 남쪽 국경에서는 5월부터 신라 군 3만이 집결하여 호시탐탐 노리는 상황이었음을 연개소문이 몰랐을 리 없다. 그리고 당나라 수군(水軍)의 평양성 직공(直攻) 가능성도 두려운 악몽이었을 터이다. 그렇게 절박한 상황에서 어떻게 국내 방어전선에서 대규모 병력을 빼돌려 적의 점령지역을 멀리 돌아 요하 상류로 대군을 보내는 모험을 할여유가 있었겠는가.

둘째, 원정(遠征)을 하려면 오랜 기간 많은 준비가 필요하고, 방어보다 위험이 훨씬 크다. 그리고 기병(騎兵) 전력은 짧은 기간 동안 양성되는 게 아니다. 고구려 기병 전력을 과소평가하는 건 아니지만 고구려인의 본류(本流)는 농민이지 유목민이 아니었다. 당태종 원정 때 막강한 돌궐 기병대가 당나라 전투력의 한 축을 이루었기에, 두 차례 대회전에서 고구려 군이 크게 패배할 수밖에 없었던 주요한 원인의 하나가 되었다. 따라서 그 당시 고구려에는 그런 원정을 할 만큼 강력한 기병대가 존재하지 않았다. 그런 기병대가 있었다면 7만 명의 요동 주민이 중국 땅으로 끌려갈 때 그들은 어디에서 무엇을 하고 있었단 말인가.

이러한 객관적 사실을 살펴볼 때 신채호 선생의 '고구려 군 중국본토 추격설'은 도저히 받아들이기 어려운 주장이다. 당태종 원정의 끝 무렵에 설연타 군이 당나라 북쪽 국경을 대대적으로 침입하여 원정군이 철군(撤軍)을 서두르게 되었었다. 혹시 신채호 선생이 설연타 군의 당나라 침공 사실을 '고구려 군의 중국 본토 추격'으로 잘못 알고 서술한 것이 아닐까 싶다.

따라서 연개소문이 뛰어난 군사 지도자였다는 주장에는 찬성할 수 없다. 적어도 당태종 원정 기간 중 그는 패전의 원인 제공자였을 뿐 승리에 보탬이 된 바가 없다. 오히려 그가 화평주의자라고 시해했던 영류태왕이 전쟁 승리에 훨씬 더 크게 기여했다.

따라서 재평가되어야 할 인물은 연개소문이 아니라 영류태왕이다. 요동성이 함락되었음에도 고구려 '제 1번 국도'를 지킬 수 있었던 천산방벽(천리장성)을 축조한 이는 영류태왕이지 연개소문이 아니고, 당나라 수군(水軍)이 평양성 직공을 하지 못하게 막았을 고구려 함대의 능력도 영류태왕 때 갖추어진 것이기 때문이다.

연개소문이 군사 지도자로서 승리한 전투기록은 당태종 원정 17년 후 당나라의 제 2차 대원정 때였던 662년 2월 평양성을 포위했던 옥저도 총관 방효태(龐孝泰)를 사수(蛇水, 보통강)에서 깨뜨리고 그의 아들 13명과 함께 모두 전사시켰던 사실이다.

당나라 제 2차 대원정은 원정 중에 회흘(回紇)이 몽골의 여러 부족과 더불어 변경을 쳐들어옴에 따라 처음부터 계획이 어긋나서 육군인 부여도 행군총관 소사업은 아예 참전도 못 하였고, 요동도 총관 계필하력조차 압록강을 도하하여 연남생의 고구려 군을 격파했으나, 본국의 위급한 사정으로 급히 회군(回軍)해 버렸다.

당나라 수군(水軍)인 패강도(浿江道) 행군총관 임아상 군과 평양도 행군총관 소정방만 7월부터 평양성을 포위하고 있었으나, 갑작스런 육군의 철수와 여름부터 겨울까지 오랜 기간 포위작전이 지루하게 계속됨에 따라 사기가 떨어지고 군량보급이 여의치 않았다.

연개소문은 곤란한 처지에 빠진 패강도 임아상의 예하부대인 방효태 군을 격멸시켰으나, 양식이 떨어지고 추위와 갑자기 내린 큰 눈으로 고립무원의 궁지에 빠졌던 소정방 군을 섬멸시키지도 못했을 뿐 아니라, 이를 지원하러 왔던 신라 군이 본국으로 철수하는 것조차 제대로 막지 못했다.

위와 같이 군사 지도자로서 연개소문의 족적(足跡)을 살펴보았으나, 젊은 시절의 엄청난 패전은 말할 것도 없고, 후년(後年)의 군사적 승리조차 그리 두드러진 것이 아니다. 다만 고구려 측 역사기록의 망실(亡失)로 지나치게 그를 혹평(酷評)한 것이 아닐까 하는 아쉬움은 남는다.

연개소문에 대한 가장 중요한 평가는 통치자로서의 평가일 터이다. 이미 여러 차례 언급한 바 있지만 연개소문은 고구려 멸망의 으뜸가는 죄인이라는 평가를 피할 수 없다.

반정 때 잔인한 학살이나, 반정 후 3년도 되기 전에 당나라 사신을 토굴에 가둔 어리석은 짓으로 전쟁의 도화선에 불을 지른 경솔한 행동은 젊은 혈기(血氣)로 생긴 실수라고 너그럽게 보아준다고 하자. 그러나 당태종의 죽음 이후 계속되었던 짧은 평화를 깨뜨리고 무모하게 전쟁의 문을 또다시 열었던 거란과 신라 침공은 도저히 이해할 수 없다.

당태종의 대원정과 그 후 여러 차례에 걸친 침공으로 고구려 백성들은 전쟁의 피해를 입지 않은 사람이 없었고, 특히 전쟁터가 되었던 요동 지역은 쑥대밭이 되고 인적(人跡)이 끊어질 형편이었으니, 이런 피해를 회복하려면 적어도 한 세대가 걸릴 터였다. 흡사 권투선수가 강적을 만나 악전고투 끝에 간신히 타이틀은 방어했으나 기진맥진하여 쓰러지기 직전이었다. 그 당시 연개소문은 혈기가 넘치는 애송이 젊은이도 아니었고, 국가 통치 경험을 쌓은 지 10여 년이 지났다. 그럼에도 불구하고 불안한 평화가 5~6년도 계속되지 않아 휴식도 충분히 취하기 전에 새로운 전쟁을 도발(挑發)하다니. 도대체 연개소문의 어처구니없는 자신감은 어디서 나온 것일까. 이 어리석은 전쟁 도발은 끝내 고구려의 멸망으로 이어졌다.

최고통치자라면 가장 먼저 생각해야 할 것은 나라의 안보(安保)와 백성의 삶이다. 세계사에 기록된 전사(戰史)에 따르면, 위대한 군사적 천재(天材)가 강력한 군사력으로 적군을 제압하고 연이어 정복전쟁을 승리로 이끌더라도 국내 백성의 삶이 무너지면 비극으로 끝났다. 그러기에 열 번 싸워 열 번 이기는 자는 나라를 위태롭게 하고, 백전백승(百戰百勝)을 하는 자는 반드시 나라를 망하게 한다고 경고했다. 그런데 연개소문은 수십 번 싸워 한 번도 결정적 승리를 거두지 못했고, 싸움터는 항상 국내(國內)였기에 비전투원(非戰鬪員)의 피해자는 오로지 고구려 백성뿐이었다.

'고구려의 영광'을 부르짖으며 연개소문을 영웅으로 재평가하려는 이에게 한 가지 묻고 싶다. 당태종의 죽음으로 가까스로 평화를 얻은 지 불과 5년밖에 지나지 않은 654년(보장태왕 13년) 10월 국가의 흥망과 전혀 상관없는 거란 침공을 강행하고, 3개월 뒤 신라를 침공함으로써 당나라의 제2차 대원정을 불러온 그의 행동을 어떻게 변명할 것인가?

과연 연개소문은 계속된 전쟁으로 굶주림에 시달리는 백성과 황폐한 국토를 제대로 살피기나 했을까? 정상적인 통치기능이 작동하는 국가였다면 이성적인 조언자(助言者, 대신)가 있어 연개소문의 무모한 전쟁도발 행위를 막았을 터이지만, 이미 그의 폭압(暴壓) 정치 때문에 나라와 백성의 어려운 사정을 알리고, 내리막길로 치닫는 '고장 난 브레이크'를 멈추어 세우게 할 견제세력이 없었던 듯하다. 이 책에서 연개소문이 막부를 열어 양식(良識) 있는 대신을 몰아내고, 자기 주변을 눈치나 잘 살피는 추종자 '멍텅구리 싸울아비'로 채웠으리라 믿는 이유이다.

연개소문의 잔인함이나 시원찮은 군사 지도자였음까지는 용서할 수 있지만, 나라와 백성의 삶은 거들떠보지도 않는 눈먼 통치자이고 어리석은 전쟁광(戰爭狂)임은 결코 용서받을 수 없으리라.

고구려 7백 년 역사에서 폭군을 쫓아내고 새로 왕을 옹립했던 권신(權臣)은 있었지만, 그 권력을 감히 자식에게 물려줄 엄두조차 낸 사람은 없었다. 5부 귀족회의의 합의에 따라 통치하던 고구려에서 그는 이 고귀한 전통과 금기(禁忌)를 깨뜨린 처음이자 마지막 인간이었다.

연개소문이 죽은 후에도 고구려가 되살아날 마지막 기회가 있었건만 못난 자식들의 권력싸움으로 끝내 위대한 제국은 멸망당하고 말았다. 이 비극의 씨앗도 그가 뿌린 것이기에 연개소문의 역사적 죄악은 변명할 여지조차 없다.

## 선덕여왕의 죽음과 김춘추 (321쪽)

《삼국사기》, 신라본기, '선덕여왕 편'에 의하면 비담과 염종이 '여왕이 정치를 잘못한다' 라고 하여 반란을 일으켰다고 기록하고 있으나 미스터리가 많다. 학자에 따라 선덕여왕이 비담의 반란군에 의해 살해되었다고 추정하기도 하고, 반대로 김춘추 일파가 반란을 일으켜 반월성을 점령하자 비담이 이에 대항했던 것이라는 견해도 있으나, 전후관계를 살펴보면 후자의 견해가 더 설득력이 있지 않나 싶다. 역사기록이란 승리자에 의해 쓰이기 때문이다. 전설에 의하면 내란 중 유성(流星)이 반월성 쪽으로 떨어지자 비담이 '여왕은 이미 죽었고 승리는 우리 것'이라고 병사들의 사기를 북돋우자, 김유신이 연(鳶)에 등불을 달아 올려 어제 떨어진 별이 다시 하늘로 올라갔다며 토벌군의 사기를 올렸다는 이야기가 전해온다. 그렇다면 김춘추 측 병사들이 반월성을 점령했던 정월 8일 여왕은 병으로 죽었거나 이들에게 살해당했던 것으로 볼 수 있고, 여왕의 죽음은 김춘추 측에 매우 불리한 사건이 아니었을까 추측된다.

## 역사에 기록된 측천무후 (329쪽)

측천무후(則天武后, 624~705년)는 허약한 남편 고종(高宗, 재위 649~683년)을 허수아비 황제로 앉혀놓고 권력을 휘두르다가 중국 역사상 유일한 여황제(재위 690~705년)에 오른 여걸이었다. 그녀가 정권을 휘두르던 시절 유감스럽게도 고구려가 멸망당했고, 신라의 삼국통일도 이루어졌기 때문에 우리나라와 얄궂은 악연을 가진 여인이기도 하다.

어린 나이에 당태종의 후궁이 되었던 무조(武照)는 태종이 죽자(649년) 황실 관습(慣習)에 따라 강제로 비구니가 되었으나, 2년도 지나지 않아 그 아들 고종의 후궁으로 돌아왔다. 그녀는 잔인하게도 자기가 낳은 젖먹이 딸을 손수 죽이고 그 죄를 왕황후에 뒤집어 씌워 쫓아내고, 황후 자리를 빼앗았다. 그것으로 부족했던지 연적(戀敵)이었던 왕황후와 소숙비에게 누명을 씌워 차마 입에 담기 싫은 잔혹행위를 저질렀고, 그것이 빌미가 되어 헛것[冤鬼]을 보게 됨에 따라 주로 낙양에 머물고 장안의 궁전에 다시 돌아오지 않았다는 말이 전해 내려온다.

무황후(武皇后)는 고종의 건강이 악화되자 정무(政務)를 대신 보다가, 664년부터 아예 수렴청정(垂簾聽政)을 하였다. 675년부터는 섭정이 되어 다스리다가, 690년 황제로 있던 자기 아들을 끌어내리고 황제에 올라 주(周)나라를 세웠다.

그녀는 내준신(來俊臣) 같은 악독한 관리를 등용하여 반대파를 무자비하게 숙청하는 공포정치를 펼쳤고, 일흔이 넘은 노파였을 때에도 주위에 미동(美童)을 거느려 온갖 추문이 떠돌았다.

그녀에 대한 역사기록은 남성 중심의 사회였던 당시의 역사기록자, 특히 송대(宋代)의 유학자(儒學者)들에 의해 악의적인 편견(偏見)으로 많이 왜곡되었을 것이라 짐작된다. 하지만 드러난 객관적 사실만으로도 그녀는 권력에 미친 악녀(惡女)였고, 복잡한 성격을 가진 음흉한 여인임은 분명한 듯하다.

그러나 그녀를 혹평하던 역사 기록자들조차 무시할 수 없으리만큼 그녀의 정치적 감각은 뛰어났고, 그녀가 남긴 치적(治績)은 탁월했다. 그녀가 통치했던 '무주의 통치'(武周의 治, 690~705년) 때 이루어진 국정개혁은 당나라 중흥기(中興期)라 불리는 현종(玄宗, 재위 712~756년)의 개원(開元)의 치(治)의 밑바탕이 되었다고 높게 평가되고 있다.

# 후 기

정년퇴직 후 20년 동안 소설을 쓰느라 곡절도 많았지만, 무명 작가가 쓴 5권 대하소설을 출판하는 게 여간 어렵지 않더군요. 다행히 유서 깊은 출판사 나남과 인연이 맺어지고, 깊은 혜안과 날카로운 통찰력을 지니신 조상호 님의 지남(指南)에 따라 부족한 점을 바로잡은 건 큰 홍복이었고, 문장의 거친 면을 다듬어 품격을 높여 준 신윤섭 편집장께 감사합니다. 이 작품이 촌티를 벗었다면 두 분 도움이 큽니다.

숙원이 이루어져 내가 쓴 책을 품에 안으니 그리운 얼굴이 떠오릅니다. 단편소설 한 권 낸 적 없는 풋내기가 겁도 없이 양만춘에 대한 대하 역사소설을 쓰겠다는 돈키호테 짓에도 변함없이 격려해 준 소꿉동무 고(故) 황규정 변호사, 고교 동창 안건일 시인과 김천혜 교수, 출판에 다리를 놓아준 대학동창 최성룡 작가와 고재천 회장, 그리고 동북공정과 외로이 싸우는 서길수 의병장(義兵將)과 기쁨을 함께 나누고 싶습니다.

살아가는 동안 좋은 사람 만나는 것보다 더 큰 복이 어디 있으리. 이렇듯 좋은 인연을 많이 갖게 해 주신 주님께 감사드리며, 까탈스러운 옹고집과 50년 넘게 해로(偕老)하느라 마음고생을 많이 한 나의 '안해'이고 밝은 빛의 화가 김경은 여사께 이 책을 헌정(獻呈)합니다.

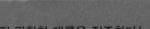